KOPF
JAGD

Peter Gallert, 1962 in Bonn geboren, brach erfolgreich ein Germanistikstudium ab, jobbte als Nachtportier und Bauarbeiter, spielte Theater und schrieb Jerry-Cotton-Krimis und Synchronbücher. Seit zwanzig Jahren arbeitet er als Drehbuchautor für TV-Serien von Krimi bis Krankenhaus. Er ist Karate-Kindertrainer, hat drei Töchter und lebt mit seiner Familie in Köln.

Jörg Reiter, 1952 in Düsseldorf geboren, studierte Ethnologie, Malaiologie sowie Film- und Fernsehwissenschaft, gefolgt von einem Forschungsaufenthalt bei Seenomaden und einer zweijährigen Feldforschung bei Bergstämmen in den Nordphilippinen. 1986 promovierte er im Fach Ethnologie; 1991 wechselte er von der Wissenschaft zum Erzählen. Seit zwanzig Jahren arbeitet er als Drehbuchautor. Jörg Reiter lebt in Köln.

PETER GALLERT | JÖRG REITER

KOPF
JAGD

KRIMINALROMAN

emons:

Bibliografische Information der Deutschen Nationalbibliothek
Die Deutsche Nationalbibliothek verzeichnet diese Publikation in der Deutschen Nationalbibliografie; detaillierte bibliografische Daten sind im Internet über http://dnb.d-nb.de abrufbar.

MIX
Papier aus verantwortungsvollen Quellen
FSC® C083411
FSC
www.fsc.org

Umschlagmotiv: photocase.de/j.berger
Umschlaggestaltung: Nina Schäfer
Gestaltung Innenteil: César Satz & Grafik GmbH, Köln
Lektorat: Carlos Westerkamp
Druck und Bindung: CPI – Clausen & Bosse, Leck
Printed in Germany 2016
ISBN 978-3-95451-940-8
Originalausgabe

Geschichten sind wie Such- und Punktscheinwerfer;
sie beleuchten Teile der Bühne,
während der Rest im Dunkeln bleibt.
Zygmunt Bauman, »Verworfenes Leben«

Blut. Fleisch.

Die Waschbärin stand im Dickicht am Rand des Plateaus. In mondlosen oder bedeckten Nächten wagte sie den direkten Weg über die weite freie Fläche. In den Sommermonaten lohnte sich das. Die hundert Meter hohe Ebene mitten im Wald war ein beliebtes Ausflugsziel, es blieb genug Müll liegen. Aber der Sommer war vorbei. Weniger Besucher kamen. Sie machten keine Picknicks mehr, sie ließen Drachen steigen. Auch war es über Nacht aufgeklart, die Wolkendecke der letzten Tage verschwunden, und im Osten schimmerte schon der Himmel. Die Waschbärin wählte den sicheren Weg. Im Schutz des Gestrüpps strich sie am Rand des Plateaus entlang.

Es war eine schlechte Nacht für sie gewesen. Dabei hatte ihr Beutezug vielversprechend angefangen. Den Biergarten am Waldrand steuerte sie nur noch routinemäßig an. Die ganze Saison über waren die Müllcontainer sorgfältig verschlossen gewesen. Diesmal stand einer offen. Nur einen Spaltbreit, aber das reichte. Herrliche Düfte stiegen ihr in die Nase. Sie kletterte auf den Container und zerrte an dem schweren Metalldeckel, stemmte sich dagegen, vergrößerte den Spalt Zentimeter um Zentimeter. Als sie fast hindurchpasste, tauchten zwei Waschbärmännchen auf. Mit einem hätte sie es aufgenommen. Aber die beiden arbeiteten zusammen.

Jetzt war sie müde und immer noch hungrig. Das war nicht gut. Wenn sie den Winter überleben wollte, wurde es Zeit, sich Speck anzufressen. Dafür war es heute zu spät. Es wurde nun rasch heller, sie musste sich beeilen.

Als sie das Plateau halb umrundet hatte, schlug sie sich wieder in den dichten Wald. Hier ging es steil hinab. Ihr Schlafbaum, eine Eiche, stand hundert Meter tiefer am Fuß des Steilhangs. In einer Gabelung des Stamms war ein Astloch ausgefault und eine Höhle entstanden. Vor ihr hatte ein Waldkauz darin gewohnt. Sie hatte ihn vertrieben. Jetzt verschlief sie dort die Tage.

Sie war den Steilhang noch nicht weit hinabgestiegen, da witterte sie es: Blut. Fleisch. Sie folgte dem Geruch. Er führte sie zu einer kleinen Mulde unter einem Wurzelüberhang, keine zehn Meter unterhalb der Plateaukante. Ein ideales Versteck, weder von oben noch von unten einsehbar. In der Mulde lag ein Schlafsack. Daneben ein Rucksack und eine prall gefüllte Plastiktüte – die Quelle der Geruchsspur. Ein Jäger hatte reiche Beute gemacht und sie unbewacht zurückgelassen.

Der Hunger und der anbrechende Tag trieben die Waschbärin zur Eile. Sie sicherte nur flüchtig nach allen Seiten. Dann huschte sie in die Mulde. Die Tüte war oben zusammengedreht und verknotet. Durch das Plastik roch sie das rohe Fleisch. Es war nicht mehr ganz frisch, aber frisch genug. Ein großes Stück, sie konnte es nicht wegtragen, dafür war es zu schwer. Flink tastete sie jeden Zentimeter ihrer Beute ab. Ihre sensiblen Vorderpfoten lieferten ihr ein Bild. In der Tüte war der Kopf eines Menschen. Sie riss die Tüte auf. Sie drehte den Kopf mit dem Halsansatz nach oben. Dann leckte sie das Mark aus dem Wirbelknochen.

Der Jäger schwang sich von oben in die Mulde. Sie hatte ihn nicht kommen hören. Sie fauchte. Er hatte ein Bündel Äste in der Hand und schlug damit nach ihr. Sie versuchte, ihn zu kratzen. Er trat sie in den Bauch. Sie wollte nach seinem Fuß schnappen. Aber sein Tritt war so hart, dass sie über den Rand der Mulde flog und in das Geäst eines Baumes krachte. Sie stürzte mehrere Meter, bevor ihre Krallen Halt fanden.

Er beugte sich über den Rand der Mulde. Er beobachtete, wie der kleine Bär zwischen den Bäumen verschwand und den Steilhang hinab floh. Bald war nur noch das Knacken im Unterholz zu hören. Das Geräusch entfernte sich schnell. Es wurde still. Der Jäger sah in die Plastiktüte. So gut es ging, verknotete er die aufgerissene Stelle. Dann brach er die mitgebrachten Äste in Stücke. Er schichtete sie auf ein Rund aus Steinen, die er ausgelegt hatte. Aus dürren Zweigen und Halmen machte er ein kleines Bündel, zündete es mit einem Feuerzeug an und steckte es zwischen die Hölzer. Die Flamme loderte rasch auf, das kleine Feuer brannte ohne Rauch. Neben der Feuerstelle stand eine leere Konservenbüchse. Er goss Wasser aus einem alten Pfirsichglas hinein. Dann stellte er die Büchse ins Feuer.

Das Feuer brannte gerade lang genug, um das Wasser zum Kochen zu bringen. Als die Flammen erloschen, holte er eine Plastikdose und ein Glas Instantkaffee aus seinem Rucksack. Er schüttete etwas Kaffeepulver in das heiße Wasser und rührte mit der Klinge seines Klappmessers um. Er nutzte den Ärmelaufschlag seiner Jacke als Topflappen und ergriff die heiße Blechbüchse. Die Plastikdose nahm er ebenfalls mit, als er aus der Mulde kletterte. Er stieg den Steilhang hinauf, ohne einen Tropfen zu verschütten.

Auf dem Plateau angekommen, setzte er sich ins feuchte Gras. Er trank in kleinen Schlucken. Er öffnete die Plastikdose. Darin war gekochter Reis. Mit seiner rechten Hand formte er kleine Bällchen und schob sie sich in den Mund. Er sah nach Osten. Die Sonne ging auf. Die weißen Kuppeln auf dem gegenüberliegenden Berg reflektierten das frühe Licht. Der Wald dampfte.

Als er den Kaffee getrunken und den Reis gegessen hatte, holte er ein Smartphone aus seiner Jacke. Die Schutzhülle war mit rosa Strasssteinen besetzt. Er schaltete es ein und kontrollierte den Ladestand. Es summte. Er blickte auf das Display. *Lindner, tomorrow, 10:30 AM, Café Kranzler, Kurfürstendamm 18.* Die SMS war vom vergangenen Abend.

»Tomorrow« war heute.

Drei Tage zuvor. Montag

07:41

Brandt war nicht da. Ihr Treffpunkt lag an der Straßenecke Rigaer und Pettenkofer, gleich vor dem S-Bahnhof. Wenn sein Chef in der heißen Phase einer Ermittlung früher im Büro sein wollte, fuhr er mit der Bahn. Dann schickte er eine SMS. Sie steckten nicht in einer heißen Ermittlungsphase. Oberkommissar Jens Volkert kontrollierte trotzdem sein Handy. Keine neuen Nachrichten. Er hieb aufs Lenkrad und fluchte. In sechzehn Monaten hatte Brandt sich nie verspätet. Ausgerechnet heute!

Eine Bahn ratterte auf der Hochtrasse heran. Mehrere Passanten fingen an zu laufen. Nicht alle würden die Bahn erwischen. Für die Frau mit den geschwollenen Unterschenkeln sah es nicht gut aus.

Jens hatte es aufgeschoben. Erst wollte er sicher sein, dass es klappte. Dann war es plötzlich ganz schnell gegangen, und er hatte keine Gelegenheit gefunden. Jetzt bot die gemeinsame Autofahrt die letzte Chance, die Sache halbwegs sauber über die Bühne zu bringen. Natürlich nur, wenn Brandt noch auftauchte.

Er wählte Brandts Nummer. Freizeichen, bis die Mailbox ansprang. Er legte wieder auf. Vielleicht war der Bagel-Laden voller als sonst. Er stieg aus, knallte die Tür hinter sich zu und ging zu dem kleinen Frühstückscafé neben dem S-Bahnhof. Er sah schon von draußen, dass Brandt nicht drinnen war. Sein Handy klingelte. Ein unbekannter Anrufer. Er ging ran. Der Metzger, er stand mit fünfzig Schnitzeln vor der Direktion 3. Die Bahn fuhr wieder an.

Jens lief zurück zu seinem Wagen. Auf der S-Bahn-Treppe sah er die dicke Frau. Schwer atmend hielt sie sich am Geländer fest. Sie hatte es nicht geschafft.

Jens stieg ein. Wütend startete er den Motor. Scheiß auf Brandt!

Ayahuasca

Der Himmel über ihm zitterte.

Brandts Herz raste, seine Körperhaare verwandelten sich in Stacheln, das Blut in seinen Adern in einen reißenden Wildbach, jede Pore seiner Haut in ein schwarzes Loch, das die Energie des Universums aufsog. Nur Momente noch, dann würde alles in einem gewaltigen Wirbel verschwinden.

Doch etwas zog ihn zurück, in die Angst. Die Männer würden ihn töten. Sie waren schon ganz nah. Sie würden seinen Körper mit ihren Äxten zerteilen, seine Knochen spalten, seinen Kopf in einem Korb davontragen. Vielleicht, wenn er sich irgendwo verkriechen konnte ... Der gelbe Schlamm hielt seine Beine mit Millionen winziger Saugnäpfe fest. Je verzweifelter er versuchte, sich zu befreien, desto stärker zog es ihn in die Tiefe.

Der Himmel hatte sich gesenkt. Brandt streckte die Hand aus. Die Unterseite der Wolke fühlte sich rissig an, nicht durchlässig oder feucht. Das Bild wurde instabil, flackerte, er erkannte, dass seine Hand keine Wolke berührte, sondern die schartige Rinde eines Mammutbaums. Er krallte sich fest, spannte jeden Muskel an und zog sich aufwärts. Er spürte, wie einige der winzigen Saugnäpfe sich lösten, dann immer mehr, bis sein rechtes Bein mit einem schmatzenden Geräusch aus dem Schlamm fuhr.

Plötzlich stand er aufrecht. Er hörte das Klatschen nackter Füße auf Lehmboden. Die Männer mit den Äxten. Er rannte. Er sprang über einen Graben. Auf der anderen Seite war der Boden rot, trocken und rissig. Vor ihm lag ein Labyrinth aus scharfkantigen Felsen und Dornensträuchern. Das Geräusch der rennenden nackten Füße kam immer näher. Er schlug Haken, stolperte weiter. Er sah, dass er auf den Rand des Plateaus zulief. Tief unten im Tal glitzerte der Fluss, schimmerten die Wellblechdächer der Hütten. Wenn er es bis dorthin schaffte, war er in Sicherheit.

Eine Klinge blitzte auf und raste auf ihn zu. Er duckte sich darunter weg und sprang.

Seine Arme ruderten ins Leere, seine Beine strampelten in der Luft. Er fiel. Bergkiefern und Sträucher, die aus der senkrechten Felswand ragten, rissen ihm das Fleisch von den Knochen, legten seine inneren Organe frei, bis auch die weggerissen wurden und nur noch sein Skelett dem Boden der Schlucht entgegenstürzte.

Selbstmitleid überflutete ihn. Er wollte nicht sterben, er wollte nicht aufhören zu existieren!

Er schlug auf dem Boden der Schlucht auf. Seine Knochen zersprangen in tausend Splitter. Alles, was von ihm übrig blieb, war ein federleichtes immaterielles Etwas, das vibrierend vor Ehrfurcht alles um sich herum wahrnahm, von den beiden riesigen roten Sonnen über dem Horizont bis hinunter zu den winzigen grün und golden schimmernden Ameisen.

Hauptkommissar Brandt lag zusammengekrümmt auf dem Lehmboden der Ritualhütte. Er war nackt. Sein Körper war mit Schlamm und kleinen weißen Blütenblättchen überkrustet. Irgendwann in der Nacht hatte er sich in dem fast ausgetrockneten Feuerwehrteich der ehemaligen LPG Klein-Stehling und anschließend in den zusammengewehten Blüten des Sommerflieders gewälzt, der überall um die verfallenden Gebäude herum verblühte.

Die halluzinogene Wirkung des Ayahuasca-Suds klang aus, die Visionen hinter seinen geschlossenen Augenlidern flackerten noch einige Minuten weiter, verloren nach und nach an Konsistenz und verebbten schließlich. Nur der vom rhythmischen Geräusch der Chacapa-Rasseln begleitete Schamanengesang hallte noch in seinem Körper nach.

Er öffnete die Augen. Durch die Ritzen schimmerte trübes Morgenlicht. Er war allein. Der Schamane war fort. Auch der Schattenwolf, der in einer Ecke der Hütte gekauert und ihn mit glühenden Augen fixiert hatte, war verschwunden.

Er stand auf, schob die alte Decke des VEB Pferdezucht Mecklenburg vor dem Eingang beiseite und trat schwankend ins Freie. Die Sonne schimmerte mattsilbern durch die grauen Wolken, er kniff die Augen zusammen.

René hatte die ganze Nacht kein Auge zugemacht. Er hatte Brandt auf seiner inneren Reise geleitet und mit seinem Icaro-Gesang und mit der Chacapa vor den Angriffen böser Geister beschützt. Jetzt saß er auf einem alten Melkschemel und drehte sich eine Zigarette. In seinem verschlissenen Army-Outfit hätte man ihn für einen Landfreak halten können, wären da nicht dieser durchdringende Blick und die gelassene Spannung in seiner Körperhaltung gewesen, die Brandt an Steve McQueen erinnerten.

Er überquerte den gepflasterten Hof. Seine Beine fühlten sich fremd an. Jeder Schritt dauerte eine Ewigkeit, ein Zeichen, dass sich seine Zeitwahrnehmung noch nicht normalisiert hatte. Autofahren kam für die nächste halbe Stunde nicht in Frage. Er setzte sich neben René auf eine Getränkekiste. Schweigend sahen sie zu, wie die bleiche Sonne hinter den Wolken verschwand.

René drückte seine Zigarette aus. »Hunger?«

Die Ayahuasca-Reise begann immer mit heftigem Erbrechen. Essen wäre gut. Brandt nickte.

René nahm den Korb vom Haken neben der Tür. Er wusste, wo seine Hühner ihre Eier ablegten. Brandt ging ins Haus.

Als er eine halbe Stunde später geduscht und angezogen herauskam, stellte René gerade zwei Teller mit schwarzen Bohnen und Spiegeleiern auf das umgedrehte Ölfass, dazu eine Kanne Kaffee und zwei Becher. Brandts Handy lag schon da.

»Jemand hat angerufen«, sagte René.

Brandt sah aufs Display. Jens. Er steckte das Handy ein. Sie aßen schweigend.

Danach half er René beim Aufräumen. Er rieb den großen Kessel, in dem René den bitteren Sud gekocht hatte, mit Stroh aus. Renés Lehrer, der peruanische Schamane und Heiler Don Sebastian, hatte das Rezept an ihn weitergegeben – außer der Ayahuasca-Liane enthielt der Sud ein Dutzend weiterer Amazonaspflanzen. Drei Tage musste er köcheln, drei Tage lang hatte René das Feuer bewacht. Jetzt wickelten sie den Kessel zusammen mit den übrigen Ritualgegenständen in eine Decke, verstauten alles in einer ehemaligen Streusandkiste und schoben Renés Fahrräder und seine alte Norton zurück in die Hütte.

Sie umarmten sich. Brandt stieg in seinen gemieteten Golf und holperte über einen zerfurchten Feldweg davon. Nach einem halben Kilometer mündete der Weg in die L 59. Dort hatte René ein Schild aufgestellt: »Gülleverwertungszentrum Ost/Durchfahrt auf eigene Gefahr«. Einfacher konnte man sich unerwünschte Besucher nicht vom Hals halten.

Brandt war Ayahuasca zum ersten Mal vor zwanzig Jahren in Peru begegnet. Zwei Monate hatte er sich in Iquitos aufgehalten, um für seine Magisterarbeit Daten über den Wandel der Verwandtschaftsterminologie indianischer Bevölkerungsgruppen zu sammeln. Dann war er dem Cocama-Schamanen Don Julio begegnet. Der ledrige kleine Mann mit den leuchtenden Augen lud ihn ein, an einem Heilungsritual in einem Dschungeldorf zwei Tagesmärsche von Iquitos teilzunehmen. Die Wirkung des Suds aus der »Liane der Geister« hatte Brandts Vorstellung von der Wirklichkeit erschüttert. Das war gut. Nicht nur für einen Ethnologen und Wissenschaftler, auch für einen Hauptkommissar beim LKA 1 in Berlin.

Bei Prösen-West fuhr er auf die B 169, hinter Schwarzheide auf die A 13. Von da brauchte er noch eine Stunde bis zur Stadtgrenze.

Ex-Partner

Die anderen feierten. Brandt sah zu. Er stand hinter der Scheibe in seinem »Terrarium«, so nannten es die Kollegen. Zwei Trockenbauwände, in die hinterste Ecke des Großraumbüros gezimmert, ab halber Höhe verglast. Vor den Fenstern Jalousien mit verstellbaren Lamellen. Keine Konstruktion, die Kollegialität oder Teamgeist förderte. Aber Brandt spielte auch nicht in diesem Team. Er gehörte nicht einmal hierher. Ein Zustand, der ihn, gleich wo er war, zu begleiten schien. Heute, in diesem Büro, spürte er das deutlicher als bei den Moken in der Straße von Malakka oder den Awá im Regenwald des Amazonasgebiets. Vielleicht war das aber auch nur eine Nachwirkung des Ayahuasca.

Jemand stimmte an, was er für Indianergeheul hielt. Alle lachten, Jens selbst am lautesten. Sie hatten ihm die billige Nachbildung einer Federhaube, wie sie bei den Prärieindianern üblich war, auf den Kopf gesetzt. Den Sheriffstern steckte ihm der Chef der Direktion 3, Kriminaldirektor Börning, persönlich an. Anschließend hielt Börning eine Rede auf »Oberkommissar Jens Volkert, Deputy des Indianersheriffs«. Auch das gab einen Lacher. Der Indianersheriff war er, Brandt.

Er wandte sich ab. Zwei Schreibtische standen sich hinter ihm gegenüber. An den einen setzte er sich. Der andere war bis auf einen Computerbildschirm leer. Seit heute. Brandt schaltete seinen Rechner ein. In der Zeit, die das Gerät brauchte, um hochzufahren, kochte er sich sonst seinen Tee. Sencha, in einer alten japanischen Kanne. Aber es war kein Wasser im Wasserkocher. Und Brandt wollte die Party nicht noch einmal stören. Die Geräuschkulisse in seinem Rücken sagte ihm, dass das Buffet eröffnet worden war.

Brandt hatte noch den Mietwagen abgeliefert. Kurz vor der Mittagspause war er ahnungslos hereingeplatzt. Die komplette Inspektion hatte sich versammelt, und auch aus anderen Abteilungen waren Kollegen gekommen. Alle gingen davon aus, dass Brandt Bescheid wusste. Wusste er aber nicht. Für Jens war das peinlicher als für ihn. Vielleicht war sein Ex-Partner deshalb so wütend.

Der Computer war endlich so weit. Brandt loggte sich ein. Hinter ihm öffnete jemand die Tür.

»Kommissar Brandt?«

Und schloss sie wieder, ohne seine Antwort abzuwarten.

»Ich brauche Ihre Hilfe.«

Keine Frage, keine Bitte. Eine Feststellung. Automatisch versuchte er, eine Personenbeschreibung aus dem Klang der Stimme abzuleiten. Weiblich, deutlich über fünfzig, Kettenraucherin, untersetzt. Unverkennbar die Färbung der Sprachmelodie: typische Berliner Schnauze. Brandt sah eine Dauerwelle und Krampfadern vor sich. Er drehte sich um.

Brandt konnte sich nicht erinnern, jemals so danebengelegen zu haben. Die Frau war Mitte dreißig, schlank, schwarz und schön. Sie erwiderte seinen Blick ohne eine Spur von Unsicherheit. Oder eines Lächelns. Sie trat zu dem Besucherstuhl neben dem Schreibtisch und nahm unaufgefordert Platz.

»›Nuristan: Symbol, Ornament und Prestige nach der gewaltsamen Islamisierung 1895‹ – das haben Sie doch geschrieben.«

Auch das war keine Frage. Brandt nickte trotzdem. Er hatte keine Ahnung, was er sonst tun sollte. Er betrachtete ihre Hände. Sie waren schmal, wirkten aber kräftig und lagen locker in ihrem Schoß.

»Ich habe einen Jungen in meiner Arche. Ich glaube, er ist Nuristani. Das weiß ich von den anderen Kids. Die verstehen ihn zwar auch nicht wirklich, aber ein bisschen wohl doch. Einer von ihnen kommt aus Pakistan.«

Sie sah ihn an, als hätte sie alles erklärt. Beim Stichwort »Arche« überlegte er kurz, ob er es mit einer religiösen Spinnerin zu tun hatte. Aber dafür trat sie zu bestimmt und zu klar auf. Auch wenn nichts von dem, was sie redete, für ihn einen Sinn ergab. Brandts fragender Blick zeigte Wirkung.

»Entschuldigung, ich habe mich gar nicht vorgestellt: Saadiya Bonsu. Sagen Sie einfach Saada. Ich arbeite als Streetworkerin im Wedding und leite die Arche dort.«

Zumindest das biblische Boot konnte Brandt sich nun erklären – ein Zufluchtsort für Straßenkinder. Oder etwas Ähnliches. Aber mehr verstand er noch immer nicht. »Und was wollen Sie von mir?«

»Habe ich doch schon erklärt: Ich brauche Ihre Hilfe.«

»Wobei?«

»Sie müssen ihn zum Reden bringen!«

Brandt überlegte. »Sie meinen den Nuristani-Jungen?«

»Sie haben den richtigen Beruf, Herr Kommissar.«

Ihr Spott ärgerte ihn. »Hat er jemanden getötet?«

»Wer?«

»Der Nuristani-Junge.«

»Wie kommen Sie auf so einen Schwachsinn?«

»Auf meinem Türschild steht das Wort ›Tötungsdelikte‹.«

»Da steht auch was von fremdkulturellem Hintergrund.«

»Das bezieht sich auf die Tötungsdelikte. Also wenn Sie keinen Todesfall mit unnatürlicher Ursache melden wollen …«

»Seine Eltern wurden ermordet.« Unter ihrer Stimme lag jetzt ein Grollen. »Ist Ihnen das unnatürlich genug?«

Brandt hatte aufgehorcht. »Wann?«

»Keine Ahnung. Bei der letzten Frühjahrsoffensive der Taliban? Beim vorletzten Drohnenangriff irgendwelcher internationaler

Schutztruppen? Der Junge ist höchstens dreizehn! Er hat niemanden mehr.«

Nun konnte Brandt das Bild halbwegs zusammensetzen: Es ging um einen Kriegsflüchtling, ein Kind aus dem Grenzgebiet zwischen Afghanistan und Pakistan. Wie schaffte es ein Dreizehnjähriger vom Hindukusch bis hierher? Im Fahrwerksschacht eines Flugzeugs? Halb erfroren, halb erstickt? Auf jeden Fall ganz verzweifelt.

»Sie sind hier falsch«, sagte er.

»Ich kann den Jungen in einer Wohngruppe unterbringen. Aber dafür brauche ich seine Geschichte. Sie sprechen doch seine Sprache.«

Sie akzeptierte kein Nein. Es hätte Brandt auch gewundert.

»Nur ein paar Brocken.«

»Und Sie kennen seine Heimat. Mit Ihnen wird er reden!«

Die Stimmung hinter der Scheibe wurde ausgelassener. Jemand stellte Musik an. Brandts Besucherin schien es nicht zu bemerken. Sie war aus einem einzigen Grund hier. Trotzdem würde sie ihn nicht bitten. Sie gehörte nicht zu den Menschen, die es sich leicht machten.

»Er schläft auf der Straße, unter einer S-Bahn-Brücke.« Ihr Blick sagte, dass es seine Schuld wäre, wenn es so bliebe.

Wieder wurde die Tür geöffnet.

»Heiko?«

Brandt wandte sich um. Das schlechte Gewissen stand Jens ins Gesicht geschrieben.

»Es gibt Schnitzel und Schnaps. Vielleicht kommst du ja raus, wenn du hier fertig bist. Man muss sich ja nicht im Streit trennen. Ich bin sauer, du bist sauer ...« Jens ließ den Satz in der Luft hängen.

»Wird das eine Entschuldigung?«

Bevor Jens antworten konnte, klingelte das Telefon. Brandt erkannte die Nummer der Staatsanwaltschaft.

Er nahm ab. »Brandt. Moment bitte.« Er deckte das Mikrofon des Telefons mit der Hand ab und sah zu Jens. »Tür zu.«

Jens blieb unentschlossen im Türrahmen stehen.

»Tür zu«, wiederholte er. Nicht schärfer, eher ruhiger.

»Du kannst mich mal!« Jens machte kehrt und knallte die Tür hinter sich zu.

»Jetzt bin ich da«, sagte Brandt ins Telefon und hörte konzentriert zu. Er notierte eine Adresse, dann beendete er das Telefonat: »Bin unterwegs.« Er stand auf, griff nach seiner Jacke und wandte sich an seine Besucherin. »Es tut mir leid. Ich kann Ihnen wirklich nicht helfen.«

Er sah, dass sie ihm nicht glaubte. Sie erhob sich. Sie war genauso groß wie er und sah ihm gerade in die Augen. »S-Bahnhof Wedding. Er heißt Munjan. Aber alle nennen ihn Batman.«

Er blickte ihr nach. Schwer vorstellbar, dass sie lockerlassen würde. Wobei auch immer.

Er musste zum Berg. Das fiel Brandt aber erst ein, als er aus dem Eingang unter den Betonbaldachin trat und nach dem BMW Ausschau hielt. Jens hatte den Dienstwagen immer vor dem Fünfziger-Jahre-Bau geparkt, der sich die Straße entlang bis zum Gelände der usbekischen Botschaft erstreckte. Aber Jens gehörte nicht mehr zum »Sonderdezernat Fremdkultur«. Brandt machte kehrt.

Der Weg zum Berg führte Brandt quer durch das Gebäude auf den Hinterhof, der die gesamte Fläche zwischen vier Straßenzügen einnahm. Genug Platz für zwei behördeneigene Sportplätze und die Hallen für den Fahrzeugbestand der Direktion 3. Brandt steuerte die größte Halle an. Die Stahltore in der alten Backsteinfront waren gut fünf Meter hoch. Eins stand offen. Der WaWe 9000 dahinter passte gerade hindurch. Neben dem Wasserwerfer, auf einem aus Blattfedern zusammengeschweißten Stuhl und mit einer Zeitung vorm Gesicht: der Berg.

Er war Polizeiobermeister Berg erst einmal begegnet. An seinem ersten Arbeitstag war Brandt von Direktor Börning durch sämtliche Abteilungen geschleift und als »unser neuer Sonderermittler« vorgestellt worden. Die wenigsten der künftigen Kollegen hatten es für nötig gehalten, Interesse zu zeigen. Brandt versuchte, Gesichter und Namen zu behalten. Bei Berg fiel ihm das leicht. Nicht weil er freundlicher als die anderen gewesen wäre. Es war einfach unmöglich, einen Menschen von diesen Ausmaßen zu vergessen.

Berg ließ die Zeitung sinken. »Hauptkommissar Brandt! Welch seltener Besuch.«

Brandt war überrascht. Der Chef der Polizeiflotte wusste seinen Namen noch. »Ich brauche einen Wagen.«

»Hab's schon gehört: Volkert ist von der Fahne gegangen.« Bergs Gesicht war ausdruckslos, aber der Spott nicht zu überhören.

Brandt fragte sich, wem er galt. Ihm? Oder Jens? »Ich muss zu einem Tatort. Jetzt.«

»Was Sie nicht sagen«, gab der Riese zurück. »Nehmen Sie den Omega. Ist nicht mehr der Jüngste. Aber zwei Monate hält er garantiert noch durch.«

Wieder wunderte sich Brandt, wie gut der Polizeiobermeister informiert war. »Was, wenn ich ihn länger brauche?«

»Sehen wir weiter. Schlüssel hängt im Kasten. Nummer eins-null-eins.« Berg deutete in Richtung eines rundum verglasten Büros, das an einer Seitenwand in die Halle gebaut war. Es erinnerte Brandt an sein eigenes.

Berg bemerkte seinen Blick. »Sie sind hier nicht der Einzige in einem Aquarium.«

»Terrarium«, korrigierte Brandt.

Dann holte er den Autoschlüssel. Als er die Halle verließ, hatte der Polizeiobermeister wieder die Zeitung vorm Gesicht. Und sich keinen Zentimeter bewegt. Aber das konnte man von einem Berg wohl auch nicht erwarten.

Loch acht

Die Wolken hatten sich verdichtet. Vermutlich würde es bald regnen.

Brandt bog unter dem Schild »Golf- und Landclub Berlin-Nikolassee e.V. von 1995« in die Privatstraße ab. Nach fünfhundert Metern erreichte er das Clubhaus. Jede Menge Säulen, ein Schieferdach und großzügig über die Fassade verteilte Überwachungskameras. Er parkte den Omega zwischen den Kombis von Herzfelds Tatortteam, dem Transporter der Gerichtsmedizin und einem verbeulten schwarzen Audi, Hauptkommissar Lenhardts Dienstwagen, Direktion 4, Abschnitt 43. Lenhardt lehnte mit gefurchter Stirn am Kotflügel und schaute zu, wie Brandt ausstieg.

»Ah, Special Victims. Wurde auch Zeit.« Lenhardts Begrüßung

troff vor Sarkasmus. »Dann können die Amateure ja zusammenpacken.«

Lenhardt stand ständig unter Dampf. Er konnte niemanden ausstehen, nicht mal sich selbst. Und Brandt schon gar nicht: Nichtberliner, Akademiker und Seiteneinsteiger. Eins davon hätte gereicht.

Brandt ließ sich nicht beeindrucken. »Wir freuen uns immer, wenn wir euch entlasten können.«

Lenhardt starrte ihn wütend an und suchte nach einer passenden Antwort. Brandt kam ihm zuvor.

»Wohin?«

Lenhardt marschierte wortlos voran. Vor der Caddiehalle steuerte er auf ein paar Golfcarts zu.

»Damit?«

»Du kannst ja zu Fuß gehen.«

Lenhardt kletterte hinters Lenkrad eines der Wägelchen. Brandt rutschte auf den Beifahrersitz. Lenhardt fuhr los.

»Was haben wir bisher?«

Lenhardt warf ihm einen genervten Seitenblick zu, informierte ihn dann, wenn auch widerwillig, über den Stand der Tatortermittlung.

Der Senior einer hochkarätigen Wirtschaftskanzlei hatte sich nach seiner Runde im Clubhaus darüber beschwert, dass er am achten Loch von einem herrenlosen Trolley abgelenkt worden sei. Das hatte ihn einen Schlag gekostet. Ein Greenkeeper war sofort hingefahren.

Auf dicken Gummireifen rollten sie sanft über den perfekt gepflegten Rasen. Golf interessierte Brandt nicht. Aber die aufgeräumte Hügellandschaft hatte für ihn etwas Beruhigendes.

Lenhardt schien sie dagegen fuchsteufelswild zu machen.

Der dämliche Trolley habe noch da gestanden, knurrte er, aber kein Spieler weit und breit. Der Greenkeeper hatte beim Verleih angerufen, die Nummer des Trolleys durchgegeben und sich den Namen des Spielers nennen lassen. Lenhardt angelte mit einer Hand nach seinem Notizblock und steuerte haarscharf an einem Wasserhindernis vorbei. »Sharif ibn Awad ibn Azzam.« Es klang, als beiße er in etwas Verdorbenes.

War das etwa der ganze »fremdkulturelle Hintergrund«? Dafür hatte man ihn in Marsch gesetzt?

»Der Greenkeeper hat nach dem Mann gerufen.«

»Ihr habt ihn schon vernommen?«

»Nicht so professionell wie ihr natürlich.« Lenhardt trat das Pedal durch.

Es reichte Brandt. »Kriege ich die Infos auch ohne das Gezicke?«

Lenhardt sah ihn überrascht an.

»Okay ... Da ist ein Wäldchen. Der Trolley stand direkt davor. Der Greenkeeper ist reingegangen – und bingo!« Weitere Einzelheiten wollte Lenhardt nicht rausrücken. »Sonst versau ich dir die Pointe.« Er grinste humorlos und umkurvte einen Bunker. »Scheiß-Sandlöcher.«

Sie hatten ihr Ziel erreicht. Vor ihnen hatten die Kollegen ein Areal von etwa hundert mal hundert Metern mit Flatterband gesichert. Ein Dutzend Kollegen in Schutzanzügen waren konzentriert bei der Arbeit. Der Trolley stand noch da, wo man ihn gefunden hatte, und wurde gerade von Herzfelds Fingerabdruckspezialisten untersucht. Der Fotograf machte Aufnahmen der Umgebung des Tatorts. Die Spurenspezialisten bewegten sich wie in Zeitlupe über das Areal, den Blick auf den Boden vor ihren Füßen gerichtet. Zwei Männer in den roten Sweatshirts der Gerichtsmedizin hoben eine Rollbahre von einem Anhänger und klappten sie auseinander.

Am Rand des Geschehens standen die Besatzungen von drei Streifenwagen herum, als würden sie die Aluminiumkoffer und Plastikcontainer des Tatortteams bewachen, die auf Golfcarts hertransportiert worden waren.

Lenhardts Partner Hauptkommissar Ebers stand rauchend bei den uniformierten Kollegen. Er sagte etwas zu ihnen. Brandt konnte nicht hören, was, aber alle schauten in seine Richtung. Lenhardt hielt neben der Gruppe.

»Okay, Kollegen, raucht zu Ende, und wer dann nichts am Tatort zu suchen hat: Abmarsch!« Brandt hatte die Stimme nicht gehoben.

Das Grinsen wich überraschten Mienen. Die Männer sahen fragend zu Lenhardt.

»Sehen Sie nicht Kollegen Lenhardt an, sondern mich. Ich leite die Veranstaltung.«

Lenhardt zuckte mit den Achseln. Murrend zogen die Uniformierten ab. Brandt riss eine der Plastikpackungen auf, die Herzfeld bereitgelegt hatte, und zog den Schutzanzug, die Überschuhe und die Latexhandschuhe an.

Das Erste, was er sah, war die unglaubliche Menge Blut. Es war bereits geronnen, aber einiges musste in den Boden gesickert sein. Eine dunkelrote, etwa drei Meter lange Schleifspur führte tiefer in das Gehölz. Sie endete an den Füßen des Opfers.

Der Tote lag auf dem Rücken. Herzfeld nahm gerade die Temperatur. Brandt war froh, den Leiter der Forensik zu sehen. Herzfeld richtete sich auf und gab die Sicht auf die obere Körperhälfte frei. Brandt zuckte zurück.

Lenhardt und Ebers lachten. »Sieht man auch nicht oft, oder?« Lenhardt klang zufrieden.

Statt in das Gesicht des Toten blickte Brandt auf einen Halsstumpf, Wirbelsäule, Luft- und Speiseröhre sauber durchtrennt, und jede Menge klumpig geronnenes Blut.

Kein Kopf.

Das Reisfeld, der Schlamm, das Blut ... Die Erinnerungen waren sofort wieder da.

Er merkte, dass Herzfeld ihn aufmerksam musterte.

»Alles in Ordnung?«

Er schob die Bilder beiseite. »Wo ist der Kopf?«

»Noch nicht gefunden. Henry!« Der Fotograf tauchte mit seiner Kamera neben Herzfeld auf. »Ich dreh ihn jetzt um.« An Brandt gewandt fügte er hinzu: »Ihr seid spät. Wo ist Jens?«

Brandt überlegte, was er antworten sollte, ihm fiel nichts ein. »Wissen wir, wann er ...?«

»... den Kopf verloren hat?«, beendete Lenhardt die Frage.

Herzfeld warf den beiden einen wütenden Blick zu. Mit einem geschickten Griff wälzte er den Körper auf den Bauch. Das Sporthemd war blutgetränkt. »Vor höchstens zwei Stunden, sagt der Gerichtsmediziner.«

»Wann hat er angefangen zu spielen?«, wandte sich Brandt an Lenhardt.

»Um Viertel nach zehn, meint der Mann vom Verleih.«

»Loch acht«, überlegte Herzfeld laut. »Dafür dürfte er zwei bis drei Stunden gebraucht haben. Also ist er zwischen zwölf und eins hier angekommen.«

»Tatwaffe?«

»Schwert, Machete, Axt, sagt der Gerichtsmediziner. Suchen Sie sich was aus.«

Er schob sich an Lenhardt vorbei zu der Stelle, wo die Schleifspur begann. Er ging in die Knie. »Der Täter muss eine Menge Blut abbekommen haben.«

»Der oder die Täter«, korrigierte Lenhardt.

Der Täter hatte das Opfer am Rand der Baumgruppe getötet und dann zwischen die Ilexsträucher gezogen. Angst, entdeckt zu werden, hatte er anscheinend nicht.

»Keine Verteidigungswunden.« Ebers zog eine Zigarette aus seiner Packung. Herzfelds Blick stoppte ihn.

Brandt überlegte laut. »Das Opfer schlägt ab. Der Schlag geht schief, der Ball landet im Rough. Er ärgert sich. Er greift sich den passenden Schläger und macht sich auf die Suche.«

Herzfeld winkte die Männer der Gerichtsmedizin heran.

»Der Täter wartet zwischen den Sträuchern. Das Opfer kommt näher, guckt auf den Boden, sucht den Ball. Der Hieb trifft ihn – hier.« Er deutete auf die Stelle, wo das Blut versickert war. »Das Opfer fällt um und ist praktisch sofort tot.«

»Timo! Wir nehmen den Boden mit«, rief Herzfeld einem seiner Mitarbeiter zu. »Und alles absaugen!«

Brandt sah zu, wie die Männer in den roten Sweatshirts den Leichensack entrollten. Sie bemerkten, dass der Kopf fehlte, und sahen Herzfeld fragend an. Er zuckte mit den Achseln.

»Der Täter zerrt sein Opfer zwischen die Sträucher und trennt den Kopf ab.«

»So muss es gewesen sein.« Lenhardts Ton war sarkastisch.

Der Reißverschluss des Leichensacks wurde zugezogen. Das finale Geräusch.

»Raubmord?«, fragte Brandt in die darauffolgende Stille.

»Moment.« Herzfeld öffnete den Reißverschluss, zog den rechten Arm des Toten heraus und schob den Ärmel zurück. »Rolex Oyster Daytona. Mindestens dreißigtausend.«

»Also ein Irrer«, konstatierte Lenhardt.

Brandt ignorierte die Bemerkung. »Was ist mit Tieren?«

»Hier gibt's nur Karnickel.« Lenhardt schüttelte genervt den Kopf.

»Fuchs? Dachs? Waschbär?«

»Hund, Katze, Maus«, witzelte Ebers.

Lenhardt wurde sauer. »Hältst du uns für dämlich? Wir haben schon alles abgesucht.«

»Gründlich?«

»Leck mich doch!«

Brandt drückte eine Kurzwahlnummer auf seinem Handy. Kurz darauf war eine halbe Direktionshundertschaft mit Hundeführer und Leichenspürhund unterwegs.

Lenhardt wurde ungeduldig. »Was ist mit den Zeugen? Die warten.«

Vorsichtig schob sich Brandt durch das Gestrüpp. An der Rückseite des Wäldchens war das Unterholz noch dichter. Der Täter wäre kaum ohne Kratzer davongekommen.

»Ich bin gleich fertig!«, rief Herzfeld.

Brandt machte kehrt. Er hielt inne. Zwischen Ilexsträuchern waren Zweige abgeknickt. Die Bruchstellen waren frisch.

»Hier könnte er reingekrochen sein!«

»Timo! DNA!«, rief Herzfeld.

Brandt zeigte Herzfelds Assistent die Stelle.

Den Golfwagen zu fahren machte Spaß. Auf dem Anhänger lag die Bahre mit dem Leichnam. Herzfeld saß neben ihm.

»Wo ist Ihr Kollege – Volkert?«

»Keine Ahnung.«

Herzfeld fragte nicht weiter. Er schätzte Herzfeld, aber über Privates sprachen sie kaum. Herzfeld war Familienmensch. Hatte ihn sogar zum Grillen eingeladen. Er bezweifelte, dass der Forensiker ihm seine Ausrede geglaubt hatte.

»Eine Golftasche wäre perfekt, um die Tatwaffe und den Kopf wegzubringen.«

Brandt nickte. Er zog den Zettel, den er von Lenhardt bekommen hatte, hervor. Die Liste der Angestellten, vom Manager über das Restaurantpersonal bis hin zu den Greenkeepern und Gärtnern. Neben jedem Namen hatte Lenhardt vermerkt, wo sich der Befragte zur Tatzeit befunden hatte. Wer sich zur selben Zeit wie der Ermordete auf dem Gelände aufgehalten hatte, war unterstrichen. Zwei Greenkeeper und ein Gärtner. Aber sie hatten nachweislich weit entfernt vom Tatort zu tun gehabt. Lenhardt und sein Kollege hatten ausgezeichnet gearbeitet.

»Meinen Sie, er hat den Kopf mitgenommen? Warum?«, fragte Herzfeld.

»Symbolik? Abschreckung? Spielt dabei fast immer eine Rolle. Die englischen Könige haben ihre Feinde gern enthauptet und deren Köpfe an den Stadttoren aufgespießt. Magische Vorstellungen können auch eine Rolle spielen. Viele Bergstämme in Südostasien bewahren die Schädel getöteter Feinde in den Männerhäusern auf. Bei den Azteken standen Enthauptungen im Zusammenhang mit ihren rituellen Ballspielen.«

Sie schwiegen, bis der Wagen vor der Caddiehalle zum Stehen kam.

Brandt zog sich gerade die Schutzkleidung aus, als sich ein etwa vierzigjähriger Mann in maßgeschneidertem Dreiteiler vor ihm aufbaute. Sein Gesicht war gerötet, der Schweiß stand ihm auf der Stirn.

»Silvester von Cromberg, ich bin der Clubmanager. Sind Sie der leitende Beamte?«

»Hauptkommissar Brandt. Kann ich Ihnen helfen?«

»Wie lange gedenken Sie die Gäste des Clubs noch unter derart entwürdigenden Umständen festzuhalten? Überhaupt, der ganze ungehobelte Auftritt Ihrer Leute!« Er deutete vage in Richtung Haupteingang.

»Wir haben nicht die Absicht, uns länger bei Ihnen aufzuhalten als nötig. Aber die Untersuchung eines Tatorts dauert so lange, wie sie dauert.«

»Vielleicht kann Ihr Chef das ja beschleunigen.« Von Cromberg zückte sein Handy.

Brandt platzte der Kragen. »Kann ich auch. Zum Beispiel mit einem Kleinbagger, der Ihren Golfplatz umgräbt.«

Das Blut wich aus Crombergs Gesicht. Dann gab er sich geschlagen. Ohne Murren half er Brandt, den Aufenthalt des Opfers im Club zu rekonstruieren.

Die Startzeit war am Tag zuvor durch den Concierge des Ritz-Carlton telefonisch gebucht worden. Der Ermordete war gegen Viertel vor zehn eingetroffen. Wie er zum Club gekommen war, wusste Cromberg nicht. Der Mann hatte sich am Empfang gemeldet, sein Greenfee hatte er mit einer schwarzen Centurion bezahlt. Höher konnte man in der Plastikgeld-Hierarchie nicht steigen. Kein Wunder, dass Cromberg ihn persönlich begrüßt hatte. Das Einzige, was ihm dabei aufgefallen war: Der Mann hatte sich geweigert, einem Clubmitarbeiter seine Sporttasche anzuvertrauen. Er ließ sich den Schrankschlüssel aushändigen und begab sich allein zu den Umkleideräumen.

Der Schrank! Brandt rief Herzfeld an. Herzfeld versprach, sich sofort darum zu kümmern.

Cromberg wurde ungeduldig. »Was ist mit den Gästen? Sie halten sie seit Stunden fest. Man wird mich dafür verantwortlich machen.«

Brandt sah es vor sich: Egal, wie sehr sich Cromberg auch anstrengte, für seine Klientel blieb er ein besserer Laufbursche. Brandts Handy läutete. Herzfeld.

»Das müssen Sie sich ansehen.«

Herzfeld hatte den Inhalt des Schranks auf der Sitzbank aufgereiht: einen nachtblauen Maßanzug mit dem handgestickten Etikett eines Schneiders aus der Savile Row, Maßschuhe, ein Maßhemd, in Seidenpapier eingeschlagene Seidensocken und Seidenunterwäsche. Cromberg trat ungeduldig von einem Fuß auf den anderen.

In einem mit drei Brillanten besetzten Geldclip steckten mehrere mittelgroße Euro- und Dollarnoten sowie ein paar saudi-arabische Riyal. Trinkgeld, dachte Brandt. Herzfeld reichte ihm eine Brieftasche aus Krokodilleder. Aus einem Steckfach lugte die schwarze Centurion hervor. In einem anderen steckte ein hellblauer Reisepass. Er öffnete ihn. Der Pass wies den Besitzer als Staatsbürger des Sultanats Musah aus.

Herzfeld öffnete die Sporttasche. »Daran werden Sie besonders Spaß haben.«

Auf dem Boden lag eine Pistole. Herzfeld reichte Brandt ein Paar Latexhandschuhe. Brandt streifte sie über und nahm die Waffe aus der Tasche.

»Sig Sauer P 226 Scandic, neun Millimeter, neunzehn Schuss. Sogar vergoldet«, stellte Brandt fest.

»Tolles Spielzeug«, ergänzte Herzfeld.

Brandt entlud die Waffe und betrachtete das Magazin. Es war voll und zeigte erhebliche Abnutzungsspuren.

»Kein Spielzeug«, sagte er.

Die Befragung der Angestellten überließ er Lenhardt und Ebers. Er selbst ging in den Speisesaal. Nachdem einige der Anwesenden ihre Empörung über die unwürdige Behandlung zu Protokoll gegeben hatten, begann er im Pausenraum des Küchenpersonals mit der Befragung.

Die Zeit hätte er sich sparen können. Ein Chefarzt, ein Konzernanwalt, ein Vorstandsvorsitzender – keiner von ihnen hatte etwas gesehen. Alles, was sie interessierte, waren Scores und Handicaps. Und vermutlich die Deals, die sie zwischen den Schlägen einfädelten.

Zuletzt führte ein uniformierter Kollege einen knapp vierzigjährigen Mann und seine Tochter herein.

»Sie sind Dr. Georg Walter?«

Der Mann bejahte.

»Und du bist …?«

»Emily Walter«, kam es wie aus der Pistole geschossen. »Ich bin zehn. Handicap achtzehn.«

»Das ist gut, oder?«, fragte Brandt.

»Geht so«, erwiderte Emily selbstkritisch.

Er legte die Klarsichthülle mit dem aufgeschlagenen Pass des Opfers auf den Tisch. »Haben Sie diesen Mann gesehen?«

»Der Fiese vom sechsten Loch«, erklärte Emily trocken.

Ihr Vater sah sich das Foto genauer an. Er nickte. »Ja, das ist er. Aber er war doch nicht fies, Emily.«

»War er doch! Er hat mich angegafft!«, protestierte Emily. »Und er hat geschwitzt. Er hat sich das Gesicht abgewischt und Wasser getrunken.«

»Getrunken? Woraus?«

»Aus einer grünen Plastikflasche. Die gibt's hier im Club. Für zehn Euro! Dann hat er mir mit seiner Schweißhand über den Kopf gestrichen!«

Herzfeld hatte keine Flasche erwähnt.

Emilys Vater unterbrach Brandts Überlegungen. »Was ist denn mit ihm? Wird er vermisst?«

Brandt sah Emily an und zögerte. »Er wurde gefunden.«

»Tot?« Emily riss die Augen auf. »Fies war er trotzdem«, fügte sie nach kurzer Bedenkzeit hinzu.

Die jugendliche Verkäuferin im Clubkiosk bestätigte Emilys Aussage: Das Opfer hatte eine Halbliterflasche Grönlandwasser gekauft. Sie erinnerte sich an den Mann, weil er sie so schmierig angesehen hatte.

Vor dem Haupteingang deponierte Herzfeld gerade einen Beutel mit Laub und kleinen Zweigen auf der Kiste mit dem blutigen Erdreich.

»Habt ihr bei dem Opfer eine Wasserflasche gefunden? Grün. Halbliter. Markenname ›Nuuk‹. Wurde im Club gekauft. Zeugen sagen, er hat am sechsten Loch daraus getrunken.«

Herzfeld schüttelte den Kopf. Er nahm eine Bleistiftskizze der Umgebung des Tatorts aus seinem Folder und studierte sie. »Keine Mülleimer in der Nähe.«

Der Hundeführer kam mit seinem Hund aus einem Seiteneingang des Hauptgebäudes. Er senkte den Daumen.

»Eine dreißigtausend Euro teure Uhr interessiert den Täter nicht, aber eine halb leere Flasche Wasser«, sagte Brandt schließlich.

»Wenn sie in der Golftasche steckte, musste er dafür seine Deckung verlassen und riskieren, gesehen zu werden. Vielleicht hat Lenhardt recht mit dem Irren.«

»Ich meine etwas anderes. Wenn wir auf der Flasche und auf dem Trolley die gleichen Fingerabdrücke finden, und es sind nicht die des Opfers …«

»… stammen sie vom Täter«, beendete Herzfeld seinen Gedanken.

Brandt rief den Führer der Hundertschaft an. Seine Leute waren schon auf dem Rückweg, den Kopf hatten sie nicht gefunden. Er erklärte ihm, worum es ging.

»Latexhandschuhe und jede Flasche einzeln eintüten!«, rief Herzfeld dazwischen.

Er gab es weiter. »Ich will alle leeren Nuuk-Flaschen, vom Gelände, aus Mülleimern, Containern, was auch immer. Danach suchen Sie alle Wege und Straßen ab, zwanzig Meter links und rechts, in einem Radius von … sagen wir mal, zwei Kilometern.«

»Sind Sie irre!« Die Stimme des Gruppenführers überschlug sich.

»Wenn der Täter einen halben Liter Wasser mitnimmt, muss er Durst haben«, erklärte Brandt geduldig. »Was macht er? Er trinkt die Flasche aus. Dann wirft er sie weg. Mit seinen Abdrücken und seiner DNA.«

Herzfeld sah ihn mitleidig an. »Gratuliere. Sie haben sich gerade eine Hundertschaft neue Freunde gemacht.«

Brandt grinste säuerlich.

Batman

Die Oberfläche des Wassers war dunkel und weich. Die Äste der Bäume ragten weit in den schmalen Kanal. Der Verkehrslärm war nur ein gedämpftes Rauschen. Kein Windhauch störte, ein paar bunte Flecken am Ufer vielleicht, Spaziergänger, Radfahrer auf den Parkwegen. Brandt zog das Doppelpaddel durch, spürte dem Druck des Wassers nach, suchte den Rhythmus. Nach dreihundert Schlägen hörte er auf zu zählen. Sein Körper pumpte gleichmäßig, er glitt dahin. Dann ließ der Himmel endlich los, der Regen fiel in stillen Fäden. Er war allein mit den Bildern in seinem Kopf. Er konnte sie auf das dunkle Wasser legen, drehen und wenden und betrachten, ohne dass sie seine schwärzesten Erinnerungen weckten.

Im Sektionssaal hatte Brandt es vermieden, die Wunde direkt anzusehen. Als er durch die Automatiktür trat, hatte er den üblichen leichten Würgereiz erwartet, doch diesmal traf ihn der Geruch wie ein Schlag. Castaro, der neue Pathologe, deutete entschuldigend auf den Nebentisch. Dort lag der halb verweste Leichnam eines alten Mannes, der tot vor seinem Fernseher gefunden worden war.

Castaro war mit seiner Arbeit fast fertig. Er hatte Azzams Leiche eröffnet, die Organe entnommen, begutachtet, gewogen, Proben asserviert und dem Toten alle Teile schon wieder beigegeben. Er machte noch die letzten Stiche, um den Obduktionsschnitt zu vernähen. Brandt wartete. Drei Minuten später, auf dem Weg zum Kühlraum, lieferte ihm der Pathologe einen vorläufigen Bericht.

Zwei Hiebe. Der erste war zwischen dem vierten und fünften Halswirbel bis in den Spinalkanal gedrungen und hatte das Opfer getötet. Die Schneide des Tatwerkzeugs war scharf. Womöglich ein Handbeil. Der Schnittverlauf ließ vermuten, dass der Täter kleiner war als das Opfer.

Die Räder der Rollbahre quietschten. Die Silhouette unter dem Leichentuch wirkte zu kurz. Brandt konzentrierte sich, um alle Fakten abzuspeichern, die der Pathologe runterratterte. Sie bogen in den Kühlraum ab. Dreistöckige, offene Leichenregale. Ein Sektionsassistent suchte ein freies Fach und schob die Bahre mit dem schweren Körper hinein. Castaro bedauerte das dürftige Ergebnis der Obduktion. Über die offensichtliche Todesursache hinaus hatte er am Leichnam keinerlei Auffälligkeiten feststellen können – bis auf eine.

Brandt war abgelenkt. Der Sektionsassistent hatte eine andere Bahre aus dem Regal auf den frei gewordenen Rollwagen gezogen. Das Leichentuch war hängen geblieben und gab den Blick auf den Leichnam einer Frau frei. Der grob vernähte Y-Schnitt entstellte ihren zierlichen Körper. Brandt erkannte es sofort. Für die meisten Europäer sahen Asiaten mehr oder weniger gleich aus – für ihn nicht. Die Frau war eine Igorot.

»Können Sie nicht aufpassen?«, fuhr Castaro den Assistenten an. »Sie ist nicht nur ein Stück Fleisch.«

Eilig deckte der Mann die Frauenleiche wieder zu.

Brandt wandte sich ab und sah Castaro fragend an. »Was ist das für eine Auffälligkeit?«

»Eine Bissspur am Trapezius. Also im Schulterbereich.«

»Von einem Tier?«

Castaro schüttelte den Kopf. »Von einem Menschen. Das Hämatom ist drei bis vier Tage alt. Dem Zahnstand nach würde ich auf eine Frau tippen, aber ich lasse das noch von einem Zahnmediziner abklären.«

»Eine Art Liebesbiss?«

»Möglich.«

Dann war Brandt gegangen und in den Kombi gestiegen. Bis zum Tiergarten war es nicht weit. Er gab Gas, der Omega schoss vorwärts. So heruntergekommen der Wagen auch wirkte, die Drei-Liter-Maschine arbeitete einwandfrei. Nach einer Minute sah Brandt die S-Bahn-Trasse. Er folgte ihr bis zu der Stelle, an der sie im Park verschwand. Von hier waren es keine hundert Meter mehr bis zum Kanal.

Brandt hatte den Wagen gegenüber einem Fast-Food-Restaurant abgestellt. Er ging an der Trasse entlang in den Park. Die Bahnbögen waren zugemauert. In einem davon hatte Brandt einen Verschlag gemietet. Fünfzig Euro im Monat, und sein Kajak lagerte sicher und nicht weit vom Landwehrkanal.

Er trieb das Paddel gleichmäßig durch das Wasser. Der Park lag längst hinter ihm. Die B 96 säumte nun den Kanal, dreispurig auf beiden Seiten, Schöneberger und Reichpietschufer. Brandt zog seine Bahn mitten durch die Rushhour. Der Regen war stärker geworden.

Nur zwei Hiebe. Woher hatte der Täter diese Präzision? Warum trug das Opfer eine Schusswaffe? Sie war regelmäßig benutzt worden. Nur auf dem Schießstand? Wusste der Mörder, dass Azzam die Waffe in seiner Sporttasche lassen würde? Warum wurde ein reicher Araber umgebracht? Ein politisches Motiv? Oder doch nur ein Wahnsinniger? Und die Bissspur? Hatte sie etwas mit der Tat zu tun? Warum hatte Azzam das kleine Mädchen angegafft?

Es wurde schon dunkel, als Brandt die Schleuse erreichte. Die ganze Runde würde zwei weitere Stunden dauern. Er stellte ein Blatt des Paddels gegen das Wasser. Das Boot schwenkte herum. Er nahm den Weg, den er gekommen war.

Im Bahnbogen war es nun stockfinster. Brandt setzte das Kajak zwischen den Holzverschlägen ab und tastete nach dem Lichtschalter. Eine nackte Glühbirne flammte auf und erlosch sofort wieder. Brandt fummelte sein Handy aus der nassen Paddeljacke. Das Display zeigte eine SMS: *Liege in deinem Bett! Wo bleibst du?* Dahinter ein Smiley, der ein Auge zukniff. Sofort spürte er den alten Druck im Magen. Er hatte vergessen, dass Saskia heute in der Stadt war. Vergessen oder verdrängt? Im Licht der Taschenlampen-App seines Handys sperrte er das Vorhängeschloss auf, verstaute das Kajak, zog sich um und schloss den Verschlag wieder ab.

Er ging zurück zur Straße. Es hatte aufgehört zu regnen. Die Bögen vor dem Eingang des Fast-Food-Restaurants leuchteten gelb. Darunter drängte sich eine Gruppe Jugendlicher. Sie stopften Burger in sich hinein und spülten mit Softdrinks aus überdimensionalen Pappbechern nach. Brandt setzte sich in den Wagen. Das letzte Mal war Saskia vor einem Monat da gewesen. Er konnte jetzt nach Hause fahren, sich in sein Bett, in ihre Wärme legen. Für den Moment würde es sich gut anfühlen. Aber er wusste, es wäre gelogen. Er war vor seiner Lüge davongelaufen, bis nach Berlin. Sie hatte ihn eingeholt.

Er sah auf die Uhr. Herzfeld war bestimmt noch im Labor. Zu Beginn einer Ermittlung arbeitete er immer bis in die Nacht. Er würde anrufen, sobald er Ergebnisse hatte. Brandt blickte die Straße hinunter. Ganz entfernt die angestrahlte Siegessäule. Goldelse nannten die Berliner die Göttin darauf. Sie schimmerte in der feuchten Luft. Er sah hinüber zu den Jugendlichen. Keiner von ihnen würde auch nur einen Klimmzug schaffen, nicht mal wenn sein Leben davon abhinge. Aber sie mussten ja auch nicht in den Fahrwerksschacht einer 747 klettern.

Brandts Handy klingelte. Oberstaatsanwalt Siegrist. Nicht die Nummer seines Vorzimmers, die seines Handys. Es ging also schon los. Früher, als Brandt gedacht hatte. Er ignorierte das Klingeln.

Saskia wartete in seinem Bett. Er musste nur geradeaus fahren und kurz vorm Alexanderplatz nach Friedrichshain abbiegen. Er startete den Motor und fuhr in entgegengesetzter Richtung davon.

Der Aufgang zum S-Bahnhof lag hell erleuchtet auf dem breiten Mittelstreifen. Er nahm den Fuß vom Gas. Das Gold des Schriftzugs »Wedding« musste ironisch gemeint sein. Auf den letzten fünfzig Metern war Brandt nur an Spielhallen, Handyläden, einem Geschäft für Satellitenschüsseln und einer Dönerbude vorbeigekommen. Nun rollte er unter der Eisenbahnbrücke hindurch. Aus den Augenwinkeln sah er, versteckt zwischen den Brückenpfeilern, ein Lager aus Pappkartons. Fünfzig Meter weiter konnte er wenden.

Die Rückseite des Bahnhofs war ehrlicher. Auf dem Mittelstreifen wild wachsendes Gestrüpp, Müll, schlechte Graffitis am Brückenbeton. Brandt fuhr auf den Parkplatz eines Discounters und suchte sich eine Stelle, von der er das Kartonlager im Blick hatte.

Der Schlafplatz wirkte verlassen. Brandts Magen knurrte. Er hatte seit dem Frühstück nichts gegessen. Das Handy in seiner Jackentasche vibrierte. Wieder eine SMS von Saskia. *Wo bleibst du?* Er stieg aus und ging zu der Dönerbude.

Er aß im Gehen. Die Bude hatte das Flair einer Müllhalde gehabt, aber das Schawarma im frischen Fladenbrot schmeckte ausgezeichnet. Nicht die übliche Hühnerfleischvariante, sondern das Original: Hammel- und Lammfleisch, mit Tahin und milchsauer eingelegtem Gemüse. Der Budenbesitzer war so alt, er hatte noch miterlebt, wie de Gaulle in Beirut seine Troupes Spéciales du Levant rekrutiert hatte.

Unter der Brücke kickten jetzt drei Jungen mit einer leeren Red-Bull-Dose. Der kleinste und dünnste trug einen dunklen Kapuzenpulli mit einem verwaschenen Logo auf der Brust. Eine stilisierte Fledermaus. Brandt ging weiter und stieg wieder in seinen Wagen.

Die Jungen nahmen ihr Spiel ernst. Es gab Regeln. Eins gegen eins, der dritte Mann im Tor. Punkte machten nur die beiden Feldspieler. Jedes Tor wurde vom Schützen spektakulär gefeiert. Das schien fast wichtiger als der Treffer selbst. Die Jungen spielten hart, aber nie grob unfair. Der Schmächtige mit dem Superheldenpulli war den beiden anderen körperlich deutlich unterlegen. Aber er dribbelte sie schwindelig.

Brandt leckte seine Finger ab und lehnte sich zurück. Er hätte ein Monatsgehalt auf Batman gesetzt.

Dienstag

Zehra

Ein metallischer Knall. Brandt schoss aus dem Schlaf hoch. Er wusste nicht, wo er war. Etwas hielt ihn fest. Der Sicherheitsgurt. Er saß im Auto. Ein zweiter Knall, direkt über seinem Kopf.

»Hey, Alter, hier wird nicht gepennt!«

Durch das Seitenfenster feixten drei junge Männer herein, Lonsdale-Jacken, rasierte Schädel, Halstattoos. Sie kriegten sich vor Lachen kaum ein. Der Anführer holte zu einem dritten Schlag aufs Dach aus. Brandt war zu müde für Diskussionen. Er schob sein Jackett zurück. Der Anblick der Waffe im Pistolenhalfter genügte. Statt aufs Autodach zu schlagen, hob der Anführer beschwichtigend die Arme. Er gab seinen Kumpels ein Zeichen. Sichtlich bemüht, ihr Gesicht zu wahren, traten sie den Rückzug an.

Die Jungen, die auf der Verkehrsinsel campiert hatten, waren nicht mehr da, nur etwas Fast-Food-Müll. Das Letzte, woran er sich erinnerte, war ein orientalisch interpretierter Moonwalk, mit dem der schmale Junge seinen verwandelten Fallrückzieher gefeiert hatte. Brandt überlegte kurz, ob er nach Hause fahren sollte. Zu Saskia. Jeder einzelne Knochen tat ihm weh.

Er fuhr los. Er hatte geträumt. Von Saskia, ohne Kopf, mit einer Rolex Oyster. Sie hatte ihm die Uhr unbedingt zurückgeben wollen, sie hatte ihn verfolgt. Er war durch blutige Reisfelder geflohen, aber immer an seinen Ausgangspunkt zurückgekommen.

Er parkte den Omega auf dem Hof hinter der Direktion. Die Tatortfotos lagen bestimmt schon in seinem Büro. Er würde sie gegenüber von seinem Schreibtisch an der Pinnwand befestigen. Wo er sie immer im Blick hatte. Er brauchte Pinnwandnadeln. Als er den Aufzug betrat, brummte sein Smartphone. Eine SMS von Saskia: *Wo warst du?* Ohne versöhnliches Emoji.

In der Inspektion waren erst wenige Schreibtische besetzt. Auf einem Tisch lag ein Päckchen Pinnwandnadeln, er steckte es im Vorbeigehen ein. Er grüßte und erntete tatsächlich hier und da Kopfnicken sowie ein paar erwartungsvolle Blicke, die er sich nicht erklären konnte.

Als er sich dem Terrarium näherte, sah er, warum: Eine junge Frau saß an seinem Schreibtisch. Sie hatte die Ermittlungsakte aufgeschlagen und studierte die Tatortfotos.

»Was machen Sie da?« Brandt spürte die Blicke seiner Kollegen im Nacken.

Die junge Frau klappte die Akte zu und stand auf. »Tut mir leid. Oberkommissarin Zehra Erbay.«

Die Frau sah ihn an, als müsse ihm das etwas sagen. Sie war Mitte, Ende zwanzig. Die ein Meter sechzig für die Aufnahme in den Polizeidienst dürfte sie mit Glück gerade noch geschafft haben. Sie war nicht dick, eher ein bisschen rundlich, auf eine freundliche Art. Vermutlich wurde sie oft unterschätzt.

Zwischen ihren Augenbrauen entstand eine steile Falte. »15.9., acht Uhr. Ich bin da.«

»Müsste mir das irgendwas sagen?« Brandt nahm die Fotos aus der Akte.

»Ich bin nicht freiwillig hier!« Sie versuchte gar nicht erst, ihren Ärger zu verbergen.

Brandt pinnte eine Totale des Tatorts an die Wand. In dieser Ansicht war die kopflose Leiche nicht zu erkennen.

»Offenbar fehlen mir ein paar Puzzlestücke. Helfen Sie mir.«

»Ich bin Ihre neue Assistentin!«

Brandt wandte sich um. »Meine was?«

»Meine Versetzung zum LKA ist bewilligt worden – habe ich zumindest gedacht. Und jetzt bin ich hier in diesem …« Sie ließ den Blick empört durch den Raum wandern.

»Terrarium.« Brandt nahm den Hörer vom Telefon. Er wählte. Hörte auf das Freizeichen. Sah auf die Uhr. Noch keiner da. Er legte den Hörer zurück auf die Gabel.

»Nichts gegen Sie. Aber es gibt Vereinbarungen. Zum Beispiel, dass ich bei der Besetzung meines Teams mitrede.«

»Sie wussten nichts davon?«

Brandt schüttelte den Kopf.

»Dann haben Sie mich gar nicht angefordert?«

»Typisch.« Brandt pinnte ein Foto des Golfschlägers und des Balls neben die Totale. Das Blut auf dem Boden war deutlich zu sehen. »Sie sind bestimmt eine fähige Kollegin …« Er ließ das Ende des Satzes in der Luft hängen. »Wo waren Sie bisher?«

»Abschnitt 54.«

Neukölln. Und trotzdem wollte sie nicht in sein Dezernat? »Ist wohl für Sie nicht der optimale Karriereschritt?«

»Karriere?« Sie stieß die Luft durch die Nase aus. »Ich bin Türkin. Meinen Sie, da suche ich mir freiwillig SD Fremdkultur aus?«

Brandt begriff, was sie meinte. Sie tat ihm fast ein bisschen leid. »Schon klar. Sie stehen nicht auf Typecasting.«

»Oder Diskriminierung.«

»Meine Schuld ist es nicht.«

Brandt nahm das nächste Foto, eine Nahaufnahme des Halsstumpfs. Brandts Smartphone brummte. Wieder Saskia. *Ich fahre jetzt. Danke für die schöne Zeit.* Diesmal mit Sarkasmus-Emoji. Sein Festnetzanschluss läutete. Rief sie etwa noch an?

»Ja?« Siegrist. Er hörte kurz zu. »Gut. Ich komme.« Er legte auf. »Ich muss weg.«

»Und was ist mit mir?«

Er schloss die Tür hinter sich. Noch so eine Frage, auf die er keine Antwort hatte.

Paviane

Brandt traf Gunnar Siegrist nicht zum ersten Mal bei den Pavianen. Einmal in der Woche verbrachte der Oberstaatsanwalt seine Frühstückspause im zoologischen Garten. Wer ihn unbedingt sprechen wollte, musste sich eine Eintrittskarte kaufen. Brandt wollte ihn nicht sprechen, die Ermittlungen standen noch am Anfang, er hatte nichts vorzuweisen.

Er fand einen Parkplatz nicht weit vom Eingang.

Seine persönliche Beziehung zum Oberstaatsanwalt nervte ihn

manchmal. Er hasste unklare Loyalitäten. War Siegrist überhaupt für den Fall zuständig?

Der uniformierte Wärter am Drehkreuz studierte missmutig Brandts Dienstausweis. »Überall rin für umme. So 'ne Pappe hätt ick och jern«, maulte er, öffnete das Drehkreuz aber trotzdem für Brandt.

Auf dem Pavianfelsen war es ungewöhnlich ruhig. Einige Tiere lausten sich ohne große Begeisterung, die meisten hockten einfach nur da. Vielleicht waren sie deprimiert.

Siegrist saß auf seinem Stammplatz. Von da hatte er den besten Blick auf das Treiben. Der Vogelkot auf der Parkbank schien ihn nicht zu stören. Er hatte seine Brotdose aus verbeultem Aluminium auf dem Schoß. Der Mann bestand zu neunzig Prozent aus Routinen. Die verbleibenden zehn Prozent machten ihn absolut unberechenbar.

»Warum nicht mal bei den Erdmännchen, Gunnar?«

Siegrist machte sich nicht die Mühe, aufzustehen. Er war an die zwei Meter groß. Sich aus Höflichkeit voll auszufalten wäre ihm nie in den Sinn gekommen. Das tat er nur, wenn er sein Gegenüber einschüchtern wollte.

»Ich bin sicher, Erdmännchen haben ebenfalls ein reges Sozialleben. Unglücklicherweise findet das meiste davon unterirdisch statt. Hallo, Heiko. Setz dich.«

Brandt ließ sich auf die Bank fallen. Siegrist hielt ihm die geöffnete Brotbüchse hin. Es war ein Witz. Niemand probierte Siegrists selbst gefertigte Sandwichs. Sie waren fürchterlich.

»Nein, danke.«

Siegrist zuckte mit den Achseln. »Ich wollte dir den Besuch in meinem Büro ersparen. Um dich nicht zu kompromittieren.«

Das war natürlich ironisch gemeint. Siegrist deutete auf ein halbstarkes Pavianmännchen. Es näherte sich wie zufällig einer Gruppe Weibchen, die sich neben dem silbermähnigen Patriarchen des Felsens langweilten.

»Das gibt Ärger.«

Siegrist hatte recht. Offenbar existierte eine unsichtbare Linie. Kaum hatte der vorwitzige Jüngling sie überquert, stürzte sich der Patriarch mit gefletschten Zähnen auf ihn. Kreischend stob der Junior davon und purzelte eine Felsschräge hinunter. Als er unten ankam, saß der Alte schon wieder seelenruhig auf seinem Platz.

»Grenzen zu ignorieren kann gefährlich sein.« Siegrist legte sein angebissenes Sandwich zurück in die Dose und schloss sie. »Aber das weißt du ja besser als ich.«

Brandt schwieg. Das Pavianweibchen streckte seinem jungen Verehrer provozierend sein rosafarbenes Hinterteil entgegen.

»Wie geht es Saskia? Sie war doch in Berlin. Wusstest du das nicht? Sie hat mich angerufen.«

»Dich?«

»Ich bin euer Trauzeuge.«

Das stimmte. Gunnar hatte es angeboten, Brandt hatte angenommen, ohne lange zu überlegen. Gunnar und sein Vater waren dicke Freunde gewesen.

»Und ich war beschäftigt. Der tote Araber auf dem Golfplatz.«

Beide schwiegen. In seiner Teenagerzeit war Gunnar so etwas wie ein Onkel für ihn gewesen. Er hatte ihm Ratschläge gegeben und versucht, zwischen ihm und seinem Vater zu vermitteln. Später wurde er eine Art Mentor. Gunnar war es gewesen, der ihn auf die Idee gebracht hatte, zur Polizei zu gehen. Der ihn vor sechzehn Monaten nach Berlin geholt hatte. Brandt verstand selbst nicht genau, was sie verband. Sie waren keine Freunde, jedenfalls nicht die Art, mit der man ein Bier trinken ging oder die man zu Hause besuchte. Er wusste nicht mal, ob er Gunnar überhaupt mochte.

»Also – was denkst du?« Siegrist fixierte ihn mit seinem Kreuzverhörblick.

»Noch nicht viel. Wenige Spuren, keine Zeugen.«

Der Jungpavian hangelte sich beiläufig um einen Felsvorsprung und landete ganz zufällig wieder in der Nähe des Weibchens, das ihm den Po entgegengereckt hatte.

»Ein Araber auf dem Golfplatz – das ist kein Fall für das Dezernat, Gunnar!« Brandts Ton war schärfer, als er beabsichtigt hatte.

»Unser Polizeipräsident ist da Mitglied.«

»Das hat mir der Manager als Erstes unter die Nase gerieben.«

Siegrist lachte leise. »Und genau deshalb will ich nicht, dass Lenhardt und Konsorten durch den Golfclub trampeln wie Elefanten.«

Brandt wusste, dass Siegrist Einfluss hatte und hinter den Kulissen Fäden ziehen konnte. Aber diese neue Qualität irritierte ihn. »Um die feine Klientel nicht zu echauffieren?«

»Um die feine Klientel nicht zu echauffieren.« Auch Siegrists Ton war jetzt angeschärft.

Der Jungpavian und das Weibchen aus dem Harem des Chefs hatten es geschafft – sie hockten dicht beieinander, ohne dass es jemandem aufgefallen war.

»Ein Gefallen für einen Parteifreund?«

»Darum geht es nicht. Wir brauchen da jemanden mit Fingerspitzengefühl. Der weiß, wann er bei diesen Leuten Gas geben kann und wann er auf die Bremse treten muss.«

Brandt sagte nichts.

»Wo ist das Problem, Heiko? Bist du überlastet?«

War er nicht.

»Du hast doch Verstärkung gekriegt. Die Einser-Türkin.«

Dahinter steckte Siegrist also auch. Brandts Nackenmuskulatur verspannte sich.

»Das ist kein Fall für uns! Das weißt du ganz genau! Also was soll das?« Er hielt inne. Vielleicht war die Antwort ganz einfach. »Oder hast du das Dezernat schon abgehakt?«

Siegrist knallte die Brotbüchse auf die Bank.

»Das Dezernat war meine Idee! Ich habe dich nach Berlin geholt! Und ich tue alles dafür, dass es ein Erfolg wird! Aber du musst mitarbeiten!«

»Indem ich im Golfclub des Polizeipräsidenten leisetrete.«

Siegrist seufzte. Offensichtlich war er es leid. »Wie wäre es, wenn du mir einfach einen Gefallen tust?«

Intranet

Brandt stieg in der vierten Etage aus dem Aufzug. Das Kompetenzzentrum Kriminaltechnik war im Gebäude des LKA am Tempelhofer Damm untergebracht.

Es war immer eine gute Idee, mit Herzfeld persönlich zu sprechen, statt auf seinen Bericht zu warten. Er nahm sich Zeit, wenn man Fragen hatte. Zumindest für Brandt. Eine Auszeichnung, wenn man bedachte, dass Herzfelds Abteilung chronisch unterbesetzt war. Außerdem hielt er eine Vergangenheit als Ethnologe nicht per se für einen Charakterdefekt.

Herzfeld war noch damit beschäftigt, das Spurenmaterial zu sichten. Sein Assistent nahm Fingerabdrücke von zwei Dutzend Nuuk-Flaschen. Die DNA würde im zweiten Schritt gesichert.

»Ich sehe, Sie haben zu tun. Ich komme morgen wieder.« Brandt wandte sich zum Gehen.

Herzfeld schaute von dem blutbefleckten Golfshirt auf, das er auf dem Arbeitstisch ausgebreitet hatte. »Sind Sie mit dem Kopf schon weiter? Warum der Täter ihn mitgenommen hat, meine ich.«

Brandt verneinte. »Ich suche noch nach dem richtigen Ermittlungsansatz.«

»Ich hätte da einen für Sie.«

»Tatsächlich? Immer her damit.«

»Erinnern Sie sich an Toulouse? Die beiden jungen Männer, die den schiitischen Imam mit dem Schwert attackiert haben?«

»In der Moschee. Ich weiß.«

»Es gibt dazu ein Bekennervideo. ›Lang lebe der Islamische Staat‹ und so weiter. Sie wollten den Kopf an Abu Bakr al-Baghdadi schicken.«

Brandt merkte, dass er Hunger hatte.

Ein Schlaukopf hatte direkt neben dem LKA-Gebäude einen Discount-Markt aus dem Boden gestampft. Dazu gehörte eine Tankstelle mit »Imbisszone«. Brandt bestellte eine Cola und ein Salamibrötchen, obwohl er weder das eine noch das andere besonders mochte. Die Bedienung lächelte ihn an. Er war überrascht. Da fiel sein Blick auf einen Flachbildschirm. Er gehörte zu einem Computer, mit dem Tankstellenkunden googeln oder E-Mails abrufen konnten. Er vergaß zu flirten, zahlte einen Euro und erhielt einen temporären Zugangscode.

Er öffnete YouTube. Welche Kombination von Suchbegriffen

führte zu einem Bekennervideo über einen Mord auf einem Berliner Golfplatz? Er tippte den Namen des Opfers, dazu die Begriffe »Dschihad«, »Berlin« und »Enthauptung« ein. Nichts. Er probierte andere Begriffskombinationen. Nach einem Dutzend Versuche und mehr dschihadistischer Propaganda, als er auf nüchternen Magen vertragen konnte, war er ziemlich sicher, dass es zu ihrem Mord kein Bekennervideo gab. Gott sei Dank.

Er loggte sich aus und verließ die Tankstelle. Auf halbem Weg zur Perleberger Straße knurrte sein Magen. Er hatte die Cola und das Salamibrötchen neben dem Tankstellencomputer vergessen.

Als er das schwach besetzte Großraumbüro der Inspektion betrat, fing ihn Schöller ab. Schöller war Fitnessfanatiker und erbarmungslos leistungsbereit. Er platzte förmlich vor Körperspannung, aber Lachfältchen würde er bestimmt nie kriegen. Einmal auf die richtige Fährte gesetzt, war er jedoch ein gewissenhafter Ermittler.

»Weißt du, ob Jens aus unserer Tippgemeinschaft aussteigt?«

Tippgemeinschaft. Er brauchte einen Moment, bis er verstand, wovon Schöller redete. Eurolotto.

»Jens ist raus!«, rief Hauptkommissar Bandow, ohne vom Sportteil der Bild-Zeitung aufzuschauen. Er hielt Brandts Sonderdezernat für politisch korrekten Firlefanz.

Schöller sah Brandt unschlüssig an. »Was ist mit dir? Du könntest für ihn einsteigen ...« Als bereue er seine Frage bereits, fügte er hinzu: »Wenn du überhaupt interessiert bist.«

Was sollte er sagen? »Ich überleg's mir.«

Schöller schien erleichtert, dass er vor den Kollegen nicht für seinen Vorstoß geradestehen musste.

Er schloss die Tür des Terrariums. Tee wäre jetzt gut. In dem alten Wasserkocher war noch genug Wasser. Er schaltete ihn ein. Würde er es vermissen, von Jens mit seinem Tee-Tick aufgezogen zu werden? Eher nicht.

Herzfeld hatte ihn auf Jens angesprochen. Er war ihm bei Gericht über den Weg gelaufen. Jens hatte ihm von seinem Wechsel nach Tempelhof erzählt. »Klang nicht, als hätten Sie sich im Guten getrennt.«

»Sagt er das?«

»Zwischen den Zeilen.«

»Was denn genau?«

»Dass Sie ein totales Arschloch sind.«

»Finden Sie das auch?«

Herzfeld hatte mit den Achseln gezuckt. »Dafür kennen wir uns noch nicht gut genug.«

Brandts Blick wanderte zur Pinnwand. Er hatte die ersten Tatortfotos in der Reihenfolge angeheftet, wie er sie aus der Ermittlungsakte genommen hatte. Jetzt hingen alle an der Wand, an einem unsichtbaren Raster ausgerichtet – die Fotos vom Opfer zuerst, dann die vom Tatort und der Umgebung in logischer Reihenfolge von der Übersicht zum Detail.

Drei der Bilder stammten nicht vom Tatort. Das erste war eine Vergrößerung von Azzams Passfoto. Es war nicht sehr scharf, aber es zeigte das Gesicht eines Mannes, der den Betrachter überheblich und zugleich wachsam ansah. War das Azzams Haltung zum Leben gewesen? Möglich. Ihm wurde bewusst, dass er keinerlei Vorstellung davon hatte, was es bedeutete, in der Haut eines arabischen Millionärs zu stecken. Wie ein Rikschafahrer in Kalkutta die Welt sah oder ein Seenomade im Riau-Archipel, konnte er sich vorstellen, aber Sharif ibn Awad ibn Azzams Universum war ihm absolut fremd.

Das zweite Foto stammte aus einer arabischen Tageszeitung. Es zeigte eine Gruppe Männer auf einer Tribüne, alle in traditionellen weißen Gewändern. Im Maghreb wurden sie *djellaba* genannt. Jemand hatte auf dem Bild den Kopf eines der Männer mit rotem Filzstift markiert. Direkt daneben hing der gleiche Ausschnitt, herauskopiert und vergrößert. Die Ähnlichkeit des Mannes mit ihrem Opfer war offensichtlich.

Auf einem Banner über der Tribüne stand in großen roten Buchstaben: »IDEX 2015«. Mit einem Tastendruck aktivierte Brandt den Rechner. Der Desktop baute sich auf. Brandt stutzte. Jemand hatte die Fläche aufgeräumt, in der Mitte gab es einen neuen Folder, der nach dem Mordopfer benannt war. Er enthielt mehrere Dateien. Die erste hieß SharifIbnAzzam.Bio.Facts. Er öffnete sie. Es war eine

Zusammenfassung biografischer Fakten über Sharif ibn Awad ibn Azzam.

Brandt begann zu lesen. Als er fertig war, war sein Teewasser verkocht.

Videos

Die Decke presste die Luft zusammen, die Wände schluckten jedes Geräusch, kein Fenster da, das den Raum öffnete. Aber sie war schneller als das Gefühl der Beklemmung. Ausatmen war der Trick, die Lunge ganz leer machen, wieder einatmen und einen ruhigen Rhythmus beibehalten. Zehra drückte die dicke Tür hinter sich ins Schloss und fing augenblicklich an zu schwitzen. Kein Problem, dafür gab es eine physikalische Erklärung. »Die Schallabsorption poröser Akustikwandverkleidungen beruht auf der Umwandlung von Schallenergie in Wärmeenergie.« Keine Ahnung, wo sie das aufgeschnappt hatte. Sie merkte sich Sachen, das war einfach so.

Sie wusste, dass es so etwas wie ein fotografisches Gedächtnis im wissenschaftlichen Sinn nicht gab. Aber sie hätte gern eins gehabt. Dann hätte sie auf ihren Erinnerungsfotos nachsehen können, wie sie in den Wandschrank gekommen war. Alle Monster ihrer Kindheit lauerten darin. Hatte ihr Vater sie wirklich eingesperrt? Oder bildete sie sich das nur ein? Egal, wahrscheinlich machte ihr gar nicht die Enge von Räumen zu schaffen, damit kam sie schon klar, sondern die ihres Lebens. Sie hatte Kopftuch, arrangierte Ehe und Großfamilie weit hinter sich gelassen. Trotzdem war sie wieder gefangen. In einer Rolle, die sie sich so wenig ausgesucht hatte wie ihre Herkunft: Quotentürkin.

Sie setzte sich ans Steuerpult der Anlage und fuhr den Computer hoch. Drei hochauflösende Zweiunddreißig-Zoll-Screens flammten synchron auf, wurden wieder dunkel, dann tauchte aus tiefem Schwarz die Erde auf, dreimal, in HD-Qualität, aus dem Weltraum fotografiert. Auf ihrer alten Dienststelle gab es einen Röhrenfernseher, und Verhöre wurden mit einem Camcorder aufgezeichnet, der fast so alt war wie Zehra selbst.

Ein toter Araber wäre im Abschnitt 54 zwar nichts Ungewöhnliches gewesen, doch hätte er keine Rolex getragen. Und wenn, wäre er genau dafür umgebracht worden. Die Tötungsdelikte, mit denen Zehra bisher zu tun gehabt hatte, waren überwiegend Affekt- oder Beziehungstaten. Auch Raubmorde kamen vor. Aber das hier, das war etwas ganz anderes. Das wusste sie in dem Moment, als sie die Tatortfotos sah. Während ihr Hirn jedes Detail abspeicherte, spürte sie ein Kribbeln im Nacken. Nicht wegen der Close-ups vom Halsstumpf oder von geronnenen Blutklumpen. Sondern weil es genau die Art von Fällen war, deretwegen sie zum LKA wollte. Ihr großes Ziel, für das sie so hart gearbeitet hatte. Fortbildungen schloss sie regelmäßig als Beste ab. Sogar in der »Dienstsportgruppe Eingriffstechniken« rangierte sie im oberen Leistungsdrittel, trotz ihrer geringen Körpergröße. Dann wurde ihre Bewerbung endlich angenommen – und wo steckte man sie hin? Ins SD Fremdkultur. Ein Dezernat mit genau zwei Planstellen. Mit einem Chef, der sie nicht wollte. Na und? Vor Ablehnung hatte sie keine Angst, die war sie gewohnt.

Sie legte die Wechselfestplatte auf das Pult und zog einige Schubladen auf, bis sie die Kabel fand. Sie verband die Platte mit dem Rechner. Ein winziges Hard-Disk-Icon erschien im Orbit neben der mittleren Erde. Als Zehra es anklickte, kribbelte es wieder unter ihrem Haaransatz. Ein Fenster poppte auf, es enthielt, nach Erstellungsdatum sortiert, mehrere Ordner. Zehra öffnete den vom gestrigen Tag. Darin lag ein Dutzend Videodateien. Sie öffnete jede für wenige Sekunden und verschaffte sich einen Überblick. Sie sah den Parkplatz vorm Hauptgebäude aus sechs, den äußeren Eingangsbereich aus zwei Perspektiven. Im Clubhaus gab es zwei Kameras, eine in der Lobby, eine am Kiosk. Eine weitere zeigte die Caddiehalle in weitwinkliger Außenansicht, die letzte den Zugang zum Platz. Die Spielbahnen wurden also nicht überwacht. Aber Tat und Täter auf einem Überwachungsvideo zu sehen wäre auch eine Enttäuschung gewesen. Sie wollte die Frau für die schwierigen Fälle sein. Na gut: werden. Dass sie die Fähigkeiten dazu hatte, wusste sie. Sie brauchte nur die Chance, sie zu zeigen.

Zehra überlegte, wie sie weiter vorgehen sollte. Aus dem vorläufigen Bericht des Kollegen Lenhardt wusste sie, dass das Opfer um neun Uhr fünfundvierzig am Golfplatz angekommen war. Der vermutete Todeszeitpunkt lag zwischen zwölf und dreizehn Uhr. Selbst wenn sie sich vorläufig auf ein Zeitfenster von dreieinhalb Stunden beschränkte, würde es drei Arbeitstage à vierzehn Stunden dauern, alle Videos nacheinander anzusehen. Aber jede Datei verfügte über einen Timecode. Wenn sie die Clips darüber verkoppelte, konnte sie alle parallel laufen lassen, in Echtzeit. Die Fortbildung »Computergestützte Überwachungstechnik«, die sie erst vor ein paar Monaten als Beste abgeschlossen hatte, zahlte sich schon aus.

Im Programmordner des Computers fand sie die Software, die sie brauchte, und startete sie. Dann erhob sie sich. Die nächsten Stunden Arbeit wollte sie nicht unterbrechen. Sie brauchte eine Flasche Wasser und etwas zu essen.

Die schwere Tür ging auf, bevor Zehra die Klinke berührte. Brandt stoppte mitten in der Bewegung.

»'tschuldigung«, sagte er.

»Wofür? Können Sie durch Türen sehen?« Verdammt. Sie wollte souverän sein, distanziert, aber neutral. Sie klang nur beleidigt.

»Den Rechercheordner auf meinem Computer, den haben Sie angelegt.«

Zehra antwortete nicht. Sie wartete ab.

»Ich ändere das Passwort regelmäßig. Und ich schreibe es nicht auf.«

»Ich war nicht an Ihrem Rechner«, sagte Zehra. »Also nicht physisch.«

»Sie haben sich eingehackt?«

»So würde ich das nicht nennen. Ich habe nur die Möglichkeiten unseres Intranets ausgeschöpft.«

Brandt sah sie an. Zehra fand nichts in seinen Augen, das sie deuten konnte.

»Haben Sie die Recherche allein gemacht?«

»Wie viele Leute haben Sie denn noch in Ihrem tollen Sonderdezernat?« Nun war es Zehra egal, wie sie klang. Eine sichtbare Reaktion löste sie jedoch immer noch nicht aus.

»Sie glauben, das Opfer war Waffenhändler?« Endlich kam er zum Thema.

»Ich habe nur Fakten zusammengestellt.«

»Ziemlich viele, in ziemlich kurzer Zeit. Wo haben Sie das alles her?«

»Das World Wide Web ist eine Fundgrube.«

Er überhörte die Provokation. »Ich wüsste nicht, wie ich an die Flugrouten einer Frachtfluggesellschaft aus dem Sultanat Qumar komme.«

»Dann sollten Sie Internetrecherchen mir überlassen.« Wieder dieser Blick, den sie nicht einordnen konnte.

»Aber direkte Beweise dafür, dass Azzam mit Waffen gehandelt hat, haben Sie nicht gefunden?«

Die Frage, die keine war, ärgerte Zehra. Doch diesmal blieb sie ruhig. »Azzam Air Cargo fliegt auffallend häufig Flughäfen in Krisengebieten an. Wenn eine von Azzams alten Antonows irgendwo landet, ist der nächste Bürgerkrieg selten mehr als hundert Kilometer weit weg. Haben Sie das IDEX-Foto gesehen?«

»Das von dieser Rüstungsmesse?«

»Die International Defence Exhibition in Abu Dhabi. Findet alle zwei Jahre statt. Bei der Eröffnungsshow spielen die Waffenproduzenten immer ein bisschen Krieg für die Scheichs. Letztes Jahr saß Azzam auf der Ehrentribüne.«

»Kein Beweis«, sagte Brandt.

»Aber ein Indiz.«

Brandt sah an ihr vorbei zum Videopult. »Wie weit sind Sie mit den Überwachungsvideos?«

»Ich fange gerade erst an.«

»Gut«, sagte Brandt. Dann drehte er sich um und ging wieder ohne ein einziges weiteres Wort. Einen Moment war Zehra zu verdutzt, um sich zu ärgern. Aber nur einen Moment.

Gefährder

Dschihadisten. Herzfeld hatte natürlich recht. Es war ein Ermittlungsansatz. Im Terrarium loggte er sich ins LKA-Intranet ein und arbeitete sich bis zur Kartei »Dschihadistische/islamistische Gefährder Berlin/Brandenburg/Sachsen-Anhalt« vor. Sie verzeichnete für Berlin und die angrenzenden Bundesländer hundertsiebenundneunzig »Gefährder«, hunderteinundachtzig davon Männer. Nachdem er die Liste nach Alter, Ausbildung, Vorstrafen wegen Gewaltverbrechen und Aufenthalt in dschihadistischen Ausbildungscamps gefiltert hatte, blieben zwei Namen übrig: Christian Welter alias Abu Hamsa und Farid Dahan alias Abu Badou, der eine ehemaliger Paketzusteller aus Marzahn, der andere Marokkaner mit deutschem Pass. Beide hatten eine Zeit lang an der Revaler Straße Drogen verkauft und sich im Gefängnis radikalisiert. Gemeinsam sollten sie nach Libyen gereist und in mehreren IS-Trainingslagern ausgebildet worden sein.

Zu beiden Namen gab es Adressen. Brandt rief OK Stiller vom polizeilichen Staatsschutz an. Nachdem er dessen Verdacht zerstreut hatte, er wolle in seinem Revier wildern, erfuhr er, dass die beiden Gefährder unter den angegebenen Adressen – bei Christian Welter war es die der Großmutter, bei Farid Dahan die einer Cousine – zwar gemeldet, aber praktisch nie anzutreffen waren. Sie schliefen reihum bei Freunden, in der Regel Mitgliedern desselben salafistischen Netzwerkes.

Dschihadistisch-salafistisch, präzisierte Stiller. Die »harmloseren« Salafisten nahmen den Koran wortwörtlich. Sie versuchten, nach Regeln zu leben, die zu Mohammeds Lebzeiten galten, besser gesagt, wie sie sie sich hingebogen hatten. Im Grunde nur wenig steinzeitlicher als der wahabitische Islam in Saudi-Arabien. Aber anders als die Dschihadisten sahen die Saudis ihre Aufgabe nicht darin, die Welt zu erobern und unter den Islam zu zwingen. Sie bauten nur überall ihre Moscheen.

Welter und Dahan waren fanatische Dschihadisten. Der BND vermutete, dass sie bei Massakern an äthiopischen Christen mitgemacht hatten. Beweisen ließ sich das nicht. Waren die Opfer geköpft worden?, fragte Brandt. Ah, die kopflose Leiche vom Golfclub, Stiller hatte davon gehört. War den beiden so etwas zuzutrauen? Stiller überlegte. Laut BND seien beide nach wie vor extrem fanatisiert und gefährlich, antwortete er schließlich. Vor allem Farid Dahan. Er habe vor seiner Erweckung zu Islam und Dschihad ein halbes Jahr in der Psychiatrie verbracht.

Jedenfalls hatte man beiden die Pässe abgenommen. Das würde sie nicht daran hindern, zum IS zurückzukehren, wenn sie es darauf anlegten.

»Meiner Ansicht nach haben die im Moment nicht vor, wieder Richtung IS zu verschwinden. Ich glaube, sie gehören zu einer Zelle oder bauen eine auf. Sie planen irgendwas, um ihren Chefs in Syrien zu zeigen, was für tolle Typen sie sind.«

»Dann observieren Sie den ganzen Haufen?«

»Schön wär's. Personalmangel. Aber ich habe eine VP in der Szene.« Man hörte, wie stolz er darauf war. Es war praktisch unmöglich, die dschihadistische Subkultur zu infiltrieren. »Wollen Sie mit den Jungs reden?«

»Wenn Sie einen Termin arrangieren können.«

»Witzig. Ich sag Ihnen Bescheid, wenn mein VP sie ausfindig macht.«

Nachdem er den üblichen Papierstau beseitigt hatte, spuckte der Drucker die Fotos der beiden bärtigen Männer aus. Brandt heftete sie neben die übrigen Fotos.

Er legte drei Bögen Druckerpapier vor sich auf den Tisch. Auf das erste schrieb er »Täter«, auf das zweite »Opfer« und auf das dritte »Tatort«. Dann heftete er sie ebenfalls an die Pinnwand. Er stöpselte seine Kopfhörer ins Smartphone und startete eine seiner Playlists. Er ging vor der Pinnwand in Position und fokussierte sich auf die leeren weißen Flächen.

Täter. Opfer. Tatort. Irgendwo in den drei Kategorien musste sich ein Ermittlungsansatz verbergen. Womit hatten sie es hier überhaupt zu tun? Zwei Teilmengen konnte er bereits ausschließen: Totschlag im Affekt und Raubmord. Gut.

»Opfer«. Brandt kehrte zurück zu dem Ordner, den Zehra Erbay angelegt hatte. Vorname Sharif, alles dahinter war der Nachname. Geboren: 12. September 1964. Vor drei Tagen war er einundfünfzig geworden. Geburtsort: Aleppo. Das lag in Nordsyrien. Wieso war er dann Staatsbürger des Emirats Musah? Geschlecht: männlich. Größe: eins fünfundsiebzig. Augenfarbe: Braun. Wohnort: Al Fadschura. Brandt öffnete Google Maps. Die kleine Stadt lag am Arabischen Meer, eine Menge Palmen, ein kilometerlanger menschenleerer Strand und ein überdimensionierter Yachthafen. Wikipedia wusste, dass Al Fadschura seit dem Jahr 1964 die Sommerresidenz des Herrscherhauses von Musah beherbergte. Familienstand: verheiratet. Mit wie vielen Frauen, war im Reisepass nicht vermerkt.

Alles in allem nichtssagend. Was Erbay aus dem Treibsand des Internets gebuddelt hatte, war da schon aufschlussreicher. Azzams Vater war Offizier in der syrischen Armee gewesen, vermutlich einem der zahlreichen Geheimdienste zugeteilt. Azzam selbst hatte es bei den Luftstreitkräften bis zum Major gebracht. Er war für die Beschaffung von Ersatzteilen zuständig gewesen, angesichts des desolaten Zustands der altersschwachen Abfangjäger MiG-21 und Jagdbomber MiG-23 keine leichte Aufgabe. Aber eine hervorragende Position für jemanden, der mal ein Lufttransportunternehmen gründen oder mit Waffen handeln wollte.

Ein paar Jahre später tauchte er bei Auslandsreisen an der Seite des stellvertretenden Chefs des gefürchteten syrischen Geheimdienstes Idārat al-Muchābarāt al-Dschawwiyya auf und fungierte als Dolmetscher für Russisch, Englisch und Französisch. Irgendwann zwischen 1998 und 2001 musste er das Militär verlassen haben. Er trat erst 2003 wieder in Erscheinung, als Geschäftsführer einer in Musahs Hauptstadt Amadi eingetragenen Import-/Exportfirma, die metallverarbeitende Großanlagen aus maroden Staatsbetrieben der ehemaligen Ostblockstaaten in afrikanische Länder verkaufte. Kurz darauf gründete er ein eigenes Lufttransportunternehmen, vermutlich um seine Ware selbst auszuliefern. Irgendwann in dieser Zeit hatte er seine Staatsangehörigkeit gewechselt.

Von da an war sein Unternehmen in allen afrikanischen Kriegs- und Bürgerkriegsländern sowie den Krisenregionen des Nahen und Mittleren Ostens präsent. Erbay hatte recht: Wenn eine von Azzams Maschinen irgendwo landete, massakrierten sich garantiert irgendwo in der Nähe verfeindete ethnische oder religiöse Gruppen.

Die letzten Sekunden von »Kitambala Moko« ertönten, Léon Bukasas Kongo-Hit von 1973. Brandt hatte das Tape während einer zweimonatigen Feldforschung über die kongolesische Senne-de-Plage-Fischerei entdeckt. Die letzten Takte verklangen. Er bemerkte, dass das rote Lämpchen seines Diensttelefons blinkte.

»Brandt.«

»Ich wollte schon wieder auflegen. Ans Handy gehen Sie wohl auch nie. Wo treiben Sie sich rum?«

In meinem Büro, das ist mein Dienstanschluss, wollte er schon sagen. »Toilette.«

Kriminaldirektor Vollrath war sein direkter Vorgesetzter beim LKA 1. Je weniger er mit Vollrath zu tun hatte, desto besser. Das Gespräch war kurz und einseitig, das war Vollraths Stil. Wie ging es mit dem Fall voran? Noch kein erfolgversprechender Ermittlungsansatz? Dann halten Sie sich ran, Brandt! Ohne weitere Überleitung kam er zum eigentlichen Grund seines Anrufs.

»Es ist von größter Wichtigkeit, jedes Aufsehen zu vermeiden. Halten Sie den Ball also vorerst so flach wie möglich.«

»Wir bilden keine Mordkommission?« Brandt konnte seine Unzufriedenheit über die Anweisung nicht verbergen.

»Sie und Ihr Kollege schieben das Ganze erst mal allein an. Sie machen das schon.« Vollrath war bekannt dafür, Scheiße immer mit einem Goldrand zu verzieren.

»Kollege Volkert ist nicht mehr an Bord.«

»Was soll das heißen?« Vollrath war irritiert.

»Die Versetzung.«

»Richtig. Aber haben Sie nicht schon Ersatz? Diese junge Kollegin … Ebra oder Abra. Ausgesprochen fähig übrigens. Jahrgangsbeste. War nicht leicht, sie Ihnen zuzuschanzen.«

Scheiße mit Goldrand. Brandt fragte, was er unter »den Ball flach halten« genau zu verstehen habe. Brandt brauche sich nicht mit der Botschaft in Verbindung zu setzen, erklärte Vollrath, das sei bereits geschehen, auf höherer Ebene. Dort sei man sehr daran interessiert, die Umstände von Azzams Tod nicht in der Presse breitgetreten zu sehen, vor allem die Sache mit dem Kopf. Wegen der ungünstigen … destabilisierenden Assoziationen.

Wenn Vollrath die Sache partout nicht beim Namen nennen wollte, Brandt hatte damit kein Problem. »Sie meinen IS und al-Qaida.«

»Ja, verdammt. Wozu die Pferde scheu machen?«

»Und wenn wir an die Presse müssen, um Zeugen zu finden?«

»Auf keinen Fall, Brandt. Dass sich die Kollegen vom BKA und

BND einmischen und uns dumm aussehen lassen, hat uns gerade noch gefehlt.«

Schwer zu sagen, was Vollrath mehr hasste: Journalisten oder Spione. Letzteres machte ihn Brandt beinah sympathisch.

Danach war das Gespräch schnell zu Ende.

Brandt öffnete die unterste Schreibtischschublade und holte die japanische Kirschholzdose heraus. In ihr bewahrte er seinen besten Tee auf, Shizuoka-Sencha.

Nullnummer

Stunde 09, Minute 15, Sekunde 00 – Zehra startete die Wiedergabe. Auf jedem der drei Monitore liefen die Aufzeichnungen von jeweils vier Überwachungskameras im Splitscreen zeitsynchron nebeneinander. Zufrieden lehnte sie sich zurück und biss in das Käsebrötchen aus der Kantine. Zu viel Remoulade hatte zu viel Zeit gehabt, das Brötchen aufzuweichen. Aber Zehra konnte sich nicht konzentrieren, wenn sie hungrig war. Mechanisch aß sie weiter, während sie aus zwölf verschiedenen Perspektiven zusah, wie der Tag im Golfclub Nikolassee begann.

Offiziell war der Platz ab zehn Uhr für den täglichen Spielbetrieb freigegeben. Die Angestellten nahmen ihre Arbeit eine halbe Stunde früher auf. In Hauptkommissar Lenhardts Bericht war aufgelistet, wer an diesem Morgen Dienst gehabt hatte. Um 09:15:00 waren Außengelände und Clubhaus noch verwaist. Der erste Pkw, ein blauer Škoda, erschien um 09:21:12 auf der Zufahrt. Er fuhr am Rand des Parkplatzes entlang und verschwand hinter einer Hecke. Mist. Die Autos der Bediensteten waren für die Clubmitglieder offenbar ein unzumutbarer Anblick.

In den nächsten Minuten ging es Schlag auf Schlag. Alle ankommenden Fahrzeuge fuhren hinter die Hecke. Dort musste es einen Nebeneingang geben. Zehra führte eine Strichliste für die Ankömmlinge. Im ersten Schritt würde sie nur deren Anzahl mit Lenhardts Liste der diensthabenden Angestellten abgleichen. Einzelne Personen identifizieren, Fahrzeuge überprüfen und Haltern zuordnen konnte sie später noch. In der Anfangsphase galt es zu selektieren, um möglichst schnell zu einem brauchbaren Ermittlungsansatz zu kommen.

Um 09:31:00 fehlten auf Zehras Block noch zwei Striche, um die Belegschaft zu komplettieren. Um 09:36:00 kam ein silberner Audi der Oberklasse die Straße zum Parkplatz herauf. Er verschwand nicht hinter der Hecke, er hielt auf das Clubhaus zu und stoppte davor. Der einzige Insasse stieg aus. Zu schlank. Das Opfer war ein dicker Mann gewesen. Laut Obduktionsbericht wog der Leichnam siebenundachtzig Kilogramm – ohne Kopf, ohne das verlorene Blut. Das Lebendgewicht des Opfers musste deutlich über neunzig Kilo gelegen haben, bei einer Körpergröße von einem Meter fünfundsiebzig. Zehra hatte im Kopf den Body-Mass-Index errechnet: dreißig Komma vier – Übergewicht. Der BMI des Audi-Fahrers dagegen lag garantiert unter fünfundzwanzig. Seine Bewegungen wirkten dynamisch.

Zehra verfolgte den Weg des Mannes über alle drei Monitore hinweg. Er betrat das Clubhaus durch den Haupteingang, den er mit einer Schlüsselkarte öffnete. Der Clubmanager. Zehra sah auf ihre Notizen: Silvester von Cromberg. Die Kameras im Eingangsbereich lieferten gute Halbtotalen. Er trug einen dreiteiligen Anzug, sein Gesicht war klar zu erkennen. Er durchschritt die Lobby, ging hinter den Tresen und sprach mit der Empfangsdame, die gerade ihre Arbeit aufnahm. Dann setzte er seinen Weg fort, verschwand aus dem Bild der Lobbykamera und tauchte keine halbe Minute später am Clubkiosk wieder auf. Für die sehr junge Mitarbeiterin dort hatte er nur ein kurzes Nicken. Vierundvierzig Sekunden später begrüßte er vor der Caddiehalle einen der Greenkeeper. Der Wortwechsel endete abrupt, als von Cromberg sein Handy aus der Tasche zog und einen Anruf entgegennahm. Das Telefonat dauerte keine fünf Sekunden. Für den Weg zurück in die Lobby brauchte er nur die Hälfte der Zeit.

In der Lobby sprach ein untersetzter Mann mit der Empfangsdame: Sharif ibn Awad ibn Azzam, das Opfer. Von Cromberg eilte herbei und begrüßte ihn mit einer angedeuteten Verbeugung. Anschließend geleitete er den Gast persönlich zu den Umkleiden, wo aus gutem Grund keine Überwachungskameras installiert waren.

Zehra notierte den Timecode, 09:46:40. Sie hatte die Ankunft

Azzams verpasst, weil sie sich auf den Manager konzentriert hatte. Natürlich konnte sie zurückspulen, aber sie ließ das Band weiterlaufen. Es dauerte zwölf Minuten, bis Azzam wieder auftauchte, auf Monitor Nummer drei, im Bildausschnitt vom Clubkiosk. Er hatte den dunklen Anzug gegen Golfkleidung getauscht und kaufte bei der jungen Frau ein Getränk. Sie bückte sich, um eine grüne Plastikflasche aus dem unteren Fach des Kühlschranks zu nehmen. Er starrte ihr auf den Hintern. Er reichte ihr seine Kreditkarte und versuchte, ein Gespräch zu beginnen. Die Überwachungskameras zeichneten keinen Ton auf, aber Zehra hatte keinen Zweifel, worum es ging. Das schmierige Grinsen des Arabers war deutlicher als jede Audiospur. Die blutjunge Verkäuferin kassierte, ohne den Mann noch einmal anzusehen.

Auch die Kamera vor der Caddiehalle hatte Azzams Weg aufgezeichnet. Zehra sah ihn in die Halle gehen und kurz darauf mit einem Golftrolley wieder herauskommen. Exakt um 10:03:17 verschwand Azzam von den Monitoren.

Zehra spulte zurück. Im rasenden Rückwärtslauf eilte Azzam zurück in die Lobby, durch den Eingangsbereich auf den Parkplatz bis zu einer schwarzen Limousine der S-Klasse, deren rechte Fondtür sich in die Hand eines bereitstehenden Mannes im dunklen Anzug öffnete. Hintern voran glitt Azzam in den Wagen. Der Chauffeur flitzte rückwärts um den Wagen und auf den Fahrersitz. Aus den Augenwinkeln sah Zehra in einer anderen Kameraeinstellung einen Motorrollerfahrer hinter der Hecke hervorschießen, die den Angestelltenstellplatz verbarg. Automatisch machte sie den fehlenden Strich auf ihrer Angestelltenliste. Als sie einen direkten Blick auf die Front des Mercedes hatte, drückte sie auf Stopp. Wenige Klicks später füllte ein Standbild den Monitor. Sie markierte einen Bildausschnitt und vergrößerte ihn.

Der Golfclub hatte nicht an der Überwachungstechnik gespart. Die Auflösung der Kamera war hervorragend, das Nummernschild der Limousine, die Azzam zum Ort seiner Enthauptung chauffiert hatte, klar zu erkennen. Es begann mit einer Null.

Brandt stellte die Kirschholzdose zurück in die Schreibtischschublade, goss das fünfundachtzig Grad heiße Wasser über den feinporigen Filterbeutel in die Teeschale und ließ den Tee fünfzig Sekunden ziehen.

Er bezog wieder Position vor den leeren weißen Blättern und ließ den ersten Schluck über seine Zunge rollen.

Was wussten sie noch über Sharif ibn Awad ibn Azzam?

In der Hotelsuite hatten sie fünf Sets originalverpackter feinster Seidenunterwäsche gefunden, fünf Hemden mit Monogramm, einen zweiten Maßanzug desselben Londoner Schneiders, stahlblau. Keine arabische Kleidung. Kein Notebook, kein Tablet.

Das Smartphone des Opfers. Ein knapp zwanzigtausend Euro teures Vertu Signature Sky Blue aus Titan und Keramik. Die Nerds von der Kriminaltechnik hatten die Verschlüsselung bisher nicht knacken können. Die Software müsse vom amerikanischen oder israelischen Geheimdienst stammen – ihre Standarderklärung, wenn sie nicht weiterkamen.

Ein Räuspern riss ihn aus seinen Gedanken. Erbay lehnte am Türrahmen. Wie lange stand sie da schon?

Was trieb er da eigentlich? Sie trat neben ihn. Die Blätter, die er schon eine ganze Weile angestarrt hatte, waren bis auf die Überschriften leer.

»Die sind leer.«

»Neue Ideen erscheinen da, wo noch nichts ist.«

»Wozu dann die Blätter?«

»Um die Gedanken zu fokussieren.«

»Sie schreiben nichts auf?«

»Selten. Aber Sie dürfen natürlich.«

»Ich habe auf den Überwachungsvideos etwas –«

Brandt unterbrach sie. »Sie wollen, dass er Waffenhändler ist, stimmt's?«

»Dann hätten wir wenigstens ein Motiv.«

»Und wenn er nur vierlagiges Klopapier in die Kriegsgebiete geliefert hat? Sogar Warlords brauchen so was.«

War das ernst gemeint?

»Was ist mit dem Täter?«

Zehra starrte auf das leere Blatt.

»Er hat sich auf dem Golfplatz bewegt, ohne aufzufallen. Ein Mitarbeiter oder ein Gast – oder jemand, der diesen Eindruck erwecken konnte. Aber er ist nicht durch den Haupteingang reingekommen.«

»Vermutlich über den Zaun.«

Brandt leerte seine Teeschale. »Bei vierzig Mitarbeitern kennt jeder jeden, zumindest vom Sehen. Sich in fremdem Territorium ungesehen zu bewegen, lernt man beim Militär.«

Er ließ den Gedanken in der Luft hängen. Zehra hielt es nicht für nötig, ihn zu kommentieren.

»Ist Sharif ibn Awad ibn Azzam ein Zufallsopfer?«

»Können wir noch nicht sagen.« Geduldig schaute sie zu, wie er die Schale mit einem weichen Tuch auswischte und in seinem Schreibtisch verstaute.

»Was ist mit dem Zufall? Er spielt bei jedem Verbrechen eine Rolle. Planende Täter versuchen, den Zufall so weit wie möglich auszuschalten. Durch die Entscheidung für einen bestimmten Tatort zum Beispiel. Dadurch wählt der Täter eine Teilmenge aller potenziellen Opfer aus, selbst wenn ihm das tatsächliche Opfer zufällig über den Weg gelaufen ist.«

»Hätte es auch ein Greenkeeper sein können?«

»Eine gute Frage. Vielleicht ist es aber auch der Tatort selbst.«

»Er hasst Golfplätze?«

Brandt antwortete nicht.

»Also doch ein Verrückter.«

Brandt ignorierte ihren Beitrag. »Worüber müssen wir uns noch Gedanken machen?«

»Den Kopf. Warum hat er ihn mitgenommen?«

»Fragen wir uns erst mal, was es bedeutet, dass er ihn überhaupt enthauptet hat. Viele Menschen können töten. Unter den entsprechenden Umständen so gut wie jeder.« Er schwieg einen Moment. »Einen Menschen zu enthaupten ist etwas ganz anderes. Dazu braucht man praktische und mentale Fähigkeiten, die nicht sehr verbreitet sind. Und unser Täter hat nicht gestümpert, sagt Dr. Castaro.«

»Ein Chirurg? Ein Metzger?«

»Oder ein Soldat mit Spezialausbildung.«

Zehra machte sich Notizen. »Ziehen wir eine Täterin in Betracht?«

»Was denken Sie?«

Sie überlegte. »Bei entsprechender Körperstatur. Allerdings sehe ich dann eher ein Verbrechen aus Leidenschaft. Aber dafür ist der Täter zu organisiert.«

Brandt nickte. Sah er das genauso? »Komplizen?«

»Nicht am Tatort. Für zwei oder mehr Personen zu riskant. Vielleicht außerhalb.«

»Also warum hat er den Kopf mitgenommen?«

»Um das Opfer zu erniedrigen? Zu schänden? Als Trophäe? Aus psychosexuellen Motiven? Als Botschaft?«

»Oder um seinem Auftraggeber zu beweisen, dass er den Job erledigt hat? Kennen Sie diesen Peckinpah-Film? Nein, dazu sind Sie zu jung.«

Sie schwieg.

»Wann, wie und von wo ist er eingereist?«, wechselte Brandt abrupt das Thema.

»Er hat eine eigene Fluglinie.«

»Klären Sie, ob eine Maschine der Azzam Air Cargo in Berlin oder irgendwo anders in Deutschland gelandet ist. Sagen wir, in den letzten vierzehn Tagen.«

Zehra setzte eine Raute aufs Papier, dahinter schrieb sie: »Einreise Azzam«.

»Weswegen sind Sie eigentlich raufgekommen?«

Richtig. Sie sagte es ihm. Er überlegte kurz.

»Holen Sie Ihre Jacke. Wir treffen uns unten.«

Sie blieb in der Tür stehen und drehte sich um. »›Bring mir den Kopf von Alfredo Garcia‹.«

Brandt sah sie irritiert an.

»Der Film.«

Machos

Die Ampel sprang auf Gelb. Brandt nahm den Gang raus und ließ den Wagen ausrollen. Genau vor der weißen Linie kam er zum Stillstand. Das tat er jetzt zum dritten Mal. Es war zum Verrücktwerden. Als wären sie ein altes Ehepaar auf dem Rückweg in die Seniorenresidenz. Ihm schien es Spaß zu machen.

Dass er sie dabeihaben wollte, hatte sie überrascht. Es war ihr erster Tag, und bisher war es nicht wirklich gut gelaufen.

Das Kennzeichen der Limousine, in dem das Opfer zum Golfclub gefahren worden war, fing mit einer Null an. Jeder Polizist wusste, was das bedeutete. Weil er oder ein Kollege sich schon einmal über solche Fahrzeuge geärgert hatte. Weil sie Narrenfreiheit hatten. Weil es Fahrzeuge ausländischer Botschaften waren.

Auf die Null folgte die dreistellige Landeskennziffer, dann eine Zahl, die anzeigte, wo der Fahrzeugnutzer in der Botschaftshierarchie stand.

Das Kennzeichen der Limousine war 0-207-02. 207 stand für das Emirat Qumar. Die Zwei gehörte üblicherweise dem Stellvertreter des Botschafters. Zehra war der Meinung gewesen, ihr neuer Chef sollte das sofort wissen.

Die Botschaft lag in Dahlem. Ein echtes Botschaftsviertel. Grüner und teurer war Berlin nur an wenigen Orten. In der Nachbarschaft hatten sich auch die Botschaften des Irak, Myanmars und des Sultanats von Oman niedergelassen.

Vor ihnen nutzte ein Wohnmobil mit holländischem Kennzeichen Berlins überfüllte Verkehrsadern für eine gemütliche Sightseeingtour. Wollte Brandt nicht endlich überholen? Das Wohnmobil rutschte noch bei Gelb über die nächste Kreuzung. Brandt ließ den Wagen vor der Ampel ausrollen.

Sie hielt es nicht mehr aus. »Wenn Sie wollen, fahre ich.«

Brandt warf ihr einen Blick zu, den sie nicht deuten konnte. »Mögen Sie Araber?«

Die Frage erwischte sie völlig unerwartet.

»Araber.« Er wiederholte es.

Wollte er eine ehrliche Antwort? Sie wusste nicht, ob sie sich damit einen Gefallen tat. »Wo ich aufgewachsen bin, gibt es jede Menge. Araber, meine ich.« Sie brach ab.

Mit einem Kopfnicken ermunterte er sie, weiterzusprechen.

»Mein Bruder und meine Cousins sind üble Machos, doch verglichen mit den Arabern sind sie Feministen.«

Keine Reaktion von Brandt.

»Aber keine Sorge. In der Botschaft werde ich mich absolut professionell verhalten.«

»Ich mache mir keine Sorgen«, erwiderte er. »Weil Sie nicht mitkommen.«

Lügenbotschaft

Er bog in die Zielstraße ein. Eine gepflasterte Allee, schnurgerade zwischen parkähnlichen Grundstücken mit akkurat gestutzten Hecken und dahinter herrschaftlichen Villen. Ein von Bäumen gesäumter ehemaliger Reitweg trennte die Fahrspuren. Im Sommer war das Viertel eine grüne Oase. Jetzt sammelten sich gelbe und braune Blätter im Rinnstein.

Das Haus mit der Nummer achtzig war hinter einer Ligusterhecke verborgen. Er fuhr vorbei, stellte den Wagen in einer leeren Parkbucht ab.

Die Flagge des Emirats, ein blaues Achteck auf blassgrünem Grund, hing schlaff am Fahnenmast, der aus dem laubfreien englischen Rasen in die Höhe ragte. Er hatte eine für das Stadtviertel typische Gründerzeitvilla erwartet, fand sich zu seiner Überraschung aber vor einem dreistöckigen, zum Teil mit hellgrauen Zedernschindeln verkleideten Betonkubus wieder. Die Architekturtradition der Bauherren war im Schnitt der Fensteröffnungen dezent angedeutet. Alles wirkte makellos, unbewohnt und abweisend.

Die oberen Stockwerke waren mit massiven Rollläden gesichert. Überwachungskameras? Brandt konnte keine entdecken, aber er war sicher, dass sie da waren.

Er drückte auf den Klingelknopf.

Aus der Gegensprechanlage drang eine samtweiche weibliche Stimme. In beinah akzentfreiem Deutsch fragte sie Brandt nach seinem Anliegen. Er nannte Namen und Dienstbezeichnung und erklärte, dass er den Botschafter sprechen wolle. Ein kurzes Zögern, gefolgt von der Bitte, einen Augenblick zu warten. Eine Minute später ertönte ein Summen. Geräuschlos öffnete sich neben dem Eingangsportal eine Tür.

Als er die Botschaft fünfzehn Minuten später wieder verließ, war ihm klar, dass man ihn vom ersten Moment an nach Strich und Faden belogen hatte.

Hinter der Eingangstür lag ein Schleusenbereich. Neben einer Panzerglastür blinkte ein rotes Licht. Ein Schild wies die Besucher darauf hin, dass sie von einem Ganzkörperscanner durchleuchtet wurden. Kein Problem, seine Dienstwaffe lag vorschriftswidrig in der Schreibtischschublade. Die samtige Stimme bat ihn, seinen Dienstausweis vor die Linse einer in die Wand eingelassenen Kamera zu halten. Zeitgleich sprang das Licht von Rot auf Grün. Die Tür öffnete sich.

Das Innere des Gebäudes war stilsicher und geschmackvoll gestaltet. Die samtige Stimme gehörte einer orientalischen Schönheit, die sich als Fara Nasif, Zweite Botschaftssekretärin, vorgestellt hatte. Tiefschwarzes Haar, mandelförmige schwarze Augen, ein knöchellanges Kleid aus grüner Rohseide, das sich wie eine zweite Haut an ihre Modelfigur schmiegte.

Fara Nasif führte ihn in einen offenen Sitzbereich mit jeder Menge Chrom und dunklem Leder. Arabischer Etikette entsprechend verneinte er zweimal, als sie ihm Kaffee oder Tee anbot. Beim dritten Mal wählte er Tee. Der Tee wurde in kleinen goldverzierten Gläsern von einem Bediensteten serviert. Er war stark gezuckert. Tee ohne Zucker sei wie eine Blume ohne Duft, erklärte die Botschaftssekretärin lächelnd. Der Herr Botschafter sei in einem Gespräch, entschuldigte sie sich. Sie hoffe, Brandt habe nichts dagegen, mit ihr vorliebzunehmen. Worum es gehe?

Er zögerte. Bestand er darauf, mit dem Botschafter persönlich zu sprechen, würde er möglicherweise höflich abgewiesen. Er konnte den Mann nicht zwingen, mit ihm zu reden.

Er berichtete ihr vom »ungeklärten Todesfall« eines Staatsbürgers des Emirats Musah. Sie zeigte sich angemessen bestürzt – auch ohne dass Brandt die Sache mit dem Kopf erwähnte. Aber warum der Herr Hauptkommissar dann nicht die Botschaft von Musah aufsuche? Brandt nannte ihr den Namen des Toten. Sie versicherte, der Mann sei in der Botschaft unbekannt.

Brandt zog drei Fotoausdrucke aus der Tasche. Einer zeigte Azzams Passfoto, der zweite, wie Azzam aus der Limousine stieg, der dritte ihr Nummernschild.

»Der Verstorbene wurde von einem Ihrer Botschaftsfahrzeuge zum Golfclub gefahren.«

Die Frau starrte mehrere Sekunden lang auf die Ausdrucke. Dann entschuldigte sie sich, stand auf und glitt anmutig davon.

Kurz darauf kehrte sie mit einem etwa fünfzigjährigen Mann zurück, den sie als Seine Ehren, den Botschafter Osman ibn Sa'id al-Ghurani, vorstellte.

Ghuranis massiger Körper steckte in einem silbergrauen Maßanzug. Das Lächeln in seinem fleischigen Gesicht war aufgesetzt, halbherzig und herablassend. Er drückte Brandts Hand fester als nötig. Wie ein skrupelloser Schlachter, der es zu einer Metzgereikette gebracht hatte.

Al-Ghurani ließ sich schwer auf das Ledersofa fallen, dann bedeutete er Brandt mit einem Kopfnicken, sich ebenfalls zu setzen. Gleichgültig ließ er den Blick über die Fotos auf dem Glastisch wandern.

»Frau Nasif hat mir berichtet. Sehr merkwürdig. Können die Kennzeichen gefälscht sein?« Sein Deutsch hatte einen abgehackten Rhythmus.

Brandt schüttelte den Kopf. »Das Fahrzeug entspricht der Mercedes-Limousine, die auf Ihre Botschaft zugelassen ist.«

Al-Ghurani knurrte ärgerlich. »Und womit kann ich Ihnen jetzt helfen?«

Brandt tippte auf das Foto von Azzam. »Kennen Sie Herrn Azzam?«

»Ich habe dem Herrn Hauptkommissar bereits mitgeteilt, dass die Person in der Botschaft unbekannt ist.«

Al-Ghurani wischte den hastigen Einwurf der Botschaftssekretärin mit einer Handbewegung beiseite. »Genügt Ihnen das?«

Statt zu antworten, nippte Brandt an seinem Tee. »Hervorragender Tee. Schwarzer Ceylon? Vielleicht können Sie mir sagen, wer den Wagen normalerweise benutzt. Die Zwei im Kennzeichen ...?«

Al-Ghurani sagte ärgerlich etwas auf Arabisch.

»Der Erste Sekretär der konsularischen Wirtschaftsabteilung. Das Fahrzeug wird aber auch für allgemeine Besorgungen genutzt«, erklärte Fara Nasif schnell.

»Vermutlich hat er einen Chauffeur.«

»Natürlich.«

»Möglicherweise ist dieser mit Sharif ibn Awad ibn Azzam befreundet. Vielleicht hat er ihm einen Gefallen getan und ihn zum Golfclub gefahren.«

Der Botschafter redete in schnellem Arabisch auf Fara Nasif ein. Dann wandte er sich wieder Brandt zu. »Wenn das zutreffen sollte, handelt es sich um eine grobe Pflichtverletzung und wird Konsequenzen haben.« Al-Ghurani erhob sich.

»Natürlich.« Brandt blieb sitzen. »Wenn ich kurz mit dem Mann sprechen könnte, ließe sich das schnell klären. Wie ist sein Name?«

»Abdul Haram«, sagte die Botschaftssekretärin.

Al-Ghurani warf ihr einen bösen Blick zu. »Bedaure. Er ist gestern Abend nach Hause geflogen. Zu seiner Familie. Er hat Urlaub.« Er wandte sich zum Gehen.

Brandts Tonfall ließ ihn innehalten. »Ich würde ihn gern erreichen. Es ist wichtig.«

Al-Ghurani taxierte Brandt kalt. »Das ist leider unmöglich. Seine Familie lebt in einem Dorf, das noch nicht für den Mobilfunk erschlossen ist. Bedauerlicherweise sind die entlegenen Regionen unseres Landes noch etwas rückständig. Aber Frau Nasif wird Sie sofort in Kenntnis setzen, wenn er zurück ist.« Al-Ghuranis Geduld war zu Ende.

Brandt erhob sich. Er streckte al-Ghurani die Hand entgegen. »Ich wünschte mir, meine Vorgesetzten wären ebenso gut über die Lebensumstände ihrer Mitarbeiter informiert wie der Herr Botschafter.«

Al-Ghurani war irritiert. Brandt lächelte. Der Botschafter ergriff die ausgestreckte Hand. Er vergaß zuzudrücken.

»Warum ist es so wichtig, wie dieser Azzam zum Golfplatz gekommen ist? Wenn er einen Unfall hatte ...«

»Ich habe nie gesagt, dass es ein Unfall war«, erwiderte Brandt. »Herr Azzam ist ermordet worden.«

Volltreffer. Al-Ghuranis blasierte Miene verrutschte. Dann hatte er sich wieder im Griff.

»Ein Überfall? Ist er ausgeraubt worden?«

Brandt schwieg. Sein Blick sagte, al-Ghurani solle nicht glauben, er könne deutsche Kripobeamte behandeln wie seine Haussklaven. Als er sah, dass der Botschafter verstanden hatte, erwiderte er ruhig: »Über laufende Ermittlungen darf ich mit Außenstehenden nicht sprechen. Vielen Dank für Ihre Hilfe. Vergessen Sie nicht, mich zu benachrichtigen, wenn Ihr Chauffeur aus dem Urlaub zurück ist.«

Fara Nasif geleitete ihn hinaus. Diesmal durfte er das Hauptportal benutzen. Oh ja, man hatte ihn nach Strich und Faden an der Nase herumgeführt.

Black Ivory

Plötzlich war es wieder da, das Gefühl. Es hatte sie jedes Mal überschwemmt, wenn sie mit ihrer Mutter auf dem Ku'damm vor dem eleganten Feinkostgeschäft gestanden hatte. Türken aus Kreuzberg gingen dort nicht hinein. Aber nur hier gab es die Sorte kandierte Datteln in den kleinen Holzkisten, die ihre Mutter so liebte. Die einzige kulinarische Extravaganz, die sie sich geleistet hatte, einmal im Jahr und hinter dem Rücken des Vaters.

Beim ersten Mal hatten sie eine Ewigkeit vor der Tür mit dem schönen bunten Glas gestanden. Ihre Mutter hatte es nicht gewagt, einzutreten. Sie sprach kaum Deutsch. Zehra schon. Sie hatte es im Kindergarten gelernt. Jetzt war sie sieben und ging in die erste Klasse. Vielleicht hätte Zehra gar keine Angst bekommen, wenn sie die Angst ihrer Mutter nicht gespürt hätte.

Ihre Mutter hatte ihr leidgetan. Sie hatte es so schwer, und nun sollte sie nicht einmal die Datteln bekommen? Irgendwann hatte Zehra ihr zugeflüstert, sie werde hineingehen und die Datteln kaufen. Ihre Mutter hatte sie unsicher angesehen und ihr dann das Geld in die kleine Hand gedrückt. Zehra konnte den gefalteten Zehn-Mark-Schein noch immer in ihrer Hand spüren. Aber nein, es war nur der Zettel, den Brandt ihr gegeben hatte, bevor er weggefahren war. Sie faltete ihn auseinander.

Es war eine Liste mit Fragen, die sie klären sollte. Offenbar schrieb er also doch etwas auf. Jedenfalls für Mitarbeiter, die er für unfähig hielt.

Wütend marschierte sie an einem gelben Lamborghini vorbei, der vorschriftswidrig auf dem Bürgersteig abgestellt war. Am liebsten hätte sie ihm einen Strafzettel unter den Scheibenwischer geklemmt.

Der Portier im taubengrauen Cutaway verbeugte sich leicht. War das ironisch gemeint? Sie konnte seinen abschätzigen Blick in ihrem Rücken spüren. Oder bildete sie sich das nur ein? Sie fühlte sich eingeschüchtert. In der Lobby wurde es nicht besser. Vergoldete Säulen, Böden aus Marmor und der größte Kristallleuchter, den sie je gesehen hatte.

Sie wusste nicht, auf wen sie wütender war: auf Brandt, der sie in ihrer abgewetzten Outdoorjacke in eins der nobelsten Hotels von Berlin schickte, oder auf sich selbst, weil sie sich mit ihrer Ehrlichkeit in diese Situation gebracht hatte.

Die Polizeiausbildung hatte sie nicht darauf vorbereitet, sich hier souverän zu bewegen. Erst recht nicht die Polizeidirektion 5, Abschnitt 54, Dienstgruppe 3. Das konnte höchstens eine Psychotherapie.

Die Rezeption war mit zwei jungen Frauen und einem älteren Mann besetzt. Sie trugen die Dienstkleidung des Hotels. Zehra überlegte, mit wem sie zuerst sprechen sollte. Sie war mit den Zuständigkeiten in Nobelhotels nicht vertraut. Unentschlossen ließ sie ihren Blick durch die Lobby wandern. Ein Mann trat auf sie zu.

»Kann ich Ihnen helfen?«

Seine Stimme klang unaufdringlich und freundlich. Seine Körpersprache sagte, dass er sich beim geringsten Zeichen ihrerseits zurückziehen werde. Er war groß. Sie musste den Kopf in den Nacken legen, um das Gesicht zu der Stimme zu sehen. Er hatte etwas Jungenhaftes, trotzdem schätzte sie ihn auf Anfang vierzig. Auf einem Namensschild über der Brusttasche des schwarzen Cutaways stand: »Milad Daatis, Chefconcierge«. Ohne eine Spur von Ungeduld ließ er sich von Zehra mustern.

»Kriminalpolizei, Oberkommissarin Erbay.«

Das erwartete Zeichen von Herablassung blieb aus, ebenso die Abwehrhaltung, in die praktisch jeder verfiel, wenn er plötzlich der Polizei gegenüberstand. Milad Daatis sah sie entspannt und zugleich aufmerksam an.

»Ich vermute, Sie kommen wegen Herrn Azzam.«

Sein Deutsch war akzentfrei. Sie erklärte ihm, weshalb sie da war: Antworten auf Fragen zum Aufenthalt des Opfers – sie korrigierte sich – Herrn Azzams im Hotel, Befragung aller Hotelmitarbeiter, die mit ihm in Kontakt gekommen waren. Sie hatte Unwillen erwartet, aber der Chefconcierge bat sie freundlich, ihm zu folgen.

Ohne Eile ging er voraus zu seinem etwas zurückgesetzten Conciergetresen. Er bat sie, einen Moment zu warten, er werde die Geschäftsführung in Kenntnis setzen. Kurz darauf erklärte er ihr, der Geschäftsführer sei außer Haus, sie müsse leider mit ihm vorliebnehmen, aber er sei berechtigt und in der Lage, alle ihre Fragen zu beantworten oder dafür zu sorgen, dass sie beantwortet wurden.

Zehra war irritiert. Sie hatte erwartet, dass man sich querstellen würde.

Er öffnete eine Tür hinter dem Tresen und bat sie in sein Büro. Es war funktional eingerichtet und wirkte aufgeräumt. Ungefähr so würde ihr eigenes Büro aussehen, wenn sie eines hätte.

Auch die Schnappschüsse, die sie erwartet hatte, fehlten: der Concierge mit allen möglichen Prominenten, die im Hotel gewohnt hatten. Aber Polizisten ließen sich ja auch nicht mit Verhafteten ablichten. Das einzig Persönliche war ein gerahmtes Foto des Dalai Lama mit einem über eine Ecke geworfenen weißen Seidenschal.

»Nehmen Sie Platz.« Er deutete auf einen gepolsterten Stuhl, er selbst setzte sich auf einen Drehstuhl hinter dem Schreibtisch.

»Kaffee?«

Sie sah ihn fragend an.

»Unser Barista macht einen ganz besonderen Kaffee. Black Ivory aus Nordthailand. Die Bohnen werden von Elefanten vorverdaut. Der Kaffee verliert seine Bitterstoffe und bekommt eine Karamell- und Schokoladennote.«

Sie blickte ihn entsetzt an.

Er lachte. »Black Ivory gibt es nur bei uns. Sehr delikat.«

Sie sah wieder die Verkäuferin vor sich. Zehra musste ihr immer zuerst den Geldschein zeigen, bevor sie sich die Mühe machte, die Datteln aus dem Regal zu nehmen. Zehra wäre am liebsten im Boden versunken.

»Nein, danke.«

»Sind Sie sicher? Der Kaffee schmeckt kein bisschen nach Elefant, höchstens nach Thailand.«

Sie schüttelte den Kopf.

»Tee? Oder etwas anderes?«

Als sie wieder verneinte, drückte er eine Kurzwahltaste und bestellte irgendwo in einem entfernten Teil des Hotels einen Espresso.

»Was ist Ihre Aufgabe hier im Hotel?«

Daatis lächelte. »Der Concierge ist die Anlaufstation, wenn Gäste Hilfe benötigen – bei einer Tischreservierung oder um einen Hubschrauber für einen Ausflug nach Sylt zu buchen.«

»Dann brauchen Sie Kontakte.«

»Richtig. Man muss Leute kennen – oder wenigstens jemanden, der jemanden kennt.«

Der Kaffee wurde von einem livrierten Pagen auf einem silbernen Tablett mit Milchkännchen und Zuckerdose hereingebracht.

»Danke, Severin.«

Der Page ging und schloss die Tür hinter sich.

»Und jetzt sind Sie mein Gast. Ich werde dafür sorgen, dass Sie bekommen, was Sie brauchen.«

Eine halbe Stunde später hatte Zehra fast alles zusammen. Einige Informationen hatte der Concierge selbst aus seinem Computer gezaubert, für andere hatte er bei der Rezeption, in den drei Restaurants und zwei Bars des Hotels nachgefragt.

Sharif ibn Awad ibn Azzam war vor fünf Tagen spätabends im Ritz-

Carlton eingetroffen. Die Azzam Air Cargo hatte die Ambassador Suite für ihn reserviert und würde auch die Rechnung bezahlen. Daatis hatte Azzam bei seiner Ankunft persönlich begrüßt. Seine Frage, ob Herr Azzam zum ersten Mal in Berlin sei, war unbeantwortet geblieben. Über den Grund seines Aufenthalts hatte er sich weder Daatis noch anderen Hotelmitarbeitern gegenüber geäußert. Für ihn waren keine Opern-, Theater- oder Konzertbesuche organisiert, keine Tische in Spitzenrestaurants reserviert und keine Limousinen oder Hubschrauber geordert worden. Nur den Golfplatz hatte man gebucht.

Azzam hatte in den Hotelrestaurants gegessen, insgesamt vier Mal und immer allein. Das Frühstück war ihm auf dem Zimmer serviert worden. Am ersten und dritten Abend hatte er in der Curtain-Bar jeweils zwei Black Russians getrunken, ebenfalls allein. Niemand hatte an der Rezeption nach ihm gefragt, er war nie in Gesellschaft anderer Personen gesehen worden. Dies sei Herrn Azzams einziges ungewöhnliches Verhaltensmuster, bemerkte der Chefconcierge. Ausgesprochen ungewöhnlich, wenn man in Betracht zog, dass Herr Azzam Araber war. Ihm fiel noch etwas ein: Der Gast hatte ein zweites Daunenkissen verlangt, einmal das Spa besucht und sich zweimal massieren lassen. Das war's.

Zehra hatte sich auf ihrem Block Notizen gemacht. Jetzt steckte sie ihn ein. Sie fühlte sich überhaupt nicht mehr eingeschüchtert. Sie stand auf. Daatis erhob sich ebenfalls.

»Ich würde gern noch mit dem zuständigen Etagenkellner und den Zimmermädchen sprechen.«

»Kein Problem.«

Er tippte etwas in seinen Computer.

»Stefano und ... Luana. Haben beide Dienst.«

Ihr Blick wanderte zum Foto des Dalai Lama.

»Sind Sie Buddhist?«, hörte sie sich fragen.

Der Chefconcierge lachte. »Vielleicht. Jeder gute Concierge sollte mit Menschen umgehen, ohne über sie zu urteilen. Ich sage oben Bescheid, dass Sie kommen.«

Das hier würde nicht lange dauern. Anschließend würde er über die Lügen des Botschafters nachdenken. Man musste sie sich erst mal setzen lassen. Sie waren wie die Schwebeteilchen in schmutzigem Wasser.

Auf dem Schild stand: »Zi. 313 HK Tietze«. Er klopfte, wartete die Antwort nicht ab, sondern betrat das Büro. Großraum gab es beim LKA 1 nicht. In diesem standen zwei Schreibtische, wie bei ihm im Terrarium. An einem saß Jens. Er starrte Brandt an. »Was willst du denn hier?«

»Ist Tietze da?« Hier war Jens also gelandet. Es würde komplizierter werden, als er erwartet hatte. Er versuchte, den Ärger aus seiner Stimme zu nehmen. »Ich hoffe, deine Karriere ist damit wieder auf Kurs.«

»Du kannst mich mal.«

So viel dazu. Er trat vor die Pinnwand. Sie war übersät mit Fotos der Frau aus Castaros Kühlschrank. Man hatte sie in einer Grünanlage gefunden, zwischen spätblühenden Anemonen, zugedeckt mit einer dieser kitschigen chinesischen Tagesdecken. »Lietzensee-Park«, stand auf einem weißen Kärtchen unter einem Foto der Umgebung. Er nahm es von der Wand.

»Liebevoll abgelegt. Ungewöhnlich bei einem Vergewaltigungsopfer.«

Jens starrte ihn feindselig an. »Ziehst du schon wieder deine Nummer ab?«

»Welche Nummer denn?«, fragte Brandt, obwohl er genau wusste, was Jens meinte.

»Genau deswegen hat's mir gereicht bei dir!«

»Nicht wegen der schwindenden Karrierechancen?«

Jens fuhr so heftig hoch, dass sein Stuhl gegen den Aktenschrank knallte. Er umrundete seinen Schreibtisch.

»Du hast mich doch von Anfang behandelt wie einen –«

Die Tür zum Nachbarraum flog auf, und Tietze stand im Rahmen.

»Was ist denn hier los?«

»Nichts.« Jens wandte sich ab. »Kollege Brandt interessiert sich für unseren Fall.« Es klang sarkastisch.

Tietze zog die kantigen Schultern zurück. »Ach ja?«

»Ich habe euer Opfer zufällig in der Pathologie gesehen. Schon identifiziert?«

Tietze nahm Brandt das Tatortfoto aus der Hand und heftete es zurück an seinen Platz. »Langeweile?«

»Das ist unser Fall, kapiert?« Jens' Stimme vibrierte vor Zorn. »Falls was Fremdkulturelles auftaucht, kommen wir damit auch ohne dich klar!«

Brandt nickte. »Du bist ja jetzt Experte.«

Jens machte einen Schritt auf Brandt zu. Brandt wandte sich ab und ließ Jens ins Leere laufen.

»Ich wollte nur helfen.«

»Wie man hört, müssen wir in zwei Monaten sowieso wieder ohne dich und dein Dezernat klarkommen. Besser, wir gewöhnen uns dran«, sagte Tietze.

Brandt ignorierte Tietzes Ironie. Er ließ seinen Blick über die Pinnwand wandern. Dann sagte er: »Euer Opfer ist Filipina. Von den Bergstämmen im Norden, vermute ich. Ich kenne da noch ein paar Leute. Ich könnte euch helfen, sie zu identifizieren.«

Tietze taxierte Brandt einen Moment lang, dann sagte er: »Danke. Aber danke nein. Für uns ist das ein ganz normales Tötungsdelikt. Vermutlich ein Prostituiertenmord.« Er nickt Jens zu. »Kommst du?«

Jens folgte Tietze in den Nebenraum. Brandt zuckte mit den Achseln. Er ging zur Tür, dann überlegte er es sich anders. Tietze und Jens beugten sich über eine Fallakte. Brandt holte sein Smartphone aus der Tasche und fotografierte die Pinnwand. Vom Gesicht der Ermordeten machte er eine Nahaufnahme.

Das letzte Hemd

Der Etagenkellner Stefano war Stefano Albi aus Turin. Er hatte Azzam das Frühstück serviert, pünktlich um acht Uhr dreißig, in der Suite, viermal. Gesehen hatte er Azzam nicht. Aber er hatte stets, wenn er seinen Servierwagen ins Zimmer schob, die Dusche rauschen hören.

Luana, das Zimmermädchen, war Luana Moreira und stammte aus São Paulo. Sie sprach kaum Deutsch. Über Azzam hatte sie nur »zu wenig ordentlich« und »viele Handtücher« sagen können. Sie war ihm nur einmal begegnet, als sie am ersten Abend die Bettdecke aufgeschlagen hatte. Er hatte sie ignoriert. Was bestimmt daran lag, dass sie nicht die glutäugige, hüftschwingende Klischeebrasilianerin war, dachte Zehra, sondern eine kurzbeinige, rundliche Frau von Ende dreißig, die gut hinter einen Gemüsestand gepasst hätte.

Was hatte der Chefconcierge gesagt? »Mit Menschen umgehen, ohne über sie zu urteilen.« Zehra urteilte praktisch über jeden, der ihr begegnete. Es war ein Reflex.

Bisher hatte ihr Besuch im Ritz-Carlton wenig gebracht. Sie ärgerte sich, dass sie den Elefantenkaffee nicht probiert hatte. Sie betrachtete die bodentiefe Fensterfront. Die Suite lag im achtzehnten Stock, von hier oben hatte man einen unglaublichen Blick auf die Stadt. Dahinten lag Kreuzberg, Luftlinie keine fünfhundert Meter. So weit war sie also gekommen.

Ihr Handy summte. Eine SMS von Brandt: *Noch im Ritz? Ich hole Sie ab.* Nett. Oder wollte er sie kontrollieren?

Ihr Blick folgte einem Hubschrauber, der in westlicher Richtung die Stadt überquerte. Vielleicht einer von Milad Daatis' gut betuchten Kunden, dachte Zehra, ohne zu urteilen. Beinah jedenfalls.

Die Hemden. Irgendetwas stimmte da nicht. Es war bisher niemandem aufgefallen. Es hatte mit dem Zettel zu tun, den sie in Azzams Koffer entdeckt hatten.

Im Schrank hatten sie zwei originalverpackte weiße Hemden gefunden. Ein weiteres in Azzams Sporttasche im Golfclub, dazu das Hemd, das er auf dem Weg zum Club getragen hatte. Drei Hemden waren sauber und perfekt gefaltet aus der Hotelwäscherei zurückgekommen. Machte sieben. Alles so weit in Ordnung, hätten sie in Azzams Koffer nicht diesen Zettel gefunden. Er war sofort übersetzt worden. Es war eine Liste, offensichtlich für die Person, die Azzams Koffer packen sollte. Auf ihr waren acht weiße Hemden verzeichnet. Ein Hemd fehlte.

»Wo ist das verdammte Hemd geblieben?«

»Was für ein Hemd?«

Sie fuhr herum. Sie hatte nicht gehört, wie er hereingekommen war. Brandt ging zu der üppig bestückten Obstschale, nahm einen Apfel und biss hinein.

Sie erzählte ihm von dem verschwundenen Hemd. Ob sie schon in der Wäscherei nachgefragt habe? Sie sparte sich die Antwort.

»Teure Hemden?«

»Laut KTU ägyptische Baumwolle, handgemacht in London. Mindestens dreihundert das Stück. Pfund.«

Brandt überlegte. »Reden wir mit dem Zimmermädchen.«

»Habe ich schon. Brasilianerin. Spricht kaum Deutsch.«

»Trotzdem.« Er platzierte das Kerngehäuse auf der Spitze der Obstpyramide.

Zehra hielt ihm die Tür auf. »Ich habe Ihre Liste abgearbeitet.« Keine Antwort. Auch gut.

Luana putzte gerade die Presidential Suite. Mit präzisen Bewegungen wechselte sie die Wäsche des frei stehenden Kingsize-Bettes. Zehra hasste es, Betten zu beziehen. Fast so sehr, wie Geschirr zu spülen. Sie fragte Luana nach dem Hemd. Die Brasilianerin schüttelte den Kopf.

»Alle weg, waschen. Dann zurück.«

Zehra bohrte nach, doch Luanas Deutsch schien immer schlechter zu werden. »Nein, kein Hemd.« Sie wandte sich ab und stopfte die schmutzige Bettwäsche in ihren Wäschewagen.

Brandt hatte schweigend zugehört. Jetzt sagte er etwas zu Luana. Es klang wie Spanisch mit ein paar portugiesischen Brocken. Zehra verstand nur das Wort »São Paulo«.

Luana ließ das Daunenkopfkissen überrascht sinken. Sie musterte Brandt misstrauisch. Brandt sprach weiter. Er sprach lange und ohne Pause. Seine Stimme klang völlig anders. Die Sprachmelodie war fließender, beinah schwingend. Sogar das Timbre veränderte sich.

Luana antwortete etwas. Es klang zögernd, vorsichtig. Brandt setzte sich in den Sessel neben dem Bett und schlug die Beine übereinander. Er machte eine einladende Handbewegung. Luana nahm auf der Bettkante Platz.

Während Brandt sprach, schien sich Luana mehr und mehr aus der Gegenwart zu lösen. Das Zimmermädchen, das im Akkord und mit deutscher Perfektion deutsche Hotelbetten machte, verschwand, und die Brasilianerin kam zum Vorschein. Ihre Gesichtszüge entspannten sich, ihre Augen wurden lebendig, ihr Bewegungen temperamentvoller.

Brandt pfiff ein paar Töne. Eine Melodie, die Zehra schon einmal gehört hatte. Den Titel kannte sie nicht. Luana lachte, Brandt lächelte, dann wurde er ernst. Er nannte Azzams Namen. Luana sah ihm in die Augen, suchte darin etwas Bestimmtes, fand es. Sie warf Zehra einen unsicheren Blick zu.

Brandt nahm ihre Hand. *»No tengas miedo. Sou seu chefe.«*

Sie zögerte, dann nickte sie. Ihre Schultern sanken herunter, sie schaute zu Boden, schuldbewusst. Als sie wieder aufblickte, hatte sie Tränen in den Augen. Es folgte ein Sturzbach von Worten. Ein Geständnis, das wusste Zehra, auch ohne zu verstehen, was Luana sagte.

Vielleicht konnte sie ja tatsächlich etwas von Brandt lernen.

Luana verstummte. Brandt stand auf und legte ihr beruhigend die Hand auf die Schulter.

»Alles okay.«

Luana atmete durch. »Viele Dank.«

Brandt nickte Zehra zu.

»Sie hat das Hemd. Sie kommt zum Hinterausgang.«

Zehra verstand nicht. »Aber wieso …?«

»Azzam hat es weggeworfen. Sie hat es genommen. Dafür kann sie ihren Job verlieren. Darum behalten wir es für uns.«

Die Herkunft möglicher Beweismittel zu manipulieren war ein Dienstvergehen. Sie schaute zu Luana hinüber. Die Brasilianerin saß immer noch auf der Bettkante. Sie sah Zehra fragend an. Zehra nickte.

»Adeus. Tudo bem«, sagte Brandt.

Sie gingen zum Aufzug. »Übrigens«, fügte er hinzu, während er den Knopf drückte, »sie sagt, es ist Blut dran.«

Blutspur

Der blütenreine Stoff sah aus wie geschändet. Ein besseres Wort fiel Zehra nicht ein. Das Blut war braun eingetrocknet, der unregelmäßige

Fleck am unteren Ende der Knopfleiste handtellergroß, mit Schmierspuren an den Rändern. Sie bezweifelte, dass das Zimmermädchen ihn ganz herausbekommen hätte. Ein Schatten wäre geblieben. Aber er wäre nicht zu sehen gewesen, wenn das Hemd in der Hose steckte.

Zehra hatte den Ehering am Finger der Brasilianerin bemerkt. Sie stellte sich den Ehemann vor, größer als Luana, aber nicht viel, ebenfalls untersetzt. Ein rundliches Paar, sie in ihrem besten Kleid, er in einem dreihundert Pfund teuren Hemd aus einer der feinsten Schneidereien Londons. Der Gedanke gefiel Zehra. Sie lächelte – und wunderte sich über sich selbst. Die Überlegungen, die sie da anstellte, waren wohl kaum ermittlungsrelevant.

Wie war das Blut auf das Hemd des Mordopfers gekommen? War das überhaupt wichtig? Das Zimmermädchen hatte Brandt anvertraut, wann sie das befleckte Hemd aus dem Abfall genommen hatte: am Samstagmorgen, zwei Tage nach Azzams Ankunft, zwei Tage vor seiner Ermordung. Zwischen der Enthauptung und dem Blut auf dem Hemd bestand kein direkter Zusammenhang. Wahrscheinlich hatte der Araber nur Nasenbluten gehabt und seine Hemdzipfel benutzt, um die Blutung zu stillen und sich das Gesicht abzuwischen.

Zehra musterte Brandt von der Seite. Seit sie ins Auto gestiegen waren, hatte er kein Wort mehr gesagt. Trotzdem war ihr klar, wohin er fahren würde: auf direktem Weg zur Kriminaltechnik. Was, wenn sich herausstellte, dass das Hemd doch ein wichtiges Beweisstück war? Wie sollten sie erklären, woher sie es hatten? *Wir behalten das für uns.* Und sie hatte genickt. Zugestimmt, Informationen zurückzuhalten. Erst danach hatte er ihr von dem Blut erzählt. Mit Absicht? Hatte er sie gelinkt? Todsicher. Er wollte das Zimmermädchen schützen. Das wollte sie auch. Aber hätte sie es getan, wenn sie von dem Fleck gewusst hätte? Was war richtig, was war falsch? Verdammt.

Das LKA-Hauptquartier. Zehra hatte keine Ahnung von Architektur. Sie mochte das Gebäude. Es wirkte stark und fortschrittlich. In der Herbstdämmerung sah man nicht, dass es schon zwanzig Jahre alt war. Das Abendgrau kaschierte die Schmutzränder an den Fugen der Fassadenplatten. In vielen Büros brannte Licht. Den Kollegen war ihre Aufgabe wichtiger als der Feierabend.

Brandt bremste, holperte den Bordstein hoch und parkte den

Wagen auf dem Fahrradweg vor dem Haupteingang. Er stellte den Motor ab, ließ aber den Schlüssel stecken und schnappte sich den Beweisbeutel von Zehras Schoß.

»Bin in einer Minute wieder da.«

Er war aus dem Auto, bevor sie etwas erwidern konnte. Was hätte sie auch sagen sollen? Dass sie das Hemd gern selbst abgeliefert hätte? Sie sah Brandt nach. Er nahm die drei niedrigen Stufen vor dem Eingang mit einem Satz und verschwand im Gebäude. Aus den Berichten wusste Zehra, dass Kollege Herzfeld die kriminaltechnische Untersuchung des Falles leitete. Er galt als einer der Besten. Dann würde sie ihn eben später kennenlernen.

Ein Handy klingelte. Brandt hatte sein Smartphone in der Mittelkonsole liegen lassen. Das Display zeigte die Nummer des Anrufers. Zehra erkannte die Folge der ersten vier Ziffern: Landeskriminalamt. Unwillkürlich blickte sie zu den erleuchteten Fenstern. Rief Brandt aus einem der Büros an, um sie doch dazuzuholen? Blödsinn. Warum sollte er auf seinem eigenen Telefon anrufen? Er kannte ihre Nummer. Aber auch auswendig? Sie sah wieder zu seinem Handy. Das Display erlosch, das Klingeln brach ab.

Die Minute, die Brandt versprochen hatte, verging. Dann noch eine. Zehra löste den Sicherheitsgurt und rutschte in eine bequeme Position. Sie ließ die Seitenscheibe herunter. Die Luft war kühl und feucht. Ein Radfahrer kam heran. Sie hörte die Beschimpfung, bevor sie ihn sah. Sie beobachtete den Eingang durch halb geschlossene Lider. Erneut ertönte ein Signalton. Diesmal kam er nicht von Brandts Handy, auch nicht von ihrem eigenen. Es war das Fahrzeugfunkgerät.

Zehra griff nach dem Hörer – und stutzte. Sie wusste die Fahrzeugkennung nicht. Verdammt. »Oberkommissarin Erbay. Ich höre.«

»Stiller, Dezernat 54 LKA.«

Der Staatsschutz. Über Funk. Das war dringend.

Brandt kam aus dem Gebäude. Er sah das Funkgerät in Zehras Hand. Mit schnellen Schritten war er am Wagen.

»Verstanden. Ich gebe es weiter. Ende.«

»Wer war das?«, fragte er durch das offene Seitenfenster.

Sie griff nach ihrem Smartphone und antwortete, ohne ihn anzusehen: »Stiller vom Staatsschutz. Die beiden Gefährder besuchen offenbar regelmäßig die Dawa-Moschee.«

»Wo ist die?«

»Im Kiez Sonnenallee.«

»In Ihrem alten Revier?«

»Mittendrin.«

Brandt hörte den bedeutungsvollen Unterton. »Was heißt das?«

»Wenn wir in der Ecke einen Einsatz hatten, sind wir mit mindestens drei Streifenwagen hin.«

»Und es gab trotzdem Ärger, richtig?«

Zehra nickte, ohne aufzublicken. »Richtig.«

»Tja, die Jungs da sehen wohl jeden Uniformierten als Provokation. Aber in Zivil …«

Zehra blickte ihn ungläubig an. »Sie wollen da allein hin? Ohne Verstärkung?«

»Ich dachte, Sie kommen mit. Wenn Sie mit Ihrem Chat fertig sind.« Er deutete auf ihr Smartphone.

»Ich wollte nur wissen, wann die Sonne untergeht.«

Er verstand. »Wann?«

»Vor vier Minuten.«

Brandt riss die Beifahrertür auf. »Rutschen Sie rüber!«

»Äh … Ich soll fahren?«

»Ja, verdammt! Jetzt machen Sie schon!«

Brandt sah ein Funkeln in Zehras Augen, als sie über die Mittelkonsole hinters Steuer glitt.

Maghrib

Sie fuhren ein Rennen gegen das Abendrot. Zehra Erbay jagte den Omega mit aufgesetztem Blaulicht und aufgeblendeten Scheinwerfern auf den Columbiadamm. Der kilometerlange Bogen der Haupthalle des ehemaligen Flughafens Tempelhof flog an Brandts Fenster vorbei. Dann die dunkle Weite des Flugfeldes.

Brandt sah auf die Uhr im Armaturenbrett. Die Ziffern leuchteten orange: neunzehn Uhr neununddreißig. Das *maghrib* gehörte zu den fünf Pflichtgebeten. Die Zeit, die ein Muslim hatte, es zu verrichten, war kurz: »von Sonnenuntergang bis zum Ende der Abendröte«. Ihnen blieben nicht mehr als zehn Minuten. Vielleicht fünfzehn, wenn der Imam trödelte. Brandt warf einen kurzen Blick auf den Tacho: 140 km/h. Selbstmörderisch genug für schnelle Wechsel zwischen den Spuren oder, wenn nötig, auf den Standstreifen. Es wirkte nur langsamer. Bei ihm wäre die Fahrt ein harter Zickzackkurs gewesen. Seine Assistentin machte einen fließenden Slalom daraus.

Der Columbiadamm wurde zur Flughafenstraße. Sie rasten auf die sechsspurige Kreuzung Hermannstraße zu. Die Ampeln leuchteten ihnen warnend entgegen. Davor wartete ein Dutzend Fahrzeuge auf grünes Licht. Als Zehra endlich bremste, wusste Brandt, dass es viel zu spät war, um den Wagen noch rechtzeitig zum Stillstand zu bringen. Aber das hatte sie auch nicht vor. Bevor sie in das Ende der Schlange krachten, schlug sie das Lenkrad hart ein. Brandt hatte das Gefühl, vom Sitz abzuheben, als der Bordstein den schweren Wagen auf den Mittelstreifen katapultierte. Zwischen einer Linde und einer Litfaßsäule hindurch drifteten sie auf die Gegenfahrbahn. Wieder ein kurzes Bremsen, dann fuhren sie auch schon in die Kreuzung ein. Quer kommende Fahrzeuge wichen mit quietschenden Reifen aus. Ein Bus schoss heran, Brandt sah genau in die Scheinwerfer. Zehra gab Vollgas und schaffte es knapp vor einer Kollision über die Kreuzung.

Die Straße verengte sich, die Fahrt wurde langsamer. Sie passierten die Neukölln Arcaden. Das Gebäude aus Stahl und Glas lag wie ein gestrandetes Kreuzfahrtschiff an der Ecke zur Karl-Marx-Straße. Zehra nutzte eine kleine Lücke im Gegenverkehr und nahm die nächste Querstraße. Immer weniger türkische Läden, immer mehr Leuchtreklamen mit arabischen Schriftzeichen. Die Karl-Marx-Straße gehörte den Türken, die Sonnenallee den Arabern. Vor der Einmündung die nächste rote Ampel. Zehra ignorierte sie wie die anderen zuvor. Sie hielten auf die Polizeidienststelle Abschnitt 54 zu. Zehra bog in die Sonnenallee ab, ohne ihre Augen auch nur für einen Wimpernschlag von der Straße zu nehmen. Mit höchstmöglicher Geschwindigkeit drängelte sie voran. Der Verkehr wurde dichter, die Fahrer schienen viel Zeit zu haben, das Blaulicht beeindruckte sie wenig. Kam es ihm nur so vor, oder fuhr die junge Kollegin hier eckiger, rücksichtsloser?

Neunzehn Uhr achtundvierzig. Brandt wusste ungefähr, wo der Kiez lag, den sie ansteuerten. Weit konnte es nicht mehr sein. Wieder kreuzte Zehra den Gegenverkehr. In der Seitenstraße ging sie vom Gas, ließ die Seitenscheibe herunter und nahm das Blaulicht vom Dach. Sie umkurvte die nächste Ecke. Der Omega rumpelte über Kopfsteinpflaster. Viergeschossige Altbauten, an den Fassaden schlecht gesprayte Tags. Vor einem besonders heruntergekommenen Haus hielt Zehra. Sie parkte den Omega quer vor der Toreinfahrt. Sie stellte den Motor ab. Neunzehn Uhr einundfünfzig.

»Ich dachte, wir kommen besser von hinten. Der eigentliche Eingang ist direkt an der Sonnenallee.«

Eine Hinterhofmoschee. Davon gab es Dutzende in der Stadt, in ungenutzten Wohnungen oder Kellern von Hinterhäusern, von außen kaum oder gar nicht zu erkennen.

Zehra holte einen Schal aus einer Tasche ihrer Funktionsjacke und band ihn um wie ein Kopftuch. Sie spürte seinen Blick. »Frauen mögen die hier nicht besonders.« Sie zog ihre Waffe aus dem Schulterholster, lud sie durch und steckte sie wieder ein. »Ich will die Jungs ja nicht provozieren. Außer ich soll.«

Er schüttelte den Kopf. »Erst mal stellen wir nur eine Frage. Los jetzt!«

Er schwang sich aus dem Wagen. Zehra folgte ihm. Das Tor war nicht abgeschlossen. Er stieß es auf. Im Durchgang war es dunkel, und es roch nach Müll. Brandt durchquerte ihn mit wenigen Schritten. Aus den Wohnungsfenstern fiel ein wenig Licht in den Hinterhof. Überall Gerümpel, mittendrin schimmelte eine Couchgarnitur, der Kunstlederbezug aufgeplatzt, Holzwolle hing heraus. Zu viele Fahrräder, die meisten schrottreif, aber auch einige, die neu und teuer aussahen, waren achtlos abgestellt. An keinem sah Brandt ein Schloss.

Zehra deutete auf den nächsten Durchgang. Sie hasteten weiter. Der zweite Hinterhof war bedeutend größer, gut ausgeleuchtet und beinahe peinlich sauber. Es war niemand zu sehen. Das Tor zur Straße stand weit offen. Der Verkehrslärm der Sonnenallee drang gedämpft herein und übertönte fast den Singsang des Gebets. Brandt blieb stehen, Zehra ebenfalls. Der Imam hatte eine gute Stimme. Sie kam aus dem Seitenflügel, der Vorder- und Hinterhaus verband.

Die Fenster der Erdgeschosswohnung waren verhängt. Durch die Vorhänge schimmerte Licht. Die Wohnung hatte einen Zugang zum Hof. Davor gab es eine Art offenen Wintergarten mit einem Wellplattendach. Darunter standen ein paar Gartenmöbel aus Plastik und gleich neben der Eingangstür ein hohes Regal. In den Fächern knapp zwei Dutzend Paar Männerschuhe, ordentlich aufgereiht.

Brandt lauschte. Der Imam rezitierte die *tasliya*, die Eulogie für den Propheten. Sie hatten es gerade noch rechtzeitig geschafft. Gleich würden die Betenden ihre Köpfe erst zur einen, dann zur anderen Seite wenden und dabei den *salām* sprechen. Auch Islamisten, die den Dschihad predigten, beendeten ihr Gebet mit dem Friedensgruß.

Brandt sah zu Zehra. Sie wusste sofort, was er wollte. Sie nickte und trat ins Dunkel des Durchgangs zurück. Sie würde den Hinterausgang abdecken. Vielstimmiges Gemurmel drang aus dem Gebetsraum. Brandt lief zum vorderen Tor. Wenig später kamen die Männer aus der Erdgeschosswohnung. Gespräche auf Deutsch und Arabisch fluteten den Hof. Einige der Männer waren so jung, dass ihre Bärte noch nicht voll waren.

Brandt erkannte Farid Dahan alias Abu Badou sofort, obwohl sein Gesicht schmaler und kantiger und der Bart länger war als auf dem Foto. Den Schädel hatte er sich rasiert. Er machte Scherze mit seinen Glaubensbrüdern. Dann verabschiedete er sich mit komplizierten Handschlägen und anschließenden Umarmungen. Christian Welter alias Abu Hamsa war nirgends zu sehen.

Dahan kam auf das vordere Tor zu. Brandt trat aus dem Schatten und ging ihm entgegen. Dahans Gang veränderte sich augenblicklich. Er hielt nicht an, zögerte nicht mal, aber alles an ihm wirkte plötzlich wachsam. Brandt sah ihm direkt in die Augen. »Farid Dahan?«

»Was wollen Sie?« Dahan wich seinem Blick nicht aus.

»Wo waren Sie gestern zwischen zwölf und dreizehn Uhr?«

»Wer sind Sie?«

»Brandt, Kripo Berlin.« Er griff nach dem Dienstausweis in der Innentasche seiner Jacke. Dahan reagierte ansatzlos.

Als sie die Männer aus dem Gebetsraum kommen sah, fragte sich Zehra, ob die Taktik ihrer ehemaligen Kollegen nicht doch die bessere gewesen wäre. Ihr Blick suchte die beiden Gefährder. Falls sie die Tat begangen hatten, aus welchen Gründen auch immer, hatten sie nichts zu verlieren. Dann waren sie im Heiligen Krieg, und selbst ihr eigener Tod wäre ein Sieg für sie. Sie würden den Himmel gewinnen. Vielleicht glaubten sie sogar an die zweiundsiebzig Jungfrauen.

Zehra entdeckte Farid Dahan erst, als er sich aus der Gruppe löste. Sie sah, wie sich seine Haltung veränderte, als Brandt ihm aus dem Durchgang entgegentrat. Die Gespräche der anderen Männer waren zu laut, sie konnte nicht hören, was Brandt und der Verdächtige redeten. Aber sie konnte es sich denken. Jetzt würde Brandt sich ausweisen.

Zehra sah den Tritt nicht kommen. Ein perfekter Lowkick, der auf das Knie von Brandts Standbein zielte. Brandt riss sein Bein hoch. Doch der Kick war zu schnell, Dahan traf brutal Brandts Unterschenkel. Wenigstens nicht das Knie, dachte Zehra. Brandt taumelte, aber er schaffte es, die Schläge zu blocken, die Dahan in schneller Kombination folgen ließ.

Zehra hatte ihre Waffe schon im Anschlag, als sie aus den Augenwinkeln eine Bewegung in der Gruppe wahrnahm. Im nächsten Moment rannte ein schmächtiger Junge auf Brandt und Dahan zu. Christian Welter, der zweite Gefährder. Er hielt ein Messer in der Hand.

Brandt würde Welter nicht kommen sehen. Dahan wollte nach seinem nur halb geglückten Überraschungsangriff auf die Straße fliehen. Brandt versuchte, einen Haltegriff anzusetzen.

Zehra hatte kein freies Schussfeld. Sie traf ihre Entscheidung in Sekundenbruchteilen. Sie stieß ihre Waffe zurück ins Holster und spurtete los. Welter hatte den kürzeren Weg zu Brandt. Sie kam von der Seite. Sie würde es nicht rechtzeitig schaffen, er würde Brandt das Messer in den Rücken rammen. Zehra schrie. Der Kopf des Schmächtigen fuhr herum. Das genügte ihr. Sie sprang flach ab. Sie erwischte Welter in vollem Lauf mit der Schulter auf Hüfthöhe und fegte ihn von den Beinen. Der Aufprall war hart. Zehra rollte gekonnt ab. Im Hochkommen zog sie ihre Waffe – keine Sekunde zu früh, denn auch Welter kam blitzschnell hoch und wollte sich mit dem Messer in der Hand auf sie stürzen.

»Keine Bewegung!«, stieß Zehra hervor. Welter sah die Pistole und erstarrte. »Lass das Messer fallen!« Er zögerte. »Fallen lassen! Sofort!« Er ließ das Messer fallen. »Umdrehen und hinlegen, Gesicht auf den Boden!«

Welter gehorchte. Sie sah sich schnell um. Brandt kam humpelnd von der Straße her zurück – ohne Dahan. Zehra blickte wieder zu Welter. Er wagte nicht, sich zu rühren.

»Einen haben wir erwischt«, sagte sie.

Brandt griff kommentarlos nach ihrer Pistole. Zehra überließ sie ihm perplex.

»Legen Sie ihm Handschellen an!«

Während Brandt die Waffe im Anschlag hielt, holte Zehra die Handschellen aus ihrem Gürtel. »Hände auf den Rücken!«

»Fass mich nicht an, Hure!«

Sie drückte Welter ihr Knie ins Kreuz, packte einen seiner Arme und hebelte ihn auf den Rücken. Welter stöhnte auf und hielt den anderen Arm freiwillig hin. Zehra ließ die beiden Ringe zuschnappen. Dann stand sie auf und deutete auf die Pistole. »Wo ist Ihre?«

»Liegt im Büro.«

Zehra starrte Brandt an. Er war unbewaffnet in den Einsatz gegangen. »Das ist nicht Ihr Ernst!«

»Haben Sie Ihr Handy dabei?«

»Natürlich«, erwiderte sie.

»Dann sollten Sie jetzt vielleicht doch Ihre alten Kollegen mit den drei Streifenwagen rufen.« Brandt deutete mit einem Kopfnicken hinter Zehra. Sie drehte sich um. Die anderen Männer kamen näher. Ihre Blicke waren feindselig.

UG

Brandt fragte sich nicht zum ersten Mal, ob der junge Mann, der ihm gegenübersaß, fähig war, einem Menschen den Kopf abzuschlagen. Siegrist schien davon überzeugt zu sein.

Christian Welter war nicht besonders muskulös. Er hatte etwas

Wieselhaftes, trotz des akkurat geschnittenen Vollbarts. Seine Nägel waren abgekaut. Die schiefen Zähne waren nie mit einer Zahnspange in Kontakt gekommen. Dank mehrerer Gesundheitsreformen ließ sich die Unterschicht wie im 19. Jahrhundert wieder am Gebisszustand erkennen.

Zehra deutete auf die Handschellen an Welters Handgelenken.

Brandt sah Welter fragend an. »Herr Welter wird friedlich bleiben. Oder?«

»Mein Name ist Abu Hamsa.«

»Steht das so in Ihrem Pass?«

Welter presste die Kiefer aufeinander. Er war bis an die Vorderkante des ramponierten Stuhls gerutscht und stützte die Ellenbogen auf den Metalltisch. Sein rechter Fuß wippte auf und ab, als leide er an Parkinson.

Brandt konnte sich nicht vorstellen, wie der schmale junge Mann mit einer Kalaschnikow durch zerbombte syrische Häuser robbte und Maschinengewehrstellungen angriff. Schon eher, dass er an der Revaler Straße mit Koks gedealt hatte. Oder gekauft.

Zehra zog ihren Handschellenschlüssel aus der Tasche und näherte sich Welter. »Darf ich?«

Welter zuckte zurück. »Fass mich nicht an!«

»Schön ruhig bleiben.« Sie packte sein Handgelenk. Welter wollte seinen Arm wegreißen, aber Zehra verdrehte die Hand in eine anatomisch dafür nicht vorgesehene Richtung. Aikido. Welter schrie auf.

»Scheiße!«

»Halt einfach still.« Sie schloss die Handschellen auf, nahm sie Welter ab und steckte sie ein. Welter rieb sich die Gelenke.

»Scheiß-Kufar! Ihr verhöhnt meine Religion.«

Brandt sah Zehra streng an. »Bitte keinen Körperkontakt mehr mit dem Beschuldigten, Frau Erbay – außer er wird handgreiflich oder widersetzt sich.«

Zehra zuckte mit den Achseln. Brandt zog eine schwarze Pappschachtel in DIN-A4-Größe aus seiner Aktentasche und legte sie vor sich auf den Tisch.

Welter versuchte, die Schachtel zu ignorieren. »Wollt ihr einem damit Angst machen?« Abschätzig ließ er seinen Blick durch den Raum wandern.

Volltreffer, dachte Brandt. Der Raum lag im zweiten UG, zwischen Lager- und Versorgungsräumen. Fenster gab es nicht, stattdessen Neonröhren. Das kalte Licht leuchtete die Trostlosigkeit schattenfrei aus – die schmuddeligen Wände, von denen die Farbe abblätterte, den fleckigen Resopaltisch, die zerkratzten Plastikstühle.

Die anderen Vernehmungsräume lagen oben, auf demselben Flur wie die Inspektion. Dieser hier sollte die harten Jungs einschüchtern. Brandt glaubte nicht, dass es funktionierte. Aber alle anderen Vernehmungsräume waren belegt gewesen.

Welter konnte nicht anders, sein Blick blieb an der schwarzen Pappschachtel hängen.

»Okay, fangen wir an.«

»Bis mein Anwalt da ist, mache ich keine Aussage.«

Es klang einstudiert. »Das ist Ihr gutes Recht«, sagte Brandt nachdrücklich, als stünde er ganz auf Welters Seite. »Aber wir können uns doch bis dahin ein bisschen unterhalten.«

Welter verzog den Mund. Brandt wusste, was er dachte: Wenn der Bulle Selbstgespräche führen wollte – bitte.

Zehra hatte bisher hinter Welter an der Wand gelehnt. Brandt nickte ihr zu. Sie griff sich den schäbigsten von drei an der Wand aufgereihten Plastikstühlen und schob ihn geräuschvoll an den vorher abgesprochenen Platz. Welter war Rechtshänder, also platzierte sie sich links von ihm, gerade so nah, dass es ihm unbehaglich war. Eine praktische Anwendung der Proxemik, hatte Brandt ihr erklärt: Raumverhalten als nonverbale Kommunikation, ein Forschungsbereich, den Edward T. Hall in den sechziger Jahren etabliert hatte. Wann welche körperliche Distanz beziehungsweise Nähe als angenehm, angemessen, unangenehm oder bedrohlich empfunden wurde – Hall hatte dazu einige interessante Gesetzmäßigkeiten entdeckt.

Erbay hatte sofort verstanden. Wo sie aufgewachsen war, gehörte es zum Standardrepertoire, Gegner einzuschüchtern, indem man sich Nase an Nase vor ihnen aufbaute. Die salafistische Indoktrination hatte Welters Abneigung gegen die Nähe von Frauen zusätzlich verstärkt. Er rückte so weit von Zehra weg, wie er konnte, ohne vom Stuhl zu fallen.

»Sie sind Fundamentalist?« Brandts Stimme klang völlig neutral.

Welter schnaubte empört. »So nennen uns nur Ungläubige! Um uns zu beleidigen. Islamisten, Fundamentalisten, Dschihadisten … Was soll das sein? Es gibt nur einen Gott, und das ist Allah, und Mohammed ist sein Prophet. Und nur einen Koran. Das Wort Gottes! Wir sind die einzigen wahren Gläubigen, die nach seinen Geboten leben.«

»Was ist mit den übrigen Moslems?«

»Sie verhöhnen den Propheten!« Er spuckte die Worte regelrecht aus. »Ihr habt sie zu euren Schoßhunden gemacht!«

Trotz Welters hasserfüllter Stimme klang jeder Satz wie auswendig gelernt. Brandt hatte nichts dagegen. Hauptsache, Welter redete. Ihn zum Reden zu bringen war ein Kinderspiel. Welter hatte mehr Knöpfe, die man drücken konnte, als ein Bandoneon.

Brandt hob den Deckel der Pappschachtel an, ließ Welter aber nicht hineinsehen. Er nahm Welters Personalausweis heraus. »Christian Welter … geboren am 27. November 1990 in Berlin …«

»… im Wedding«, ergänzte Zehra. Sie ließ Welter nicht aus den Augen.

»Nationalität deutsch.« Er drehte den Ausweis um. »Wohnhaft in Berlin. Größe eins einundsiebzig, Augenfarbe Grau.« Er musterte Welter, als überprüfe er die Angaben. Welter drehte den Kopf weg, aber da saß Zehra und starrte ihn an.

»Er wohnt noch bei seiner Oma.«

»Das geht dich nichts an!«, fauchte Welter.

»Trägt Ihre Großmutter Kopftuch?«, fragte Brandt.

»Was?«

»Sie wohnen bei ihr. Wie können Sie das, wenn sie Kufar ist?«

Welter suchte nach einer Antwort. »Ich wohne nicht bei ihr.« Er verschränkte die Arme vor der Brust.

Er würde nichts mehr sagen. Glaubte er. »Haben Sie Hunger? Wir besorgen Ihnen was.«

»Ich esse keinen Schweinefraß!«

Brandt nickte Zehra zu. Sie verließ den Raum. Er griff wieder in den Pappkarton und nahm einen Computerausdruck heraus. »Hier steht, Sie sind evangelisch.«

Welter verzog angewidert das Gesicht. »Viele wahre Gläubige werden als Ungläubige geboren. Wir müssen nur bereuen. Allah ist gnädig.«

»Aber aus der Kirche ausgetreten sind Sie auch nicht. Sie sind noch Christ. Weiß das Ihr Freund Farid?«

Das brachte Welter für einen Moment aus dem Takt. Er rutschte nervös auf seinem Stuhl hin und her.

»Allah kennt die Seinen.«

Der Computerausdruck war eine Kopie von Welters Staatsschutz-Dossier. Zu Brandts Überraschung hatte es auf seinem Schreibtisch gelegen, als er und Zehra von ihrem Einsatz zurückgekommen waren.

»Hier steht, Sie sind bei Ihrer Großmutter aufgewachsen. Ihren Vater haben Sie nie kennengelernt ... Ihre Mutter ist drogensüchtig?«

»War.«

»Sie ist clean?«

»Tot.« Er zog die Mundwinkel verächtlich nach unten. Aber etwas Brüchiges in seiner Stimme erzählte eine andere Geschichte. Plötzlich war Brandt klar, wieso Welter im rigiden Regelsystem des Steinzeitislam Zuflucht suchte.

»Sie haben den Hauptschulabschluss geschafft.«

Welter zuckte mit den Achseln. Brandt las weiter. »Eine Lehrstelle bei Edeka. Nach drei Wochen abgebrochen. Was ist passiert?«

»Hab den Filialleiter umgehauen.«

»Keine Anzeige?«

Welter schüttelte den Kopf. »Wollte wohl nicht, dass rauskommt, dass er hinterm Kühlregal den Lehrlingen an die Wäsche ging.«

Brandt blätterte um. »Ein Praktikum im Kinderheim?«

Welter sagte nichts.

»Konnten Sie da nicht weiterarbeiten?«

»Wurde dichtgemacht. Die haben Kinder nach Ungarn verkauft oder so was.«

Brandt schaute wieder in den Computerausdruck. Vom Kinderheim direkt zum Koksverticken auf der Revaler. Das erstaunte ihn mehr als das Praktikum.

»Haben Sie Farid beim Dealen kennengelernt? Oder erst in Moabit?«

»Ich sage kein einziges Wort über Farid. Wo bleibt mein Anwalt?«

»Vermutlich noch unterwegs.« Er blätterte um. »Farid ist älter als Sie. Fünfunddreißig. Er hat Knasterfahrung. Ihre Zellen lagen nebeneinander. Hat er Sie beschützt?«

Natürlich hatte er das. Welter presste die Lippen aufeinander.

»Er hat sofort gesehen, dass Sie leichte Beute sind. Kanonenfutter für den Dschihad. Oder lief da noch mehr?«

Welter sprang auf. Seine Augen sprühten vor Zorn. »Allah hasst Schwule! Ich bin nicht schwul!«

Brandt sah ihn ruhig an. »Sie vielleicht nicht. Aber was ist mit Farid?«

»Sie wissen nichts über ihn! Gar nichts! Und sein Name ist nicht Farid, sondern Abu Badou! Er hat mir den Weg zu Gott gezeigt!«

Es war fast zu einfach. »Und den nach Syrien. Setzen Sie sich wieder hin!«, fügte er scharf hinzu.

Welter starrte Brandt hasserfüllt an, setzte sich aber.

»Ich war nicht in Syrien.« Er sah Brandt herausfordernd an.

Brandt verstand. Er sollte wissen, dass Welter log, dass er für den IS gekämpft hatte und stolz darauf war. Brandt wechselte das Thema. »Sie haben bei der Wahrer-Koran-Kampagne mitgemacht?«

»Ist das ein Verbrechen?«

Mehrere bärtige junge Männer, die bei der Kampagne in Fußgängerzonen und vor Einkaufszentren kostenlose Korane verteilt hatten, waren als Kämpfer und Selbstmordattentäter des IS in Syrien wieder aufgetaucht. Mindestens fünf von ihnen waren umgekommen, zwei davon als vermeintliche Spione enthauptet von den Henkern des IS.

Die Tür ging auf, Zehra kam mit einem Tablett herein. Sie stellte es auf den Tisch. Eine Cola, Chips, ein Schokoriegel und ein Käsesandwich für Welter, ein Kaffee im Pappbecher für Brandt und ein Tee für Zehra – alles, was die Kantine um diese Zeit noch hergab.

Zehra setzte sich wieder neben Welter und griff nach ihrem Becher. Welter drehte sich demonstrativ von ihr weg.

»Was ist mit Saudi-Arabien? Ein islamischer Staat. Sunniten. Sogar salafistisch.«

»Korrupte Schoßhunde der Amerikaner. Wir werden sie vernichten. Es gibt nur einen Islamischen Staat.«

Er merkte nicht, dass er sich damit gerade zum Mitglied des IS erklärt hatte.

»Der IS? Ich dachte, der Islam sei eine Religion des Friedens. Aber Sie töten Moslems?«

»Das sind Abtrünnige. Schlimmer als die Kufar. Wer sich von der Wahrheit abwendet, verdient den Tod.«

»Alle Schiiten?«

»Sie können jederzeit in den Schoß des wahren Glaubens zurückkehren.«

»Und wenn sie nicht wollen?«

»Töten wir sie. So will es Allah.«

»Sie scheinen ja ziemlich genau zu wissen, was Allah will.« Er nahm einen in grünes Leder gebundenen und mit goldenen Schriftzeichen verzierten Koran aus der Pappschachtel und legte ihn vor Welter auf den Tisch.

»Zeigen Sie mir, wo das steht.«

Welter sah Brandt unsicher an. Es war klar, dass er keine Ahnung hatte. »Man soll die Ungläubigen erschlagen, wo immer man auf sie stößt, denn sie wollen uns zum Unglauben verführen, und das ist schlimmer als Totschlagen.«

Brandt schlug das Buch auf, blätterte ein paar Seiten um, dann tippte er auf eine Stelle.

»Sie meinen Sure 2, Verse 190–194: ›Und kämpft auf dem Weg Gottes gegen diejenigen, die gegen euch kämpfen.‹ Die Verse beziehen sich auf die Bewohner Mekkas. Gegen die mussten sich die ersten Muslime verteidigen. Das ist fast tausendfünfhundert Jahre her. In der Sure steht nur, man soll sich verteidigen, wenn man angegriffen wird. Dass man wahllos Kufar und Schiiten töten soll, steht da nicht.«

Welters Blick flatterte zwischen Brandt und dem aufgeschlagenen Koran hin und her. Er hatte sich in eine Ecke manövriert, aus der er nicht herauskam. Zehra rückte näher an ihn heran. Er wurde wütend. »Auch der Prophet hat seine Feinde getötet!« Welter kam in Fahrt. »Es ist unsere Pflicht! Und in dreißig Jahren gehört Europa uns! Abu Badou kennt die Wahrheit!«

»Dann müssen wir Moslems werden, oder ihr bringt uns um?«

Welter beruhigte sich etwas. »Christen und Juden dürfen ihren Glauben behalten. Allah ist großzügig. Aber ihr müsst euch unterwerfen. Ihr müsst eine Steuer bezahlen und nach der Scharia leben.« Er schaute Zehra direkt an. »Du wirst dein Gesicht und deine Hände bedecken.« Welter stieß das Tablett von sich weg. »Ich esse nichts, was die Hure angefasst hat. Ich will wissen, was ich getan haben soll.«

»Zuerst mal Mordversuch an einem Polizisten.«

»Das war Notwehr!«

»Niemand hat Sie angegriffen. Ich habe Farid nur eine Frage gestellt.«

»Weshalb?« Welter verschränkte die Arme vor der Brust.

Brandt ignorierte ihn. »Warum ist er geflohen?«

Welter starrte ihn an wie hypnotisiert, sagte aber nichts. Brandt beschloss, sich dem Ziel der Vernehmung spiralförmig zu nähern. Er griff wieder in die Pappschachtel, förderte zwei Fotografien zutage und legte sie mit der Bildseite nach unten auf den Tisch.

»Wie lange waren Sie in Syrien?«

Der erneute Themenwechsel irritierte Welter. »War ich nie.«

»Dschihad ist Pflicht. Sie waren da. Mit Farid. Von Januar bis Mai. In Rakka und Palmyra.«

Brandt drehte das erste Foto um. Das Bild war unscharf. Es war mit einem Handy aufgenommen. Es zeigte eine Gruppe bärtiger Männer in Kampfmonturen und mit Kalaschnikows, die hinter der Mauer eines zerbombten Hauses Deckung gesucht hatten. Alle grinsten in die Kamera und machten das Victoryzeichen, bis auf eine Person am Rand der Gruppe, die sich tiefer duckte als die anderen. Sie hatte große Ähnlichkeit mit Welter.

»Das sind Sie, in Rakka«, sagte Brandt.

Welter betrachtete das Foto. Für einen Augenblick schien er in eine andere Welt abzudriften.

»Das bin ich nicht«, sagte er schließlich.

»Sieht aus, als hätten Sie Schiss.«

Welter fuhr von seinem Stuhl hoch. »Ich hatte keinen Schiss! Ich …« Er merkte, dass er im Begriff war, sich um Kopf und Kragen zu reden. Er verstummte.

Brandt drehte das zweite Foto um. Es war ein verschwommener Screenshot aus einem IS-Propagandavideo. Eine Meute IS-Kämpfer umringte einen schwarz Vermummten, der ein Krummschwert schwang. Er war im Begriff, einem arabisch gekleideten Mann, der mit verbundenen Augen im Staub kniete, den Kopf abzuschlagen. Brandt tippte mit dem Zeigefinger auf einen der Zuschauer.

»Farid. Das ist er doch, oder?«

Welter starrte auf das Foto. Er schüttelte den Kopf, aber seine Augen sagten etwas anderes.

»Waren Sie dabei? Haben Sie auch zugesehen? Hat es Ihnen Spaß gemacht?«

Welter blieb stumm.

»Warum überhaupt diese Enthauptungen? Warum erschießt ihr die Leute nicht?«

»Weil es im Koran steht.«

»Würden Sie das auch selbst tun – jemandem den Kopf abschlagen?«

»Wenn man es mir befiehlt. Ich verteidige den Islamischen Staat mit meinem Leben.«

»Auch hier in Deutschland?«

Welter antwortete nicht.

Zehras Handy summte. Sie meldete sich und hörte kurz zu. Sie gab Brandt ein Zeichen. Der Anwalt war im Haus. Er musste sich beeilen.

»Wo versteckt sich Ihr Freund – Abu Badou?« Brandt erwartete nicht, dass Welter darauf antwortete, aber Welter tat es.

»In Sicherheit, so Gott will.« Seine Stimme klang trotzig.

»Wo waren Sie gestern zwischen zwölf und dreizehn Uhr?«

»Gestern?« Die Frage erwischte ihn unvorbereitet.

»Ein Mann ist enthauptet worden, hier in Berlin. Sie und Ihr Kumpel sind die Hauptverdächtigen. Wo waren Sie?«

Welters reagierte anders, als Brandt es erwartet hatte. Er lehnte sich langsam zurück. Man konnte zusehen, wie sich seine Anspannung auflöste. Er lächelte, zum ersten Mal, seit die Vernehmung begonnen hatte.

»Allāhu akbar.«

»Sie haben ein Alibi?«

Welter zuckte mit den Achseln. »Kann sein, wir waren bei IKEA.«

Welter log. »Haben Sie den Mann getötet?«

Welter lächelte. In diesem Moment wurde die Tür aufgestoßen. Ein unrasierter Mann mit schief sitzender Krawatte und etwas zu großem Anzug stürmte herein.

»Tarek al-Schaar. Ich will mit meinem Mandanten sprechen – allein.« Er sah sich um. »Dieser Raum ist entwürdigend und diskriminierend. Dazu hören Sie noch von mir.«

Brandt und Zehra warteten vor dem Aufzug. Brandt drückte zum dritten Mal auf den Knopf. Zehra brach das Schweigen.

»Trauen Sie es ihm zu?

Brandt überlegte kurz. »In der richtigen Gesellschaft und unter den richtigen Umständen – ja. Im konkreten Fall würde ich aber eher auf Farid tippen. Wir brauchen die Tatwaffe. Oder den Kopf.«

»Vielleicht liegt er bei Welters Oma im Kühlschrank.«

Er sah sie an. Ein Witz?

»Oder dieser Dahan ist damit schon unterwegs nach Syrien«, legte Zehra nach.

»Warten wir die Durchsuchungen ab. Für heute reicht's.«

Der Aufzug kam.

Draußen sog Brandt die Nachtluft ein. Sie war feucht und schwer. Er dachte an die Regenzeit in der Cordillera.

Ein Streifenwagen fuhr vom Gelände. Der Fahrer schaltete Blaulicht und Sirene ein und trat aufs Gaspedal. Pizza für die Nachtschicht. Brandt fragte sich, wann er zum letzten Mal etwas gegessen hatte. Er konnte sich nicht erinnern. Er war müde. Sein Bein tat weh.

»Ich nehme den Wagen. Soll ich Sie irgendwo absetzen?«

Zehra schüttelte den Kopf. »Meiner steht dahinten.«

»Getunt?«

So wie sie ihn anschaute, fand sie das nicht witzig. Er stieg in den Omega und schob den Fahrersitz zurück. Dieses Vor und Zurück wurde langsam lästig. Als er den Rückspiegel einstellte, sah er, dass Zehra zurück ins Gebäude ging. Sein Smartphone brummte. Siegrist.

Mee Shay

So spät in der Nacht war der Verkehr erträglich.

Er hatte Siegrist angerufen und versucht, ihn auf den nächsten Tag zu vertrösten, aber der Oberstaatsanwalt hatte nicht lockergelassen. Brandt musste ihm den Verlauf des Verhörs haarklein schildern. Als er Tarek al-Schaar erwähnte, horchte Siegrist auf. Er kannte den Anwalt. Der Mann war stets zur Stelle, wenn Islamisten, egal, welcher Couleur, juristischen Beistand brauchten. Wer al-Schaar bezahlte, war dabei nicht immer klar.

Siegrist wollte wissen, was er von Welter hielt. Waren er und sein Komplize ihre Täter?

Brandt wusste es nicht. Die Männer hatten sich verdächtig gemacht. Farid war geflohen, Welter hatte Brandt angegriffen. Aber darüber hinaus gab es keine Beweise gegen die beiden. Noch nicht. Vielleicht würden die Hausdurchsuchungen sie weiterbringen. Aber etwas irritierte Brandt – Welter hatte sich schlagartig entspannt, als er mit der Tat konfrontiert wurde. Als habe er etwas anderes erwartet. Einerseits. Andererseits hatte er nicht bestritten, den Mord begangen zu haben, sondern nur gegrinst. Ein Geständnis? Oder fand Welter es einfach cool, dieser Heldentat verdächtigt zu werden?

Brandt bog in die Schönholzer Straße und hielt direkt vor dem »Rangun« unter dem Parkverbotsschild. Die Scheibe war beschlagen, also hatten Than Su und Mi Mi noch nicht geschlossen.

Authentische burmesische Straßenküche, ausgerechnet in Pankow. Er hatte es kaum glauben können, als er auf einer seiner ersten Erkundungsfahrten durch die Stadt zufällig auf den Imbiss gestoßen war.

Er öffnete die Tür. Die altmodische Glocke schlug an. Than Su und seine Frau waren davon überzeugt, dass der Geist der verstorbenen Inhaberin des ehemaligen Kurzwarenladens noch in der Nähe war. Der vertraute Klang ihrer Türglocke würde sie trösten. Than Su und Mi Mi waren Buddhisten, aber wie die meisten Burmesen glaubten sie auch an Geister.

Exotische Gerüche hüllten Brandt ein. Er verbeugte sich mit zusammengelegten Händen vor dem kleinen Altar. Darauf standen ein goldener Buddha, ein sandgefülltes Schälchen, in dem Räucherstäbchen brannten, und das gerahmte Foto Khwes, des Enkels der beiden.

Khwe war im Alter von vier Jahren während der Flucht seiner Eltern aus Myanmar ertrunken. Der alkoholisierte Kapitän des Schleuserboots hatte eine im Wasser treibende Planke übersehen. Der kleine Khwe war über Bord gegangen. Die Flüchtlinge hatten den Kapitän angefleht umzukehren, aber er hatte seine Pistole auf sie gerichtet und war weitergefahren.

Khwe bedeutete »Hund«. Burmesische Kinder bekamen ihren richtigen Namen erst, wenn sie vier oder fünf Jahre alt waren. Bis dahin wurden sie mit Tiernamen gerufen, um neidische Geister zu täuschen, die es auf Kinderseelen abgesehen hatten, die Kinder krank machten und sie töteten. Bei Khwe hatte das nicht funktioniert. Die Wassergeister hatten ihn geholt.

Tante Mi Mi schaute von dem Wasserspinat auf, den sie gerade klein schnitt.

»Ah, Herr Brandt! Gut, Sie sehen.«

»Hallo, Tante Mi Mi! Onkel Su!«

Than Su heftete gerade mit Reißzwecken ein Plakat von Amnesty International an die Wand. Er hatte während der Militärdiktatur in Burma wegen Subversion selbst mehrere Jahre im Gefängnis gesessen.

»Hauptkommissar Brandt, wie schön!«

Bei ihrer ersten Begegnung hatte er die beiden respektvoll mit *U* und *Daw* angesprochen, den traditionellen Anreden für ältere Männer und Frauen. Mehr Burmesisch konnte er nicht. Es hatte gereicht, um von den beiden ins Herz geschlossen zu werden.

Than Su beharrte seinerseits darauf, ihn mit seiner Amtsbezeichnung anzusprechen, ein Zeichen des Respekts. Brandt hatte ihm erklärt, er wolle außerhalb des Dienstes nicht unbedingt als Polizist identifiziert werden. Than Su hatte verständnislos den Kopf geschüttelt.

»Warum? In diesem Land Polizei ehrenvoller Beruf.«

Brandt ging zum Tresen. »Noch kein Feierabend, Tante?«

Sie nickte lächelnd in Richtung dreier Gothic-Teenager, die an einem der Stehtische schweigend ihre Nudelgerichte verzehrten.

»Hier! Sehen!« Sie wischte sich die Hände an der Schürze ab und holte einen Briefumschlag aus ihrer Schürzentasche. Er erkannte die exotische Briefmarke. Tante Mi Mi zog ein Foto aus dem Umschlag und hielt es ihm stolz entgegen. Es zeigte einen etwa siebenjährigen Jungen in grüner Hose und einem blütenweißen Hemd, der burmesischen Schuluniform. Der Junge blickte ernst in die Kamera.

»Maung Nu jetzt in Primary School«, verkündete sie stolz. Maung Nu war der Enkel ihrer jüngeren Schwester. Die Familie lebte in Rangun.

Er gratulierte ihr. Tante Mi Mi kniff ihm scherzhaft in den Arm.

»Immer noch zu dünn«, rief sie ihrem Mann zu.

»Nein, nein. Dicke Polizist, korrupte Polizist«, scherzte er zurück. »Man sieht sofort.«

Tante Mi Mi ließ sich nicht beirren. »Zweimal hier essen, jeden Tag! Dann wieder kräftig.«

»Und wie soll ich dann hinter den Verbrechern herlaufen?«, fragte Brandt.

Tante Mi Mi lachte. »Essen wie immer?«, fragte sie.

Brandt nickte. Wie immer, das war das Mee Shay nach Mandalay-Art. Er liebte die Kombination aus weichem Schweinefleisch, fermentierten Sojabohnen, Daikon und Reisessig.

Sie kehrte hinter den Tresen zurück. Than Su folgte ihr, öffnete eine Flasche laotisches Bier und stellte sie vor ihn hin. Brandt nahm einen Schluck. Neben der Kasse bemerkte er ein offiziell aussehendes Formular.

»Steuererklärung?«

»Ordnungsamt.«

»Lassen Sie mal sehen.«

Than Su klaubte die Blätter zusammen und brachte sie zu Brandt, als hielte er einen Sprengsatz in der Hand, der jeden Moment explodieren konnte.

Brandt las: »Antrag auf Erteilung der Erlaubnis zur Neueröffnung, Weiterführung, räumlichen Erweiterung, Änderung der Betriebsart oder Stellvertretung einer Gaststätte«.

Than Su stöhnte. »Zu kompliziert.«

Als Tante Mi Mi fünfzehn Minuten später Brandts Essen in Alufolie verpackte, hatte er Onkel Su geholfen, den Antrag auszufüllen.

Es folgte das übliche Hin und Her. Die beiden weigerten sich, sein Geld zu nehmen, er bestand darauf, zu bezahlen. Der Ausgang stand von Anfang an fest.

Gonosom

Sie hatte ihm praktisch das Leben gerettet, und er machte sich über ihre Fahrweise lustig. Zehra wusste wieder nicht, was sie von Brandt halten sollte. War er ein Riesenarschloch? Oder einfach nur cool? Sie hatte ihn dazu bringen wollen, seine Hand um den ausklappbaren Haltegriff über der Tür zu krampfen. Wenn sie es darauf angelegte, gelang ihr das bei jedem Beifahrer. Die übelsten Macho-Kollegen waren schon kalkweiß aus dem Streifenwagen gestiegen, wenn sie hinter dem Lenkrad saß. Im Abschnitt 54 hatte man sie »Kamikaze-Kanakin« genannt und es als Scherz verkauft. Es war aber nicht witzig. Sie wollte sich nicht umbringen, sie war nur eine gute Fahrerin. Sie versäumte kein Fahrsicherheitstraining. Doch damit kamen die männlichen Kollegen nicht klar. Keiner ließ sie mehr ans Steuer.

Das kannte sie, seit sie mit ihrem Bruder zum ersten Mal auf der Kartbahn gewesen war. Eigentlich sollte sie nur zuschauen und ihn bewundern. Sie hatte so lange gebettelt, bis er auch für sie einen Kart gemietet hatte. Auf der Bahn hatte sie ihn dann zweimal geschlagen. Da war sie sechzehn gewesen. Er hatte sie nie mehr mitgenommen. Würde Brandt sie wieder fahren lassen?

Zehra saß an ihrem Computer. Nur die Schreibtischlampe hatte sie angeknipst. Die Tischplatte reflektierte das Licht, das Terrarium wirkte fast gemütlich. Das Großraumbüro lag im Dunkeln. Sie wischte die letzten Schokokrümel aus einer leeren Snickers-Verpackung und leckte sie vom Finger. Sie blickte wieder auf den Bildschirm. Gefunden hatte sie eine Menge, herausgefunden wenig. Offenbar war Brandt als Ethnologe ziemlich erfolgreich gewesen. Er hatte über Moken, Hadza, Awá und andere Völker geschrieben, die sie nicht mal einem Kontinent zuordnen konnte. Dabei war er kein Schreibtischtäter. Den Großteil seiner wissenschaftlichen Karriere hatte er »im Feld geforscht«. Das bedeutete, er hatte Monate, manchmal Jahre im Dschungel oder in Wüsten gelebt. Bei Menschen, die kaum mit der sogenannten modernen Zivilisation in Berührung gekommen waren. Doch plötzlich war Schluss, von einem Tag auf den anderen. Keine Feldforschungen mehr, keine Veröffentlichungen. Nichts.

Erst drei Jahre später fand sie Brandt wieder – auf einem Foto von der Graduierungsfeier der FHöV Duisburg. Dort hatte er den Studiengang Polizeivollzugsdienst absolviert. Danach ging er zum Duisburger KK 21: Deliktübergreifende Organisierte Kriminalität. Vor sechzehn Monaten dann der spektakuläre Wechsel nach Berlin. Spektakulär, weil das neue Sonderdezernat ein Wahlversprechen des Regierenden Bürgermeisters war und entsprechend inszeniert wurde. Das offizielle Foto zeigte den OB und einen Oberstaatsanwalt namens Siegrist. Sie hatten Brandt in ihre Mitte genommen und präsentierten ihn der Presse. Dass das SD Fremdkultur nur über zwei Planstellen verfügen würde, war auf dem Hochglanzbild nicht zu sehen. Vielleicht hatten sie Brandt ja verarscht. Vielleicht war er deshalb so angefressen gewesen, als sie ihm ohne seine Mitsprache zugeteilt worden war. Vielleicht war er aber auch nur das arrogante Arschloch, für das ihn die meisten Kollegen hielten. Sie drehte sich im Kreis.

Zehra lehnte sich zurück, streckte ihre Arme und dehnte ihre Nackenmuskeln. Ihre Schulter tat weh. Nicht vom Abrollen, das übte sie in jedem Training. Bodychecks nicht. Sie war müde. Was machte sie eigentlich noch hier? Sie fuhr den Computer herunter und warf die Snickers-Verpackungen in den Papierkorb. Als sie das Licht löschen wollte, hörte sie Schritte. Sie wartete. Ein Mann betrat das dunkle Großraumbüro und kam auf das Terrarium zu. Erst als er eintrat, fiel genug Licht auf sein Gesicht. Sie kannte ihn nicht.

»Das ist aber ein langer erster Tag.« Er hatte Lachfältchen um die Augen. Er reichte ihr die Hand. »Herzfeld, Kriminaltechnik.«

»Erbay, SD Fremdkultur.«

»Ich weiß. Wo ist Brandt?«

»Nach Hause.«

»Und Sie lässt er allein hier sitzen?« Herzfeld klang ein wenig wie ein empörter Vater.

»Nein«, erwiderte sie, »das war meine Idee.« Das schien ihn nicht zu überzeugen. »Was kann ich für Sie tun?«

»Sie haben das Hemd gefunden.«

»Ich habe nur bemerkt, dass es fehlt.«

»Ein durchschnittlicher Polizist sieht das, was da ist. Ein guter fragt sich, was nicht da ist.«

Zehra widerstand dem Impuls, ihr Notizheft aus der Tasche zu ziehen und Herzfelds Worte aufzuschreiben. Das war die Art Chef, die sie wollte. »Konnten Sie denn was mit dem Blutfleck anfangen?« Klang das dumm?

»Wissen Sie, was ein Gonosom ist?«

Nein, verdammt. Zehra ärgerte sich über sich selbst. »Nicht genau. Es hat etwas mit Genetik zu tun, oder?«

Herzfeld nickte. »Jeder Mensch hat dreiundzwanzig Chromosomenpaare. Bei ungefähr vier Milliarden Menschen sehen die Paare aus wie Zwillinge.«

Sie begriff. »Und die anderen vier Milliarden nennt man Männer?«

Herzfeld schmunzelte. »Richtig. Bei Männern ist ein Chromosomenpaar anders: das Gonosom.«

»Das Geschlechtschromosomenpaar. XY bei Männern, XX bei Frauen.«

»Wieder richtig. Vielleicht sollte ich Sie abwerben«, sagte Herzfeld. Dann wurde er ernst. »Ich habe aus dem Fleck auf dem Hemd DNA extrahieren können. Das Blut stammt nicht von Azzam. Es ist von einer Frau.«

Pandora

Sie hatte Spuren hinterlassen. Brandt hatte den vertrauten Altbaugeruch erwartet. Aber da war noch etwas anderes, das nicht hergehörte. Er kam nicht drauf. Er schaltete das Licht an, zog seine Jacke aus und hängte sie auf. Die Resopalverkleidung der Garderobe löste sich an den Kanten. Er hatte sie vom Flohmarkt wie die meisten seiner wenigen Möbel. Dafür gab es keine ästhetischen Gründe, nur praktische.

Auf dem Boxhagener Platz war jeden Sonntag Flohmarkt. Dort hatte er alles gefunden, was er an Einrichtung brauchte.

Brandt ging in die Küche. Der kleine, solide Holztisch stand direkt unter dem Altberliner Doppelfenster. Wenn er frühstückte, blickte er auf das gegenüberliegende Gebäude. Es war bunt angemalt. Aus den Fenstern im vierten Stock hing ein Transparent: »Wenn Räumung, dann Beule«. Es war schon vor sechzehn Monaten da gewesen, als er seine Wohnung besichtigt hatte. Der erste Termin auf der Liste. Er hatte dem verwunderten Makler sofort zugesagt. Seitdem trank Brandt seinen Morgenkaffee mit Blick auf eines der letzten besetzten Häuser Berlins.

Er stellte die Tüte mit dem Mee Shay ab. Auf dem Tisch lag ein Wattestäbchen. An einem Ende Spuren von Schwarz. Da wusste er es plötzlich: Parfüm! Das war der Geruch, der ihn störte. Es war nur ein Hauch am Rand der Wahrnehmungsgrenze. Saskia hatte hier gesessen, sich sorgfältig geschminkt und mit dem Wattestäbchen verschmierte Wimperntusche abgetupft. Dann hatte sie den Reiseflakon aus ihrem Schminktäschchen geholt und Parfüm aufgelegt. *Wenigstens das Licht ist gut in deiner Bruchbude.* Damals hatte sie gelacht. Heute – nein, gestern, er hatte ja im Auto geschlafen – war sie sicher wütend gewesen. Trotzdem hatte sie ihre Routine abgespult.

Plötzlich hatte er keinen Appetit mehr. Der Knoten in seinem Magen war wieder da. Brandt öffnete das Fenster. Er nahm das Wattestäbchen, warf es in den Müll, ging ins Schlafzimmer und zog das Bett ab. Er stopfte Laken und Bezug in den Wäschekorb und hatte ein schlechtes Gewissen dabei. Aber er wollte nicht mit ihrem Geruch einschlafen. Oder aufwachen. Er wollte überhaupt nicht an seine Frau denken.

Im Kühlschrank fand er noch eine Flasche Tsingtao-Bier. Er öffnete sie und nahm einen großen Schluck. Das Mee Shay ließ er stehen. Er ging ins Wohnzimmer. Sein Blick blieb an den Zarges-Boxen hängen. Es waren drei. Er hatte sie bei seinem Einzug in der Ecke abgestellt, um sie später in den Keller zu bringen. Dann hatte er sie vergessen. Nein, das war das falsche Wort. Drei aufeinandergestapelte Sechzig-Liter-Aluminiumkisten im Zimmer konnte man nicht vergessen, man konnte sie nur ausblenden. Er hatte sie ausgeblendet. Darin war er gut.

Das Aluminium war zerkratzt und mit Staub bedeckt, der vermutlich noch von den Philippinen stammte. Trotzdem musste er an Castaros Stahltische denken. Das Bild der kopflosen Leiche tauchte vor ihm auf. Ein anderes schob sich davor, wieder ein Stahltisch, darauf eine gedrungene Gestalt unter einem weißen Tuch. Der Tod sollte nicht mit einer Sense dargestellt werden, sondern mit einem Stapel weißer Bettlaken.

Wer war die tote Filipina? Keine Frau aus dem Tiefland. Tiefland-Filipinos waren zierlicher, weniger ... bäuerlich. Sie stammte aus einem der Bergdörfer zwischen den Reisterrassen oder einer Igorot-Squattersiedlung in der Provinzhauptstadt Baguio. Aber was war sie – eine Bontok, Ifuagao, Kalinga oder Ibaloi? Wie war sie nach Deutschland gekommen? Legal, als Krankenschwester oder Katalogbraut? Oder mit einem Touristenvisum und dem Plan, so viel Geld wie möglich zu verdienen und an ihre Familie daheim zu schicken? Ein trauriges Schicksal, denn fast alle Frauen ließen kleine Kinder zurück.

Er wusste nicht, wie lange er mitten im Zimmer gestanden und die Kisten angestarrt hatte. Sie erinnerten ihn daran, dass er noch eine offene Rechnung mit seiner Vergangenheit hatte. Darum ignorierte er sie. Darum standen sie vielleicht immer noch in seinem Wohnzimmer.

Seine Beine fühlten sich schwer an, als wollten sie nicht mitspielen. Er musste sich zwingen, zum Schreibtisch zu gehen und in den Schubladen die Schlüssel für die Vorhängeschlösser zu suchen. Er fand sie schließlich in seiner Werkzeugkiste zwischen rostigen Schrauben und alten Nägeln.

Die Vorhängeschlösser ließen sich anstandslos öffnen. Er klappte den Deckel der obersten Box hoch. Es roch muffig.

Das Erste, was er in der Hand hielt, waren seine Feldforschungstagebücher. Zwei Dutzend in dunkelrotes Kunstleder geschlagene Hefte, die er in dem kleinen Kramladen hinter dem illegalen Hahnenkampfschuppen gekauft hatte. Im Laufe von zwei Jahren hatte er einundzwanzig davon vollgeschrieben. Nummer zweiundzwanzig brach mitten im Satz ab.

Die transparenten Kunststoffkästen mit seinen zweieinhalbtausend Dias beanspruchten ein Viertel der Box. Das Klebeband, mit dem er die Kästen versiegelt hatte, hatte sich längst gelöst. Ein Schuhkarton enthielt Dutzende von Mikrokassetten mit Interviews, die er in den Hütten und vor den Männerhäusern geführt hatte, nicht nur in »seinem« Dorf, sondern auch in den Nachbardörfern und in den illegalen Wellblechsiedlungen der Igorot, die nach Baguio gegangen waren. Die Kassetten waren durchnummeriert und mit Ort, Datum, Uhrzeit und den Namen der jeweiligen Gesprächspartner in einer Liste aufgeführt. Das Diktiergerät, das die Luftfeuchtigkeit schließlich doch kleingekriegt hatte, war auch noch da.

Der batteriebetriebene Kassettenrekorder mit dem eingebauten Mikrofon und die hundert Tonbandkassetten mit Ritualen, Liedern, Mythen und Aufzeichnungen von schamanistischen Sitzungen lagen lose in der Box. Die Aufkleber waren verblasst.

Ganz unten fand er eine Aldi-Tüte. Sie enthielt nicht, was er suchte, nur die alte Decke und das Lendentuch, handgewebt in den traditionellen Mustern und Farben der Bontok, und dazwischen eine Handvoll Halsketten aus den winzigen Glasperlen, die von chinesischen Seefahrern auf ihren Dschunken in die Philippinen gebracht worden waren. Er erinnerte sich nicht, woher er sie hatte. Es waren Familienerbstücke. Sie zu verkaufen war ein Verbrechen an den Ahnen. Wer es tat, aus Not oder aus Gier, wurde von den Ahnengeistern oft mit Wahnsinn bestraft, der sich nicht selten in grundloser Gewalttätigkeit äußerte. Familien konnten gezwungen sein, den Betroffenen eigenhändig zu töten, bevor er eine Blutfehde auslösen konnte.

Brandt schüttelte die Erinnerungsbilder ab und warf die Halsketten und die Decke zurück in die Box. Er stieß die Flasche mit dem Bier um. Als er mit dem Handtuch aus dem Bad zurückkam, war die Flüssigkeit bereits zwischen den Dielenbrettern versickert.

Die zweite Kiste enthielt das verschimmelte Erste-Hilfe-Set, das ihn im Dorf zum Außenposten der westlichen Medizin gemacht hatte; die Papprollen mit topografischen Karten, Messtischblättern, geologischen Übersichts- und Detailplänen, Fotokopien historischer Landkarten, gezeichnet von Entdeckern, Eroberern und frühen Forschern; Skizzen des Dorfes, der Felder und der weiteren Umgebung, die er selbst angefertigt hatte; Holzkästen voller eng beschriebener

Karteikarten zu allen möglichen ethnografischen Stichworten; dicke Ordner mit Transkriptionen von Interviews, Ritualtexten und Mythen und weitere Ordner mit den linearen Übersetzungen; eine Mappe mit unbeholfenen Zeichnungen von Ritualgegenständen; ein Stapel Kinderzeichnungen, entstanden, als eine Horde neugieriger Erstklässler ihn in seiner Hütte besucht hatte; Klarsichthüllen mit gepressten Pflanzen; sich über mehrere Generationen verzweigende Familiengenealogien auf zusammengeklebten DIN-A4-Blättern; frühe Reiseberichte aus alten Folianten, die er eine Woche lang in der Bibliothek des Jesuitenkollegs in Manila von Hand fotokopiert hatte; die Blechschachtel mit den Briefen seiner Freunde und Eltern, die immer von Geschehnissen berichteten, die mindestens sechs Wochen zurücklagen.

Was er suchte, fand er in der dritten Kiste, unter den Schulheften mit seinen Versuchen, die grammatischen Regeln des Bontok zu entschlüsseln, und den Vokabelkärtchen, die er von Hand zurechtgeschnitten hatte, während der Monsunregen ohrenbetäubend auf das Wellblechdach prasselte und Taifune die Hütte durchrüttelten.

Er nahm das ledergebundene Notizbuch aus der Kiste, schloss den Deckel und stapelte die Kisten wieder aufeinander.

Er legte es auf den Schreibtisch, verband sein Smartphone mit dem Rechner, fuhr ihn hoch und lud das Foto der ermordeten Filipina, das er an Tietzes Pinnwand gemacht hatte, in sein Bildbearbeitungsprogramm. Er trank den letzten in der Flasche verbliebenen Schluck Bier, dann aktivierte er den Vollbildmodus.

Obwohl die Augen der toten Frau geschlossen waren, hatte er das Gefühl, sie blicke ihn an. Ihr Gesicht hatte nichts von dem Frieden, den man oft sogar bei Gewaltopfern antraf. Da waren nur Schmerzen und Angst.

Er kannte die Frau nicht, aber er hätte sie kennen können. Wie alt war sie? Mitte zwanzig? Sie wäre ein Teenager gewesen. Durchaus möglich, dass sich ihre Wege irgendwann gekreuzt hatten. Vielleicht in Baguio. Er wieder mal auf dem Weg zu irgendeiner Behörde, um sich im Labyrinth der Zuständigkeiten, das mit Bestechung zu meistern war, einen sinnlosen Stempel zu verschaffen; sie in der sauberen Uniform ihrer Highschool. Oder als sie Ferien hatte und zurück im

Dorf war, mit ihren Cousinen und Freundinnen umherstreifte und das Leben ihrer Eltern und Großeltern für genauso rückständig hielt wie die Teenager in Oberbayern.

Sie hätte ihn bestimmt wiedererkannt, wenn sie ihm in Berlin über den Weg gelaufen wäre. Er war in der gesamten Mountain-Provinz bekannt gewesen. Der einzige Weiße, der in einem Bontokdorf lebte. Nur wenige verstanden, warum er das tat, schließlich waren sie in den Augen der philippinischen Mehrheitsgesellschaft primitive und blutrünstige Wilde.

Er schlug das Notizbuch auf. Es enthielt chronologisch geordnet seine philippinischen Kontakte: Namen, Adressen, Telefonnummern und – um seinem Gedächtnis auf die Sprünge zu helfen – Informationen zu den Personen. Er ging nicht davon aus, dass die Telefonnummern noch existierten, aber über das Internet konnte man heute fast jeden finden, auch in den Philippinen.

Teddy Fayufay war damals Nachwuchsreporter beim Cordillera Chronicle gewesen. Sie waren sich auf Anhieb sympathisch. Sie hatten beide im Verschlag der Dangwa Bus Company während eines Tropensturms auf ihren Bus nach Bontok gewartet. Da man davon ausgehen konnte, dass die Fluten Teile der unbefestigten Bergstraße nach Bontok wegspülen würden, hatten sie darauf gewettet, wie viele Stunden oder Tage sie in Baguio festsitzen würden.

Teddy stammte aus Sadanga, einem Nachbardorf des Dorfes, in dem Brandt lebte. Er war hellwach und wissbegierig. Später erfuhr Brandt, dass er neben seiner Reportertätigkeit vermutlich in der Cordillera People's Liberation Army aktiv war, die für die Autonomie der Bergstämme kämpfte. Sie freundeten sich an. Wenn Brandt etwas in Bontok zu tun hatte, trafen sie sich auf ein Bier. Teddy kannte in der Mountain-Provinz alles und jeden. Wenn jemand den Namen der Frau auf dem Foto ausfindig machen konnte, dann er. Falls er noch nicht erschossen worden war.

Nach zwei Minuten im Internet wusste Brandt, dass Teddy immer noch für den Chronicle arbeitete, und kurz darauf hatte er Teddys E-Mail-Adresse. Er verfasste eine unsentimentale Mail. Vor allem sparte er aus, warum er von einem Tag auf den anderen verschwunden war. Dann hängte er das Foto der Ermordeten an.

Er zögerte.

Wollte er das wirklich? Nach so vielen Jahren?

Er drückte auf Senden.

Er sah auf die Uhr. Zehn vor zwei. In Baguio war es also kurz vor neun. Er entschied sich, auf eine Antwort zu warten.

Um Viertel vor vier schreckte er hoch. Er war auf der Computertastatur eingeschlafen. Seine Zunge fühlte sich pelzig an. Sein rechtes Auge tat weh, er hatte zu lange auf dem Ziffernblock gelegen. Das Klingeln, das ihn geweckt hatte, gehörte nicht zu seinem Traum, sondern kam vom Festnetztelefon. Der Anrufbeantworter sprang an. René war dran. Etwas Außergewöhnliches war passiert. Er hatte wie immer nach einer Zeremonie in der Hütte übernachtet. Vor einer Stunde war er aufgewacht. Ein Wolf hatte vor ihm gesessen. Ein echter Wolf aus Fleisch und Blut, keine Vision.

»Er hat mich angestarrt. Aber ich habe gespürt, dass er nicht zu mir wollte. Er wollte zu dir. Du weißt, was ich denke?«

Und ob er das wusste. Brandt hatte sich während des Studiums mit Schamanismus beschäftigt, mit sibirischem, indianischem, tibetischem.

»Er ist dein Schutzgeist.«

Dein Schutzgeist. Das hier war eine Grenze. Wollte er sie überschreiten? Er überlegte, ob er den Hörer abnehmen sollte. Er tat es nicht. René hatte gesagt, was er sagen wollte, und legte auf.

Brandt überprüfte seinen E-Mail-Eingang. Teddy hatte sich noch nicht gemeldet. Er zog sich aus, stellte seinen Wecker auf Viertel vor acht und legte sich ins Bett. Er hatte vergessen, es neu zu beziehen. Es war ihm egal.

Mittwoch

Der Jäger

Die Waschbärin konnte nicht schlafen. Ihr Körper schmerzte. Der Bauch tat besonders weh. Vor Hunger und von dem Tritt. Dort, wo sie mit dem Rücken gegen den Baum geknallt war, hatte sich ein spitzer Ast durch ihr Fell gebohrt und die Haut aufgerissen. Sie versuchte, die Wunde sauber zu lecken, erreichte sie aber kaum.

Sie rollte sich wieder zusammen. Es war warm in ihrer Baumhöhle, der Boden gepolstert mit Flaum und Federn des Waldkauzes, den sie vertrieben hatte. Ihre Schnauze legte sie dicht an das Astloch. Draußen wurde es nun Tag. Sie würde es wittern, wenn sich jemand näherte. Sie schloss die Augen und wartete auf den Schlaf.

Sie schreckte hoch. Den Geruch kannte sie. Er haftete noch an ihrem Pelz, wo der Fuß sie getroffen hatte. Nun nahm sie dieselbe Witterung aus der Morgenluft auf. Die Waschbärin lugte aus der Höhle, lauschte angestrengt. Sie hörte nur die Geräusche des Waldes und der nahen Stadt.

Da! Eine Bewegung unter dem Blätterdach am Steilhang. Der Jäger! Er kam herunter. Er bewegte sich beinah lautlos. War er auf der Jagd? Suchte er sie?

Er hielt auf ihren Baum zu. Die Waschbärin wagte nicht, sich zu rühren. Sie atmete flach und schnell. Schon war er heran, trat unter die Äste der Eiche, kam an den dicken Stamm. Wenn er jetzt seinen Blick hob, würde er das Loch in der Astgabel sehen. Er würde sie finden, er würde sie töten, ihren Kopf abhacken und in eine Plastiktüte packen. Sie fauchte vor Angst.

Der Jäger blickte auf. Er entdeckte sie. Er sah sie an. Dann ging er weiter.

Es war nicht ihr Kopf, den er wollte.

Welters Großmutter tat ihm leid. Sie hatte die Hausdurchsuchung klaglos über sich ergehen lassen, aber es würde für sie wieder einer dieser traurigen Tage werden, das wusste Brandt. Wenigstens war er mit Zehra und den beiden Uniformierten nicht in aller Herrgottsfrühe bei ihr aufgekreuzt. Dafür hatten sie sich die Hinterhofmoschee ausgesucht.

Brandt hatte sich nicht viel davon versprochen. Wenn es dort irgendetwas Belastendes gegeben hatte, war es längst beiseitegeschafft worden. Alles, was sie in dem winzigen Raum, in dem Welter übernachtete, noch gefunden hatten, waren ein billiger Schlafsack und ein paar Kleidungsstücke. Der Vorsteher der Moschee, ein übergewichtiger deutscher Konvertit, beobachtete misstrauisch, wie sie den Verschlag auf den Kopf stellten. Brandt nahm die schlabberige weite Hose, die an einem in die Tür geschlagenen Nagel hing, genauer in Augenschein. Der Moscheevorsteher deutete seinen Blick falsch.

»Es gibt keinen Unterschied zwischen einer Frau, die enge Kleidung trägt, und einem Mann, der Hosen trägt, die sich an seinen Körper schmiegen. Das Gesäß beider gehört zu dem Teil des Körpers, der verhüllt sein soll. Der Gläubige soll während des Gebets so weit weg vom Ungehorsam gegenüber Allah sein wie möglich. Wie kann er beten, wenn seine Hinterbacken bloßgestellt werden und das, was dazwischen ist, durch enge Kleidung sichtbar vergrößert wird?« Seine belehrende Stimme überschlug sich fast.

»Ach ja?« Brandt schob seine Hand in die Tasche der Pluderhose.

»So sagt es Scheich Allamah al-Albani.«

Brandt zog ein Stück Papier aus der Tasche und faltete es auseinander. Es war ein altes Flugblatt. Unter der schwarz-weißen Flagge des IS wurde den Christen und Juden Jerusalems befohlen, die Stadt bis zum Ende des islamischen Fastenmonats zu verlassen. Andernfalls würden sie vernichtet.

Brandt hielt dem Vorsteher das Papier entgegen. »Ein Aufruf zu Mord und Totschlag stört nicht beim Beten?«

Der Mann drehte sich wütend um und ging.

»Ganz schön empfindlich, die Leute.« Zehra warf die Lederpantoffeln, die sie unter dem Bett gefunden hatte, in den Karton zu den anderen beschlagnahmten Gegenständen.

Sie hatten die Ausweise aller anwesenden Personen kontrolliert und eingescannt – sieben Deutsche und ein Libanese mit gültigem Touristenvisum. Er sprach kein Deutsch und war anscheinend ein Prediger. Wie zu erwarten, quittierten alle die Fragen nach Welter und Farid Dahan mit Schweigen und Achselzucken. Aber sie protestierten gegen die islamfeindliche Diskriminierung und kündigten nicht genauer spezifizierte Bestrafungen durch Allah an.

Welters Großmutter hatte weder protestiert noch gedroht. Sie hatte sogar versucht zu lächeln, als sie ihnen die Tür der Drei-Zimmer-Wohnung im vierten Stock des abgewohnten Mietshauses geöffnet hatte. Das hier war Kreuzberg vor der Luxussanierung. Eine Bäckerei, die sich »Libertad« nannte, gekonnte und hingestümperte Graffiti, eine Multikulti-Eckkneipe, ein türkischer Händler, der aus einem Keller heraus Kohlen und Brennholz verkaufte. Neben dem Hauseingang hing ein Kaugummiautomat, im Treppenaus roch es nach Kohl und Knoblauch.

Welters Großmutter war klein und ausgezehrt. Drogenkarrieren machten oft nicht nur die Süchtigen fertig, sondern auch ihre Angehörigen. Jetzt war ihre Tochter tot, und ihr Enkel saß als Gotteskrieger im Gefängnis.

Brandt hatte die Uniformierten angewiesen, freundlich zu sein und die Wohnung nicht zu verwüsten. Letzteres hatte einigermaßen geklappt, Ersteres überforderte Berliner Ordnungshüter offensichtlich.

Ermittlungsrelevantes hatten sie nicht gefunden. Nur ein Teenagerzimmer. In den Wänden steckten noch die Reißzwecken mit kleinen Papierfetzen der Plakate von Actionhelden und weiblichen Sexidolen, mit denen Welter sein Zimmer mal dekoriert hatte.

»Er ist irgendwann reingestürmt, hat alles abgerissen und im Ofen verbrannt.«

Wann hatte sie ihren Enkel zum letzten Mal gesehen?

»Vor fünf Monaten.« Sie hatte Tränen in den Augen. Nein, sie wusste nicht, wo er seitdem wohnte und schlief. Als Brandt sie nach Farid Dahan fragte, wurde ihre Stimme bitter. Christian hatte den

Mann nur einmal mit nach Hause gebracht. Sie hatte sofort gesehen, dass er nichts taugte und ihren Enkel ins Unglück stürzen würde. Sie hatte es dem Mann ins Gesicht gesagt, aber er hatte sie angefahren, sie sei eine Ungläubige, sie verstehe nichts, und war gegangen.

Sie folgten Welters Großmutter in die Wohnküche. Brandt staunte. So etwas hatte er zuletzt bei seiner Oma in Bottrop gesehen. Gelsenkirchener Barock, mit Hingabe und Möbelpolitur in neuwertigem Zustand erhalten, gebohnertes Linoleum, ein Kohleofen samt Schütte, Kiste für Briketts und Holzscheite. Wer trug der alten Frau jetzt das Brennmaterial in den vierten Stock?

Auf der Anrichte bemerkte Brandt zwei gerahmte Fotos. Das eine zeigte eine erschöpfte junge Frau, die tapfer lächelnd einen Säugling im Arm hielt. Auf dem anderen war ein etwa sechsjähriger Junge in kurzen Hosen zu sehen. Die Zuckertüte in seinem Arm war fast so groß wie er selbst. Er blickte ernst in die Kamera. »1997«, stand auf der Schultafel hinter ihm.

»Er ist gern zur Schule gegangen«, sagte sie traurig. »Er war kein schlechter Schüler.«

Brandt war erleichtert, dass sie in der Wohnung weder ein blutiges Schwert noch einen abgeschlagenen Kopf gefunden hatten.

Als sie sich verabschiedeten, griff sie nach seiner Hand. »Ist es meine Schuld?«

Keiner sprach während der Rückfahrt. Erst als sie in die Perleberger Straße einbog, brach Zehra das Schweigen.

»Wir müssen ihn laufen lassen, oder?«

Er rieb sich die Stirn. »Wenn sein Anwalt nicht total dämlich ist.«

»Der Angriff auf Sie …?«

»Wenn er ihn zu Ende geführt hätte – vielleicht. Aber das haben Sie ja vermasselt.«

Sie warf ihm einen irritierten Blick zu. Verstand sie keine Ironie?

»Wir haben das Hemd.«

»Das Blut stammt von einer Frau. Nein, Welter kommt raus.«

»Sie könnten mit Ihrem Staatsanwalt reden.«

Mit »Ihrem« Staatsanwalt? Wusste bei der Berliner Polizei jeder von seiner Beziehung zu Siegrist?

Sie rollten auf das Gelände der Direktion. Polizeiobermeister Berg stand vor einem Streifenwagen mit verbeultem Kotflügel und starrte auf sein Klemmbrett. Ohne seinen Campingstuhl und seine Zeitung wirkte er wie ein Wal, der sich ins flache Ende des Pools verirrt hatte. Er nickte Brandt zu.

Brandt bedeutete Zehra, anzuhalten. Er ließ das Fenster herunter. »Kontrollieren Sie Ihre Pferdchen?«

»Nur um sicherzugehen, dass sie nicht mutwillig zuschanden geritten werden.« Berg streichelte über die Motorhaube des Omega. »Zufrieden mit Ihrem?«

»Fragen Sie die Kollegin.« Brandt deutete auf Zehra.

Berg beugte sich herunter, sein rundes Gesicht erschien im Beifahrerfenster.

»Oberkommissarin Erbay! Ich staune. Ihr neuer Chef lässt Sie ans Steuer.« An Brandt gewandt fügte er hinzu: »Wenn sie Französin wäre, hätte sie die Hauptrolle in ›Taxi Taxi‹ gekriegt.«

Zehra grinste säuerlich. »Ich freue mich auch, Sie zu sehen, Polizeiobermeister Berg.«

Berg lachte. Hinter ihnen wurde gehupt. Ein Streifenwagen wollte aufs Gelände. Zehra legte den Gang ein und rollte langsam weiter. Berg klopfte zweimal aufs Dach.

»Machen Sie nicht mehr kaputt als nötig!«

Sie traten aus dem Aufzug. Zehra nestelte im Gehen am Klettverschluss ihrer Schutzweste. Schöller kam ihnen entgegen.

»Die Westen könnt ihr anlassen. Eine Funkstreife hat euren abgängigen Salafisten gesehen.« Er drückte Brandt ein gelbes Post-it in die Hand. Brandt reichte den Zettel an Zehra weiter und machte kehrt. Sie schloss den Klettverschluss ihrer Schutzweste wieder.

Im Wald

Zehra fuhr. Er gab die Ortsangabe auf Schöllers Zettel in die Navi-App seines Smartphones ein – Ernst-Thälmann/Ecke Birkholzer.

Auf der Landkarte des Navis erschien südlich von Berlin bei einem Weiler namens Mahlow ein roter Punkt.

»Brandenburg«, sagte Zehra.

Zehra schaltete das Blaulicht ein. Sie fuhr zügig, aber diesmal ohne Stunteinlagen. Offenbar hatte sie ihm genug bewiesen.

Er streckte die Beine aus. Der Beifahrersitz war bequem, aber das Holster mit der Sig Sauer drückte gegen seine Niere. Er löste es vom Gürtel und deponierte es zwischen seinen Füßen. Zehra beobachtete ihn aus den Augenwinkeln.

»Sie sind kein Waffennarr, oder?«

Bravo. Es hatte nicht mal geklungen, als sei er ein hoffnungsloses Weichei. Sie hatte recht. Er war nicht scharf darauf, jemanden zu erschießen. Einen Menschen zu töten war keine Kleinigkeit. Es änderte alles. Bei zwei Menschen konnte man sich nicht mal mehr einreden, man habe es nicht gewollt.

»Stimmt was nicht?« Zehra warf ihm einen prüfenden Blick zu.

Er antwortete nicht.

Sie fuhren schweigend. Dann lag Berlin hinter ihnen. Links und rechts abgeerntete Felder, ein Dorf mit ein paar frei stehenden Mietskasernen und verfallenden landwirtschaftlichen Gebäuden. Vielleicht eine ehemalige LPG. Sie waren auf dem Land.

Das Navi verkündete, dass sie ihr Ziel in fünfhundert Metern erreicht hätten. Dort kreuzten sich zwei Landstraßen. Direkt dahinter begann der Wald.

Ein Streifenwagen wartete am Straßenrand. Kein Berliner Kennzeichen. Zehra hielt dahinter.

Ein uniformierter Beamter stieg aus. Er war Anfang zwanzig und hoch aufgeschossen, was ihn noch jünger wirken ließ. Auf der Straße würde er es schwer haben. Er hielt das Fahndungsfoto von Farid Dahan in der Hand. Sein Gesicht war vor Aufregung gerötet.

»Das war hundertprozentig dieser Dahan! Wir haben ihn gesehen! Er ist da rein!« Er deutete auf einen zugewachsenen Weg, der in das Gehölz führte.

Brandt bremste ihn mit einer Handbewegung.

»Immer mit der Ruhe, Kollege. Ich bin Hauptkommissar Brandt, das ist meine Kollegin Oberkommissarin Erbay. Und Sie sind?«

Der junge Mann schluckte. »'tschuldigung. Polizeimeister Meyer, mit Ypsilon.«

»Brandenburg?« Zehra klang streng.

Meyer sah Brandt erschrocken an. »Hätten wir zuerst unsere Leitstelle informieren sollen?« Er brach verunsichert ab.

»Keine Sorge, Sie haben alles richtig gemacht«, beruhigte Brandt ihn. »Erzählen Sie mal der Reihe nach, so als würden Sie Ihren Bericht schreiben.«

Eine Dienstanweisung. Der junge Kollege fühlte sich wieder auf sicherem Terrain.

Zehra unterdrückte ein Grinsen.

Der Gesuchte war mit dem Fahrrad auf der L 76 unterwegs gewesen. Meyer und sein Kollege hatten ihn überholt. Im Rückspiegel habe er, PM Meyer, bemerkt, dass an dem Rad die funktionsfähige Lichtanlage fehlte, und POM Possner vorgeschlagen, den Verkehrssünder kostenpflichtig zu verwarnen. POM Possner habe daraufhin ebenfalls in den Rückspiegel gesehen und den Mann als den Gesuchten erkannt.

Brandt kürzte den umständlichen Bericht ab. »Er ist abgebogen, Sie haben gewendet, sind ihm gefolgt und haben gesehen, wie er im Wald verschwunden ist. Gute Arbeit.«

Der junge Mann wurde rot. »Ja, äh, nein. Wir haben ihn aus den Augen verloren, aber dann habe ich das Fahrrad entdeckt. Am Waldrand.«

»Gut gemacht.«

Ehe Meyer wieder rot werden konnte, ging Zehra mit gerunzelter Stirn dazwischen. »Ihr Kollege ist ihm allein gefolgt?«

Meyer sah sie an wie ein Erstklässler die strenge Lehrerin.

Brandt reichte es. »Wie schnell kann das SEK hier sein?«

»Unseres oder das von denen?« Zehra nickte in Richtung des Streifenwagens.

Brandt seufzte. »Suchen wir erst mal den Kollegen.«

Der Wald war unnatürlich still, fand Brandt. Keine Vögel. Die Blätter der hohen Bäume ließen nur wenig Licht durch, im diesigen Halbdunkel verloren alle Konturen an Schärfe. Es roch nach Waldpilzen.

Der Weg war überwuchert, aber es waren zwei parallele Streifen zu erkennen, wo das Unkraut niedergedrückt worden war und sich noch nicht wieder ganz aufgerichtet hatte. Spätestens gestern war ein Fahrzeug mit breiten Reifen hier entlanggefahren. Zehra zog ihre Pistole und entsicherte sie. Die Hand des jungen Polizisten ging zögernd zu seinem Holster. Brandt machte keine Anstalten, seine Waffe zur Hand zu nehmen. Also unterließ PM Meyer es auch.

Außer der Fahrzeugspur gab es keine Zeichen menschlicher Anwesenheit. Nicht mal den üblichen Müll.

Brandt ging voraus, Zehra seitlich versetzt einen Schritt hinter ihm, ihre Dienstwaffe schussbereit in beiden Händen. PM Meyer bildete die Nachhut.

Ein Knacken aus seinem Handfunkgerät unterbrach die Stille. Brandt blieb stehen. POM Possner informierte Meyer, dass er eine Art Lagerschuppen entdeckt habe. Vielleicht versteckte sich der Gesuchte da drin? Und waren die Kollegen von der Hauptstadt-Kripo endlich da? Ehe Meyer antworten konnte, nahm ihm Brandt das Funkgerät aus der Hand. Er identifizierte sich und wies Possner an, vor Ort in Deckung zu bleiben.

Sie fanden Possner fünfzig Meter vor dem fensterlosen Lagerschuppen hinter einem Holzstapel. Der Polizeiobermeister war doppelt so alt wie sein junger Kollege und die Ruhe selbst. Er deutete auf eine rostige Kette und ein Vorhängeschloss, die vor dem geschlossenen Holztor auf dem Boden lagen.

»Schätze, er ist da drin. War früher wahrscheinlich für Landmaschinen.«

Möglich. Ein Mähdrescher hatte darin keinen Platz, aber vielleicht ein Traktor mit Anhänger.

Hinter den Bretterwänden rührte sich nichts. Zehra blickte Brandt fragend an. Er nickte. »Sehen Sie sich mal auf der Rückseite um.«

Wortlos nahm sie sich Meyers Funkgerät und verschwand zwischen den Bäumen.

»Ist der Gesuchte wirklich so gefährlich?«, fragte Meyer.

Brandt antwortete nicht. Er spürte immer noch die Stelle, wo ihn Dahan mit seinem Kick erwischt hatte.

»Der Kollege meint, ob er bewaffnet ist.«

»Wir sollten damit rechnen.«

Der junge Beamte nestelte nervös an seinem Holster.

»Schon mal benutzt?«

Meyer schüttelte den Kopf.

Sie warteten. Brandt sah auf die Uhr. Fünf Minuten. Er ließ sich Meyers Funkgerät geben. Er drückte den Knopf.

»Wie sieht's bei Ihnen aus?« Keine Antwort. Vielleicht hatte er zu leise gesprochen. »Was ist los? Hören Sie mich? Sprechen Sie.«

Es knackte, dann war Zehras Stimme zu hören. »Auf der Rückseite ist eine Tür. Sie ist offen. Sieht nicht aus, als ob jemand drin wäre.«

»Okay. Wir warten auf die Kollegen vom SEK.«

Zehra antwortete nicht.

»Erbay!« Nichts. »Scheiße«, fluchte Brandt. Meyer und Possner sahen ihn fragend an. Bilder einer blutüberströmten Zehra Erbay schossen durch seinen Kopf. Er zog seine Pistole. Sie lag merkwürdig schwer in seiner Hand. Die uniformierten Kollegen griffen ebenfalls nach ihren Waffen.

»Einer links, einer rechts.«

Possner und Meyer verständigten sich mit einem Blick. Meyer überquerte mit drei Schritten den Weg und ging hinter einem Baumstamm in Deckung. Possner bezog zehn Meter weiter rechts Position und wartete auf Brandts Zeichen. Brandt nickte und trat hinter dem Holzstapel hervor. Sie waren auf ungefähr fünfzehn Meter an den Schuppen herangekommen, da wurde das Tor von innen einen Spalt weit geöffnet. Sie rissen ihre Waffen hoch. Zehra erschien in der Öffnung. Sie hatte ihre Pistole in der Hand. Sie legte den Zeigefinger an die Lippen und bedeutete ihnen, näher zu kommen.

»Im Schuppen ist niemand. Höchstens da drin«, flüsterte sie und schob das Tor etwas weiter auf. Bis auf einen dunkelgrünen Ford Transit war der Schuppen leer.

»Wenn ich sage, wir warten, dann warten wir«, zischte Brandt. Er senkte seine Stimme um weitere zehn Dezibel, sodass Meyer und Possner ihn nicht hören konnten. »Noch so ein Ding und Sie sind wieder in Neukölln.«

Sie hielt seinem Blick einen Moment lang stand, dann trat sie ganz nah an ihn heran. »Der Zündschlüssel steckt. Die Fahrerkabine ist leer, aber vielleicht ist er hinten drin.«

Brandts Pulsschlag hatte sich normalisiert. Er nickte, dann trat er an die Hecktür des Lieferwagens. Zehra bedeutete Possner und Meyer, sich links und rechts außen zu positionieren, sie selbst übernahm eine halb linke Position hinter Brandt. Alle brachten ihre Waffen in Anschlag.

Brandt zog am Griff. Die Tür war nicht abgeschlossen, aber sie klemmte. Er stemmte sich mit dem Fuß gegen die Stoßstange. Plötzlich gab sie nach. Brandt sprang nicht schnell genug zur Seite, die Lawine erwischte ihn, und er stand kniehoch in Kampfstiefeln, ausgemusterten Atemschutzmasken und Bundeswehrschlafsäcken.

»Rufen Sie die Spurensicherung.«

Farid war nicht im Laderaum des Transit.

»Unsere oder die von denen?« Zehra nickte in Richtung Meyer und Possner, die ihre Waffen wieder verstauten. Meyer war die Erleichterung anzusehen.

»Klären Sie das.« An die Uniformierten gerichtet fügte er hinzu: »Keiner fasst was an.« Er zog ein Paar dünne Gummihandschuhe aus der Tasche und streifte sie über. »Außer der Kollegin und mir.« Ihm fiel etwas ein. »Wie lange braucht Ihre Bereitschaft, bis sie hier ist?«

Possner überlegte. »Fünfundvierzig Minuten.«

Brandt dachte kurz nach, dann winkte er resigniert ab.

»Vergessen Sie's. Aber Sie können mit Ihrem Streifenwagen die Umgebung abfahren. Man kann ja nie wissen.«

Meyers Augen leuchteten auf. Der aufregende Tag war noch nicht zu Ende. Meyer und Possner zogen ab.

Herzfeld rückte persönlich an, »um die zuständigen Brandenburger Kollegen zu unterstützen«. Er bekam es mühelos hin, seine Grenzüberschreitung wie eine Gefälligkeit aussehen zu lassen. Brandt machte sich keine Illusionen: Ihm selbst würde das nie gelingen. Vielleicht wollte er das auch gar nicht.

Herzfeld scannte die Folien mit den Fingerabdrücken aus dem Lieferwagen ein und übertrug sie an das Automatisierte Fingerabdruckidentifizierungssystem AFIS. Die Antwort kam nach wenigen Minuten. Dahan hatte definitiv am Steuer des Transit gesessen.

Die Untersuchung der Ladung überließ Herzfeld den Kollegen vor Ort. Die Sachen waren gebraucht, aber in gutem Zustand und stammten aus Armeebeständen. Auf Wolldecken prangte der Schriftzug »Bundeseigentum«. An den Ärmeln von Flecktarn-Feldjacken war die deutsche Fahne aufgenäht. Einige Feldflaschen mit aufgeschnalltem Trinkbecher konnte ein älterer Beamter der NVA zuordnen. Die genaue Herkunft der Gegenstände würden die Brandenburger noch ermitteln.

Brandt hatte keine Zweifel, für wen die Ausrüstung bestimmt war. Im Handschuhfach lagen Landkarten von der Türkei und Syrien. Offenbar hatte Dahan sichergehen und nicht nur auf das ebenfalls vorhandene Navigationsgerät vertrauen wollen. Nun jedoch würden einige Kämpfer des IS im nächsten Winter frieren.

Die Direktion West der Brandenburger Polizei löste eine Fahndung nach Dahan aus, doch es wurden keine zusätzlichen Kräfte für die Suche eingesetzt. Brandt wollte gerade mit Zehra den Rückweg antreten, da bekam Herzfeld einen Anruf.

Als er aufgelegt hatte, fragte Brandt: »Neuer Tatort?«

Herzfeld nickte. »Und eine neue Leiche. Ich glaube, ihr solltet mitkommen.«

Der Chinese

Die Spur zog sich quer durch das abgesperrte Parkdeck. Sie führte auf das Treppenhaus zu. In diese Richtung verblassten die Abdrücke. In die andere wurde das Rot intensiver, bis die Fährte um eine Ecke bog. Dahinter musste der Tatort liegen.

Brandt starrte auf die Fußspuren. Auf eine Leiche ohne Kopf war er vorbereitet. Aber nicht auf – ja, was? Warum erschütterten ihn diese Sohlenabdrücke? Er konnte es nicht greifen. Es hatte etwas damit zu tun, wie hell das Blut aussah und wie schmutzig der Beton. Vielleicht auch damit, wie die Spur Schritt für Schritt verschwand.

Er bemerkte Zehras abwartenden Blick. Er ging weiter.

Sie bogen um die Ecke. Scheinwerfer auf Stativen leuchteten die Parkbuchten zwischen zwei Betonpfeilern aus. Die Pfeiler waren leuchtend grün gestrichen. Darauf die Aufschrift »Frauenparkplätze«. Im Halogenlicht schimmerte die Perleffekt-Lackierung eines Audi Q7. Der Oberklasse-SUV belegte zwei Parkplätze. Gestalten in weißen Schutzanzügen wimmelten um ihn herum. Eine Szene wie aus einer absurden Autowerbung. Man wartete auf die Pointe. Brandt kannte sie schon.

Um das linke Hinterrad des Wagens hatte sich eine Blutlache ausgebreitet. In ihr endete die Fußspur. Falsch, korrigierte er sich, hier fing sie an. Das Blut war schon eingedickt, es stand fast einen Zentimeter hoch auf dem versiegelten Boden. Er sah zu Zehra. Ihre Gesichtszüge waren starr. Sie umrundeten mit einigem Abstand das Heck des Audis.

Die Fahrertür war offen. Das Blut war auf die Seitenscheibe gespritzt und über das helle Leder der Türverkleidung heruntergelaufen. Der Leichnam lag neben dem Auto, die Füße zur Tür, der Rumpf neben dem Hinterrad zeigte in ihre Richtung. Sie blickten direkt auf die offene Wunde. Der Halsstumpf steckte in einem blutdurchtränkten, aber unversehrten Hemdkragen. Die Krawatte war eng gebunden, der Knoten saß noch immer korrekt.

Brandt bemerkte, dass Zehra schluckte. Aber sie sah nicht weg.

Aus dem Pulk der Schutzanzugträger trat eine hochgewachsene Gestalt auf sie zu. Im Gehen streifte sie die Kapuze vom Kopf. Kurze blonde Haare kamen zum Vorschein. Die Frau wandte sich direkt an Brandt.

»Darf ich fragen, wer Sie sind?«

Er zeigte seinen Ausweis. »Brandt, SD Fremdkultur.«

Ihr Lächeln überraschte ihn. Sie zog den Latexhandschuh von ihrer Rechten und hielt sie ihm hin. »Hauptkommissarin Jansen, freut mich.«

Ihr Händedruck war angenehm kühl. Sie war in seinem Alter und wenige Zentimeter größer als er.

»Meine Kollegin, Oberkommissarin Erbay«, erwiderte Brandt.

Jansen nickte Zehra zu, ohne sie zu beachten. »Ich habe schon von

Ihrem Dezernat gehört. Wer hat Sie herbeordert? Und vor allem: warum?«

»Das war meine Idee«, hörte er Herzfeld sagen. Der Chef der Kriminaltechnik eilte heran. Zehra hatte ihn unterwegs abgehängt.

»Guten Tag, Herr Herzfeld.« Jansen reichte ihm ebenfalls die Hand. »Ihre Leute sind schon da.«

»Die hatten es auch nicht so weit wie ich.«

»Das war keine Kritik.«

Herzfeld winkte ab. »Hauptkommissar Brandt arbeitet seit zwei Tagen an einem ähnlichen Fall.«

»Wie ähnlich?«

»Sage ich Ihnen gleich genau.« Herzfeld wandte sich seinem Team zu. »Timo? Wo sind die Anzüge?«

Jansen sah Brandt an. »Leiche ohne Kopf?«

Er nickte.

»Scheiße.« Ihr Lächeln war verschwunden.

Die Hauptkommissarin lieferte Brandt die Fakten. Er musste sie nicht einmal darum bitten. Das Opfer war vor einer guten Stunde tot aufgefunden worden. Entdeckt hatte es ein älteres Ehepaar. Die Eheleute wollten nach einem Einkaufsbummel zurück zu ihrem Auto. Die Frau hatte einen leichten Schock erlitten. Sie war vom Notarzt versorgt worden. Nun saß sie mit ihrem Mann im Sanitätsraum der angrenzenden Shopping-Passage.

Tiefgarage und Passage waren Teile des Gebäude-Ensembles Neues Kranzler-Eck am Ku'damm. Der Komplex erhob sich wie eine Steilwand aus Glas direkt hinter dem berühmten Café. Brandt hatte es sofort erkannt, als sie darauf zugefahren waren. Nicht nur, weil die Fünfziger-Jahre-Rotunde mit der rot-weiß gestreiften Markise unverwechselbar war. Saskia hatte ihn dorthin eingeladen – am ersten Wochenende, an dem sie ihn in Berlin besucht hatte.

»Wissen Sie schon etwas über das Opfer?«, fragte er die Hauptkommissarin.

Sie nickte. »In seinem Portemonnaie war sein Ausweis. Und ein Stapel von denen hier.«

Sie reichte Brandt eine Visitenkarte mit einem aufgedruckten

Firmennamen: Marbach-Holzer. Darunter stand: »Mirko Lindner, Sales Manager«. Keine Telefonnummer, keine Adresse.

»Ich muss das Ehepaar noch befragen«, sagte Jansen. »Wollen Sie dabei sein?«

Brandt musste sie ziemlich irritiert angesehen haben.

»Ist nur ein Angebot.«

Solch ein Angebot erhielt er normalerweise nicht.

»Gern«, sagte er.

»Dann kommen Sie.«

Er blickte zu Zehra. Sie deutete auf eine Überwachungskamera an der Decke, keine fünf Meter entfernt. Brandt nickte. Dann folgte er Jansen, die nicht auf ihn wartete.

Zehra hatte schon Leichen gesehen. Aber nicht solche. Sie versuchte ihren Trick mit dem Ausatmen. Er half nicht. Das überraschte sie nicht. Sonst kam die Panik irgendwo aus ihrer Seele und flüchtete in ihren Körper. Das hier fühlte sich umgekehrt an. Sie konnte sich alles ansehen: den offenen Hals, das verklumpte Blut, das durchtrennte Gewebe, den zerteilten Wirbelknochen. Sie spürte kein Entsetzen. Trotzdem zitterten ihre Beine, ihr Magen rebellierte. Ein seltsames Gefühl. Es schien nicht zu ihr zu gehören.

Sie wandte sich ab und ging zur Kamera. Sie wirkte neu. Die Optik zielte auf die Frauenparkplätze. Zehra konnte kein Kabel entdecken. Eine Netzwerkkamera? Zehra wunderte sich, dass WLAN zwischen den Stahlbetondecken und -wänden funktionierte.

Die Überwachungsmonitore standen im Kassenhäuschen neben der abgesperrten Einfahrt. Zehra klopfte an die Scheibe des Häuschens. Der junge Mann blickte von seinem Buch auf.

Zehra zeigte ihren Ausweis. »Kann ich mal reinkommen?«

»Klar!«

Der junge Mann öffnete die Tür. Das Buch war gespickt mit Post-its.

»Student?«, fragte Zehra.

Er nickte. »Wirtschaftswissenschaften, drittes Semester.«

Zehra blickte auf die Monitore. Sie sah Bilder von der Einfahrt, der Ausfahrt und dem Treppenhauszugang aus der Passage. Kein Bild vom Tatort. »Sie müssen ein ziemlich fleißiger Student sein.«

»Wieso?« Er klang nervös.

»Sie lassen sich nicht mal von einem Mord ablenken.« Zehra deutete auf die Monitore. »Ich würde mir das alles angucken.«

»Das kann ich gar nicht.«

»Es gibt eine Kamera direkt vor den Frauenparkplätzen.«

Sein Adamsapfel hüpfte auf und ab. »Die ist nicht echt.«

Zehra stapfte wieder auf das Parkdeck. Kein WLAN. Die Überwachungsanlage der Tiefgarage war kabelgebunden. Die Frauenparkplätze waren nachträglich eingerichtet worden, aus Marketinggründen, hatte der Student der Wirtschaftswissenschaften erklärt. Spezielle Stellplätze für Frauen steigerten die Attraktivität eines Parkhauses. Was für eine Verarsche!

Zehra umkurvte die Ecke vor dem Tatort. Alle noch bei der Arbeit. Brandt war nicht zu sehen. Die arrogante Bohnenstange auch nicht. Herzfeld saß im Audi. Der Fotograf kniete über einem der Sohlenabdrücke. Er legte eine Referenzskala daneben und machte Fotos. Anschließend richtete er sich auf und fotografierte die Laufrichtung aus der Totalen. Zehra blickte nachdenklich auf die Spur. Dann ging sie ihr nach.

Im Treppenhaus verloren sich die Abdrücke. Die Kriminaltechniker würden sie mit Luminol und UV-Licht noch ein Stück weiter verfolgen können. Aber außer den Zugängen zu den anderen Parkdecks gab es nur einen Ausgang. Zehra drückte die Metalltür auf und nickte dem Beamten zu, der sich davor postiert hatte.

Zehra sah sich um. Eine Ladenpassage, rechts ging es auf den Ku'damm, links über die Zufahrt der Tiefgarage zur Kantstraße. Geradeaus kam man auf einen kleinen Platz. Darauf standen zwei fast zehn Meter hohe Volieren. Die Stahlrohrkonstruktionen sahen aus wie die Hälften eines geometrischen Kegels. Darin hockten auf toten Ästen bunte Vögel. Auf einer Edelstahlsäule stand: »Info-Point Voliere«. Ein Touchscreen war in die Säule eingelassen.

Zehra berührte das Bild eines kleinen grünen Vogels mit ockerfarbener Brust und einem blauen Fleck auf der Stirn. Ein Infotext erschien. Es war eine Bambus-Papageiamadine. Sie wurde nicht größer als elf Zentimeter und wog nur vierzehn Gramm. Sie lebte in den Hochländern von Malaysia, Java, Borneo und Nord-Luzon. Oder in einem Käfig in Berlin-Charlottenburg.

»Das ist auch mein kleiner Liebling.« Auf der Bank neben der Infosäule saß eine alte Dame. Vor ihr stand ein Rollator. Sie lächelte Zehra an. Dann wurde ihr Blick ernst. »Werden Sie ihn kriegen? Sie sind doch Kriminalbeamtin?«

»Woran haben Sie es erkannt?«

»Sie sind aus dem Parkhaus gekommen. Die Polizei lässt niemanden rein. Der Hausmeister hat mir erzählt, es sei drin was passiert – ein Mord!« Die alte Dame sah Zehra erwartungsvoll an.

»Wie lange sitzen Sie schon hier?«, fragte Zehra.

»Seit halb neun heute Morgen.«

»Das sind fast fünf Stunden!«

»Im Wohnstift gibt's nur alte Krähen«, sagte die alte Dame verschmitzt. »Die Vögel hier sind hübscher. Spannender ist es auch. Besonders heute.« Dann wurde sie ernst. »Wollen Sie mich nicht fragen, ob mir irgendetwas Ungewöhnliches aufgefallen ist?«

»Ist es?«

Sie nickte heftig. »Als ich ankam, stand ein Mann vor der Voliere!«

»Und wieso finden Sie das ungewöhnlich?«

»Sonst ist so früh nie jemand hier. Also außer mir. Er stand mindestens eine halbe Stunde da. Genau vor dem Ast, wo die Bambus-Papageiamadinen sitzen.«

Zehra zögerte kurz. Dann zückte sie ihren Block und bemühte sich, amtlich zu klingen. »Wie sah er denn aus?«

Die Wangen der alten Dame röteten sich vor Aufregung. »Wie ein Chinese. Er hatte diese Chinesenaugen. Und diese Hautfarbe. Klein war er auch.«

»Und er hat die Vögel beobachtet?«

»Nur die Bambus-Papageiamadinen. Eine halbe Stunde lang. Dann ist er weggegangen.«

»In welche Richtung?«

»Zum Kranzler.« Sie deutete in eine Richtung. Das Parkhaus lag in der anderen.

»Haben Sie sonst noch etwas bemerkt? Vielleicht etwas später? So zwischen zehn und elf?«

Einen Mann mit Blut an den Schuhsohlen hatte die alte Dame nicht gesehen. Der Chinese war ihr einziger Verdächtiger.

Größe 46

»Ein Serientäter, der Köpfe sammelt«, schlug die Hauptkommissarin vor, »aus psychosexuellen Motiven.«

Das war eine Möglichkeit. Aber zu diesem Zeitpunkt der falsche Ansatz. Jansen konzentrierte sich allein auf den Täter. Brandt fragte nur aus Höflichkeit nach: »Sie sehen den Täter also als Fall für die psychiatrische Forensik?«

Zehra war nicht so taktvoll. »Und woraus schließen wir das? Aus seiner Schuhgröße?«

Vielleicht war es doch keine gute Idee gewesen, die Lagebesprechung hier abzuhalten. Das Sonderdezernat war zwar nur halb so weit vom Tatort entfernt wie Jansens Dienststelle, die Direktion 2. Aber das Terrarium wirkte auf einmal noch kleiner, als Brandt es in Erinnerung hatte.

Hauptkommissarin Jansen schien das nicht zu stören. Sie saß entspannt auf dem Besucherstuhl und sah Zehra interessiert an. Zum ersten Mal. »Sie haben auch die Quantico-Studie gelesen?«

»Welche?«, fragte Zehra überrumpelt.

»›Significant correlations between serial killers and their shoe size‹.« Jansen zuckte mit keinem Gesichtsmuskel.

Brandt sah, wie es in Zehra arbeitete.

»War nur ein Scherz«, sagte Jansen, gerade als Zehra den Mund aufmachen wollte, und wandte sich wieder Brandt zu. »Tatsächlich gibt es eine FBI-Studie, die Serienmördern eine Vorliebe für archaische Waffen bescheinigt: Axt, Schwert, Machete …«

Brandt nickte. Zehra starrte Jansen an. Dann wandte sie sich ab und fuhr ihren Computer hoch. Es sah nicht aus, als wollte sie sich weiter am Gespräch beteiligen.

Das war eine ungewohnte Situation. Bisher hatte er immer Probleme mit den Kollegen gehabt. Jansen aber hatte ihm von sich aus eine Zusammenarbeit vorgeschlagen. Noch bevor Herzfeld bestätigen konnte, dass das Opfer in der Tiefgarage mit höchster Wahrscheinlichkeit vom selben Täter enthauptet worden war wie das auf dem Golfplatz.

»Was wissen wir?«, fragte Jansen und erhob sich. »Darf ich?« Sie erwartete keine Antwort, sie nahm den Edding von seinem Schreibtisch und trat an die Pinnwand. »Das Opfer hat sein Parkticket um zehn Uhr zweiundfünfzig am Kassenautomaten im Erdgeschoss bezahlt. Um elf Uhr vier ging der Notruf des Ehepaars in der Zentrale ein.«

Sie zog die Kappe vom Stift. Mit fettem Strich schrieb sie »Tatzeit 10:52–11:04« auf eins der leeren Blätter, die er aufgehängt hatte. Sie sah Brandt an. »Hatten Sie schon mal so eine genaue Tatzeit?«

Sie erwartete ein Kopfschütteln. Er tat ihr den Gefallen.

»Ich auch nicht. Vom Kassenautomaten bis zum Parkdeck braucht man eine knappe Minute. Das Ehepaar hat niemanden am Tatort gesehen. Dem Täter blieben also nicht mehr als zehn Minuten, um sein Opfer zu töten, ihm den Kopf abzutrennen und damit zu verschwinden.«

Sie war immer noch beim Täter. Brandt wünschte sich einen Tee. Aber der Wasserkocher war leer.

»Was wissen wir über den Täter?«, fuhr sie fort. »Es ist keiner Ihrer Dschihadisten.« Damit meinte sie Dahan und Welter. »Der eine wurde erst um elf Uhr vom Haftrichter auf freien Fuß gesetzt.« Sie kreuzte den Ausdruck mit Welters Foto diagonal aus. »Der andere wurde zur Tatzeit von den Brandenburger Kollegen gesichtet – gut zwanzig Kilometer vom Tatort entfernt.« Sie strich auch Dahans Konterfei durch.

Danach führte sie weitere Fakten, Beweise und Indizien an. Sie reichten von Herzfelds Aussagen zur Tatwaffe bis zur Schuhgröße der blutigen Sohlenabdrücke, die sie dem Täter zuordnete. Punkte, die ihr relevant erschienen, notierte sie. Als das erste von Brandts leeren Blättern voll war, schrieb sie auf dem zweiten weiter. Er versuchte zu denken, während Jansen redete. Es gelang ihm nicht. Eine Frage schlich sich in seinen Kopf. War es ihm womöglich recht, wie die meisten Kollegen auf ihn reagierten? Vielleicht forcierte er die

Ablehnung ja. Wollte er gar nicht mit anderen zusammenarbeiten? Konnte er es nicht?

Sein Handy klingelte. Er sprang auf und schnappte sich den Wasserkocher. »Auch einen Tee?«

Jansen sah ihn überrumpelt an. Er hatte sie mitten im Satz unterbrochen. »Äh, ja, gern.«

Im Gehen zog er das Handy aus der Tasche. Siegrist. Der Fall schien ihm am Herzen zu liegen. Falls er eins hatte, Brandt war sich da nicht hundertprozentig sicher.

»Gunnar.«

»Ich habe von der Geschichte im Parkhaus gehört.« Warum auch nicht? Er war der Oberstaatsanwalt. »Böse Sache. Ich habe schon mit dem Leiter der Direktion 2 gesprochen. Du übernimmst die alleinige Leitung der Ermittlungen.«

Brandt blieb stehen. »Ich?«

»Ja, und das gilt ab sofort. Es sei denn, du sagst mir jetzt, dass es keinen Zusammenhang mit deinem Mordfall gibt.«

»Ich gehe vom selben Täter aus.«

»Dann habe ich dir ja gerade einen Gefallen getan.«

»Warum?«

»Schon die Frage ist eine Frechheit. Aber gut: Sieh es als Ausgleich für den Golfplatz. Und als Beweis dafür, dass ich das SD Fremdkultur bestimmt nicht aufgebe!«

Siegrist hatte es nicht nötig, ihm etwas zu beweisen.

»Danke«, sagte Brandt. Doch Siegrist hatte schon aufgelegt.

Brandt kam ohne Teewasser ins Terrarium zurück. Jansen stand noch an der Pinnwand. Sie schrieb auch das dritte Blatt voll.

Zehra blickte von ihrem Computer auf. »Ich habe was gefunden. Es gibt eine mögliche Verbindung zwischen den beiden Opfern.«

Es stimmte nicht. Er hatte kein grundsätzliches Problem, mit anderen zusammenzuarbeiten. Es kam nur darauf an, wie gut der andere war. Jansen war bestimmt keine schlechte Polizistin. Aber Zehra war eindeutig besser.

Zehra redete. »Hier haben sie alle gewohnt.« Je näher sie dem Ziel kamen, desto mehr. »Die ganzen SED-Bonzen.« Aber sie redete nicht über die beiden Mordfälle. »Die hatten sogar ihre eigene Mauer.« Oder über die mögliche Verbindung zwischen den Opfern. »Ein Normalsterblicher kam hier gar nicht rein, alles Sperrgebiet.« Die im ehemaligen Westberlin geborene Türkin gab ihm eine Führung durch das einstige Machtzentrum Ostberlins. »Es hieß nur das ›Städtchen‹.« Brandt nickte. Von russisch *gorodok*. Sowjetische Militärs hatten das kleine Villenviertel so genannt, nachdem sie es 1945 für ihre Zwecke freigeräumt hatten. »Dort hat Walter Ulbricht gewohnt.« Er kannte die Geschichte des Majakowskirings. Er hatte darüber gelesen. »Und da der Honecker.« Aber er unterbrach Zehra nicht. »Das ist der protzigste Klotz von allen. War mal das Gästehaus der DDR-Bosse.«

Sie hielt an der Querstraße, die das Oval des Majakowskirings in der Mitte durchschnitt. Hier gab es zwischen den alten Villen einige neue Häuser. »Ich kann auch noch mal rumfahren.« Sie sah ihn an. »Und Ihnen die alte Villa von Otto Grotewohl zeigen. Da wohnt jetzt Jasmin Tabatabai!«

»Wer?« Brandt hatte keine Ahnung, wer das war.

»Die Schauspielerin.«

Zehra ratterte eine Reihe deutscher Filme runter. Sie war nervös. Er konnte es ihr nicht verdenken. Die Kriminaltechniker hatten trotz des fehlenden Kopfes keine Schwierigkeiten gehabt, das zweite Opfer zweifelsfrei zu identifizieren. Auf seinem Personalausweis waren seine Fingerabdrücke gespeichert. Brandt hatte die Personenstandsdaten abgefragt. Mirko Lindner war verheiratet und Vater zweier Kinder, Mädchen, vier und zwei Jahre alt. Die Familie war seit fünf Jahren in Pankow gemeldet. Davor hatte das Ehepaar, noch kinderlos, in einer Kleinstadt am Rand der schwäbischen Alb gelebt. Sie waren dort geboren und hatten dort geheiratet. Hauptarbeitgeber der Stadt war der Waffenhersteller, dessen Berliner Büro Lindner leitete. Geleitet hatte. Brandt und Zehra waren hier, um der Ehefrau die Todesnachricht zu überbringen.

Brandt blickte zum Haus der Familie. Ein weißer Kubus mit klaren Linien in einem Garten mit altem Baumbestand. An einem hohen, starken Ast hing eine Schaukel. Darauf schwang sich ein Mädchen in den Himmel – die Vierjährige. Ihre kleine Schwester war nicht zu sehen. Dafür eine kaum zwanzigjährige Frau, die das Mädchen anschubste. Beide lachten.

Zehra war verstummt. Sie beobachtete die beiden auch. Sie hatte das noch nie gemacht, Brandt sah es ihr an. Als er in seiner Duisburger Zeit das erste Mal eine Todesnachricht überbrachte, war ein Polizeiseelsorger bei ihm gewesen. Martin Bauer, ein beeindruckend kompromissloser Mann.

»Das Wichtigste ist, sich nicht zu verstellen«, sagte Brandt, »und nicht drum herumzureden. Wir sind ehrlich. Zu ihr und zu uns selbst. Sie sind unsicher? Gut! Es macht Sie aufmerksamer.«

»Ich bin immer aufmerksam.«

Zehra stieg aus. Brandt ebenfalls. Fast gleichzeitig warfen sie die Autotüren zu. Zu laut für das friedliche Viertel. Die Sonne stand tief. Die Luft roch würzig. Es war ein schöner Herbstnachmittag.

»Befragen wir sie auch?«

»Nein«, sagte Brandt.

»Sie könnte wissen, warum das Opfer am Tatort war. Sie könnte Informationen über den Täter haben.«

»Keine ermittlungsrelevanten Fragen. Nicht heute. Wenn sie von sich aus reden will, hören wir zu. Mehr nicht. Verstanden?«

Zehra nickte widerwillig.

Sie gingen zum Haus. Brandt klingelte. Eine etwa fünfunddreißigjährige Frau öffnete. Mit einem Arm hielt sie ein zweijähriges Mädchen auf der Hüfte. Die Kleine hatte den Schalk in den Augen und einen schmutzigen Mund. Sie sah aus, als hätte sie immer einen schmutzigen Mund.

»Frau Claudia Lindner?«, sagte Brandt.

»Ja.«

Er zeigte ihr seinen Ausweis. »Hauptkommissar Brandt von der Berliner Kriminalpolizei. Das ist meine Kollegin, Oberkommissarin Erbay. Dürfen wir reinkommen?«

Ein Schreck durchschnitt ihr Lächeln. »Natürlich.« Sie ließ

Brandt und Zehra herein. Weiß verputzte Wände, Dielenboden, Spielzeug.

Sie wusste es schon, sie fragte trotzdem: »Ist etwas passiert?«

»Die junge Frau im Garten bei Ihrer größeren Tochter, ist das Ihr Kindermädchen?«, fragte Brandt.

»Unser Au-pair. Dana.«

»Kann sie Ihnen die Kleine abnehmen?«

Jetzt war nur noch Angst in ihren Augen. Das Mädchen auf ihrem Arm lächelte Brandt frech an. Brandt lächelte zurück. Das Mädchen schlang die Arme um den Hals seiner Mutter und versteckte sein Gesicht. Die Mutter drehte sich wortlos um und ging hinaus in den Garten. Über ihre Schulter sah das Mädchen Brandt an.

Brandt und Zehra warteten schweigend. Frau Lindner kam ohne Kind zurück. Sie schob die Terrassentür zu. Sie stellte sich vor Brandt. »Was ist passiert?«

»Setzen wir uns doch«, schlug er vor. Vergeblich.

»Sagen Sie mir, was passiert ist!«

»Ihr Mann wurde heute Morgen gegen elf Uhr das Opfer eines Tötungsdelikts«, sagte Brandt. »Er ist noch am Tatort gestorben. Ihr Mann ist tot.«

Sekundenlang stand sie regungslos da. Dann knickte ihr linkes Knie weg. Brandt war mit einem Schritt bei ihr und fing sie auf. Sie machte Schrittbewegungen, aber ihre Beine trugen sie kaum. Brandt führte die Frau zum Sofa. Er setzte sich mit ihr hin, ließ sie nicht los. Er sah sie an.

»Frau Lindner?«

Sie starrte durch ihn hindurch. Sie öffnete den Mund. Aus ihrer Kehle kam ein Laut wie von einem Ertrinkenden. Danach atmete sie heftig ein und aus. Brandt hielt sie fest.

»Soll ich ein Glas Wasser holen?« Zehra stand immer noch mitten im Raum.

»Nein. Setzen Sie sich.« Brandt spürte ihr Zögern. Wahrscheinlich wäre sie am liebsten weggerannt. Aber sie setzte sich in einen Sessel. Die Frau in seinem Arm bekam ihre Atmung mühsam unter Kontrolle. Sie blickte ihn an.

»Wo?«, presste sie hervor.

»Im Parkhaus Kranzler-Eck am Ku'damm.«

»Was hat er da gemacht?«

»Das werden wir herausfinden.«

»Wie ... woran ist er gestorben?«

»Er ist verblutet.«

»Und warum? Was ist ihm passiert? Wurde auf ihn geschossen?«

Brandt hatte gehofft, sie würde diese Frage nicht stellen. Er versuchte, nicht zu zögern. »Er wurde enthauptet.«

Er wünschte, sie hätte geweint. Oder geschrien. Sie schloss nur die Augen. Minutenlang war es so still, dass man das Lachen der Mädchen durch die geschlossene Terrassentür hören konnte. Als sie ihre Augen wieder öffnete, blickte sie in den Garten.

»Wer hat das getan?«

»Das wissen wir noch nicht.«

Er folgte ihrem Blick. Von der Couch aus konnte man die Kinder sehen. Sie saßen mit dem Au-pair-Mädchen im Sandkasten.

»Das ist die Strafe.« Ihre Stimme war wie dünnes Glas. Sie sah ihn wieder an. »Mein Mann hat Waffen verkauft. Kriegswaffen.«

»Wir ermitteln natürlich auch in diese Richtung«, sagte er.

»So meine ich das nicht.«

Brandt wusste das. Er war ausgewichen. *Das Wichtigste ist, sich nicht zu verstellen.* »Sie denken, dass Ihr Mann gestorben ist, weil ein strafender Gott ihn zur Rechenschaft ziehen wollte? Ja, vielleicht – wenn man daran glaubt. Ich tu das nicht.«

Sie sah wieder zu ihren Kindern. »Wie soll ich ihnen erklären, dass er nicht mehr da ist? Er ist einfach nicht mehr da.«

Brandt hätte widersprechen können. *Wir wandeln auf der Asche unserer Ahnen.* Er hatte Jahre bei Menschen verbracht, die mit den Geistern ihrer Ahnen zusammenlebten. Wenn ein Mensch starb, wenn sein Körper zerfiel, war die Seele immer noch da. Sie blieb bei ihrer Familie. Das hätte er sagen können. Und noch mehr. Es wäre kein Trost gewesen. Er sagte nichts.

Sie sah zu ihren Kindern. Sie saß da. Dann konnte sie nicht mehr sitzen. Sie krümmte sich. Der Schmerz schüttelte ihren Körper, aber sie blieb stumm. Brandt nahm ihre Hand. Er strich über ihren bebenden Rücken. Er sah die Kinder im Garten. Er sah Zehra allein in dem Sessel. Über ihre Wangen liefen Tränen. Sie wischte sie nicht weg.

Es gab keinen Trost.

Nuristan

Zehra war blass gewesen. Sie waren schon eine Weile gefahren, erst dann hatte sie ihn gefragt.

»Ist es immer so hart?«

Er hatte überlegt, was er sagen sollte. Meinte sie für Frau Lindner oder für sie selbst, für die Überbringer der Todesnachricht? »Der Schock kann sich auf unterschiedliche Weise äußern. Ist nicht immer so extrem.«

Sie hatte eine Weile geschwiegen. Dann hatte sie ihn angesehen. »Wie verdaut man das?«

Gar nicht. »Da muss jeder seinen eigenen Weg finden.«

Danach kam von ihr nichts mehr. An einer U-Bahn-Haltestelle stieg sie aus.

Er spürte seine Erschöpfung. Der Fall ging ihm an die Substanz. Er ließ auf beiden Seiten die Scheiben herunter. Der Fahrtwind zerrte an seinem Gesicht. Er zwang sich, an Lindner zu denken.

Lindner war Vertreter eines Waffenherstellers. Waffenhändler. Wenn er erfahren hatte, dass irgendwo ein militärischer Konflikt ausgebrochen war, hatte sein Herz höhergeschlagen. Bestimmt hatte er sich ein paar komplexe Selbstrechtfertigungen zusammengebastelt.

Während Brandts Studienzeit hatte einer seiner Dozenten von der Ethnologie in die Waffenindustrie gewechselt. Felix Bethgen. Bethgen stammte aus einer prominenten Familie von Waffennarren. Er war mit Waffen aufgewachsen. Wieso also nicht?, hatte er sich gedacht. Die Studenten waren anderer Meinung. Ein Ethnologe, der die indigenen Völker der Erde erforschte und dann die Waffen verkaufte, mit denen sie massakriert wurden? Sie rebellierten. Bethgen verlor seinen Lehrauftrag.

Brandt trug ab und zu auch eine Waffe. Keine von Bethgen. Der hatte zuerst für Glock und dann für Heckler & Koch gearbeitet. Seine Kundschaft war vor allem das Militär in Pakistan und Afghanistan gewesen.

Brandt wechselte die Spur und bog in die Chausseestraße in Richtung Wedding ab.

Die Pappen waren verschwunden, die Jungen auch. Hatten sie ihr Lager zwischen den Brückenpfeilern aufgegeben? Dann sah er Batman. Der Junge kickte einen Gummiball, der nur noch wenig Luft hatte, lustlos gegen den grauen Beton. Nicht selbstvergessen wie beim Spiel mit seinen Freunden, sondern verloren.

Brandt stellte den Wagen vor dem Discounter ab. In der Dönerbude war der Feierabendandrang schon vorbei. Er studierte die handgemalte Speisekarte. Was würde der Junge am liebsten essen?

Als Brandt zurückkam, hockte Batman mit dem Rücken an den Pfeiler gelehnt auf dem Boden und starrte auf das Straßenpflaster vor seinen Füßen. Ein dreizehnjähriger Junge, weit weg von zu Hause und allein unter Fremden. Brandt versuchte sich vorzustellen, was in ihm vorging. Er hatte auch allein unter Fremden gelebt. Mehr als einmal. Aber er hatte es freiwillig getan. Er hatte dafür nicht aus der Hölle fliehen müssen.

Als Brandt näher kam, stand Batman langsam auf. Misstrauisch taxierte er den Mann mit der prall gefüllten Tragetasche vom Imbiss, bereit, jederzeit die Flucht zu ergreifen. Als ihn Brandt auf Nuristani begrüßte, weiteten sich seine Augen. Er war so verblüfft, dass er vergaß, wegzulaufen.

Wortlos sah er zu, wie Brandt mehrere Servietten auf dem Pflaster ausbreitete und den Inhalt der Tragetasche darauf arrangierte: bunten Reis, gefüllte Weinblätter, Lammspieße, Kebab, Schawarma, verschiedene Salate, dazu ein paar Schokoriegel und Softdrinks in Dosen. Seine Verblüffung wuchs, als sich Brandt im Schneidersitz auf den Boden setzte. Er legte Zeige- und Mittelfinger und Daumen zusammen und führte sie zum Mund. Die universelle Geste des Essens. »Wir essen.«

Der Junge rührte sich nicht.

»Essen.« Diesmal auf Nuristani. Außer der Begrüßungsformel war es das einzige Wort, das ihm von seinen wenigen Brocken Nuristani noch einfiel.

Zögernd setzte sich der Junge. Brandt deutete auf Batmans Sweatshirt. »Batman?«

Der Junge nickte.

Brandt deutete auf sich selbst. »Heiko.« Dann nahm er mit der rechten Hand etwas Reis und schob ihn sich in den Mund. Das war der Startschuss für Batman. Er begann mit Heißhunger zu essen.

Autos fuhren vorbei. Der Verkehrslärm dröhnte unter der S-Bahn-Trasse. Zwei ältere Jungen mit rasierten Köpfen auf BMX-Rädern hielten kurz an, sahen feixend zu und fuhren weiter. Batman schien alles um sich herum vergessen zu haben.

Irgendwann war er satt. Brandt hatte längst aufgehört zu essen. Der Junge legte den halb verzehrten Lammspieß zurück auf die Alufolie. Er schaute ihn eine Weile an, dann sagte er etwas. Brandt verstand ihn nicht.

»Tut mir leid. Mehr kann ich nicht«, sagte Brandt lächelnd.

»Meine Sprache? Warum?«

Der Junge stammte also tatsächlich aus Nuristan. Das war geklärt.

»Ich war in Nuristan. Vor vielen Jahren. In Lamook Dash, in Patchigram ...«

Seine Augen verengten sich. »Soldat?«

Brandt schüttelte den Kopf. »Kein Soldat. Universität. Warte.«

Er ging mit seinem Smartphone ins Internet. Er hatte Glück. Professor Mehring hatte die Fotos, die Brandt für ihn gemacht hatte, noch auf der Website seiner alten Afghanistan-Ausstellung. Brandt klickte sich durch die Bilder, dann hatte er es. Er gab Batman das Handy. Es zeigte einen ungefähr sechzehn Jahre jüngeren Brandt mit einem einheimischen Führer und Übersetzer neben den berühmten Holzstühlen von Lamook Dash, den einzigen Kunstobjekten, die die Islamisierung Nuristans überstanden hatten. Er trug eine alberne Wollmütze auf dem Kopf und griente dümmlich. Im Hintergrund sah man unverkennbar die Berge Nuristans.

Batman tippte mit dem Zeigefinger auf die Mütze, zeigte auf Brandt und lachte.

Als er vor der Anlaufstelle für Straßenkinder anhielt, war es bereits dunkel. In den Räumen brannte kein Licht, die Eingangstür war geschlossen. Eine verlassene Arche. Munjans Gesicht tauchte vor ihm auf, wie er über Brandts Mütze gelacht hatte. Für einen Augenblick hatte der Junge alles vergessen – Angst, Misstrauen und dass er völlig allein war – und war einfach nur ein Kind gewesen. Es war fast zu viel. Brandt war drauf und dran gewesen, Munjan mit zu sich nach Hause zu nehmen. Aber dann waren zwei von Munjans Kumpels aufgetaucht, und der Junge war mit ihnen weitergezogen.

Brandt kritzelte seine Nachricht auf die Rückseite der Imbissrechnung: »Er ist Nuristani. Er stammt aus einem Ort namens Waygal. Die eine Hälfte seiner Familie wurde von Taliban ermordet, der Rest starb bei einem missglückten Drohnenangriff der Amerikaner. Ich glaube, er wird jetzt mit Ihnen sprechen. Brandt.«

Er faltete das Papier in der Mitte und schrieb in Großbuchstaben den Vornamen der Streetworkerin darauf – Saada. Den hatte er sich gemerkt.

Als er in Friedrichshain aus dem Wagen stieg, hatte er Batman, Lindner und Azzam zu einer einzigen niederschmetternden Globalisierungstragödie vereinigt. Hier, in deutschen Fabriken, wurden die Waffen hergestellt, die Lindner verkaufte und mit denen fünftausend Kilometer entfernt die Familie des dreizehnjährigen Jungen ausgelöscht worden war. Der daraufhin in den Fahrwerksschacht eines Airbus gekrochen, in Berlin gelandet und unter einer S-Bahn-Trasse im Wedding gestrandet war, wo er auf Pappkartons schlief. Wer war dafür verantwortlich? Vermutlich niemand. Waffenexporte sicherten Arbeitsplätze, Waffenkonzerne waren soziale Einrichtungen.

Jetzt war Lindner tot. Batman lebte. Poetische Gerechtigkeit? Weder poetisch noch gerecht. Nicht mal annähernd.

Er würde heute Nacht wieder schlecht schlafen.

Das Erste, was er sah, als er ins Bad ging, war der Korb mit der dreckigen Wäsche. Obenauf der Bettbezug, den er gestern abgezogen hatte. Er stopfte alles in die Waschmaschine, füllte Pulver ein und drückte auf Start.

Während er sich auszog, fuhr er den Rechner hoch und rief seine privaten Mails ab. Teddy hatte geantwortet. Brandts erste Kommunikation mit den Philippinen seit über zehn Jahren.

Er las die Mail dreimal. Teddy hatte nicht lange gebraucht. Die Frau auf dem Foto hieß Cristy Kaluyan. Sie stammte aus Manyang. Brandt kannte Manyang. Manyangs Territorium grenzte an das Territorium des Dorfs, in dem er gelebt hatte, sechs Stunden zu Fuß durch die Reisterrassen und über die Berge.

Teddy war bei Cristys Familie gewesen. Ihr Mann, ihre Eltern, ihr sechsjähriger Sohn – niemand war überrascht. Das eigene Dorf zu verlassen war gefährlich. Das wussten die ehemaligen Kopfjäger und Stammeskrieger. So war es in ihre Kultur und ihre DNA eingeschrieben. Genauso wie der Mut, es dennoch zu tun. Von Deutschland hatte man allerdings eigentlich immer nur Gutes erwartet. Dass Cristy dort einen gewaltsamen Tod gefunden hatte, war schwer zu verstehen.

Sie war mit einem Touristenvisum über Holland eingereist. Ihr Ziel war Berlin gewesen. Dort hatte sie Freundinnen, zwei Frauen aus Bontok und Ganau-it. Sie waren Illegale wie sie, lebten aber schon seit zwei Jahren in Berlin. Sie hatten sogar eine kleine Dachwohnung in einem Charlottenburger Hinterhof und genug Putz- und Pflegejobs für eine weitere Mitbewohnerin.

Es lief gut. Cristy schickte Geld nach Hause. Damit sollte ihr Mann ein kleines Geschäft aufmachen. Aber offenbar hatte er das meiste davon verspielt. Teddy hatte die Adresse der Wohngemeinschaft beigefügt.

Es gab ein Postskriptum. Teddys Cousin Lumasok war nach ein paar Jahren in der Armee zur Polizei gegangen und jetzt als Ermittler bei der Major Crimes Unit in Baguio. Ein alter Fall aus der Zeit, als Brandt in den Bergen gelebt hatte, war wieder aufgenommen worden. Lumasok hatte ein paar Fragen und würde sich bei Brandt melden.

Teddy hatte nicht erwähnt, um welchen Fall es ging, aber das wusste Brandt auch so.

Donnerstag

Bruderherz

Die Kinder standen reglos zwischen den Blumenbeeten und sahen durch das große Fenster herein. Sie blickten Zehra an. Traurig, vorwurfsvoll. Wie Gestalten aus einem alten Film. Sie fühlte sich durchschaut. Sie war die Todesbotin. Das war in Zukunft Teil ihres Lebens. Er würde an ihr kleben, egal, wie oft sie duschte. Die Kinder wussten es. Ihr Blick ließ sie nicht los. Tränen stiegen in ihr hoch.

Ein Traum. Es war nur ein Traum! Wenn sie die Augen öffnete, war es vorbei!

Es kam ihr vor, als tauche sie vom Grund eines tiefen Sees an die Oberfläche. Weit oben sah sie das Licht. Zu weit entfernt. Ihr würde vorher die Luft ausgehen.

Sie öffnete die Augen.

Es war hell. Das große Fenster war noch da. Aber dahinter waren kein Garten, keine Kinder, sondern der Himmel. Eine einsame weiße Wolke trieb durch das Blau.

Zehra richtete sich auf und stützte sich auf den Ellenbogen. Der Traum fiel von ihr ab. Dann knickte ihr Arm weg. Verdammte Luftmatratze!

Der Schmerz in ihrem Nacken zog rauf bis in den Hinterkopf. Wenn das Bett nicht bald geliefert wurde, würde sie ein Fall für den Orthopäden.

Seit Tagen wollte sie auf der Terrasse ihrer neuen Wohnung frühstücken. Sie hatte sogar eingekauft: Butter, Himbeermarmelade, zwei Croissants von einem Edelbäcker. Aber das Wetter machte ihr wieder einen Strich durch die Rechnung. Sie würde wohl auf den nächsten Frühling warten müssen. Ihr Blick fiel auf die Pappteller und das Plastikbesteck, das sie aus dem Imbiss mitgenommen hatte.

Sie musste endlich zu IKEA.

Sie rollte sich von der Luftmatratze. Nagelneues Bambusparkett! Sie liebte es. Mit einer einzigen geschmeidigen Bewegung kam sie auf die Beine. Sie öffnete die Terrassentür und trat hinaus. Die Luft war kühl und frisch.

Das Apartment war perfekt. Die Terrasse ging nach Südsüdost. Morgensonne zum Frühstück, danach jede Menge Sonnenstunden bis zum Nachmittag. Vielleicht würde sie Tomaten ziehen.

Sie fröstelte. Sie ging wieder hinein. Das meiste von dem, was sie aus ihrer Mansarde im Wrangelkiez mitgenommen hatte, steckte noch in den sechs Umzugskartons, die sie an der Wand aufgestapelt hatte. Was ins Bad gehörte, hatte sie ausgepackt. Einige Kleidungsstücke lagen auf dem Boden. Sie hasste Unordnung, sie brauchte endlich Möbel.

Sie fischte ein frisches Handtuch aus dem obersten Karton und ging ins Bad.

Sie liebte die weißen, noch nicht durch Bohrlöcher verunstalteten Kacheln fast so sehr wie das Bambusparkett. Sogar die weiße Raufasertapete gefiel ihr.

Alles hell und sauber, ohne Ornamente, ohne Schnörkel. In der Wohnung ihrer Eltern war jedes Zimmer mit Teppichen ausgelegt. Ihre Eltern hatten sie von ihren Besuchen in der Heimat mitgebracht. Sie hatten sie sogar an die Wände gehängt. Zehra hasste Teppiche. Sie hatte keine ihrer wenigen deutschen Freundinnen je mit nach Hause gebracht.

Das heiße Wasser der Dusche tat gut. Sie ließ es auf Schultern und Nacken prasseln, bis der Schmerz verschwunden war.

Bei der Wohnungsbesichtigung hatte sie sofort zugesagt. Der Makler hatte gezögert. Das Viertel war gutbürgerlich, die Namen an den Türen der bereits bezogenen Wohnungen deutsch. Als er hörte, dass sie Beamtin war – »im gehobenen Polizeidienst« –, war alles klar.

Ihr Bruder kapierte nicht, wieso sie ausgerechnet hier wohnen wollte. Aber genau das wollte sie. Weg von jedem Ethno-Kiez. Mit achtzehn, neunzehn hatte sie sogar recherchiert, ob sie ihren Namen ändern konnte. Bloß nichts Türkisches. Das war natürlich Quatsch. Ihr Aussehen hätte sie verraten. Und jetzt war sie beim SD Fremdkultur gelandet, ausgerechnet. Als hätten sich alle verschworen, sie darauf festzunageln, dass sie Türkin war.

Sie trocknete sich ab und trat vor den Spiegel. Sie sah müde aus.

Ob es irgendwann Routine wurde, Todesnachrichten zu überbringen? Unwahrscheinlich. Aber sie konnte ins Betrugsdezernat wechseln.

Als sie sich das T-Shirt über den Kopf streifte, war der Schmerz wieder da. Die verdammte Luftmatratze! Wenn das Bett nicht endlich kam, würde sie noch verrückt.

Sie wählte die Nummer des Möbelhauses. Ein Anrufbeantworter sprang an. Als der Piepton ertönte, legte sie wieder auf. Möbellieferungen ließen sich durch wütende Telefonanrufe nicht beschleunigen. Das war wie bei neuen Automodellen. Man konnte nur stornieren. Aber sie wollte das Bett, selbst wenn das italienische Designerstück sie fast zwei Monatsgehälter kostete.

Obwohl die Wohnung so gut wie leer war, brauchte sie fünf Minuten, um ihren Autoschlüssel zu finden.

Sie sah schon von Weitem, dass ihr Mini eingeparkt worden war. In zweiter Reihe blockierte sie ein schwarzer Multivan. Ein junger Mann lehnte lässig an ihrem Wagen.

»Na, *abla*? Gut geschlafen?« Er deutete auf den Multivan. »Was sagst du? Nur hundertachtzigtausend Kilometer.«

»Morgen, Cetin.« Sie umarmte ihn. Sie freute sich immer, ihren kleinen Bruder zu sehen. Auch wenn ihr klar war, dass sie ihn mal wieder raushauen sollte. Nur dann benutzte er die respektvolle Anrede »ältere Schwester«. Er riss die Fahrertür auf.

»Guck mal! Alles tipptopp! Rate, was ich bezahlt habe!«

Cetin war autoverrückt. Diese Begeisterung hatte ihn mehr als einmal in die Bredouille gebracht, aber seine neue Geschäftsidee konnte funktionieren: ein Service für Leute, die nach einem feuchtfröhlichen Abend in ihrem eigenen Auto nach Hause gefahren werden wollten. Zuerst hatte sie es nicht kapiert. Warum fuhren seine Kunden dann nicht gleich mit dem Taxi zum Feiern?

»Erbay! Du checkst das nicht! Die wollen in ihren Luxusschlitten und aufgemotzten Kisten vorfahren und rolexen! Dann machen sie Party. Nach ein paar Caipirinhas oder Fläschchen Dom Pérignon können sie nicht mehr fahren. Aber ihren Wagen auf der Straße stehen lassen? *Never!* Und da komm ich ins Spiel!« Er strahlte.

»Aber wozu dann der Van?«

»Flughafenfahrten! Ich expandiere!«

»Und jetzt chauffierst du deine Schwester zu IKEA? Du bist lieb. Obwohl du mich schon dreimal sitzen gelassen hast. Aber ich kann nur samstags, das weißt du doch.«

Natürlich wusste er es. Er war auch nicht wegen IKEA hier. Und er wusste, dass sie es wusste.

»Also, was willst du?«

Auf seinem Gesicht erschien das verschmitzte Lächeln, mit dem er sie schon als Sechsjähriger um den Finger gewickelt hatte. Mehr als einmal hatte sie für seine Schandtaten geradegestanden.

»Ich bin geblitzt worden.«

»Wie viel?«

»Es war für eine Kundin! Sie musste zum Flughafen.«

»Wie viel?«

Cetin verwandelte sich in den schuldbewussten kleinen Jungen, den sie von früher kannte. »Mindestens ein Monat.«

Ein Monat Führerscheinentzug. Ohne Führerschein konnte er nicht arbeiten. Wo es gerade so gut angefangen hatte.

»Du musst da was machen, Schwester.«

Vor diesem Moment hatte sie sich immer gefürchtet. Dass Familienloyalität eingefordert wurde, dass sie ihre Position missbrauchen sollte, dass sie die Grenze überschreiten musste.

»Ich kann da nichts tun, Cetin. Tut mir leid.«

Seine Schultern sackten herunter, ein Häufchen Elend, von allen verlassen. Noch eine Nummer, die er perfekt beherrschte.

»Lass den Quatsch! Ich mein's ernst. Ich mache keine krummen Sachen.«

»Sollst du gar nicht! Aber ihr habt doch Spielraum! Gebt mir Punkte, ist mir egal. Aber ich muss fahren können!«

Spielraum. Vielleicht gab es den ja wirklich.

»Komm schon! Lass mich nicht hängen!«

Oder war das der erste einer langen Reihe weiterer »Gefallen«? Wen musste man überhaupt rumkriegen, um einen Führerscheinentzug in Punkte zu verwandeln?

»Ich denke drüber nach –«

Cetins Miene hellte sich auf. »Du bist die Beste! Egal, was sie zu Hause sagen –«

»Am Sonntag, während du mir hilfst, die Möbel zusammenzuschrauben, die wir übermorgen bei IKEA holen.«

Das lange Gesicht, das Cetin machte, gehörte nicht zu seinem Repertoire.

Fortschritt

Brandt klaubte die Fotos von Dahan und Welter, die Jansen durchgeixt hatte, von der Wand. *Ich biete Ihnen Kooperation an, und Sie drängen mich aus dem Fall. Sie Arschloch!* Er hätte der Hauptkommissarin erklären können, dass er mit der Dienstanweisung nichts zu tun hatte. Sie hätte ihm nicht geglaubt. Außerdem hielt er die Entscheidung für richtig. Und bei den meisten Kollegen war »Arschloch« ohnehin sein zweiter Vorname. Vielleicht nicht mehr beim Staatsschutz. Der Lieferwagenfund hatte Stiller den Tag gerettet. Er würde nicht mehr viel Mühe haben, der Staatsanwaltschaft genug Material für eine Anklage wegen der »Unterstützung einer terroristischen Vereinigung im Ausland« zu liefern. Es bestand zwar wenig Hoffnung, Dahan dingfest zu machen, aber Welter war ja noch da. Die Tage seiner Großmutter würden noch trauriger werden.

Brandt riss auch die Blätter, die Jansen vollgeschrieben hatte, ab und warf sie in den Papierkorb. Zehra blickte nicht mal auf. Sie war in die vorläufigen Berichte von KTU und Rechtsmedizin vertieft. Der wichtigste stand noch aus. Die Kollegen der Direktion 2 hatten die Aufzeichnungen der Überwachungskameras aus dem Parkhaus mitgenommen. Zehra verdächtigte Jansen, die Auswertung absichtlich zu verschleppen. Brandt konnte sich nicht vorstellen, dass jemand so unprofessionell war. Im Stillen gab er der Hauptkommissarin noch eine Stunde. Dann würde er Druck machen.

An der Pinnwand hingen nun nur noch die Fotos vom ersten Tatort, die Vergrößerung von Azzams Passfoto und die Bilder von der IDEX. Übrig blieb damit wieder nur Zehras erster Verdacht, dass

Azzam Waffenhändler war. Darauf beruhte auch die Verbindung, die sie zwischen den Opfern hergestellt hatten. Opfer Nummer eins handelte mit Waffen, Opfer Nummer zwei arbeitete für einen Waffenhersteller. Kein sehr solides Konstrukt. Aber eine andere Spur hatten sie nicht. Brandt machte sich an die Arbeit.

Er recherchierte im Internet, dass der mittelständische Betrieb Marbach-Holzer ein führender Hersteller von Kleinwaffen war. Die Definition von »Kleinwaffe« schloss alles ein, was ein Mann tragen konnte. Also auch ein schultergestütztes Flugabwehrsystem wie eine Stinger-Rakete. Marbach-Holzer produzierte »nur« Faustfeuerwaffen, Maschinenpistolen und Sturmgewehre. Das aber mit deutscher Gründlichkeit und weltweitem Erfolg. Im Artikel einer Wochenzeitung fand Brandt ein Zahlenbeispiel. Danach hatten die Produkte des schwäbischen Unternehmens mehr Menschen getötet als die Atombomben auf Hiroshima und Nagasaki. Vor diesem Hintergrund fiel es schwer, Lindner als unschuldiges Opfer zu sehen.

Ein kleines blondes Mädchen mit schmutzigem Mund stahl sich in seine Gedanken. Dann ein halbwüchsiger Junge mit abgerissenem Superheldenshirt. Das Mädchen schenkte Brandt ein Lächeln. Ihr Vater wurde geköpft. Batman kickte mit einer Coladose. Seine Eltern wurden von Raketen zerrissen. Brandt stoppte den Bilderstrom. Er führte nirgendwohin.

Er rief in der Berliner Dependance von Marbach-Holzer an. Er erfuhr, dass die Geschäftsstelle praktisch nur aus Lindner bestanden hatte – und einer Sekretärin.

Es widerstrebte Brandt, die Frau am Telefon über den Tod ihres Chefs zu informieren. Er tat es trotzdem. Sie war schockiert, sagte ihm aber den sofortigen Rückruf der Geschäftsleitung zu. Eine Durchwahl wollte sie nicht herausrücken. Brandt fragte nach Lindners Termin am Kranzler-Eck. Die Sekretärin fand keinen Eintrag in ihrem Kalender. Als Brandt auflegte, war er nicht weiter als vorher.

Keine Minute später klingelte sein Telefon, und der Generaldirektor oder, wie er sich selbst bezeichnete, der CEO von Marbach-Holzer war am Apparat. Lindner musste für das Unternehmen ein wichtiger Mann gewesen sein. Der Generaldirektor lieferte aus dem

Stand einen druckreifen Nachruf ab. Brandt hakte nach und bekam heraus, dass der »Sales Manager« Lindner seine Hauptaufgabe nicht im Verkauf erfüllt hatte. In erster Linie hatte er Netzwerke gewoben und Kontakte zu politischen Entscheidungsträgern hergestellt.

Brandt wusste, dass die meisten Waffenhersteller das große Geld nicht dort verdienten, wo sie produzierten. Der Generaldirektor erklärte, dass auch bei Marbach-Holzer der Export achtzig Prozent des Umsatzes ausmachte. Alles war sauber und legal. Die Ausfuhr von Kriegswaffen unterlag der Kontrolle der Bundesregierung. Genehmigungen erteilte das Bundeswirtschaftsministerium. Der Generaldirektor kannte den zuständigen Ministerialrat, Dr. Eberle, persönlich. Er sprach von ihm wie von einem Golfpartner.

Brandt brachte Azzams Namen ins Spiel. Der Generaldirektor wusste sofort, wer gemeint war, und empörte sich über »Waffenhändler dieses Schlages«. Die Einhaltung von Recht und Gesetz sei für Marbach-Holzer oberstes Gebot. Man verzichte eher auf ein Geschäft, als gegen ethische Grundprinzipien zu verstoßen.

Brandt bedankte sich und beendete das Telefonat. Jetzt hatten sie mehr als den Verdacht, dass Azzam Waffenhändler war. Sie hatten die Bestätigung von einem Branchen-Insider.

Zehra hatte die Berichte offenbar durchgearbeitet. Sie befestigte die Fotos vom zweiten Tatort an der Wand, wieder systematisch geordnet und akkurat ausgerichtet.

Auf der Website des Bundesministeriums für Wirtschaft und Energie fand Brandt ein Organigramm. Ministerialrat Eberle leitete die Abteilung V, B3, Ausfuhrkontrolle Rüstungsgüter.

Brandt wählte die angegebene Telefonnummer. Gleichzeitig meldeten sein und Zehras Computer den Eingang einer Mail. Absender: Direktion 2. Kein Anschreiben, kein Gruß. Im Anhang ein Bericht und ein Ordner mit Bildmaterial – die Auswertung der Überwachungsvideos aus dem Parkhaus.

Brandt bekam das Vorzimmer des Ministerialrats an den Apparat. Er hatte sich kaum erklärt, da wurde er auch schon durchgestellt.

Ministerialrat Eberle sprach mit starkem schwäbischen Akzent und zeigte sich angemessen bestürzt und sehr hilfsbereit. Natürlich habe er Lindner gekannt und als kompetenten Vertreter von Marbach-Holzer geschätzt. Man sei sich bei offiziellen Anlässen durchaus auch persönlich begegnet. Darüber hinaus habe sich der Kontakt auf Telefonate und Schriftverkehr beschränkt. Darum könne er gar nicht wissen, was Lindner am Kranzler-Eck zu tun gehabt habe.

Der Ministerialrat antwortete auf alle Fragen, ohne zu zögern, und fragte selbst kein einziges Mal nach. Er verabschiedete sich mit dem Angebot, jederzeit für weitere Auskünfte zur Verfügung zu stehen. Brandt legte nachdenklich auf. Eberle musste ein sehr souveräner Mann sein. Er hatte nicht eine Sekunde unsicher oder überrascht geklungen. Brandt blickte zu Zehra. Sie las konzentriert am Bildschirm. Eine senkrechte Falte erschien zwischen ihren Augen.

»Das kann nicht sein!«, entfuhr es ihr.

»Was?«

»Die Kamera an der Einfahrt hat Lindner in seinem Q7 um zehn Uhr neun erfasst. Die Kamera am Ausgang Ladenpassage zeigt ihn um zehn Uhr elf.«

»Zwei Minuten, um zu parken und das Parkhaus zu verlassen. Normal, würde ich sagen.«

»Zurückgekehrt ist er gut vierzig Minuten später. Laut Aufdruck hat er sein Parkticket um zehn Uhr zweiundfünfzig am Kassenautomaten im Erdgeschoss bezahlt.«

»Und um elf Uhr vier lag er ohne Kopf auf Parkdeck eins«, ergänzte Brandt ungeduldig. »Das wussten wir alles gestern schon.«

»Was wir nicht wissen: Wie ist er wieder ins Parkhaus reingekommen? Laut dieser Auswertung hat keine Kamera ihn dabei erfasst.«

»Dann muss es einen Zugang zum Parkhaus geben, der nicht überwacht wird.«

»Den hätten die Kollegen von der Direktion 2 aber finden und in ihrem Bericht aufführen müssen. Die haben gepennt!«

Brandt widersprach nicht.

»Ich habe noch was.« Zehra drehte ihren Bildschirm in seine Richtung. »Dieser Mann ist dem Bericht zufolge direkt hinter Lindner ins Parkhaus gefahren. Er hat es wenige Sekunden nach ihm durch denselben Ausgang verlassen. Vier Minuten nachdem Lindner sein Ticket bezahlt hatte, kam auch er zurück ins Parkhaus.«

Der Monitor zeigte ein aus den Überwachungsbändern kopiertes

Standbild. Darauf war das schmale Gesicht eines Mannes mit scharfen arabischen Zügen und vernarbten Wangen zu sehen.

Sie hatten einen neuen Verdächtigen.

Scheherazade

Sie mailten die Bilddatei des hageren Arabers zum zentralen Informationssystem des Bundeskriminalamts, INPOL. Darüber hatten sie auch Zugriff auf die internationale Datenbank von Europol. Eine Gesichtserkennungssoftware würde das Bild mit Millionen von Datensätzen abgleichen und anschließend, in abnehmender Übereinstimmungswahrscheinlichkeit, eine Liste mit möglichen Matches liefern. Das würde eine Weile dauern, aber wenn sie Glück hatten, war der Mann dabei.

Der Tatort in der Tiefgarage war noch nicht freigegeben. Ein Bauzaun mit Sichtschutzplane schirmte den Bereich der Frauenparkplätze ab. Brandt hob ein Zaunelement aus dem Betonfuß und ließ Zehra den Vortritt. Sämtliche Stellplätze waren nun leer. Den Audi-SUV hatten die Kriminaltechniker mitgenommen, die anderen Autos waren unter Polizeiaufsicht von ihren Besitzern abgeholt worden. Die Blutlache war dunkel eingetrocknet.

Zehra deutete auf die Fußspur. »Laut KTU Größe 46, Sportschuhe Marke Adidas, Modell Samba.«

»Die gibt's noch? Die waren schon Klassiker, als ich noch jung war.«

»Die Hipster-Mädels in Kreuzkölln stehen auch drauf. Wenn die Abdrücke vom Täter stammen, hat er ungewöhnlich große Füße.«

Castaro schätzte den Täter zwar auf deutlich unter einen Meter fünfundsiebzig. Durch den Schnittverlauf am Hals des zweiten Opfers sah der Rechtsmediziner seine Vermutung noch einmal bestätigt. Herzfeld allerdings hatte Brandt gegenüber Zweifel an der Genauigkeit einer solchen Schätzung angemeldet. Außer Frage stand, dass der Täter wieder nur zwei Hiebe gebraucht und dieselbe oder eine Waffe gleichen Typs verwendet hatte.

»Die Spur könnte auch von jemand anderem stammen«, sagte Brandt.

»Nach dem Araber ist niemand mehr reingekommen, bis das Ehepaar die Leiche gefunden hat.«

»Das können wir nicht wissen, wenn es einen Eingang ohne Kamera gibt. Den könnte dann auch der Täter benutzt haben. Das heißt, es muss nicht der Araber sein.«

Zehra schwieg. Offenbar war das ihre Art, ihm recht zu geben.

»Suchen wir die Tür«, sagte er.

»Ich frage am Kassenhäuschen.«

Brandt fand den Zugang ein Deck tiefer. Eine Feuerschutztür, unverschlossen, ohne Beschriftung – und ohne Kamera. Dahinter lag ein langer, schmaler Gang. Hell gestrichener Beton, Kabelschienen, Neonröhren an den Decken. Seine Schritte hallten von den nackten Wänden wider. Hinter ihm schlug die schwere Tür zu. Er ging weiter. Der Gang führte zu einer Treppe. Auf dem ersten Absatz wieder eine Feuerschutztür, diesmal mit dem Namenszug eines Schuhladens. Er drückte auf die Klinke – abgeschlossen. Da roch er etwas. War das Kaffee?

Brandt folgte dem Geruch die Stufen hinauf. Die Treppe endete vor einer weiteren Tür. Sie war nicht verschlossen. Er drückte sie auf und stand in einer Wolke aus Kaffeeduft.

Der Innenbereich des Café Kranzler war nur mäßig gefüllt, die Außenterrasse bis auf den letzten Platz besetzt. Die Gäste genossen die Herbstsonne und den Blick auf den Ku'damm. Als er mit Saskia hier gewesen war, hatte es gestürmt und geregnet. Sie wollte trotzdem unter der rot-weißen Markise sitzen. Sie fand das romantisch. Ihm war kalt gewesen.

Brandt beobachtete die Kellnerinnen. Nur eine von ihnen war älter als dreißig, das aber deutlich. Sie balancierte vier Kuchenteller auf einem Arm und hielt im anderen ein Tablett mit Getränken. Auf ihrem Weg hinaus auf die Terrasse kurvte sie mühelos durch eine chinesische Reisegruppe, die darauf wartete, dass draußen Plätze frei wurden. In Rekordzeit setzte die Kellnerin ihre Bestellungen ab und kam mit abgeräumtem Geschirr wieder herein.

»Sie hätten warten können!« Zehra trat neben ihn. Ihre Miene war so vorwurfsvoll wie ihr Ton.

»Haben Sie auch ein Foto von Lindner dabei?« Dass sie einen Ausdruck vom Standbild des Arabers mitgenommen hatte, wusste er.

»Was denken Sie denn?«

Er passte die ältere Kellnerin an der Kuchentheke ab. »Guten Tag. Brandt, Kripo Berlin, meine Kollegin Erbay. Wir brauchen Ihre Hilfe.«

Sie musterte kurz seinen Ausweis, dann ihn. »Was wollen Sie wissen?«

»Waren Sie gestern auch hier?«

»Von morgens halb neun bis abends um sechs.«

Brandt gab Zehra einen Wink.

Sie holte die beiden Fotos hervor. »Haben Sie einen dieser Männer oder beide gestern hier gesehen? Zwischen zehn und elf Uhr?«

Der Blick auf die Bilder war noch kürzer als der auf seinen Ausweis. »Den Brad-Pitt-Verschnitt ja, Narbengesicht nein.«

»Sind Sie sicher?«, fragte Zehra.

»Tisch vierzehn, gutes Trinkgeld. Ein Espresso, eine Wiener Melange, zwei Prosecco. Checken Sie's in der Kasse, Schätzchen.«

Brandt hatte aufgehorcht. »Zwei Prosecco?«

Sie nickte. »Bestellen Männer, wenn sie Frauen ins Bett kriegen wollen. Er hat es die ganze letzte Woche bei ihr versucht, fast jeden Morgen.«

»Hat er es geschafft?«

»Ich denke schon. Gestern war sie allerdings zickig.«

Zehra musterte die Kellnerin skeptisch. »Und woher wissen Sie das alles so genau?«

»Ich mache das hier schon eine Weile, Schätzchen.«

Brandt sah Zehra ihren Ärger an.

»Dann können Sie uns sicher auch sagen, wie die Frau aussah«, hakte sie spitz nach.

»Wie eine Prinzessin aus ›Tausendundeiner Nacht‹. Nur hübscher.«

Brandt kannte jemanden, auf den die Beschreibung der Kellnerin haargenau passte.

Sie verließen das Café durch den Vordereingang und traten auf den Kurfürstendamm. Die Menschen nutzten das schöne Wetter für einen entspannten Bummel über den weltberühmten Boulevard. Nur Zehras Miene war finster. Brandt hatte keine Ahnung, warum sie so wütend war. Er blieb stehen und sah sich um. Auf der gegenüberliegenden Seite der Kreuzung ragte ein Hotel in den Himmel. Es erinnerte an ein riesiges geripptes Kühlelement.

Zehra sah ihn genervt an. »Was genau suchen Sie hier?«

Brandt fand es direkt hinter ihr. Es gehörte zum Gebäudeensemble des Neuen Kranzler-Ecks. Auf dem Dach leuchteten freundliche Buchstaben in der Sonne: »Lindner Hotel«.

Die Eingangshalle empfing sie mit klaren Linien, hellem Marmor und Sitzwürfeln. Die Rezeption wirkte, als wäre sie aus einzelnen Kuben gefertigt – wie Lindners Haus in Pankow.

Der Concierge erinnerte sich sofort. Lindner hatte über die Namensgleichheit gescherzt. Er war in Begleitung einer sehr schönen Frau mit orientalischen Gesichtszügen gewesen. Laut Computer hatten die beiden vor genau einer Woche um zehn Uhr dreiundzwanzig eingecheckt. Bezahlt hatte Lindner die Executive Suite um zwölf Uhr siebenundvierzig.

»Was für ein Dreckskerl!«

Sie kamen aus dem Hotel. Brandt sah Zehra irritiert an. »Lindner?«

»Er hat zwei kleine Töchter. Und eine echt nette Frau.«

Da begriff Brandt. Zehra fühlte sich verraten. Sie war bei Lindners Familie gewesen, um die Nachricht von seinem Tod zu überbringen. Sie hatte sich nicht verstellt, sich nicht versteckt. Sie hatte geweint. Und sie war von Lindner betrogen worden. Er war keine Träne wert.

Brandt blieb stehen. Zehra ebenfalls.

»Was?«, fragte sie streitlustig.

»Bekommen Sie eine Nachricht auf Ihr Handy, wenn INPOL sich meldet?«

»Sie auch. Ich habe eine Weiterleitung eingerichtet.«

»Dann machen wir Mittag.«

Zehra sah ihn verständnislos an. »Jetzt? Ich habe keinen Hunger.«

»Dann gehen Sie spazieren. Ich nehme den Wagen. Wir sehen uns im Büro.«

Er ging weiter. Er musste sich nicht umdrehen, um Zehras wütendes Gesicht vor sich zu sehen.

Illegal

Kaminski erinnerte Brandt an einen dieser traurigen Hunde mit den langen Ohren. Das fleischige Gesicht schien nur lose an den Knochen zu hängen. Augen- und Mundwinkel gaben die Richtung vor – abwärts. Die blassgelbe Gummischürze spannte über dem runden Bauch, Schaumflocken glitten langsam daran herunter. Seine Hände steckten in rosa Spülhandschuhen. Von hinten war ein Jaulen zu hören. »Sei still, Colette!«

Keine Spur von Ungeduld. Kaminski schien ein gutmütiger Mensch zu sein, jedenfalls was Tiere betraf. Er schob sich ein paar Haarsträhnen über die verschwitzte Glatze.

»Kann ich Ihnen helfen?«

Brandt hatte beschlossen, seine Mittagspause für den Besuch zu opfern. Schließlich war es sein Privatvergnügen. Vom Ku'damm bis zur Windscheidstraße waren es keine drei Kilometer. Es war eine ruhige Wohnstraße mit Bäumen auf beiden Seiten und fünfstöckigen Mietshäusern ohne viel Stuck oder Schnörkel. Das Haus mit der Nummer 67 war eines der letzten, kurz dahinter mündete die Straße in die Suarezstraße. Brandt war an einem Eisenwarenladen, einer Tauchschule, einem Wettbüro und einem Café vorbeigefahren, alle trugen deutsche Namen. Das Haus mit der Nummer 67 war eins von denen, die noch nicht saniert worden waren. Der Putz hatte die Farbe von Hausbrand und Autoabgasen und bröckelte überall.

Vorn gab es ein Ladenlokal mit einem Hundesalon plus Katzenpension. Die Auslage war alt und verstaubt. Durch ein Holztor ging es zu den beiden Hinterhäusern. Im sparsam beleuchteten Durchgang roch es nach Katzenurin und nassem Hund.

Brandt zählte sechsunddreißig Briefkästen. Bis auf zwei Santinis und einen Gunnarson ausschließlich deutsche Namen. Der vorletzte Name war der, den er suchte: H. Kaminski. Wie es in Teddys Mail gestanden hatte – c/o Kaminski, die Postadresse der Frauen. Auch über dem Hundesalon hatte Kaminskis Name gestanden.

Er öffnete den Briefschlitz und leuchtete mit seinem Handy hinein. Er sah den Werbeflyer eines Pizzalieferdienstes, dahinter erkannte er die Ecke eines Luftpostumschlags. Die Briefmarke zeigte eine exotische Frucht, ein doppelt durchgestrichenes P und die Zahl Fünfundzwanzig. Fünfundzwanzig philippinische Peso.

Nach zwei Minuten hatte er den Umschlag herausgeangelt. Absender: Juanita Ponchoy, Baguio, Phil., Empfänger: Tunek Ponchoy c/o Kaminski. Er steckte ihn ein und ging zurück auf die Straße.

Brandt wusste, wie das funktionierte. Filipinos im Ausland bildeten enge Netzwerke, vor allem die illegalen Arbeitsmigrantinnen. In diesen Netzwerken erfuhren die Frauen nicht nur, welche Ärzte Illegale behandelten, wie man Container mit deutschen Waschmaschinen, Kühlschränken und anderen Markenprodukten in die Heimat schickte, wo man Papiere für die Ein- und Ausreise bekam, sondern auch, wer Zimmer und Wohnungen an sie vermietete.

Meist handelte es sich um ältere deutsche Männer, nicht selten Frührentner. Zum Teil wegen des Geldes, zum Teil aus Sentimentalität, vielleicht wegen eines Urlaubs, den sie in Manilas Rotlichtdistrikt verbracht hatten, oder weil sie eine zwanzig Jahre jüngere Filipina geheiratet hatten, die sie aus naheliegenden Gründen sitzen gelassen hatte.

Im Salon war der Geruch nach Katzenurin und nassem Hund noch intensiver als im Durchgang.

Der Mann sah ihn fragend an. Brandt hatte keinen Hund bei sich.

»Sind Sie Herr Kaminski?«

»Bin ich.« Aus den hinteren Räumen war wieder das Jaulen zu hören. »Bin ja gleich wieder bei dir, Colette! Ein Königspudel«, fügte er an Brandt gerichtet hinzu. »Mit Stammbaum. Ein edles Tier.«

»Ich suche zwei Bekannte. Filipinas. Tunek Ponchoy und Pagsit Sangcha-an.«

Brandt sah den Schreck in Kaminskis Augen. Sie waren also noch hier.

»Nie gehört.« Kaminski bemühte sich, gleichgültig zu klingen.

Brandt zog den Briefumschlag aus der Tasche. »Wieso haben Sie dann Frau Ponchoys Post in Ihrem Briefkasten?«

Kaminski starrte auf den Brief. Schließlich sagte er: »Die Postboten wechseln hier ständig. Wahrscheinlich falsch eingeworfen.« Er runzelte die Stirn. »Woher wissen Sie überhaupt, dass der in meinem Kasten war?«

Brandt ignorierte die Frage. »Dann vermieten Sie nicht an diese Frauen?«

»Das muss ein Irrtum sein. War's das jetzt? Ich habe zu tun. Colette friert leicht.« Er wandte sich um und zog den Vorhang zur Seite. Der Raum dahinter war gekachelt. Aus einer Edelstahlwanne schaute Brandt ein eingeschäumter weißer Königspudel an.

»Colette muss leider warten, Herr Kaminski!«

Der scharfe Ton ließ Kaminski herumfahren. Brandt zeigte ihm seine Dienstmarke.

»Hauptkommissar Brandt, Kripo Berlin.«

Kaminski wurde bleich. Colette zerrte ungeduldig an dem Geschirr, mit dem sie in der Wanne festgemacht war.

»Und jetzt noch mal von vorn.«

»Ich … ich darf untervermieten!« Kaminski sah ihn beinah trotzig an.

»Dann versteuern Sie die Einnahmen bestimmt?«

Kaminskis kurzer Widerstand brach zusammen. Er war nur noch ein Häufchen Elend.

»Entspannen Sie sich, Herr Kaminski, ich komme nicht vom Finanzamt.«

Kaminski atmete hörbar aus.

»Ich will den Frauen auch keinen Ärger machen. Ich muss nur dringend mit ihnen sprechen. Also, welche Wohnung?«

»Zweites Hinterhaus. Unterm Dach.«

»Sind sie jetzt zu Hause?«

Kaminski zuckte mit den Achseln. »Ich bin fast immer hinten bei den Hunden.«

Brandt verzog den Mund. »Sie wollen mir erzählen, Sie interessieren sich nicht für den Lebensrhythmus Ihrer Mieterinnen?«

»Sie arbeiten.«

»Wann kommen sie gewöhnlich nach Hause?«

»Mal so, mal so.«

»Herr Kaminski, bitte!«

Kaminski seufzte. »Ab sieben sind sie meistens da.«

»Na also, geht doch.« Brandt wandte sich zum Gehen. Kaminski war die Erleichterung anzusehen.

»Eins noch.« Brandt sah ihn streng an. »Verraten Sie ihnen nicht, dass ich hier war. Ich will sie überraschen.«

Kaminski hatte verstanden.

»Es sind drei Frauen, oder?«

Kaminski nickte. Brandt schloss die Tür hinter sich. Er atmete tief ein. Sein Handy summte. INPOL hatte geantwortet.

Beep Beep'm Beep Beep Yeah!

Zehra machte vierzehn Minuten Mittagspause. Fünf in der U9 vom Kurfürstendamm bis Turmstraße. Dort stieg sie aus, kaufte sich an einem Kiosk zwei Snickers und ging quer durch den Kleinen Tiergarten bis zur Bushaltestelle. Dafür brauchte sie zwei Minuten. Eine weitere Minute wartete sie auf die Linie M27 in Richtung Pankow. Nach drei Stationen, vier Minuten und einem Snickers verließ sie den Bus an der Haltestelle Perleberger Straße. Zwei Minuten später tippte sie, noch im Stehen und mit dem zweiten Schokoriegel im Mund, ihr Passwort in die Tastatur. Der Bildschirmschoner verschwand. Sie zog ihre Jacke aus, setzte sich und rief die Mail mit dem Bericht der Kollegen von der Direktion 2 auf. Sie öffnete den angehängten Ordner und klickte sich durch das Bildmaterial.

Das erste Video-Standbild zeigte Lindner am Ausgang der Tiefgarage zur Ladenpassage, das zweite wenige Sekunden später den Araber an derselben Stelle. Auf dem dritten Bild kehrte der Araber fünfundvierzig Minuten später ins Parkhaus zurück. Dann folgten Dutzende irrelevanter Bilddateien. Erst das vorletzte Bild zeigte den Araber auf der Zufahrt zur Tiefgarage. Er saß in einem Ford

Fiesta. Das letzte zeigte, wie derselbe Wagen wieder hinausfuhr. Das Kennzeichen war ohne Vergrößerung zu erkennen. Im Bericht war es mit keinem Wort erwähnt. Miststück, dachte Zehra und meinte Hauptkommissarin Jansen. Dann ärgerte sie sich über sich selbst. Warum kam sie erst jetzt drauf? Warum hatte sie nicht gleich alle Bilder durchgesehen?

Siebzehn Minuten nachdem sie am Ku'damm in die U-Bahn gestiegen war, hatte Zehra die Halterdaten des Fiesta auf ihrem Bildschirm. Der Wagen gehörte einer Autovermietung. Danach war Schluss mit Online-Ermittlung, und es wurde mühsam. Sie musste telefonieren, kämpfte sich durch Servicecenter, wurde in Warteschleifen immer wieder mit demselben Elektropop-Remix eines Beatles-Klassikers traktiert. Endlich drang sie zur richtigen Filiale vor. Der Mitarbeiter, der den Fiesta vermietet hatte, befand sich im Kundengespräch. Sie wurde gerade wieder auf die Akustikfolter gespannt, da ging die Antwort von INPOL ein.

Zehra schaltete das Telefon auf Lautsprecher und legte den Hörer weg. Die Mail enthielt in abnehmender Trefferwahrscheinlichkeit fünf Identifizierungsvorschläge. Zehra strich auf den ersten Blick Nummer fünf, vier und auch den Erstplatzierten. Bei Nummer drei zögerte sie. Er sah dem Mann aus dem Parkhaus sehr ähnlich. Der Zweite trug Vollbart, von Narben auf den Wangen war also nichts zu sehen. Die Kälte in seinem Blick war umso deutlicher. Die Augen des Mannes auf dem Standbild aus dem Parkhaus waren genauso kalt.

Sie klickte auf das Datenblatt von Nummer zwei. Die enthaltenen Informationen waren dürftig: ein Klarname (Umar ibn Fardaad) sowie vier bekannte Decknamen, Angaben zu Alter (»ca. 45 Jahre«), Körpergröße (»ca. 1,90 m«), Statur (»schlank«), Augenfarbe (»Braun«) und besonderen Kennzeichen (»vernarbte Gesichtshaut«). Der Mann beherrschte drei Sprachen: Arabisch, Englisch, Französisch. Aber schon bei »Nationalität« stand ein »unklar«, bei »Letzter bekannter Aufenthaltsort« ein ganzes Emirat: Jindah. Es lief keine Fahndung nach Fardaad, es waren keine Vorstrafen ersichtlich, und es gab keine Auskünfte zu seinem Hintergrund oder Hinweise auf kriminelle Aktivitäten. Es gab nur einen Vermerk: »äußerst gefährlich«. Zehra zweifelte keine Sekunde an dieser Einschätzung. Nur: Wie war sie zustande gekommen? Nirgendwo waren Fakten aufgeführt, nicht mal Vermutungen, die sie stützten.

Der Warteschleifensong riss mitten im Refrain ab, und eine verschlissene Männerstimme drang aus dem Telefonhörer. Zehra meldete sich und geriet an einen selbst ernannten Datenschutzbeauftragten. Sie kreiste noch eine Songschleife im Folterorbit. Dann hatte der Angestellte der Autovermietung das Okay seines Vorgesetzten und rückte raus, wer den Fiesta zur Tatzeit gemietet hatte: ein Abd al-Saud, der das Best Western Hotel Berlin als Adresse angab. Der Name stand auf Fardaads Alias-Liste. Zehra bedankte sich und legte auf.

Leider gab es in Berlin nicht *das* Best Western Hotel, es gab neun. Zehra telefonierte, bis sie wusste, dass Fardaad in keinem davon unter seinem richtigen oder einem seiner falschen Namen abgestiegen war.

Sie dachte nach. Sie rief den Stadtplan von Berlin in ihrem Computer auf. Die Station der Autovermietung lag am Alexanderplatz. Sie markierte die Adresse und ließ sich alle Hotels im Umkreis von einem Kilometer anzeigen. Es waren gut zwei Dutzend. Sie begann, sie nach zunehmender Entfernung abzutelefonieren.

Als nur noch wenige Häuser auf ihrer Liste standen, überlegte Zehra, ob sie den Radius erweitern sollte. Sie erwischte sich dabei, wie sie die Entfernung zum Potsdamer Platz einzuschätzen versuchte. Sie maß nach – 2,91 Kilometer. Luftlinie. Das konnte man nicht mehr fußläufig nennen. Wenn ihre Hypothese überhaupt Sinn machte, hätte Fardaad sich eine näher gelegene Autovermietung gesucht. Es gab also keinen Grund, den Chefconcierge des Ritz-Carlton anzurufen. Er erinnerte sich bestimmt nicht mehr an sie. Oder doch? Sie würde es nicht erfahren. Sie wählte die nächste Nummer.

Während sie sprach, kam Brandt herein. Er nickte ihr zu, aktivierte seinen Computer und begann zu lesen. Als sie auflegte, wieder ohne Fardaad lokalisiert zu haben, sah Brandt sie fragend an.

»Ist das alles?«

Er hatte denselben Mann aus der INPOL-Liste gepickt wie sie und war genauso irritiert über das dürftige Datenblatt. Zehra brachte ihn auf den neuesten Stand. Brandt klemmte sich ans Telefon, um jemanden beim BKA ausfindig zu machen, der ihm etwas über Fardaad erzählen konnte.

Zehra rief das Hotel Juwel an. Es war das vorletzte auf ihrer Liste. Sie erkundigte sich nach Umar Fardaad. Der Concierge bedauerte, keinen Gast dieses Namens zu haben. Sie fragte nach Abd al-Saud. Einen Moment herrschte Stille in der Leitung. Dann bedauerte der Concierge erneut, diesmal grundsätzlich, man erteile keine Auskunft über Gäste. Er wisse ja nicht einmal, ob Zehra wirklich Polizistin sei. Zehra gab ihm die zentrale Rufnummer der Polizeidirektion und bat um Rückruf. Dann legte sie auf und wartete.

Auch Brandt wartete, er wurde weiterverbunden. Eine Minute verging. Zehras Apparat klingelte nicht.

Brandt sah Zehra fragend an. »Liste durch?«

Zehra schüttelte den Kopf. »Ich warte auf einen Rückruf.«

»Von wem?«

Zehra erklärte es ihm. Er wollte den genauen Wortlaut des Telefonats. Zehra wiederholte ihn. Einen Moment schwieg Brandt nachdenklich. Aus seinem Telefonhörer drang eine Stimme. Der BKA-Beamte, zu dem er weiterverbunden worden war. Brandt legte einfach auf, holte seine Waffe aus der Schreibtischschublade und klipste das Holster an seinen Gürtel.

Das Hotel Juwel stand an der Ecke Monbijouplatz und Große Präsidentenstraße. Die kurze Straße war für den Autoverkehr gesperrt, Gleise verliefen vierspurig auf der Fahrbahn. Zehra ignorierte das Verbotsschild, fuhr in die Straße hinein und parkte den Omega neben den Gleisen. Im Führerhaus einer wartenden Linie M4 schimpfte der Fahrer. Zehra drückte ihren Ausweis gegen die Windschutzscheibe und überquerte die Straße. Eine herankommende Straßenbahn bimmelte wütend und beschleunigte. Brandt schaffte es gerade noch auf den Bürgersteig. Verärgert sah er der gelben Bahn nach. Sie bog zum Hackeschen Markt ab.

Ein hochgewachsener Mann mit Basecap und Reisetasche ging in dieselbe Richtung. Kurz bevor er hinter der Häuserecke verschwand, sah Brandt die Schuhe. Sie waren schwarz und hatten drei weiße Streifen. Zehra hatte sie auch gesehen. Sie rannten los, Zehra mit fünf Metern Vorsprung.

In vollem Lauf bogen sie um die Ecke. Die Reisetasche stand direkt dahinter. Zehra stürzte. Brandt konnte nicht mehr stoppen. Sie schlug hart auf dem Asphalt auf. Er sprang über sie hinweg und setzte Zentimeter hinter ihrem Kopf wieder auf. Sein eigener Schwung riss ihn fast von den Beinen, er strauchelte und fing sich.

Der Mann mit der Basecap spurtete schon auf die nächste Ecke zu. Dahinter lag der Hackesche Markt mit S-Bahnhof, Straßenbahnstation und jeder Menge Fluchtmöglichkeiten.

Brandt sah sich nach Zehra um. Sie rappelte sich auf und winkte wütend ab. Er rannte weiter. Vor der Hochtrasse der S-Bahn bog der Mann ab. Ein paar Sekunden später war er außer Sicht. Dann war auch Brandt an den Bahnbögen. Von dieser Seite gab es nur einen schmalen Zugang zum Markt zwischen Häuserwand und dem Viadukt der S-Bahn hindurch. Brandt musste Passanten und Fahrradfahrern ausweichen.

Der Platz vor dem Bahnhof wimmelte von Menschen. Brandt drängte sich durch die engen Gassen zwischen den Wochenmarktständen. Den Mann mit der Kappe konnte er nirgends entdecken. Er schwang sich auf einen Verkaufswagen. Der Händler drohte ihm Prügel an. Brandt sah gerade noch, wie der Gesuchte im Bogen des westlichen Bahnhofseingangs verschwand. Er trug keine Basecap mehr. Brandt rutschte vom Dach des Wagens, setzte über eine Reihe hüfthoher Pflanzkübel hinweg und jagte zwischen den Tischen eines Straßencafés hindurch. Er spurtete in den Bahnbogen. Die Treppe rauf zur S-Bahn oder unter dem Viadukt hindurch zur Straßenbahn? Brandt hetzte die Treppe hoch.

Der Bahnsteig war gut hundert Meter lang. Es warteten nur wenige Menschen. Brandt rannte weiter. Er hörte hinter sich die Bahn einfahren. Gleichzeitig schoss der Gesuchte hinter dem Häuschen der Bahnaufsicht hervor und spurtete zur Treppe am anderen Ende des Bahnsteigs. Brandt stürmte hinterher. Mit wenigen Metern Vorsprung hetzte der Flüchtende die Treppe hinunter. Auf dem Absatz kam ihm jemand entgegen – Zehra! Sie stoppte, starrte den Mann an und griff nach ihrer Waffe. Der Araber war schneller. Er richtete seinen Revolver schon auf ihren Kopf, bevor Zehra auch nur ihre Hand am Kolben hatte.

Brandt zog seine Pistole. »Polizei! Waffe runter!«

Hinter ihm kreischte eine Frau. Der Araber zielte weiter auf Zehra. Seine Hände waren völlig ruhig.

»*German Police*«, wiederholte Brandt. »*Drop the gun!*« Er fischte seine Dienstmarke aus der Jacke und hielt sie hoch. »*Detective Brandt, Kripo Berlin.*« Er deutete auf Zehra. »*My colleague, detective Erbay. Drop that gun, now!*«

Der Araber sah Brandt an. Es war ohne Zweifel Fardaad. Eine chinesische Reisegruppe kam die Treppe herunter.

»*Stand back!*«, rief Brandt.

Die Chinesen reagierten erst, als sie die Waffen sahen. Ein Teil stolperte panisch wieder hinauf, die anderen duckten sich, wo sie gerade standen.

Fardaad ließ seine Waffe sinken, legte sie auf den Boden und hob entschuldigend die Hände. »*Sorry. A misunderstanding.*«

Im nächsten Augenblick war Zehra bei ihm, drehte ihn mit dem Gesicht gegen die Wand und ließ die Handschellen zuschnappen.

Brandt schob seine Waffe zurück ins Holster. Die Chinesen beobachteten ihn ängstlich. Er hätte schwören können, dass es die Reisegruppe aus dem Kranzler war.

Fardaad

Die uniformierten Kollegen hatten Umar ibn Fardaad in die Direktion gefahren. Beim Einsteigen in den Streifenwagen fragte er Brandt, ob er einen Anruf machen dürfe. Sein Englisch klang nach britischer Public School.

»Ihren Anwalt?«, fragte Brandt auf Englisch zurück.

»Nicht ganz.« Er verzog sein narbiges Gesicht zu einem humorlosen Lächeln.

»Sobald Sie im Dezernat sind.«

Der Streifenwagen war losgefahren. Er würde mit Zehra später folgen. Vorher wollten sie sich noch in Fardaads Hotelzimmer umsehen und sein Gepäck inspizieren. Die Tatwaffe oder ein paar blutige Kleidungsstücke würden die Befragung erheblich abkürzen.

Als sie eine Stunde später wieder im Omega saßen, hatten sie weder das eine noch das andere. Aber Brandt hatte im Ablauf des Handwaschbeckens Spuren gefunden. Als habe dort jemand Blut von seinen Schuhsohlen gewaschen. Die Kollegen von der KTU würden sich das genauer ansehen. Falls es tatsächlich Blut war, würden sie es mit dem des Opfers vergleichen.

Zehra fuhr schweigend. An der Torstraße wurde die Straße aufgerissen. Ein halbes Dutzend Bauarbeiter sah rauchend zu, wie ein Kran Baumaschinen ablud. Drei Fahrspuren verengten sich zu einer, es hatte sich ein kleiner Stau gebildet. Zehra trommelte ungeduldig mit den Fingern auf das Lenkrad.

»Entspannen Sie sich. Für heute hatten Sie genug Adrenalin.«

Sie sah ihn argwöhnisch von der Seite an.

»Entspannen Sie sich«, wiederholte er.

Tatsächlich nahm sie die Hände vom Lenkrad, wusste aber nicht, wohin mit ihnen. Sie begann die Lüftungsschlitze neu auszurichten. Die Autoschlange rückte weiter. Zehra ließ die Kupplung kommen.

»Er hätte uns erschießen können.«

Brandt schüttelte nachdenklich den Kopf. »Ehrlich gesagt hatte ich den Eindruck, er war froh, unsere Dienstmarken zu sehen.«

Als sie das Großraumbüro betraten, spürte Brandt sofort die angespannte Atmosphäre. Alle saßen an ihren Schreibtischen und starrten auf irgendwelchen Papierkram oder auf ihre Bildschirme. Brandt fing einen warnenden Blick von Schröder auf, begriff aber nicht, was er bedeutete. Bandow wandte sich zu ihnen um. Sein Drehstuhl quietschte jämmerlich. Das Ölkännchen, das genervte Kollegen vor ein paar Wochen auf seinem Schreibtisch deponiert hatten, stand noch ungeöffnet da.

»Verdammt, Bandow!«, fluchte Löhring laut. »Benutz endlich das Scheißöl!« Dann warf er einen erschrockenen Blick Richtung Terrarium. Brandt sah, warum.

Im Terrarium standen sich Kriminaldirektor Börning und Oberstaatsanwalt Siegrist gegenüber. Börnings Nacken war gerötet. Er untermalte seine abgehackten Sätze mit rudernden Armbewegungen. Siegrist hatte sich kerzengerade aufgerichtet und fixierte Börning von oben herab. Börning sprach laut. Seine Stimme drang durch die Scheibe. Brandt verstand nicht alles, aber zumindest so viel, dass es um Umar ibn Fardaad ging und darum, wie mit zu verfahren sei. Zehra sah Brandt unsicher an.

»Nur Mut.«

Er ging voran. Die Blicke der Kollegen folgten ihnen, die meisten schadenfroh, ein paar mitfühlend. Er legte gerade die Hand auf die Klinke, als Börning die Tür aufriss. »Machen Sie, was Sie wollen, Siegrist!« Er schob Brandt beiseite, stürmte zwischen den Schreibtischen hindurch davon.

Siegrist musterte Zehra einen Herzschlag lang, dann sagte er: »Raus.«

Zehra sah Brandt fragend an. Brandt nickte. Sinnlos, jetzt mit Siegrist eine Grundsatzdiskussion anzufangen. Zehra verließ das Büro und knallte die Tür hinter sich zu. Brandt sah ihr nach.

»Du renkst das schon wieder ein«, sagte Siegrist. Er atmete hörbar aus. »Okay, Heiko – der Fall verwandelt sich langsam in ein Minenfeld. Alles, was wir nicht in der Zeitung lesen wollen: enthauptete Opfer, islamistische Verdächtige, tote Waffenhändler. Wir müssen das unter Kontrolle kriegen. Der Regierende will es, der Innensenator will es, und ich will es auch. Berlin hatte in letzter Zeit genug schlechte Presse. Und ausgerechnet jetzt marschierst du mit Fardaad hier rein.«

»Ein Tatverdächtiger. Er hat sich der Einvernahme entzogen und uns mit einer Waffe bedroht.«

»Das war ein Missverständnis. Ich habe mit ihm gesprochen.«

»Du hast mit ihm gesprochen?«

»Nur kurz. Er hat euch für Killer gehalten, die auf ihn angesetzt waren.«

»Das ist ein Witz, oder?«

»Kein Witz. Mossad, Hamas, IS – such dir was aus.«

Deshalb schien Fardaad beim Anblick von Brandts Dienstmarke erleichtert gewesen zu sein.

»Das Auswärtige Amt hat schon angerufen.«

»Jetzt sag nicht, der Mann ist Diplomat.«

»Das nicht. Aber er ist trotzdem politisch wichtig.« Siegrist seufzte.

»Es ist so: Fardaad ist der … sagen wir mal, der Sicherheitschef von Jindah.«

Brandt runzelte die Stirn. Jindah war eins der Emirate auf der Arabischen Halbinsel. Es war direkter Nachbar von Qumar. In deren Botschaft man ihn so hilfsbereit belogen hatte.

»Weiter.«

»Jindah ist für uns derzeit ein wichtiger strategischer Partner im Kampf gegen den IS.«

Das wusste Brandt. Gerade hatten amerikanische Kampfjets die Erlaubnis erhalten, Jindahs Militärflugplätze zu nutzen.

»Jindah ist ein sunnitisches Emirat. Sunnitische Verbündete gegen den IS in Stellung zu bringen ist extrem wichtig.«

Auch das wusste Brandt. »Was hat das mit meinen Ermittlungen zu tun?« Eine Frage, die er sich leicht selbst beantworten konnte, aber er wollte es von Siegrist hören.

Siegrist lächelte kalt. »Dass Jindah jetzt sunnitisch ist und bereit, sich gegen seine sunnitischen Glaubensbrüder zu stellen, verdanken wir nicht zuletzt deinem Verdächtigen. Er war einer der militärischen Führer der sunnitischen Rebellen.«

Die Mehrheit der Bevölkerung Jindahs waren Sunniten. Fast hundert Jahre lang waren sie von einer schiitischen Minderheit beherrscht worden. Erst vor wenigen Jahren war es sunnitischen Rebellen gelungen, die Mitglieder des Herrscherhauses zu verjagen. Erstaunlicherweise war es nicht zum Bürgerkrieg gekommen. Nur zu zahllosen Grausamkeiten, von denen nicht wenige auf Fardaads Konto gehen durften. Ein paar Enthauptungen waren auch darunter. Kurz darauf ließ sich die Übergangsregierung in leidlich demokratischen Wahlen bestätigen und stellte sich demonstrativ gegen den IS. Die Folge war eine Reihe von Selbstmordattentaten im Land. Dennoch blieb die Regierung bei ihrer Position und wurde damit zum Alliierten der Amerikaner und Mitglied der Koalition gegen den Terror. Sofort flossen Hilfsgelder in das ölarme Land, über deren Verbleib die Geberländer nicht allzu viel wissen wollten.

»Fardaad ist der Garant dafür, dass Jindah den Kampf gegen den IS auch weiterhin unterstützt.«

»Soll das heißen, ich soll ihn laufen lassen?«

Siegrist hob beschwichtigend die Hände.

»Tztztz. Was denkst du denn von mir? Wir leben in einem Rechtsstaat. Rede mit Fardaad. Frage ihn, was du willst. Untersuche die Spuren. Er kooperiert. Aber lass es uns vorerst inoffiziell halten. Bisher wisst ihr nur, dass er sich in der Nähe des Tatorts aufgehalten hat.«

»Und sich aus dem Staub machen wollte.«

»Soweit ich weiß, wollte er einfach nur abreisen.«

»Du weißt eine ganze Menge.«

»Heiko, wir stehen hier auf derselben Seite. Wenn die Beweise den Tatverdacht erhärten, gehört er dir. Aber bis dahin brechen wir uns keinen Zacken aus der Krone, wenn wir die deutsche Außenpolitik nicht mehr gefährden als nötig.« Er bedachte Brandt mit seinem wölfischen Lächeln. »Du kriegst das schon hin.« Er klopfte ihm auf die Schulter. »Flexibilität, um mehr geht es nicht. Oder bist du neuerdings ein fanatischer Anhänger von Dienst nach Vorschrift? Heiko – von allen hier bist der Einzige, der in der Lage ist, auch die großen Zusammenhänge zu begreifen.«

Die Schmeichelei wirkte nur eine Zehntelsekunde. Aber Brandt musste ihm recht geben: wozu unnötig die deutsche Außenpolitik gefährden?

»Ist er schon im Vernehmungsraum?«

Siegrist schüttelte den Kopf. »Wir machen das in Börnings Büro.«

»Wir?«

Das Eckbüro des Kriminaldirektors lag am Ende des Gangs. Funktional, aber von Börning mit einer gemütlichen Sitzecke und einer privaten Espressomaschine ausgestattet.

Neben der Tür langweilte sich ein uniformierter Beamter. Fardaad hatte es sich auf Börnings neuem dreisitzigen Sofa bequem gemacht. Auf dem Couchtisch standen Flaschen mit Mineralwasser, Cola, eine Zuckerdose, Milchkännchen, Tassen und Gläser. Als sei nichts weiter als ein entspanntes Brainstorming geplant.

Zehra hatte ihn fragend angesehen, er hatte genickt. Siegrists missbilligenden Blick hatte er ignoriert. Sie war ihnen in Börnings Büro gefolgt.

Siegrist setzte sich auf einen der beiden Polsterstühle. Fardaad nickte ihm zu, als wäre er selbst der Gastgeber. Er wirkte so selbstsicher, als sei er unantastbar. Keine gute Voraussetzung für eine Vernehmung. Brandt setzte sich auf den zweiten Stuhl. Zehra lehnte sich neben dem Uniformierten an die Wand.

»Herr Fardaad, wären Sie so freundlich, meiner Assistentin Ihre Schuhe zu überlassen? Wir wollen die Sohlen auf Blutspuren untersuchen.« Er hatte Englisch gesprochen. Das weitere Gespräch würde in dieser Sprache geführt werden.

Fardaad schaute überrascht zu Siegrist. Der Oberstaatsanwalt warf Brandt einen verärgerten Blick zu.

»Keine Sorge. Sie bringt Ihnen ein anderes Paar aus Ihrem Koffer.«

Fardaad zögerte. Dann lächelte er. Er hatte verstanden. Ohne Eile schlüpfte er aus seinen Sneakers. Brandt nickte Zehra zu. Sie schob sich an Siegrist vorbei, nahm die Schuhe vorsichtig entgegen und ging hinaus. Fardaad sah ihr spöttisch hinterher.

»Ich bin überrascht, dass Sie nicht nach dem Grund fragen«, bemerkte Brandt.

»Den werden Sie mir schon nennen.«

»Kein Anwalt?«

»Nicht nötig.«

Wozu einen Anwalt, wenn man den Oberstaatsanwalt auf seiner Seite hatte?

»Aber ich möchte mich bei Ihnen dafür entschuldigen, dass ich meine Waffe auf Sie gerichtet habe. Es war eine Verwechslung. Ich habe viele Feinde. Das Aussehen Ihrer Assistentin hat mich zu falschen Schlüssen verleitet. Sie ist Türkin. Die Verbindungen der Türkei zum IS sind etwas zweifelhaft. Wenn man sich verfolgt fühlt, neigt man zu Paranoia.«

»Dann sollte man besser keine Schusswaffe bei sich tragen. Außerdem ist es illegal.«

»Er hat eine Mitnahmeerlaubnis nach Paragraf 32 Waffengesetz«, mischte sich Siegrist ein.

»Tatsächlich? Die haben wir nicht bei Ihren Papieren gefunden.«

Wieder antwortete Siegrist für Fardaad. »Sie taucht schon wieder auf.« Sein Blick sagte, dass die Erlaubnis, wenn nötig, jederzeit nachgeliefert werden konnte.

Fardaad räusperte sich. »Ich trage die Waffe zu meinem Schutz. Ich habe viele Feinde.« Es klang, als rede er über eine Lappalie. Er goss sich Kaffee ein. Er warf drei Würfel Zucker in die Tasse und rührte bedachtsam um.

»Deshalb sind Sie geflohen, als Sie uns kommen sahen?«

»Richtig.«

»Und haben Ihre Waffe auf uns gerichtet.«

»Das sagte ich schon.«

Brandt zog Fardaads Reisepass aus der Tasche und schlug ihn auf. »Dieser Pass enthält Ihr Foto, aber er ist auf einen Kaseem al-Hamdi ausgestellt. Übrigens ein jemenitischer Pass.«

Fardaad nickte verständnisvoll. Die Ironie war unverkennbar. »Ich verstehe, dass Sie verwirrt sind, Herr Hauptkommissar.« Er benutzte zum ersten Mal Brandts Titel, aber es klang, als spräche er zu einem Kind. »Ich bin auch Staatsbürger der Republik Jemen. Sie wissen ja, wie das bei uns Arabern ist – wir haben lange, komplizierte Namen. Mal benutzen wir den einen Teil, mal den anderen.«

Fardaad machte sich offensichtlich über ihn lustig. Zehra kam wieder herein. Sie stellte ein paar elegante hellbraune Schnürschuhe vor Fardaad auf den Boden. »Bitte sehr.«

Fardaad bedankte sich und zog sie ohne die geringste Irritation an. Zehra bezog wieder ihre Position neben der Tür.

Es trat eine Pause ein. Fardaad legte den Löffel auf eine Serviette und trank einen Schluck.

Siegrist beugte sich ungeduldig zu Brandt hinüber und sagte leise: »Wenn das alles ist, sollten wir Herrn Fardaad zurück in sein Hotel fahren.«

Statt darauf zu antworten, zog Brandt ein Foto aus der Tasche, schob Fardaads Frühstücksteller zur Seite und legte es vor ihn hin. Lindner, mit Kopf.

»Kennen Sie diesen Mann?«

Fardaad tat, als betrachte er das Foto eingehend. Dann schüttelte er den Kopf. »Tut mir leid. Wer ist das?«

»Vielleicht erkennen Sie ihn so besser.« Brandt legte das Tatortfoto, das Lindner ohne Kopf zeigte, neben das erste Foto. Fardaad zuckte mit keiner Wimper. Er betrachtete es genauso eingehend wie das vorhergehende.

Plötzlich sah Brandt es ganz klar: Fardaad kannte Lindner, er hatte ihn tot gesehen, enthauptet. Er hatte schon oft Ermordete und Enthauptete gesehen. Vermutlich mit dem gleichen kalten Blick, mit dem er jetzt die Fotos betrachtete. Viele davon hatte er selbst getötet oder töten lassen.

In Brandt stieg Abscheu hoch. Er hatte oft genug Totschlägern und Mördern gegenübergesessen. Sie töteten aus Gier, Eifersucht, Dummheit, Rachsucht. Bis zu einem gewissen Punkt konnte er sich in sie hineinversetzen, sie verstehen. Aber bei diesen politisch oder religiös motivierten eiskalten Schlächtern stieß seine Empathie an ihre Grenzen.

Er legte zwei weitere Fotos auf den Tisch, Standbilder der Überwachungskameras. Eins zeigte, wie Fardaad hinter Lindner ins Parkhaus fuhr, das andere, wie er kurz darauf die Ladenpassage betrat. Auf beiden war der Timecode deutlich lesbar. Brandt tippte auf das erste Foto.

»Hier fahren Sie direkt hinter dem Ermordeten ins Parkhaus.«

»Wenn Sie es sagen.«

Er schob Fardaad das zweite Foto hin. »Hier sind Sie wieder hinter ihm.«

»Was völlig normal ist, wenn ich meinen Wagen kurz nach ihm abgestellt habe.«

Er hatte recht.

»Wenige Minuten später sind Sie zurückgekommen. Nach ihnen hat niemand mehr das Parkdeck betreten – bis ein älteres Ehepaar den Ermordeten gefunden hat.«

»Ein Rätsel, in der Tat. Ich hoffe, Sie lösen es. Ich habe den Mann nämlich weder gesehen noch getötet.«

Brandt schwieg.

»Ich will Sie nicht belehren, Herr Hauptkommissar. Aber könnte der Mörder sich nicht in einem der geparkten Autos versteckt haben? Dann wäre er nicht durch die Tür hereingekommen.«

Eine gute Frage. Siegrist erwartete eine Antwort. Brandt hatte sie, aber er würde sie nicht vor Fardaad äußern. Hätte sich der Mörder in einem geparkten Wagen versteckt, wäre Lindner ein Zufallsopfer. Der Täter hätte unmöglich wissen können, dass Lindner seinen Wagen ausgerechnet auf diesem Parkdeck abstellen würde. Aber Lindner war kein Zufallsopfer. Schon wegen des Toten vom Golfplatz. Es gab nur einen Täter, er hatte beide ermordet. Und die statistische Wahrscheinlichkeit, dass er innerhalb einer Woche in derselben Stadt zufällig zwei Männer erwischt hatte, die im internationalen Waffenhandel aktiv waren, war astronomisch gering.

»Es ist aus mehreren Gründen unwahrscheinlich.«

Siegrist stand auf. »Wenn das alles ist, schlage ich vor, wir lassen Herrn Fardaad gehen.«

Meinte Siegrist das ernst? »Er ist ein Tatverdächtiger!«

»Ich denke nicht, dass es für den Haftrichter reicht.«

»Wir sind noch dabei, die Spuren auszuwerten. Mindestens das sollten wir abwarten!« Brandt sprach jetzt deutsch. »Wir brauchen Zeit! Wir müssen abklären, ob es eine Verbindung zwischen ihm und Lindner gibt!«

»Und solange willst du ihn in Untersuchungshaft behalten?«, erwiderte Siegrist ruhig.

»Was ist mit der Waffe? Dem falschen Pass?«

Fardaad schlug lässig die Beine übereinander, als gehe ihn das Ganze nichts an.

»Und wenn er verschwindet?«

Siegrist schwieg. Brandt beugte sich zum ihm hinüber und senkte die Stimme. »Wenn du ihn gehen lässt, Gunnar, und er verlässt das Land, und danach beweisen wir, dass er einen oder beide Morde begangen hat, gehe ich damit an die Öffentlichkeit.«

Siegrist dachte nach. Er hatte kapiert, dass Brandt nicht nachgeben würde. »Ich verstehe, dass dir das Magenschmerzen bereitet, aber es muss sein, Heiko. Ich habe eine Idee.« Er wandte sich Fardaad zu und wechselte zurück ins Englische.

»Können Sie sich vorstellen, Ihre Abreise um ein oder zwei Tage zu verschieben? Sie können natürlich in Ihrem Hotel bleiben.« Sein Blick sagte: Tut mir leid, es geht nicht anders.

Fardaad signalisierte mit einem winzigen Nicken, dass er einverstanden war. »Wenn ich Ihnen damit behilflich sein kann.«

Siegrist legte Brandt die Hand auf den Arm. »Zufrieden?«

Brandt sah keinen Grund, sein Lächeln zu erwidern. Bei der Spannung, die sich in seinen Kiefermuskeln aufgebaut hatte, war das auch kaum möglich. »Ich stelle ihm einen Zivilbeamten vor die Tür. Nur um sicherzugehen.«

Siegrists Lächeln verschwand. »Du hältst mich über jeden Schritt auf dem Laufenden.«

Siegrist hatte Fardaad hinauseskortiert, der uniformierte Kollege war ebenfalls verschwunden. Brandt und Zehra waren allein. Zehra setzte sich auf den Platz, auf dem Fardaad gesessen hatte. Brandt sah, dass es in ihr brodelte. Sie wollte gerade etwas sagen, da funkte ihr Handy dazwischen. Sie überflog die SMS, schaltete das Handy mit der gleichen Entschiedenheit aus, mit der er auf Saskias sarkastische Nachrichten reagierte, und schob es tief in eine ihrer vielen Jackentaschen.

»Sie und der Oberstaatsanwalt sind also befreundet.«

Ein Satz, der ihr offensichtlich auf der Zunge gebrannt hatte und dringend rausmusste. Er nickt vage.

»Und was ist da eben zwischen Ihnen abgelaufen? Was war das?«

Gute Frage. Saubere Polizeiarbeit jedenfalls nicht. »Politik.«

»Verstehe. Er ist wichtig. Er hat eine Akte bei Europol, aber wir behandeln ihn wie … wie …?«

Sie suchte nach dem richtigen Wort. Da konnte er aushelfen. »Einen V.I.P.?«

»Genau.«

Sie war sauer, dass Siegrist sie rausgeschmissen hatte. Sie hatte sich ausgeschlossen gefühlt. Durfte er sie in das einweihen, was Siegrist ihm anvertraut hatte? Er hatte keine Verschwiegenheitserklärung unterschrieben. Und selbst wenn. Sie war seine Assistentin.

Als er ihr alles erzählt hatte, dachte sie einen Moment nach, dann fragte sie: »Und Sie machen da mit?«

»Wir machen da mit«, korrigierte er. »Die Anweisung kommt von ganz oben. Noch höher und sie käme direkt von Gott.« Er fing ihren enttäuschten Blick auf. »Das heißt nicht, dass wir auf Kommando unsere Dienstvorschriften ignorieren. Aber Weisheit ist der bessere Teil des Mutes.« Er hörte die Frustration in seiner eigenen Stimme und fragte sich, ob er glaubte, was er da redete. »Ich sehe nicht, dass es die Ermittlungen gravierend behindert, wenn Fardaad unter Bewachung in seinem Hotel übernachtet. Wir machen einfach weiter.«

Sie schwiegen. Erwartete er zu viel von ihr? So wie Siegrist zu viel von ihm erwartete.

»Hören Sie, Frau Erbay – wir machen keine krummen Sachen. Das verspreche ich Ihnen. Ich hasse Polizisten, die das tun. Mein Vater war so einer.«

Sie nickte langsam. Dann fragte sie: »Wie gehen wir vor?«

»Wir müssen beweisen, dass es eine Verbindung zwischen Fardaad und Lindner gibt.« Er überlegte laut. »Wenn er Lindner ins Parkhaus gefolgt ist, hat er bestimmt nicht draußen auf ihn gewartet. Er muss sich irgendwo an ihn gehängt haben. Wissen wir, wo Lindner vor dem Treffen mit der orientalischen Schönheit war?«

»Noch nicht.«

»Kümmern Sie sich darum?«

Zehra bejahte. In den Tiefen ihrer Jackentasche summte ihr Handy.

»Ein ungeduldiger Freund?«

Zehra grinste säuerlich. »Nur ein nerviger kleiner Bruder.«

Die Tür flog auf. Börning stürmte herein. Er war noch immer wütend. »Ist die Party vorbei? Dann verschwinden Sie aus meinem Büro!«

Sie gingen. Zehra öffnete die Tür zum Terrarium.

Brandt blieb stehen.

»Ist was?«

Er schüttelte den Kopf. »Wenn der Oberstaatsanwalt hier sowieso die Fäden zieht, müssen wir uns auch nicht den Arsch aufreißen. Wir machen morgen weiter.«

Ja. Gunnar zog hier die Fäden. Und von irgendwo weiter oben wurde an seinen Fäden gezogen. Wie weit oben, war Brandt bisher nicht klar gewesen. Und hinter all seinem geheuchelten Verständnis und der Jovialität erwartete Gunnar, dass Brandt seine Rolle als brave Marionette spielte. Doch in einem irrte sich der Oberstaatsanwalt: Was hier ablief, bereitete Brandt keine Magenschmerzen, sondern Übelkeit.

Im Hundesalon brannte kein Licht. Vor dem Schaufenster und der Ladentür waren jetzt Schutzgitter heruntergelassen. Vielleicht hatten die Räumlichkeiten früher einem Juwelier oder einem Pfandleiher gehört.

Wo brachte Kaminski eigentlich die Pensionskatzen unter? Hinten im Laden? Oder in seiner Wohnung? Brandt sah ihn vor sich, einen einsamen Mann, der sich Zuneigung mit Trockenfutter erkaufte. Vielleicht vermietete er aus dem gleichen Grund an illegale Filipinas.

Mit dem Bus und zwei verschiedenen U-Bahn-Linien hätte er laut Fahrplanauskunft sechsundzwanzig Minuten von der Direktion bis hierher gebraucht. Mit dem Auto neun. Er hatte ein Taxi genommen. Der Taxifahrer war Armenier. In seiner Heimat sei er Schachgroßmeister gewesen, erklärte er auf Brandts Frage.

»Die perfekte Vorbereitung für mein jetziges Leben«, hatte er Brandt traurig lächelnd erklärt. Er hatte sich in nur drei Monaten alle zehntausend Straßen und Sträßchen Berlins eingeprägt, inklusive der kürzesten Verbindungen zwischen ihnen.

Brandt schaute an der verwahrlosten Fassade hinauf. Er verstand, dass Kriminaldirektor Börning sauer war. Als Sonderdezernat des LKA war Brandts Terrarium in seinem Laden ein Fremdkörper, was immer wieder für Reibung und Ärger sorgte. Jetzt übernahm Brandt auf Druck von oben Fälle, die sich dem SD Fremdkultur nur zuordnen ließen, wenn man beide Augen zudrückte. Aber was sollte Börning machen? Jeder wusste, dass Siegrist politisch vernetzt war und dem Regierenden Bürgermeister nahestand.

Das Tor war nicht abgeschlossen. Brandt durchquerte zwei mit rissigen Zementplatten gepflasterte Hinterhöfe. Eine Beleuchtung gab es nicht, aber das Licht aus den Wohnungen war hell genug.

Im zweiten Hinterhaus roch es nach frischer Farbe. Die Hausbewohner hatten die Treppenabsätze annektiert und ihre Schuhe, Regenschirme, Bier- und Wasserkästen dorthin ausgelagert. An den Türen hingen Kinderbilder. Auf dem obersten Treppenabsatz stand einsam eine hüfthohe Topfpflanze mit fleischigen Blättern und machte das Beste aus den kärglichen Lichtverhältnissen. An einer der beiden Türen hing eine Exceltabelle. Unter der Überschrift »Trockenspeicher« waren zehn Mietparteien mit ihren jeweiligen Nutzungszeiten aufgeführt. Einer der Namen war Kaminski, keiner klang philippinisch.

Die zweite Tür besaß einen Türspion, einen Klingelknopf, aber kein Namensschild. Brandt drückte auf den Knopf. Es blieb still. Er drückte ein zweites Mal, fester und länger. Mit dem gleichen Ergebnis. Er klopfte an die Tür. Zuerst war nichts zu hören, dann ein Rascheln. Jemand näherte sich auf Zehenspitzen. Ein Auge verdunkelte für einen Moment den Türspion und verschwand wieder.

Brandt klopfte ein zweites Mal. »Hallo!«

Auf der anderen Seite rührte sich nichts. Brandt verstand das. Als Illegaler öffnete man nicht einfach die Tür, wenn es läutete.

»Machen Sie bitte auf!« Keine Reaktion. So kam er nicht weiter. Er überlegte. Er hatte früher mal ganz leidlich Bontok gesprochen. Irgendwo in seinem Gehirn mussten noch Reste davon existieren. Er riss ein Blatt aus seinem Notizblock und schrieb: »Laichek sumkep untuk enkalkalkali ken chakayo.« Er schob das Blatt halb unter der Tür durch. Eine Nachricht in ihrer eigenen Sprache, die bestenfalls fünfzigtausend Menschen sprachen, sollte die Frauen neugierig machen.

Erneutes Rascheln, das Blatt verschwand. Schritte waren zu hören, die sich von der Tür entfernten, dann zwei tuschelnde Stimmen. Die Schritte näherten sich wieder, die Tür wurde vorsichtig geöffnet, so weit es die vorgelegte Kette erlaubte. Das Gesicht einer etwa fünfzigjährigen Frau erschien, dunkelhäutig, bäuerlich und resolut. Sie stammte eindeutig aus der Cordillera. Er sah es vor sich, wie sie die ersten zwanzig oder dreißig Jahre ihres Lebens in Wellblechhütten und Nassreisfeldern verbracht hatte, ohne Handy, Computer oder Fernsehen, mit Wasserbüffeln und Taifunen. Jetzt putzte sie Parkettwohnungen in Prenzlauer Berg oder versorgte bettlägerige Senioren in Zehlendorf.

Er spürte den Impuls, kehrtzumachen. Aber er tat es nicht.

Das Zusammenleben in den Bergdörfern beruhte auf Reziprozität, dem ständigen Ausgleich von Geben und Nehmen. Schuld und Schulden waren keine moralische Frage, sondern eine des Gleichgewichts. Die Menschen hatten ein untrügliches Gespür dafür, wenn das Gleichgewicht gestört war. Man konnte nicht zwei Jahre hautnah mit ihnen zusammenleben, ohne etwas davon zu verinnerlichen. Er hatte viel mehr genommen, als er gegeben hatte. Er konnte sich jetzt nicht aus dem Staub machen.

»*Chakayo petsa!*« Ihr seid dort, ich bin hier. So oder so ähnlich lautete die Begrüßungsformel. »Darf ich hereinkommen?«

Die Frau sah ihn an, studierte sein Gesicht, als wolle sie in ihn hineinsehen, herausfinden, wer er wirklich war. Im Westen war man das nicht mehr gewohnt. Man hielt immer etwas zurück. Nur Verrückte sahen einen so an. Oder Liebende. Und René. Wen hatte er in letzter Zeit wirklich angesehen? Saada vielleicht. Batman.

»*Sino ka?*«, fragte sie schließlich. Wer bist du?

Brandt zog seinen Dienstausweis aus der Tasche und hielt ihn ihr hin. »Hauptkommissar Brandt, Kripo Berlin.«

»Polizei?« Sie versuchte, den Schreck zu verbergen.

»Frau Pagsit Sangcha-an?«

Sie nickte.

»Keine Sorge, ich komme nicht vom Ausländeramt. Ihr Aufenthaltsstatus interessiert mich nicht.« Durch den Türspalt sah er, dass am Ende der Diele eine etwa zwanzig Jahre jüngere Frau ängstlich in seine Richtung schaute. »Sie sollten mich lieber reinlassen.«

Pagsit Sangcha-an zögerte. Dann zuckte sie resigniert mit den Achseln, hängte die Kette aus und öffnete die Tür.

»Bitte.«

Er folgte ihr. Links vom Flur gingen zwei Türen ab. Eine stand offen. Mit einem Blick nahm er alles auf. Unter der Dachschräge lag eine Matratze auf dem Boden, darauf ordentlich gefaltet eine geblümte Bettdecke. Außer einem kleinen Tisch und einem Stuhl gab es keine Möbel. Die Kleidung hing auf einer Stange oder lag säuberlich gefaltet in einem an der Decke befestigten Textilregal. In der Ecke standen zwei Tragetaschen aus bunten Plastikstreifen, das Reisegepäck der philippinischen Landbevölkerung. Ein halbes Dutzend zerlesener Liebesromane auf dem Fensterbrett. An der Wand ein fünf Jahre alter Kalender mit einem Foto der weltberühmten Reisterrassen von Banaue. Das Ganze wirkte karg und provisorisch, aber bunte Deckchen, Teppiche und Läufer verbreiteten weibliche Wohnlichkeit.

In der Küche drehte die junge Frau am Herd gerade die Gasflamme aus, nahm einen Aluminiumtopf vom Herd und stellte ihn auf den Küchentisch.

»Hallo. Mein Name ist Brandt. Sie sind bestimmt Frau Ponchoy?«

Tunek Ponchoy schaute nur kurz auf. »Hallo.« Sie war für eine Igorot fast zierlich. Ihr kräftiges schwarzes Haar hatte sie zu einem dicken Zopf geflochten. Brandt zweifelte nicht daran, dass sie ebenso zupacken konnte wie ihre ältere Mitbewohnerin.

Sie nahm den Deckel vom Topf. Weißer Dampf und ein lange vergessener Duft stiegen auf.

Man konnte den Bergreis, den die Igorot auf ihren Terrassenfeldern pflanzten und ernteten, nirgendwo kaufen. Sie aßen ihn selbst. Der Reis war für sie wie ein lebendiges Wesen, fast die Hälfte ihrer religiösen Rituale drehte sich um den Reis und die Reispflanzen. Die Worte »Nahrung« und »Reis« waren in ihrer Sprache Synonyme. Eine Mahlzeit ohne Reis war keine wirkliche Mahlzeit. Es war nicht ungewöhnlich, dass sie auf Reisen einen Sack Reis mitnahmen. Oder ihn sich nach Deutschland schicken ließen, selbst wenn sie dort Illegale waren.

In einer Pfanne brutzelten Schnittbohnen, Chilis und kleine frittierte Trockenfische. Tunek Ponchoy rührte ein letztes Mal um, dann stellte sie die Pfanne ebenfalls auf den Tisch. Es war bereits für zwei gedeckt.

»Ich will Sie nicht beim Essen stören. Ich kann wiederkommen.«

Pagsit Sangcha-an ignorierte Brandts Entschuldigung, rückte wortlos einen dritten Klappstuhl heran. Sie bedeutete Brandt, sich zu setzen. Igorot-Gastfreundschaft sah für solche Situationen kein geziertes Hin und Her vor. Er setzte sich.

Die Küche war mit billigen IKEA-Möbeln eingerichtet. Nur der Gasherd wirkte, als sei er kurz nach dem Richtfest des Hauses installiert worden. Geschirr, Töpfe und Kochutensilien – von allem gab es nur das Nötigste. Aber auch hier die bunten Textildekorationen. Einige davon Andenken aus der Heimat der Frauen. Weben hatte dort Tradition. Wickelröcke, Lendentücher für die Männer und Decken, die in kalten Nächten kaum warm hielten – alles hatten die Frauen früher auf ihren einfachen Webstühlen hergestellt. Heute webten sie für die Touristen Schnickschnack in den traditionellen Farben und Mustern. Wie die Bezüge der Kissen, die auf den Stühlen lagen.

Tunek Ponchoy häufte Reis und Gemüse auf die Teller. *»Mangantako!«* Essen wir!

Sie aßen schweigend, mit Löffel und Gabel. In der Cordillera brachte man keine Messer mit an den Tisch. Es war zu gefährlich.

Die jüngere Frau schaute immer wieder verstohlen von ihrem Teller auf, wenn sie glaubte, Brandt merke es nicht. Hinter ihr stand auf einem Regal ein halbes Dutzend gerahmte Fotos. Zwei junge Frauen und ein junger Mann jeweils mit einem Baby auf dem Arm sowie mehrere kleinere Porträts von Kindern im Alter zwischen zwei und zehn Jahren. Offensichtlich die Kinder und Enkel der älteren Frau. Daneben stand das Foto eines jüngeren Mannes mit zwei Jungen, vielleicht drei und vier Jahre alt. Das mussten Tunek Ponchoys Ehemann und ihre Söhne sein.

Es war tragisch. Fast immer waren es die Frauen, die das Land verließen, um in Hongkong, Saudi-Arabien oder Deutschland Geld für ihre Familien zu verdienen. Und fast alle ließen Kinder zurück. Wenn man zu sehr daran dachte, konnte es einem das Herz brechen.

Tunek Ponchoy räumte die Teller ab. Pagsit Sangcha-an richtete sich auf. »Wieso sprechen Sie unsere Sprache?«

Brandt erklärte es ihnen.

»Wann war das?«, fragte Pagsit Sangcha-an.

»Ist lange her. Über zehn Jahre.«

Während er sprach, studierte die jüngere Frau sein Gesicht. Jetzt blitzte in ihren Augen etwas auf.

»Ich erinnere mich! Sie waren bei uns im *ili*!«

Ili wurde meist mit dem Wort »Dorf« übersetzt. Aber das *ili* war viel mehr. Es war auch das Land, das zum Dorf gehörte – Reisfelder, Weideflächen für die Wasserbüffel, Berge, Wälder, Bäche. Es war auch eine politische Einheit. Beziehungen zwischen verschiedenen *ilis* – Fehde, Blutrache, Tausch, Heirat – waren quasi Außenpolitik.

»Sie hatten diese Weste mit den vielen Taschen!«

Seine Feldforschungsweste.

»Sie haben fotografiert! Und mit den Alten im *ator* geredet!«

Das Männerhaus.

»Und Reiswein getrunken.«

Reiswein und einen fürchterlichen Schnaps, den er zu diesen Anlässen immer ausgeben musste. Mehr als einmal war er auf dem Heimweg betrunken im Schlamm gelandet.

»Ich war damals in Hongkong.« Pagsit Sangcha-ans Gesicht bekam einen bitteren Zug. »Drei Jahre.« Reiche Chinesen waren berüchtigt für die Art und Weise, wie sie ihre Hausangestellten behandelten.

»Welches ist ihr *ili*?«, fragte Brandt die jüngere Frau.

»Manyang.«

»Ich war mehrmals in Manyang. Mit Sonny Fiyao.« Sonny war zwei Jahre lang sein Feldforschungsassistent gewesen.

»Sonny und ich sind *pitpitlo*«, sagte Pagsit.

Pitpitlo waren Cousine und Cousin dritten Grades. Dass Pagsit aus dem Dorf stammte, in dem Brandt gelebt hatte, implizierte bereits eine soziale Verpflichtung. Dass sie mit Sonny verwandt war, verstärkte dieses Band.

Er steckte bis zum Hals drin.

Besser, er kam zur Sache.

»Das ist leider kein Freundschaftsbesuch.« Als ob die Frauen das nicht längst ahnten. »Ich habe eine schlechte Nachricht für Sie. Wir haben eine Frau gefunden. Ihr Name ist Cristy Kaluyan. Sie wohnt hier mit Ihnen, nicht wahr?«

Er legte ein Foto auf den Tisch. Es stammte aus dem Obduktionsbericht. Er hatte Castaro um eine Kopie gebeten und behauptet, den Kollegen bei der Identifizierung des Opfers zu helfen. Das war nicht einmal gelogen. Brandt hatte nur verschwiegen, dass Tietze und Jens seine Hilfe nicht wollten.

»Es tut mir sehr leid.«

Tunek warf einen kurzen Blick auf das Bild, wandte sich ab und brach in Tränen aus. Pagsit sah etwas länger hin. Dann stand sie auf, nahm eine Packung philippinischer Zigaretten vom Fensterbrett, zog eine heraus und zündet sie mit zitternden Fingern an. Keine der Frauen fragte, ob Cristy tot war.

»Ist sie das?«, fragte Brandt. Er brauchte eine eindeutige Identifizierung. Der Geruch von Menthol stieg auf. Filipinos liebten

Mentholzigaretten. Die Luftverschmutzung in den Städten war so stark, dass ihnen der aromatisierte Rauch wie Frischluft vorkam.

Pagsit nickte stumm.

»Sie wohnte hier?«

Sie nickte wieder. Das Schluchzen der jüngeren Frau verstummte. Bis jetzt hatte keine gefragt, was ihrer Mitbewohnerin passiert war.

Pagsit fand zuerst ihre Stimme wieder. »Sie ist nicht nach Hause gekommen. Schon seit Freitag. Sie hat auch nicht angerufen.«

»Wir hatten Angst, aber …« Tunek verstummte und knetete ihre Hände.

Die Ältere sah Brandt an. »Wir konnten nicht zur Polizei.«

Dazu gab es nichts zu sagen. War das Angst in ihren Augen? Trauer, Schock, Schrecken – ja. Aber wieso Angst?

»Sie lag im Lietzensee-Park. Gar nicht weit von hier«, sagte er.

»Hatte sie einen Unfall?« Ihre Stimme klang seltsam gepresst.

Brandt verneinte. »Sie ist vergewaltigt worden.«

Schweigen.

»Sie ist an ihren Verletzungen gestorben.«

Die ältere Frau nahm die Hand der jüngeren.

»Sie hatte nichts bei sich. Kein Handy, keine Papiere.«

»Wie haben Sie uns gefunden?«

»Ich habe Teddy Fayufay um Hilfe gebeten. Sie kennen Teddy?«

Die Frauen nickten. Jeder in Bontok kannte Teddy. Pagsit hatte ihre Zigarette vergessen. Die Asche fiel auf den Boden. Sie warf die kaum gerauchte Zigarette ins Waschbecken, blieb daneben stehen und starrte ins Leere.

»Wann haben Sie Cristy zuletzt gesehen?«

Tunek blieb immer noch stumm.

»Morgens. Sie ist zur Arbeit gefahren. Wie immer.«

»Wohin?«

»Ich weiß nicht.«

»Sie auch nicht?«

Tunek schüttelte kaum merklich den Kopf, als falle ihr selbst diese Bewegung schwer.

»Sie wissen nicht, wo sie arbeitet?« Brandt schaute von einer zur anderen. Es war schwer zu glauben.

»Cristy hatte viele Jobs. Genau wie wir. Immer ein paar Stunden oder einen Tag die Woche. Manchmal zehn verschiedene.«

Natürlich. Filipinas waren begehrt. Als Haushaltshilfen und Pflegerinnen. Sie arbeiteten schwarz.

Brandt wandte sich Pagsit zu.

»Sie waren doch schon länger hier, als Cristy angekommen ist. Hat sie ihre Jobs nicht durch Sie bekommen?«

»Am Anfang schon. Bis sie selbst neue gekriegt hat. Die Leute, für die wir arbeiten, empfehlen uns weiter.«

»Sie hat nie davon erzählt?«

»Wir reden viel über unsere Arbeit. Was da so passiert, ob die Leute freundlich sind oder großzügig. Aber nicht, wo sie wohnen oder wie sie heißen.«

»Wissen Sie wenigstens, in welchen Vierteln sie gearbeitet hat?«

»Überall«, schaltete sich die jüngere Frau wieder ein. »Ich weiß von Friedrichshain und Mitte.«

»Montags ist sie zuerst nach Kreuzberg gefahren und dann nach Tempelhof, glaube ich.«

»Tempelhof ...« Wenn das zutraf, musste es auf dem Weg von Tempelhof nach Charlottenburg passiert sein.

»Ist sie nach der Arbeit immer sofort nach Hause gekommen?«

Pagsit überlegte. »Manchmal hat sie noch eingekauft. Meistens hier in der Nähe.«

»Sonntags sind wir in die Kirche gegangen«, warf Tunek ein. »Die Redeemed Church of Jesus Christ.«

Vermutlich eine evangelikale Gemeinde. Tieflandfilipinos waren katholisch, die Bergstämme nicht. Sie waren nie von den Spaniern unterworfen worden. Die fremde Religion war erst während des Zweiten Weltkriegs mit den Amerikanern in die Cordillera gekommen. Zumeist in Form von anglikanischen Missionaren, Baptisten und Pfingstlern. Das war bis heute so.

»Hat sie keinen Terminkalender? Mit Namen, Adressen, Tagen, Uhrzeiten? Bei so vielen Kunden.«

»In ihrem Handy. Da war alles drin. Ich habe ihr immer gesagt, wenn sie es verliert, ist sie arbeitslos.«

Bei der Toten war kein Handy gefunden worden.

»Wann kam sie gewöhnlich nach Hause?«

»Unterschiedlich. Wie bei uns. Um sechs, sieben, manchmal auch acht Uhr.«

»Wie war es freitags?«

Die Frauen überlegten.

»Gegen acht«, sagte Pagsit Sangcha-an schließlich.

»Ich würde gern ihr Zimmer sehen.«

Es war das Zimmer, in das er schon im Vorbeigehen einen Blick geworfen hatte. Die abgegriffenen Bücher gehörten also ihr, ebenso wie die bunten Deckchen und Plastiktaschen. Dazu kam ein Bügelbrett, auf dem frisch gewaschene weiße Blusen zum Bügeln bereitlagen. Ein Hartschalenkoffer mit billigen Schlössern. Und aufgetürmt in einer Ecke ein Sortiment deutscher Drogerieprodukte und Süßwarenspezialitäten, jeweils in Großpackungen, die darauf warteten, per Sammelcontainer in die Philippinen verschifft zu werden. Ein kleiner Stapel Briefe in Airmail-Umschlägen mit Absendern aus Baguio und Bontok. Ein Radio. Und mehrere gerahmte Fotos. Ein Mann, zwei Kinder, Mädchen und Junge, etwa drei und fünf Jahre alt.

»Das genügt erst mal.« Er trat zurück in den Flur.

»Was passiert jetzt?« Pagsit hielt seinen Blick fest. Er wusste, was sie meinte. Würden andere Polizisten kommen? Normale Polizisten? Und sie verhaften? Würden sie ausgewiesen?

»Ich weiß es noch nicht. Die Kollegen, die den Fall bearbeiten, wissen nichts von euch.« Er war ins Du gefallen. Es wurde persönlich. Unsinn. Es war von Anfang an persönlich gewesen. Brandt spürte es. Die Vergangenheit kam näher. Er musste gehen.

»Müssen Sie es ihnen sagen?«

»Ich weiß nicht. Vielleicht kann ich Sie raushalten. Aber es handelt sich um Mord. Ich muss Sie erreichen können. Ich brauche Ihre Handynummern.«

Sie nannten ihm die Nummern, er schrieb sie auf. Er bedankte sich für das Essen.

Die Tür schloss sich hinter ihm. Er hatte gerade den Treppenabsatz erreicht, da wurde sie wieder geöffnet. Pagsit kam heraus.

»Bitte!«

Er blieb stehen. Sie holte ihn ein.

»Tunek …« Sie stockte. »Sie kann nicht zurück.«

Sie merkte, dass sie mehr sagen musste. »Sie hatte hier einen Freund. Jemand hat es ihrem Mann verraten. Sie kann nicht zurück.«

Der Hundesalon war still und dunkel. Wo waren die Katzen?

Die Einsamkeit war schuld. Kaminskis Einsamkeit. Hätte er zu Hause eine liebende Frau, ein paar nette Kinder, müsste er sich nicht mit Trockenfutter Katzenliebe erkaufen. Und keine Dachwohnungen an illegale Filipinas vermieten. Die dann nicht in Berlin vergewaltigt und ermordet würden. Jedenfalls nicht diese eine bestimmte Filipina. Und Brandt stünde nicht vor einem unlösbaren Dilemma. Tietze sein Wissen vorzuenthalten war ein schweres Dienstvergehen. Es an ihn weiterzugeben würde unweigerlich dazu führen, dass die Frauen abgeschoben würden und ihre Familien nicht mehr ernähren konnten. Vielleicht hätte er besser auf Jens gehört und sich rausgehalten.

Todesstreifen

Der Himmel über Pankow zeigte den Wetterbericht, den sie im Autoradio hörte. Eine Kaltluftfront kam von Westen und schob den letzten Rest Sommer weg. Zehra hatte die Rücklehne des Sitzes ein Stück heruntergefahren. Aus ihrem Blickwinkel kroch der massive Wolkenrand gerade über die Dachkante vom Haus der Lindners. In ein paar Minuten würde es stockfinster sein, obwohl es erst sieben Uhr war. Eine gute Zeit für Kleinkinder, ins Bett zu gehen: nach dem »Sandmännchen«.

Zehra hatte es immer zusammen mit Cetin im MDR gesehen. Ohne ihn hätten es die Eltern nie erlaubt. Aber ihr kleiner Bruder war der Stolz der Familie. Er liebte das »Sandmännchen« wegen seiner Rennwagen, Betonmischer, Hubschrauber – es kam immer mit einem anderen Fahrzeug. Zehra mochte die Figuren aus den Märchen und fernen Ländern und die Geschichten. Cetin und sie waren nur zwei Jahre auseinander. Wie die beiden Mädchen in Lindners Haus.

Das Licht hinter der bemalten Fensterscheibe im ersten Stock erlosch. Zehra stellte die Rücklehne wieder aufrecht und stieg aus. Dana, das Au-pair-Mädchen, öffnete ihr. Zehra fühlte sich sofort erkannt: Die Todesbotin war wieder da.

»Guten Abend. Oberkommissarin Erbay.«

»Ich weiß.« Dana sprach mit osteuropäischem Akzent. Sie machte keine Anstalten, Zehra hereinzubitten.

»Ich möchte zu Frau Lindner.«

»Sie bringt Kinder ins Bett.«

»Das Licht ist gerade ausgegangen.«

»Mädchen schlafen nicht allein ein. Man muss bleiben. Mindestens halbe Stunde. Sonst mache ich. Aber nicht heute. Heute Mama, nur Mama.«

Sie hatte es ihnen heute gesagt. *Kinder, euer Papa ist jetzt im Himmel.* Vielleicht gerade eben, als Zehra im Auto gesessen und zum bemalten Fenster des Kinderzimmers hinaufgestarrt hatte. Sie wollte wegrennen. »Ich warte. Darf ich reinkommen?«

Dana ging voraus. Sie bot Zehra wieder den Sessel an und fragte, ob sie etwas trinken wolle. Zehra lehnte ab. Dana setzte sich auf die Couch. Es wurde still. Zu still.

»Waren Sie vorgestern Morgen im Haus, Frau ...? Verzeihung, ich weiß Ihren Nachnamen gar nicht.«

»Munteanu. Wir alle zusammen frühstücken, ganze Familie, jeden Morgen.« Sie stockte. »Nicht mehr jetzt.«

»Dann haben Sie Herrn Lindner noch gesehen?«

»Natürlich. Ist zusammen mit Frau Lindner gegangen. Sie mit Mädchen in Schlosspark, war so schöner Tag. Er fährt Büro.«

»Wann war das?«

»Fast zehn Uhr.«

Bis zum Ku'damm brauchte man dreißig Minuten. Er war ohne Umweg von seiner Familie zu seinem Date gefahren. »Fing er oft so spät an?«

Dana nickte. »Immer lange arbeiten, viele Termine abends.«

Netzwerken bei Nobelempfängen und Galadiners mit einflussreichen Politikern. Oder skrupellosen Waffenhändlern. »Ist Ihnen an dem Morgen ein Auto aufgefallen, das nicht hierhergehörte? Das ihm vielleicht gefolgt ist?«

»Ich nichts gesehen, ich gemacht Küche. Bin ich erst nachmittags rausgegangen, in Garten mit Kindern. War so schöner Tag ...«

Sie verstummte. Zehra sah die Tränen in ihren Augenwinkeln. Dann setzte Dana sich kerzengerade hin. Sie wollte nicht vor der Todesbotin weinen.

»Sie fragen alten Herrn Kossack!«

»Wer ist das?«

»Nachbar. Immer alles sehen. Ich einmal von junge Mann heimgebracht, spät. Wir noch gesessen in Auto und, äh, geredet. Herr Kossack hat aufgeschrieben Nummer und nächsten Tag erzählt Frau Lindner!«

Ein Nachbarschafts-Nazi. Mehr konnte Zehra nicht verlangen.

An der Wand hinter Kossack hingen drei gerahmte Fotos. Das linke zeigte ihn in jungen Jahren und in Uniform. Zehra kannte sich mit den Rangabzeichen der NVA nicht aus. Oberleutnant vielleicht. Am Bilderrahmen rechts verstaubte ein Trauerflor. Das Foto zeigte eine junge Frau. Sie trug ein Blauhemd mit einem FDJ-Aufnäher am Ärmel. Kossacks verstorbene Gattin. Und zwischen den beiden hing ein Porträt Erich Honeckers. Kossack war kein Nazi. Er war ein real existierender Sozialist, wahrscheinlich der letzte am Majakowskiring.

Er lebte allein in einem der wenigen schlichten alten Häuser, die zwischen den herrschaftlichen Villen standen. Überall war penibel aufgeräumt. Aber auf allem lag ein klebriger Film. Die Möbel in der guten Stube stammten noch aus den Sechzigern. Zehra mochte das helle Holz und die schlanken Formen. Doppelverdiener aus Prenzlberg hätten ein Vermögen dafür bezahlt. Nur der kleine Tisch gleich unterm Fenster zur Straße hin passte nicht zum Rest der Einrichtung. Als Kossacks Ehefrau noch lebte, hatte er bestimmt nicht dort gestanden. Darauf lag parallel zur Tischkante ein Stapel Zeitschriften. Die oberste war aufgeschlagen. Ein Kreuzworträtsel, vollständig gelöst. Auf der Fensterbank stand zwischen Kakteen ein abgegriffenes Fernglas mit kyrillischer Beschriftung.

Der alte Mann redete wie ein Wasserfall. Zehra sah nirgendwo Fotos von Kindern oder Enkeln. Wahrscheinlich war sie der erste Besuch seit Monaten. Oder Jahren? Die Information, die sie wollte, hatte sie nach drei Minuten. Kossack hatte Wagentyp, Farbe und Autokennzeichen mit Datum und Uhrzeit auf einem Block notiert, der griffbereit auf der Fensterbank lag. Der dunkelblaue Fiesta war um »ca. 07:50 Uhr« zum ersten Mal von Kossack gesichtet worden. »Circa« deshalb, weil der Wagen nur langsam durch die Straße gefahren war. Was offenbar nicht völlig ausreichte, um auf Kossacks Liste zu kommen. Als das Auto jedoch um sieben Uhr vierundfünfzig zum zweiten Mal vorbeirollte, war es dran. Und als es fünfzig Meter weiter parkte und dort zwei Stunden stand, ohne dass jemand ausstieg, machte Kossack einen kleinen Spaziergang, um einen Blick hineinzuwerfen. Das Ergebnis war ebenfalls auf dem Block notiert. Eine präzisere Personenbeschreibung von Fardaad hätte selbst Zehra nicht liefern können.

Als Kossack ihr Tee anbot, nahm sie an. Nicht, um ihn wirklich zu trinken. Sie wollte nicht zurück in das Haus der Lindners. Sie wollte nicht auch noch diejenige sein, die der Witwe sagte, dass ihr toter Mann ein Schwein war.

Aber es war ihr Job. Nach einer halben Stunde verabschiedete sie sich. Im Stillen hoffte sie, dass Kossack nicht als Grenzsoldat Republikflüchtlinge erschossen hatte. Er hatte sich kenntnisreich nach ihrem Polizeiberuf erkundigt, hatte keine Vorurteile gehabt, weil sie eine Frau und Türkin war.

Er brachte sie zur Tür. Einen Moment hatte sie den Wunsch, ihm seine Einsamkeit zu nehmen. Sie hätte ihm Namen und Adresse der alten Dame vom Kranzler-Eck geben können. Dann fand Zehra sich albern und ging schnell.

Wieder ließ das Au-pair-Mädchen sie herein und zog sich zurück. Frau Lindner saß auf dem Sofa. Sie sah grau aus und allein. Zehra blieb stehen. Sie fragte nach dem Fiesta. Frau Lindner hatte ihn nicht bemerkt, wollte aber den Grund für die Frage wissen.

Zehra berichtete von der Verhaftung eines Verdächtigen. »Nach unserem jetzigen Ermittlungsstand hat er ihren Mann von hier aus verfolgt.«

»Und ihn dann im Parkhaus umgebracht? Warum?« Ihre Sätze klangen leblos.

»Wir wissen noch nicht, ob der Verfolger auch der Täter ist.«

»Warum hat er Mirko dann verfolgt?«

»Auch darüber kann ich Ihnen noch nichts sagen.«

»Hat er ihm gleich den Kopf abgehackt oder vorher noch mit ihm geredet?«

»Ihr Mann wurde erst getötet, als er ins Parkhaus zurückkam.«

»Wo war er denn eigentlich?«

Zehra hatte auf diese Frage hingesteuert. So fiel es ihr leichter. »Laut einer Zeugenaussage hat er sich im Café Kranzler mit einer Frau getroffen.«

Ein winziges Zögern. »Wissen Sie schon, wer sie ist?«

»Ich dachte, Sie könnten mir das vielleicht sagen. Der Beschreibung nach handelt es sich um eine Frau mit orientalischen Gesichtszügen.« Zehra beobachtete jede Regung im Gesicht der betrogenen Ehefrau. Es gab keine.

»Ich kenne keine solche Frau.«

»Ihr Mann hat sich nicht das erste Mal dort mit ihr getroffen. Sie haben Prosecco getrunken.«

»Das hat er auch schon mit der Bundeskanzlerin.«

»Er ist mit ihr in ein Hotel gegangen.«

»Die Geschäfte, die mein Mann macht, sind nicht für die Öffentlichkeit bestimmt. Es ist völlig normal, dass er sich mit einem Kunden ins Hotel zurückzieht. Oder einer Kundin.«

Sie redete im Präsens. Sie würde die Erinnerung an ihren Mann mit Zähnen und Klauen verteidigen. Selbst wenn sie falsch war. Es war alles, was ihr von ihm blieb.

»Ist Ihnen in letzter Zeit etwas an Ihrem Mann aufgefallen? War er anders als sonst?«

»Was meinen Sie?«

»Hat er seine Routinen geändert? Schien er besorgt? Hatte er Angst?«

»Nein.«

»Auch Kleinigkeiten können wichtig sein.«

Sie überlegte. »Es ist aber wirklich nur eine Kleinigkeit.« Sie gab sich Mühe. Sie tat Zehra leid. »Letzten Freitagabend wollten wir ins Tempodrom zu den Fantas.«

»Zu wem?«

»Den Fantastischen Vier. Eine Hip-Hop-Band aus Stuttgart.«

»Ach so. Ja, kenne ich.«

»Mirko war ein Riesenfan. Eigentlich wir beide. Wir haben uns auf einem Fanta-Konzert kennengelernt. Aber dann kam er erst um halb neun nach Hause. Das Konzert fing schon um acht an.«

»Es gibt doch immer eine Vorgruppe. Das hätten Sie noch geschafft.«

»Habe ich auch gesagt. Aber er war völlig erledigt.«

»Haben Sie gefragt, warum?«

Sie nickte. »Ein anstrengender Termin, hat er gesagt.«

»Wissen Sie, mit wem?«

»Das hätte er mir nie erzählt. In der Branche redet man nicht über seine Kunden. Nicht mal mit seiner Frau.«

Wenig später ging Zehra. Frau Lindner begleitete sie nicht hinaus. Sie blieb auf ihrem Sofa. Allein. Draußen war es dunkel. Zehra sah zu Kossacks Haus. Er saß hinter der Gardine. Allein. Sie stieg in ihr Auto und fuhr in ihre neue Wohnung. Allein.

Freitag

Dahlemer Museen

Er erwachte kurz vor Sonnenaufgang.

Sein erster Blick galt den verknoteten Plastiktüten, die jetzt weit oben im Baum hingen und leicht hin- und herschwangen. Wenn man nicht wusste, wohin man sehen musste, waren sie im dichten Blätterwerk so gut wie unsichtbar.

Er hatte gefroren. Die Nächte wurden kälter, und die letzten Stunden vor Tagesanbruch waren die kältesten. Es kümmerte ihn nicht. Er war daran gewöhnt.

Er bewegte sich nicht. Er lauschte. Überall um ihn herum wurden in Baumkronen und Sträuchern Vögel aktiv und machten sich je nach Naturell zwitschernd oder krächzend bemerkbar. Sie spürten, dass gleich die Sonne aufgehen würde, und konnten ihre Erleichterung nicht für sich behalten. Außer dem entfernten Brummen der Flugzeuge, die hoch oben ihren Bahnen folgten, gab es keine menschlichen Geräusche.

Er schüttelte das Laub ab, unter dem er sich verkrochen hatte, und wand sich aus dem dünnen Sommerschlafsack. Er reckte sich, spannte die Muskeln an und entspannte sie wieder. Er wühlte den Rucksack und die zusammengerollte Plastikplane aus dem Laub. Er entrollte die Plane, in die er seine Habseligkeiten gewickelt hatte. Er nahm das Feuerzeug. Mit dem Fuß scharrte er das Laub von der Feuerstelle. Er überlegte es sich anders, schob die Blätter wieder über die Steine und griff nach der Anderthalb-Liter-Flasche Cola. Ein Rest war noch drin. Er öffnete die Plastikschale mit dem Aufkleber eines China-Imbisses. Von seinem Abendessen war noch etwas Reis mit Rind und Bambus übrig. Er hockte sich auf die Fersen, kratzte bedächtig die letzten Reste zusammen und trank in kleinen Schlucken.

Die leere Flasche und die Schale verstaute er in seinem Rucksack. Dann wusch er sich das Gesicht mit dem Wasser aus dem Pfirsichglas, das er an dem kleinen See aufgefüllt hatte. Er fuhr sich kurz mit den

Fingern durch die Haare. Sie waren kräftig und wussten selbst, wie sie sich legen mussten. Er holte ein sauberes Hemd aus dem Rucksack. Das T-Shirt, in dem er geschlafen hatte, warf er zu den anderen Dingen auf die Plane. Er zog das Hemd an, strich es glatt und schaute prüfend an sich herunter.

Er rollte den Schlafsack zusammen und stopfte ihn in die Hülle. Dann wickelte er ihn mit allem, was er heute nicht benötigen würde, in die Plane und schob das Paket in einen Hohlraum unter den freiliegenden Wurzeln. Die Öffnung tarnte er mit Laub und Zweigen.

Er vergewisserte sich ein letztes Mal, dass seine Beute wohlbehalten und sicher im Baum hing, zog seine Jacke an, warf sich den Rucksack über die Schulter und stieg den bewaldeten Hang hinunter. Er erreichte den Pfad und folgte ihm weiter abwärts bis zum Forstweg.

Er drückte die leere Colaflasche und die Plastikschale in einen überquellenden Mülleimer. Dann schlüpfte er durch eine kaum sichtbare Öffnung in ein Gebüsch und schob kurz darauf den Motorroller heraus, den er dort versteckt hatte.

Er zog den kompliziert gefalteten Stadtplan aus seiner Jacke. Die richtige Seite war aufgeschlagen, er hatte sein Ziel mit einem Kreuz markiert. Zur Sicherheit schaltete er das mit Strasssteinen verzierte Handy ein und öffnete die SMS. *Ibrahim Saleh. Friday. Museum Arnimallee 25. 17.00.* Er setzte den Helm auf, den er zusammen mit dem Roller gestohlen hatte. Er hatte ihn nicht mal kurzschließen müssen, der Schlüssel hatte im Schloss gesteckt. Ohne den Motor anzulassen, rollte er langsam hinunter zur Stadt.

Eine Unterführung brachte ihn auf die andere Seite der Autobahn. Nicht weit davon war der kleine See. Hier würde er warten, bis es Zeit war. Bis auf ein paar Jogger und eine junge Frau, die fünf angeleinte Hunde spazieren führte, kam ihm niemand entgegen. Er fand die Stelle wieder. Sie war windgeschützt und vom Uferweg aus nicht zu sehen. Er setzte sich ans Wasser, holte die Axt aus dem Rucksack und begann, sie mit dem Schleifstein aus dem Baumarkt zu schärfen.

Zwei Stunden später ging er zurück zum Roller. Wo die Straße aus dem Wald herausführte, stand ein Lidl-Markt. Er kaufte eine Flasche Discount-Cola, abgepacktes Weißbrot, Fleischwurst, ein Glas Erdnussmus, Bananen und ein Paket Feueranzünder und verstaute alles in seinem Rucksack.

Durch ein Neubauviertel gelangte er zu der vierspurigen Allee. Er fand eine Lücke im dichten Verkehr, überquerte die Straße und bog links ab.

Er folgte der Route, die er sich anhand der Karte eingeprägt hatte. Sie führte rechts in ein Villenviertel. Hier waren die Häuser alt und groß und standen auf gepflegten Rasenflächen mit Blumenbeeten und alten Bäumen.

Nach einem Friedhof und einer Gärtnerei kam eine Kreuzung mit einem Gartenlokal. Er hielt an, holte die Karte heraus. Sein Finger fand die gesuchte Kreuzung. Er bog rechts ab. Hier waren wieder weniger Autos unterwegs und kaum Menschen zu Fuß. Er passierte mehrere relativ neue Gebäudekomplexe.

Wieder bog er rechts ab. Nach fünfzig Metern hielt er an. Er stellte den Roller unter einem Baum ab, befestigte den Helm am Lenker und ging zu Fuß weiter. Er folgte einem grau gestrichenen schmiedeeisernen Zaun bis zu einem offenen Gittertor. Auf der Tafel daneben las er: »Museum Europäischer Kulturen«, darunter: »Arnimallee 25«.

Das Museum war in einem alten, lang gestreckten Gebäude mit funktionslosen Säulen links und rechts des Eingangsportals untergebracht. Ihn interessierten die Bereiche seitlich vom Gebäude, die zwischen Bäumen und einem fensterlosen Anbau kaum einsehbar waren. Er überquerte die Straße. Auf dem Museumsparkplatz galt sein Augenmerk wieder den versteckten Stellen hinter Bäumen, Stromkästen und Müllcontainern.

Nachdem er sich alles eingeprägt hatte, lief er die vier Straßen ab, die das Museumsgelände umschlossen. Er ließ sich Zeit, er schlenderte. Man würde ihn für einen Touristen halten. Er begriff, dass das Museum Teil eines verschachtelten Komplexes aus unterschiedlich alten Gebäudeteilen mit zahllosen Ein- und Ausgängen war, in dem man leicht verschwinden, sich aber auch ebenso leicht verirren konnte. Wohngebäude und Geschäfte gab es in direkter Nachbarschaft keine.

Das neueste Gebäude grenzte rückseitig an das Museum Europäischer Kulturen. Es war auch ein Museum. Eine breite Außentreppe führte zum Eingang hinauf. Den oberen Teil der Gebäudefront verdeckte ein Banner. Darauf stand in riesigen Buchstaben »Igorot. Bergvölker in den Philippinen heute. Ethnologisches Museum« über auf mindestens vier Meter vergrößerten Fotos rußgeschwärzter Ahnenfiguren, die den Betrachter durchdringend ansahen. Zuerst glaubte er, er müsse sich irren. Vielleicht trieben ihn die Geister der Männer, die er getötet hatte, in den Wahnsinn. Es dauerte mehrere Minuten, bis er sicher war, dass dies nicht der Fall war.

Er stieg die Stufen hinauf. Die Frau an der Kasse musterte ihn neugierig. Als sie ihm die Eintrittskarte gab, lächelte sie ihn verschwörerisch an.

V.I.P.

Brandt war mit einem Gefühl von Enge in der Brust aufgewacht. Er hatte geträumt. Er erinnerte sich nicht an den Inhalt des Traums, aber eine unbestimmte Unruhe war davon zurückgeblieben. Er stand auf. Das Stück Himmel im Ausschnitt seines Schlafzimmerfensters war grau. Eine träge Masse, die auf die Stadt drückte wie ein feucht gewordenes, klumpiges Federbett.

Er füllte den Wasserkocher und setzte ihn in Gang. Die innere Unruhe ließ nach. Wo war sein Handy? Er fand es auf dem Schreibtisch. René hatte ihm eine SMS geschickt: *Ärger. Komme heute nach Berlin.*

Brandt antwortete: *D'accord.*

René würde bei ihm übernachten. Brandt hatte nie Besuch außer von Saskia, aber das hatte sich wahrscheinlich erledigt. Nicht mal Jens war je bei ihm gewesen. Brandt hatte sich nie gefragt, warum. Mit René war das anders. Von ihrer ersten Begegnung in einer Marktkneipe in Cusco an hatte zwischen ihnen eine Vertrautheit bestanden, die schwer zu erklären war. René war Sergent in der Fremdenlegion und war ihm vorgekommen wie ein lange verloren geglaubter älterer Bruder. Zwei Wochen später musste René zurück zu seiner Einheit. Zwanzig Jahre später rief er an. Er lebte in Klein-Stehling. René war nicht mehr derselbe, aber an der Verbindung zwischen ihnen hatte sich nichts geändert.

Neben dem Handy lag noch das aufgeschlagene Notizbuch mit den philippinischen Adressen. Teddys Cousin würde sich also bei ihm melden. Er spürte, wie die Unruhe zurückkehrte. Aber vielleicht würde die Sache ja im Sand verlaufen. Er kannte die Philippinen.

Plötzlich erinnerte er sich. Es war ein philippinischer Traum gewesen. Irgendetwas mit den Frauen in der Dachwohnung. Er konnte sich an keine Einzelheiten erinnern, aber das Gefühl, vom Schicksal in die Enge getrieben zu werden, war davon zurückgeblieben.

Gab es eine Möglichkeit, sie aus den Ermittlungen herauszuhalten? Oder machte er sich nur etwas vor? Wie viele Dienstvorschriften müsste er dafür verletzen? Keine krummen Touren, hatte er seiner neuen Assistentin versprochen. Er hätte präziser sein sollen: keine krummen Touren, um Schuldige davonkommen zu lassen.

Er verließ die Wohnung, zog die Abdeckung des Schalters für das Treppenhauslicht ab und schob den Schlüsselbund in den Hohlraum dahinter. Das Licht auf dieser Etage funktionierte seit Monaten nicht mehr, also würde niemand dem Schalter nahe kommen. Brandt musste nur aufpassen, dass ihn keins der verwilderten Nachbarskinder beobachtete. Sie lachten immer, wenn sie ihn sahen. Vielleicht mochten sie ihn. Vielleicht verarschte ihn die Meute auch nur. Er hatte immer noch nicht rausgekriegt, zu welcher Wohnung sie eigentlich gehörten und ob sie aus dem Kosovo stammten oder aus Montenegro.

Brandt lief zum S-Bahnhof Frankfurter Allee. Seit Jens ihn nicht mehr abholte, fuhr er öffentlich zur Direktion. Zwanzig Minuten mit der S42 nach Westhafen, dann noch gute fünf Minuten zu Fuß. Zu jeder Tages- und Nachtzeit. Mit dem Auto brauchte man genauso lang, vorausgesetzt, man blieb nicht im Verkehr stecken.

Neben dem Bahnhof gab es ein Frühstückscafé. Der Cappuccino war gut, sogar der im Pappbecher. Die Bagels mit Creamcheese und Schnittlauch schmeckten beinah wie in New York.

Brandt schlängelte sich zwischen den abgestellten Fahrrädern durch. Die Tür des Cafés öffnete sich, und Jens kam heraus, in der einen Hand einen Kaffeebecher, in der anderen eine Papiertüte.

»Morgen, Jens. Noch die alte Route?«

Jens stand auch auf Bagels, seit Brandt ihn genötigt hatte, einen zu probieren. Damals, als er noch morgens an der Straßenecke gewartet hatte. Wie lange war das her? Fünf Tage? Jens ging wortlos an ihm vorbei. Auch gut. Die Tür schloss sich, Brandt fing sie ab. Er wollte das Café betreten. Er überlegte es sich anders und machte kehrt.

»Warte!«

Jens stellte gerade den Pappbecher auf das Autodach und fingerte mit der freien Hand seine Autoschlüssel aus der Tasche. Er drehte sich nicht mal um. »Was willst du?«

»Wegen der toten Filipina …«

»Du kannst es nicht lassen, oder?«

»Mann, ich habe zwei Jahre in dem Land gelebt …«

»Und wenn es gar keine Filipina ist?«

»Ich habe Informationen, die euch vielleicht helfen …«

»Brauchen wir nicht.« Jens öffnete die Tür und schmiss die Tüte auf den Beifahrersitz. »Wir haben unseren Mann schon.« Erst jetzt sah er Brandt an. Triumphierend.

»Im Ernst?«

»Einen aus der Kartei.«

»Hat er gestanden?«

»Du kannst mich mal.« Er stieg ein und knallte die Tür zu.

»Jens!« Der Wagen schoss los. Brandt wich dem fliegenden Kaffeebecher gerade noch aus. Sein Handy klingelte. Es war Zehra.

Berg beugte sich, soweit seine Leibesfülle es zuließ, in den Motorraum des Omega. »Die Batterie ist nagelneu. Ich tippe auf Lichtmaschine.«

Das hatte sich Brandt auch schon gedacht, als er den Zündschlüssel umgedreht hatte und nur ein trauriges Klacken zu hören bekam. »Und jetzt? Ich hab's eilig.«

Berg rieb sich mit der Hand über den Schädel. »Fahrbereitschaft. Oder …« Er nickte Zehra zu, die gerade mit ihrem grünen Mini neben den beiden anhielt und die Seitenscheibe herunterließ. »Oder Sie vertrauen Ihr Leben unserer jungen Kollegin und ihrem wendigen kleinen Privatfahrzeug an.«

»Hallo, Herr Berg! Wie geht's?«

Berg winkte ihr zu. Zehra sah Brandt fragend an. Brandt nickte.

»Danke«, sagte er zu Berg und ging um den Mini herum.

»Morgen kriegen Sie ihn wieder«, rief Berg ihm nach. »Falls wir das Ersatzteil auftreiben!«

Als Zehra vom Hof fuhr, fiel Brandt ein, dass er nach der Konfrontation mit Jens den Cappuccino und die Bagels ganz vergessen hatte. »Wenn Sie eine Bäckerei sehen, halten Sie bitte mal kurz.«

Zehra nickte. Sie stoppte vor der Filiale einer Billigkette, in die er noch nie einen Fuß gesetzt hatte. Die Erfahrung war niederschmetternd. Der Kaffee verbrannte ihm die Zunge, was vielleicht besser war, so musste er ihn nicht schmecken. Bagels gab es nicht, dafür gummiartigen Fabrikkäse in einem Brötchen, dessen Kruste beim Reinbeißen zerbröselte.

»Haben Sie Siegrist schon Bescheid gesagt?«, fragte Zehra.

Hatte er nicht, hatte er auch nicht vor. Fardaad musste ohne Siegrists Flankenschutz auskommen, wenn er ihnen erklärte, wieso er in seinem Leihwagen vor dem Haus des Mordopfers gewartet hatte. Brandt schüttelte den Kopf. »Waren Sie noch mal bei Frau Lindner?«

Zehra bejahte. Sie berichtete von ihrem Besuch.

»Und sie hatte keine Ahnung, dass ihr Mann fremdging?«

»Behauptet sie. Ich denke, sie will es nicht wahrhaben. Wozu die Erinnerung an ihren Mann damit belasten? Witwe sein ist schlimm genug.«

Ziemlich gute Analyse. Brandt nickte nachdenklich.

Sie fanden Fardaad im Frühstücksraum des Hotels. Er saß in der hintersten Ecke. Sein Bewacher hatte sich an einem Tisch neben der Tür platziert und starrte in ein Glas, in dem ein deprimierender Teebeutel schwamm. Brandt nickte ihm zu. Sie würden jetzt übernehmen. Der Kollege stand auf und ging.

»Dürfen wir?«

Fardaad saß an einem Zweiertisch. Zehra zog sich einen Stuhl heran.

»Gut geschlafen?«

Fardaad zuckte mit den Achseln. »Es ist kein Fünf-Sterne-Hotel.«

»Ich dachte mir schon, dass Sie normalerweise hochklassiger absteigen. Warum diesmal nicht? Was wollen Sie in Berlin?«

Fardaad bestrich einen Toast mit Himbeermarmelade. »Berlin ist eine aufregende Stadt. Das müssten Sie eigentlich wissen.«

Brandt musterte Fardaad kühl. »Ich denke, es hat mit Herrn Lindner zu tun. Wir haben einen Zeugen.«

Fardaad schaute auf. Brandt hatte seine Aufmerksamkeit. »Zeugen wofür?«

Brandt ließ sich Zeit mit der Antwort. »Sie haben in Ihrem Mietwagen vor Lindners Haus gewartet und sind ihm dann zum Parkhaus gefolgt.« Zehra berührte ihn leicht am Ellenbogen. Er sah sie fragend an. Sie deutete auf Fardaads Schuhe.

»Ach, richtig. Unser Labor hat das Blut des Ermordeten an Ihren Schuhen gefunden. Und in Ihrem Waschbecken.«

Fardaad legte den Toast wieder auf den Teller und lehnte sich zurück. Er dachte nach. Dabei rieb er unbewusst die Spitzen von Zeige-, Mittelfinger und Daumen der rechten Hand aneinander. Beim Poker wäre das ein *tell* gewesen. »Wollen Sie lieber einen Anwalt anrufen?«

Sofort erkannte Brandt, dass er einen Fehler gemacht hatte. Die falsche Frage. Fardaads Finger hörten auf zu reiben. Er legte den Kopf nach hinten. Nein, er hatte keine Sorge, dass man ihn der Tat überführen könnte. Es ging um etwas anderes.

»Sie sind nicht dumm, Herr Hauptkommissar. Ich wäre meinerseits dumm, wenn ich das annähme. Ich vertraue völlig darauf, dass Sie über kurz oder lang herausfinden, dass Sie den Falschen haben.«

Brandt zeigte keine Regung. Zehra warf ihm einen prüfenden Blick zu. Bestimmt wollte sie sehen, wie er auf das Kompliment des Mordverdächtigen reagierte.

»Ich habe gestern keinen Anwalt angerufen, sondern einen guten Bekannten in der amerikanischen Botschaft. Der hat jemanden in Ihrem Außenministerium angerufen, und deshalb sitze ich jetzt hier beim Frühstück und nicht in einer Zelle.« Er biss in den Toast und trank dazu einen Schluck Kaffee.

»Die Situation hat sich geändert«, sagte Brandt ruhig.

»Aber nicht, wie Sie denken. Mein Problem ist nicht, von Ihnen des Mordes beschuldigt zu werden, sondern dass nicht bekannt werden darf, weshalb ich in Berlin bin.«

Siegrist war am Ende doch noch aufgetaucht. Er hatte dafür gesorgt, dass Fardaad sein Hotelzimmer auch weiterhin nicht gegen eine Zelle tauschen musste. Brandt bestand darauf, dass der Verdächtige seinen Pass abgab. Wie viel das wert war, darüber machte er sich keine Illusionen. Ihm und Zehra wurde unzweideutig mitgeteilt, dass sie über alles, was ihnen Fardaad am Frühstückstisch anvertraut hatte, die Klappe zu halten hatten, wenn sie nicht auf ein vorzeitiges Karriereende aus waren.

Was sie von Fardaad erfahren hatten, bevor sie sich schweigend auf den Rückweg in die Inspektion machten, war ohne Zweifel politisch brisant.

Er war tatsächlich Sicherheitschef des Emirats Jindah – obwohl diese Position offiziell nicht einmal existierte. Es war seine Aufgabe, die Sicherheit seines Landes zu verteidigen. Gegen wen? Vor allem gegen schiitische Rebellen. Schiiten hatten bis vor wenigen Jahren Jindahs Herrscherdynastie gestellt, obwohl die Mehrheit der Bevölkerung sunnitisch war. Nach langem Kampf hatte sie sich von der Diktatur befreit und sofort demokratische Wahlen abgehalten, die ersten überhaupt in Jindah. Obgleich Jindahs Regierung jetzt sunnitisch war, stellte sie sich offen gegen den IS.

»Vielleicht befürchten Jindahs Schiiten ja, die Regierung könnte ihre Meinung ändern«, hatte Brandt bemerkt.

»Das ist völlig ausgeschlossen. Alle Mitglieder der Regierung haben einen heiligen Eid auf die Verfassung geschworen, und die schützt die Schiiten und alle anderen Religionen«, widersprach Fardaad. »Wir sind keine Barbaren. Die meisten Regierungsmitglieder haben britische Internate oder amerikanische Universitäten besucht.«

Zehra war schon einigen Minuten unruhig auf ihrem Stuhl hin- und hergerutscht. »Tun das diese saudischen Prinzen nicht auch, die in britischen Fünf-Sterne-Hotels ungestraft ihre Leibdiener ermorden?«

Fardaad hatte sie irritiert angesehen und seine Schilderung wieder aufgenommen. Jindahs Geheimdienst hatte erfahren, dass irgendwo eine große Waffenlieferung an die schiitischen Rebellen vorbereitet wurde. Ein Name, der dabei aufgetaucht war, war der von Mirko Lindner, Repräsentant eines deutschen Waffenherstellers. Er sollte der Lieferant sein. Über Drittländer, die nach dem deutschen Waffenausfuhrgesetz unbedenklich waren, sollte ein Zwischenhändler die Waffen nach Jindah schleusen. Details würden bei einem Treffen aller Beteiligten in Berlin abschließend geklärt werden, hatten sie erfahren. Er hatte Lindner beschattet, um die übrigen Beteiligten und vor allem den Drahtzieher zu identifizieren. Warum also hätte er Lindner töten sollen? Er war Lindner bis ins Parkhaus gefolgt und hatte ihn bei seinem Rendezvous beobachtet.

»Kannten Sie die Frau?«

Fardaad schüttelte den Kopf. »Ich hätte aber nichts dagegen, sie kennenzulernen.« Er grinste. Zehra presste die Kiefer aufeinander.

Brandt legte ein Tatortfoto von Azzam auf den Tisch.

»Kennen Sie den Mann?«

Fardaad zeigte keine Reaktion. »Vielleicht wenn Sie das fehlende Teil auch haben.«

Brandt legte das vergrößerte Passfoto daneben.

»Sharif ibn Azzam?« Er schien ehrlich verblüfft. »Er ist tot?«

Brandt nickte. »Auf dem Golfplatz.«

»Auf die gleiche Art?« Es war, als habe jemand Fardaad eine Adrenalinspritze verpasst. Er begann wieder, seine Fingerspitzen aneinanderzureiben. »Er und Lindner ... Ja, natürlich. Azzam sollte die Waffen kaufen und weitergeben.« Er schaute auf. »Während unseres Freiheitskampfes hat er uns mit Waffen beliefert. Ich dachte, er sei auf unserer Seite.« Er verstummte. Dann sagte er: »Wie dumm von mir.«

Brandt ließ ihm Zeit, die Information zu verdauen. Dann sagte er: »Der Verkäufer und der Zwischenhändler sind tot.« Er hätte es nicht aussprechen müssen. Fardaad hatte längst begriffen, dass er Brandt ein hervorragendes Motiv für beide Morde geliefert hatte. »Der Waffendeal dürfte damit gestorben sein.«

Jindahs Sicherheitschef dachte einen Moment nach. Dann sagte er: »Es gibt immer einen neuen Deal – solange wir die Drahtzieher nicht eliminieren.«

Zehra bog in den Hof der Direktion ein. Der Omega stand immer noch an derselben Stelle.

»Glauben wir ihm? Es war dumm von ihm, uns das alles zu erzählen.« Ohne abzubremsen, steuerte sie den Mini in eine enge Lücke zwischen zwei Streifenwagen und drehte den Zündschlüssel um. Das Motorgeräusch erstarb.

Dumm. Oder sehr schlau.

Code

Der Anruf erwischte ihn auf der Treppe. Castaro wollte ihn sprechen, aber nicht wegen der Enthauptungsfälle. Brandt blieb stehen und bedeutete Zehra, schon ins Büro zu gehen.

»Wissen Sie inzwischen, wer die tote Frau war?«, fragte Castaro.

»Eine Filipina. Sie stammt aus einem Dorf in den Bergen von Nord-Luzon.«

»Aber Ihre LKA-Kollegen haben Sie darüber noch nicht informiert?«

Er hatte es versucht. Doch was ging das den Rechtsmediziner an? »Warum fragen Sie?«

»Sie haben die Leiche freigegeben. Und die ›Bestattung von Amts wegen‹ angeordnet.«

Verdammt. Daran hatte er nicht gedacht. »Und wie geht es jetzt weiter?«

»Vorschriftsmäßig? Ich schalte das Gesundheitsamt ein – heute noch. Spätestens morgen holt ein Bestatter die Leiche ab, sie wird eingeäschert und anonym beigesetzt. Außer Sie kennen jemanden, der die Beerdigung übernimmt. Oder die Überführung in ihre Heimat.«

»Sie war illegal hier.«

»Verstehe …«

»Ich kläre das«, sagte Brandt. »Können Sie noch warten, bevor Sie etwas unternehmen?«

»Wissen Sie was? Ich hasse Papierkram. Und morgen ist ja schon Freitag, also praktisch Wochenende …«

»Danke. Ich melde mich.« Er legte auf. Castaro wurde ihm allmählich sympathisch.

Dann rief er Pagsit an. Sie ging nicht ran. Er wählte die zweite

Nummer, die er notiert hatte. Tunek nahm sofort ab. Als sie hörte, dass ihre Freundin anonym bestattet werden sollte, fing sie an zu weinen.

Brandt beruhigte sie. »Können Sie eine Trauerfeier organisieren? Über Ihre Kirchengemeinde?«

Ihr Weinen verstummte. »Ich glaube schon. Ja, bestimmt. Father Jacob würde das machen, ich bin sicher.«

»Gut. Ich kümmere mich um den Bestatter, Sie sprechen mit Father Jacob. Sagen Sie ihm, er soll mich anrufen. Heute noch!«

»Das mache ich. Danke. Vielen Dank!«

Brandt legte auf.

Auf dem Flur zum Büro summte sein Handy erneut. Brandts Puls setzte zu einem kurzen Sprint an, als er den Absender der SMS sah: Teddy Fayufay. Doch in der Nachricht aus Nord-Luzon ging es nicht um den Cousin bei der Major Crimes Unit. Teddy hatte etwas vergessen: Cristys Eltern waren bei seinem Besuch schon über den Tod ihrer Tochter informiert gewesen.

Wer hatte die Eltern benachrichtigt? Dafür kamen nur Pagsit und Tunek in Frage. Aber die beiden hatten nichts vom Tod ihrer Mitbewohnerin Cristy gewusst, bis er ihnen davon erzählte. Das hatten sie ihm jedenfalls vorgemacht.

Zehra wollte Tee aufgießen. Seinen Sencha, in seiner Kanne. Sie zögerte jedoch, als er hereinkam. »Sie haben doch nichts dagegen?«

»Kommt auf die Temperatur an.«

Zehra goss das heiße Wasser über den Tee. »Die stimmt.«

Sie stellte den Wasserkocher weg. Es war ein Gerät mit Temperaturanzeige. Während er seine Jacke aufhängte, warf Brandt beiläufig einen Blick darauf. Nicht beiläufig genug.

»Vertrauen ist wohl keine Ihrer Stärken.«

»Ich werde zu oft belogen.« Exakt fünfundachtzig Grad. Brandt behielt die Wanduhr im Auge. Sie hatte einen Sekundenzeiger. Darum hing sie dort.

»Dann glauben Sie doch, dass Fardaad uns anlügt?«

»Er will uns benutzen.«

»Um an den Drahtzieher ranzukommen?«

Brandt nickte. »Er sieht das als Deal. Er hat uns die Information gegeben, dass beide Opfer in ein illegales Waffengeschäft verwickelt waren. Dafür erwartet er eine Gegenleistung.«

Der Sekundenzeiger hatte seine Runde gleich vollendet. Höchste Zeit für den Tee. Brandt wollte sich erheben, doch da war Zehra schon an der Kanne.

»Der Typ ist ein Massenmörder!« Zehra holte den Filter aus der Kanne.

Brandt nahm einen Schluck von dem Tee, den sie ihm hinschob. »Der ist gut.«

Einen Moment saßen sie still da und tranken Tee. Dann begannen sie, die Fakten, Indizien und Vermutungen zusammenzutragen. Brandt fiel auf, wie wenig Mühe das machte. Jens hatte er jede neue Überlegung erklären müssen. In Details, die austauschbar waren. Zehra nahm seine Gedanken auf und führte sie weiter. Sie hatte den Blick für das Wesentliche: die Art des Tötens, die über den physischen Vorgang hinausging; die speziellen Fähigkeiten, über die der Täter verfügte; die Verbindung zwischen den Opfern. Alle bisherigen Ermittlungen erhärteten ihren ersten Ansatz: Die Morde hingen mit illegalem Waffenhandel zusammen. Von Fardaad wussten sie nun sogar, wohin die Waffen gehen sollten – in eine Region, in der Enthauptungen üblich waren.

Unklar war die Rolle des Botschafters von Qumar. Sein Chauffeur hatte das erste Opfer an den Tatort gefahren. Eine Frau, deren Beschreibung haargenau auf seine Assistentin passte, hatte sich mit dem zweiten Opfer unmittelbar vor der Tat getroffen.

»Angenommen, wir finden raus, dass der Botschafter der Drahtzieher ist«, überlegte Zehra, »wollen Sie das wirklich an Fardaad weitergeben?«

»Auf keinen Fall. Es wäre wahrscheinlich al-Ghuranis Todesurteil. Fardaad würde alles tun, um das Geschäft zu verhindern.«

»Auch zwei Menschen köpfen.«

»Ohne mit der Wimper zu zucken. Aber das heißt nicht, dass er unser Täter ist.«

»Er hat ein Motiv, die Mittel und die Möglichkeit.«

»Dann ist der Fall ja gelöst«, sagte eine Stimme hinter ihnen.

Brandt erkannte sie sofort. »Herzfeld. Wie kommen wir zu der Ehre?«

»Euer Koch macht heute Gulasch.«

Das Gulasch in der Kantine der Direktion 3 war legendär, aber nicht der Grund für Herzfelds Besuch. Die Techniker hatten Lindners Smartphone geknackt. Sie gingen die Anrufliste durch. Herzfeld hatte die Teilnehmer ermitteln lassen. Bis auf einen mit einer saudiarabischen Handynummer. Vermutlich Azzam. Überprüfbar war das nicht. Dessen Netzanbieter gab keine Auskunft, das Handy war ausgeschaltet, und der Code, mit dem es gesichert war, würde nach Aussage der Techniker in den nächsten hundert Jahren nicht entschlüsselt werden.

Die Liste zeigte außerdem fast täglich Telefonate mit der Botschaft von Qumar während der letzten zwei Wochen vor Lindners Tod. Im selben Zeitraum hatte Lindner ein halbes Dutzend Textnachrichten mit »F.N.« ausgetauscht – Fara Nasif. Die Nachrichten waren wenig romantisch. Sie bestanden aus Zeit- und Ortsangaben. Demnach hatten sich Lindner und die Botschaftssekretärin fünfmal getroffen. Immer am selben Ort, dem »Café K.«, nie am Wochenende.

»Samstag und Sonntag gehört der Papi uns«, kommentierte Zehra und zuckte zusammen. Lindners Smartphone vibrierte in ihrer Hand. Sie hielt Brandt das Display hin. Eine SMS von »F.N.«. Der Text bestand nur aus einem Fragezeichen. Die Botschaftssekretärin wusste noch nicht, dass Lindner tot war. »Sie fragt sich, warum er ihr nicht mehr textet.«

»Wir sollten mal einen Kaffee mit ihr trinken«, überlegte Brandt. »Im Kranzler ist sie vielleicht gesprächiger als unter den Augen ihres Chefs.«

Zehra tippte *Café K., 13:00* ein und sah Brandt fragend an. Er nickte. Sie klickte auf Senden.

Die Antwort kam prompt: *14:00?*

Zehra bestätigte.

»Vierzehn Uhr ist gut«, sagte Herzfeld, der alles verfolgt hatte, zu Brandt. »Sie wollen mir ja noch mein Mittagessen bezahlen.«

»Will ich das?«

Herzfeld grinste. »Mir oder der Hundertschaft, die halb Zehlendorf nach leeren Nuuk-Flaschen abgesucht hat.«

Brandt war wie elektrisiert. Das Handy war nur ein Vorspiel gewesen. »Die Flasche war dabei?«

Herzfeld nickte. »Mit den Fingerabdrücken von drei Personen: dem Opfer, der Kioskverkäuferin und dem großen Unbekannten.«

»Er ist nicht in der Kartei?«

»Nicht in AFIS und auch in keiner DNA-Datenbank.«

Herzfeld hatte Sinn für Dramaturgie. Die eigentliche Bombe ließ er beiläufig platzen: Er hatte die DNA des Täters aus der Trinkflasche isoliert.

Zehra sah ihn bewundernd an. »Sie sind ein Genie!«

Herzfeld wies auf Brandt. »Die Idee mit der Flasche ist von ihm. Und wenn ich eins wäre, hätte ich auch Lindners Kalendereinträge entschlüsselt.«

»Die sind codiert?« Zehra klickte den Kalender an.

»Einige. Unser Experte hat noch kein Muster gefunden. Nicht mal eins, das er nicht knacken kann.«

Zehra scrollte zum Freitag vor Azzams Tod. In der Achtzehn-Uhr-Zeile stand eine unverständliche Zeichenfolge: !.4.5413H 5.4.4774M 5.41-6HUR4N!

»Der Fanta-Vier-Freitag«, murmelte sie nachdenklich.

Brandt sah sie fragend an.

»Die Fantastischen Vier haben an dem Tag im Tempodrom gespielt. Herr Lindner war ein Riesenfan. Er hat seine Frau auf einem Konzert der Band kennengelernt. Er wollte mit ihr dorthin, ist aber zu spät nach Hause gekommen.«

»Dann hat das da wohl länger gedauert.« Brandt deutete auf den kryptischen Eintrag.

Zehra nickte. »Vielleicht ist es ja gar nicht mehr wichtig, dass wir rauskriegen, was es heißt. Vielleicht brauchen wir nur noch einen DNA-Test.«

»Von dem Mann mit dem Motiv, den Mitteln und Möglichkeiten?«, fragte Herzfeld. »Ich glaube nicht, dass Fardaad die Nuuk-Flasche in der Hand hatte.«

»Warum nicht?«

»Er ist Araber. Es gibt eine Abfolge von Markern auf der DNA aus der Flasche, die findet man so nur bei Menschen asiatischer Abstammung.«

Märchenstunde

Es lag nicht am Gulasch. Das war perfekt: keine Spur von Gemüse, nur Fleisch und Zwiebeln, über Stunden auf kleiner Flamme geschmort, serviert mit einem Semmelknödel. Zehra liebte Knödel. Vielleicht weil sie so wenig türkisch waren. Trotzdem wünschte sie sich einen Schokoriegel. Den hätte sie einfach in sich reinstopfen können. Mit dem Gulasch ging das nicht. Gutes Essen lenkte sie ab. Sie konnte keine Ablenkung gebrauchen.

Zehra saß mit Brandt und Herzfeld in der überfüllten Kantine und schrieb die Zeichenfolge auf ihre Serviette: !.4.5413H 5.4.4774M 5.41-6HUR4N! Tag und Zeit des Eintrags waren definiert: Freitag, achtzehn Uhr. Was notierte man dazu? Eine Ortsangabe? Vielleicht waren die Zahlen Koordinaten. Aber als Längen- und Breitengrade ergaben sie keinen Sinn. Ein Stichwort? So etwas wie »IKEA«? Oder ein Name, wie »Cetin«? Dann würden die Zahlen für Buchstaben stehen. Die 4 tauchte in allen Zeichenfolgen mindestens zweimal auf. Der Buchstabe, der im Deutschen am häufigsten vorkam, war das E. Das E stand im Alphabet jedoch an fünfter Stelle. Trotzdem ersetzte Zehra die Ziffern durch die entsprechenden Buchstaben und schrieb auf die Serviette: !.D.EDACH / E.D.DGGDM / E.DA-FHURDN. Auch nicht besser. Aber es musste einen einfachen Schlüssel geben. Lindner war bestimmt kein Kryptografie-Genie gewesen. Zehra drehte die Serviette um und schrieb die Zeichenfolgen erneut darauf, diesmal untereinander.

!.4.5413H
5.4.4774M
5.41-6HUR4N!

Sie erkannte kein Muster.

Wenigstens schien Brandt es nicht eilig zu haben, den DNA-Vergleichstest durchzuführen. Selbst wenn der Oberstaatsanwalt sich diesmal nicht einmischte, würden sie Fardaad danach abreisen lassen müssen. Er hatte die beiden Morde nicht begangen – nicht selbst. Aber vielleicht hatte er einen seiner Henker aus Jindah mitgebracht. Einen Mann asiatischer Abstammung. Zehra konnte sich gut vorstellen, dass Fardaad ihm im Parkhaus bei seiner Arbeit zugesehen hatte.

Brandt stupste sie an. »Auch einen Kaffee?«

»Müssen wir nicht zu unserem Date?«

»Wenn Sie fahren, schaffen wir das. Also, möchten Sie einen?«

»Wenn die Temperatur stimmt.« Sie konnte es sich nicht verkneifen.

Brandt grinste und ging mit Herzfeld zur Getränkeausgabe. Zwei Sekunden später setzte sich Kollege Heller vom Kriminaldauerdienst neben sie. Er hatte sich Zehra schon an ihrem ersten Tag vorgestellt.

»Da sitzt eigentlich Hauptkommissar Brandt.«

»Ich sehe kein Handtuch.« Heller lächelte sie an. Er lächelte alle Kolleginnen an. Und die lächelten zurück. Vermutlich hatte er die Hälfte der weiblichen Belegschaft flachgelegt. Kein Wunder, dass er sich für unwiderstehlich hielt. Er deutete auf die Serviette. »Meine kleine Nichte hatte das gleiche Problem.«

»Welches?« Zehra war irritiert. Sie hoffte, dass das nicht an seinen Augen lag.

»Mit den Zahlen und den Buchstaben. Hat sie immer verwechselt. Ein E sah aus wie eine Drei, ein S wie eine Fünf … Aber dann habe ich mit ihr geübt. Jetzt ist sie die Beste in der Klasse. Vielleicht kann ich Ihnen ja auch helfen … Hey, wo wollen Sie denn hin? Habe ich was Falsches gesagt?«

Hatte er nicht. Er hatte den Code geknackt.

Der Omega stand immer noch still. Sie nahmen wieder Zehras Wagen. Ihr war das recht. Mit dem Mini kam sie schneller durch den Stadtverkehr.

Brandt blickte auf die Serviette.

!.4.5413H = I.A.SALEH

5.4.4774M = S.A.AZZAM

5.41-6HUR4N! = S.AL-GHURANI

»Kein Muster, kein Algorithmus«, erklärte Zehra. »Nur die optische Ähnlichkeit. Die 3 ist ein E, die 4 ein A, die 5 ein S und so weiter. Total kindisch. Darum ist auch der Spezialist der KTU nicht drauf gekommen. Es ist zu einfach.«

»Nicht für Sie«, stellte Brandt fest.

Die Bemerkung war pure Ironie. Oder nicht? »Jedenfalls haben wir jetzt die Bestätigung, dass Botschafter al-Ghurani mit in dem Waffendeal steckt.«

»Und jemand namens I.A. Saleh.«

Zehra fuhr auf die Kantstraße. »Vor genau einer Woche treffen sich Azzam, Lindner, al-Ghurani und dieser Saleh. Montag ist Azzam tot, Mittwoch Lindner. Heute ist Freitag.«

»Was wollen Sie damit sagen?«

»Wenn der Täter bei seinem Rhythmus bleibt und wir ihn nicht vorher erwischen, finden wir heute die nächste Leiche – al-Ghurani oder Saleh.«

Brandt antwortete nicht. Zehra bog in die Einfahrt zur Tiefgarage ab.

Die Botschaftssekretärin saß an einem Tisch vor den Fenstern. Das Gegenlicht hatte sie nicht nötig. Die Kellnerin hatte nicht übertrieben. Fara Nasif war eine schöne Frau. Zehra kam sich vor wie ein Aldi-Trekkingstiefel neben einem Riemchenpumps von Manolo Blahnik.

Brandt schien ihre Schönheit nicht zu bemerken. Albern, aber das freute Zehra. Sie mochte Fara Nasif nicht. Aus ihrem Mund kam kein wahres Wort. Nur ihre erste Reaktion nahm Zehra ihr ab. Die Nachricht von Lindners Tod war ein Schock für sie. Schon die Scham, die Nasif zeigte, als sie die Affäre mit dem Familienvater zugab, hielt Zehra für gespielt. Die Botschaftssekretärin deutete überwältigende Gefühle an, sprach von einer heftigen Romanze – und trank dabei ihre Wiener Melange. Keine der Emotionen, die Nasif behauptete, fand Zehra in ihrer Körperhaltung oder ihrer Stimme wieder. Schon gar nicht in den Mandelaugen, die manchmal unmerklich verschwammen. Zehra konnte das erst nicht einordnen. Dann sprach Brandt das Treffen des Botschafters mit Lindner, Azzam und Saleh an. Da erkannte sie es: Die Augen der Botschaftssekretärin zitterten. Sie hatte Angst.

Fara Nasif log vorauseilend für al-Ghurani mit. Sie koordiniere alle seine Termine. Ein solches Meeting in der Botschaft habe nicht stattgefunden. Ihr sei ein Herr Saleh genauso wenig bekannt, wie Herr Azzam es gewesen war.

Dann entschuldigte sie sich mit ihrem Gemütszustand und beendete das Gespräch. Die potenzielle Gefährdung des Botschafters durch den Täter tat sie mit dem Hinweis auf die Sicherheitskräfte ab. Dabei wirkte sie regelrecht herablassend. Angst und Arroganz, eine seltsame Mischung. Sie verabschiedete sich und ging.

Brandt sah ihr nach. »Habe ich gesagt, wo das Treffen stattgefunden hat?«

Zehra schüttelte den Kopf. »Konnten Sie gar nicht. Wir wissen es ja nicht.«

»Wie kommt sie dann auf die Botschaft?«

Multiple Staus

Zehra entriegelte die Wagentüren per Fernbedienung, gab ihm den Autoschlüssel und stieg auf der Beifahrerseite ein. Er war überrascht. Dass sie sich mit dem Fahren abwechselten, hatte sich eingespielt. Aber dass sie ihn ans Steuer ihres Mini Cooper ließ, konnte man nur als Vertrauensbeweis verstehen.

Sie hatte sich kaum hingesetzt und angeschnallt, als sie schon auf ihrem Handy herumtippte. Er stellte den Fahrersitz auf seine Größe ein und justierte die Spiegel.

»Berg muss uns einen anderen Wagen besorgen.«

»Mit Memorysitzen.«

Reagierten sie jetzt auf äußere Reize etwa schon mit den gleichen Gedankenketten? Er startete den Wagen.

Im Kassenhäuschen saß wieder der Student. Er erkannte sie und öffnete die Schranke. Brandt nickte dem jungen Mann zu, rollte ins Freie und reihte sich in den dichten Verkehr auf der Kantstraße ein.

»Sie lügt.«

»Sehe ich auch so«, sagte Zehra, ohne aufzuschauen.

»Ich denke, wir können davon ausgehen, dass sich Azzam, Lindner, der Botschafter und dieser Saleh in der Botschaft getroffen haben.« Er fuhr auf den Kurfürstendamm.

Zehra schaute auf. »Großer Fehler.«

»Was?«

»Der Ku'damm um diese Uhrzeit.«

Bevor er etwas Schlagfertiges erwidern konnte, hatte er das Stauende schon erreicht. »Wir können außerdem davon ausgehen, dass es bei dem Treffen um einen Waffendeal ging. Einen Deal, der Jindah und unserem Freund Fardaad ein Dorn im Auge ist.«

»Vielleicht wäre Polizeischutz für den Botschafter keine schlechte Idee.«

»Sie haben seine Sekretärin doch gehört. Al-Ghurani hat seine eigenen Leute. Unsere würde er nicht an sich ranlassen. Sonst hätte Gunnar das schon eingefädelt.«

»Gunnar?«

»Oberstaatsanwalt Siegrist.«

»Ihr Freund. Ich weiß.«

Kein sarkastischer Unterton. Er musterte sie von der Seite, aber sie war immer noch mit ihrem Handy beschäftigt. Er setzte den Blinker.

»Nehmen Sie nicht die Nürnberger Straße!«

In die Nürnberger Straße. Wieso nicht, der Verkehr rollte doch wieder.

»Fara Nasif und Lindner ... So ganz kapier ich das nicht. Sie wirkt nicht besonders ... abenteuerlustig. Aber unter den richtigen Umständen kann wahrscheinlich jeder eine Liebesaffäre haben.«

Zehra hörte auf zu tippen und setzte sich auf. »Das war keine Liebesaffäre. Nicht mal ein Abenteuer. Wenn Sie mich fragen, hat sie sich nicht freiwillig mit Lindner eingelassen.«

»Er hat sie gezwungen?« Brandt trat auf die Bremse und schloss sich dem Stau in der Nürnberger Straße an.

»Glaube ich nicht. Ich denke, sie wurde auf ihn angesetzt. Vielleicht von ihrem Chef.«

»Mmh.« Brandt dachte nach. Zehra wandte sich wieder ihrem

Handy zu. Nach einer Weile sagte Brandt: »Firmengeheimnisse vielleicht. Waffentechnologie. Baupläne. Oder die Kundenkartei. Welche Feinde Qumars mit Lindners Waffen ausgerüstet sind. Die Qumaris würden bestimmt gern die Waffenkäufe ihrer Feinde sabotieren.«

Er erwartete, dass Zehra etwas dazu sagte, doch sie war völlig gefesselt von dem, was auf ihrem kleinen Bildschirm passierte.

»Was treiben Sie da eigentlich?«

»Ich habe ihn!« Sie schaute triumphierend auf.

»Wen?«

»Den vierten Mann. I.A. Saleh. Hier in Berlin.« Sie hielt ihm das Display hin: »I.A.S.-Import-Export Ltd., Alt-Stralau 66d, 10245 Berlin; Inhaber: Ibrahim ibn Achmad ibn Saleh«.

Brandt war so verblüfft, dass er nicht bemerkte, dass der Verkehr vor ihm wieder anrollte. Hinter ihm wurde gehupt.

»Im Firmenindex? Einfach so?«

Zehra nickte. »Vielleicht ist es nicht unser Saleh. Aber er hat Dependancen in London, Boston, Kairo und Dakar.«

»Alt-Stralau. Die schicke neue Wasserstadt? Das passt doch.« Brandt bog ab.

»Nicht zum Lützowufer!«, rief Zehra.

Zu spät. Sie konnten das nächste Stauende schon sehen.

Ausgetrickst

Es passte nicht.

»Wasserstadt Rummelsburg« nannten die Berliner Stadtplaner ihr Vorzeigeprojekt am Rummelsburger See. Der See war kein See, nur ein kurzer, blinder Seitenarm der Spree. Zur Wendezeit glichen die Halbinsel Stralau und die Rummelsburger Bucht noch einer industriellen Mondlandschaft. Verfallene Fabriken, vergiftete Böden, ein stinkender Abwasserpfuhl. Heute gehörte das Gebiet zu den teuersten Lagen Berlins. Hier fanden die Irgendwas-mit-Medien-Leute aus dem angrenzenden Osthafen schicke Heime für ihr schickes Leben.

Natürlich war der Hafen auch längst kein Hafen mehr. In sanierten

Speichern, ehemaligen Kühlhäusern und alten Kraftwerksgebäuden residierten nun MTV, ZDFneo, Hugo Boss und Universal Music. Wenn Brandt Zeit für die ganz große Runde hatte, paddelte er auf der Spree an den restaurierten Anlagen vorbei. Oft machte er auch einen Abstecher in den Seitenarm. Kreativgewerbe und Wohnparks in »urbaner Wasserlage«. Man arbeitete und wohnte nicht einfach in Rummelsburg. Man eiferte den London Docklands nach, hatte ein Loftbüro im »Artists Village« oder ein Townhouse auf der »Berlin Terrace«.

Auch ein Import-Export-Unternehmen mit Dependancen auf der ganzen Welt hätte in die Gegend gepasst. Nur war die Gegend noch nicht fertig. »Entwicklungsreserve« nannten das die Stadtplaner.

»Eine abgerockte Müllhalde« nannte es Zehra. »Sind Sie sicher, dass wir hier richtig sind?«

»Sie haben die Adresse eingegeben.«

Brandt war, wie vom Navigationssystem befohlen, gleich hinter der S-Bahn-Unterführung von der Straße abgebogen. Ein schmaler Schotterweg hatte sie auf eine der letzten Industriebrachen geführt, die es hier gab. Die Kräne der angrenzenden Baustellen warfen schon ihre Schatten darauf. Fabrikhallen und Produktionsanlagen waren längst abgerissen worden. Nur eine verfallene Backsteinvilla stand noch auf der weiten, von Buschwerk überwucherten Fläche. Vermutlich das Verwaltungsgebäude. Der Haupteingang war mit Spanplatten zugenagelt.

»Vielleicht ist der Firmeneintrag veraltet«, überlegte Zehra.

Brandt ließ den Mini am Gebäude vorbeirollen. In den beiden Obergeschossen waren einige Scheiben gesplittert, aber die vergitterten Fenster im Erdgeschoss schienen intakt zu sein. Hinter dem Haus parkten ein VW Polo und ein Bentley Flying Spur. Die Eingangstür auf der Rückseite des Hauses war aus Metall und sah aus wie neu. Darüber hing eine Kamera.

»Ich denke, der Eintrag stimmt«, sagte Brandt.

»Ein internationales Unternehmen in so einer Ruine? Das passt doch nicht.«

»So wenig wie die Tür zum Haus und das Auto zum Parkplatz.«

Sie stiegen aus. Die Metalltür war verschlossen. Das Firmenschild daneben erreichte kaum DIN-A5-Größe. »I.A.S.«, stand darauf. Sonst nichts. Brandt klingelte. Sie warteten. Nichts geschah.

Brandt zog seine Marke aus der Tasche, hielt sie vor die Kamera und klingelte erneut. Der Türöffner summte. Sie schritten durch einen kurzen Flur, von dem zwei Türen abgingen, Damen- und Herren-WC, und traten durch eine Glastür in einen hohen Raum. Die vergitterten Fenster ließen mehr Licht herein, als Brandt erwartet hatte. Nirgends bröckelte Putz von den leeren Wänden, alles war hell und sauber, der alte Fliesenboden ein Kunstwerk. Vor der gegenüberliegenden Wand stand ein Empfangstisch. Dahinter saß eine Frau mittleren Alters mit einem Gesicht aus Stein.

Ihr Arbeitsplatz bestand aus einer Telefonanlage und einem iMac der neuesten Generation. Nirgends gab es ein Firmenprospekt, einen Warenkatalog oder sonst einen Hinweis darauf, was die Firma I.A.S. Ltd. importierte und exportierte. Die Frau beobachtete, wie Brandt und Zehra an ihren Tisch kamen.

»Guten Tag, Kripo Berlin. Hauptkommissar Brandt, meine Kollegin Oberkommissarin Erbay.«

»Darf ich bitte Ihre Ausweise sehen?« Ihre Stimme war so ausdruckslos wie ihre Miene.

»Selbstverständlich, Frau …«

»Müller.«

»Frau Müller. Sie sind hier die Empfangschefin?«

Die Frau nahm die Dienstausweise, die Brandt und Zehra ihr hinhielten, prüfte sie eingehend und gab sie dann zurück. »Die Chefsekretärin.«

»Von Herrn Saleh?«

Sie antwortete mit einer Gegenfrage. »Was kann ich für Sie tun?«

»Wir möchten gern mit Ihrem Chef sprechen.«

»Tut mir leid, er ist nicht da.«

Er fing einen Blick von Zehra auf. Sie glaubte Frau Müller nicht. Auch Brandt traute der Sekretärin keinen Bentley als Zweitwagen zu.

»Wann ist er für gewöhnlich im Haus?«

»Möchten Sie einen Termin vereinbaren?« Sie blickte auf ihren Computer und klickte ein paarmal in den digitalen Kalender. »Leider kann ich Ihnen diesen Monat keinen mehr anbieten.«

»Und wenn ich Ihnen jetzt sage, dass es um Leben und Tod geht?«

»Leite ich das gern weiter.«

»Sind Sie jeden Tag hier?«

»Ich könnte versuchen, Sie nächsten Monat unterzubringen. Wollen Sie mir Ihre Telefonnummer dalassen?«

Brandt lächelte. »Großartig! Sie geben nicht preis, wann das Büro besetzt ist. Sie waren bisher die Beste!«

Endlich passierte etwas in ihrem Gesicht. »Wobei?«

»Bei unserem Test. Wir sind vom LKA, Fachdienststelle Präv 3. Das ›Präv‹ steht für ›technische Prävention‹, die 3 für das ›Sachgebiet Eigentumsschutz‹. Wenn Sie so umsichtig sind, wie ich denke, dann werden sie das jetzt wahrscheinlich googeln.« Brandt lächelte hartnäckig weiter.

Sie zögerte kurz, dann wandte sie sich ihrem Computer zu, tippte, wartete kurz und sah dann wieder Brandt an. Ihre Züge wirkten eine Spur weicher, kein Granit mehr, Kalkstein vielleicht. »Wie kann ich Ihnen helfen?«

»Wir wollen *Ihnen* helfen. In der Gegend wird gerade vermehrt eingebrochen.«

»Das ist nur ein Verwaltungsbüro. Hier gibt es nichts zu stehlen.«

»Allein diese Woche wurden im Umkreis von fünfhundert Metern zwei Grafikstudios und ein Architekturbüro ausgeräumt. Die Täter haben nur die Computer mitgenommen. Alles Apple-Rechner der neuesten Generation. Die Bande ist spezialisiert darauf.« Brandt deutete auf den Computer. »Mögen Sie Ihren iMac? Ich würde keinen anderen Rechner haben wollen.«

Die Spur eines Lächelns huschte über ihr Gesicht. »Ich auch nicht. Was muss ich tun?«

Er hatte sie am Haken. »Bisher haben Sie alles richtig gemacht. Die Täter spähen die Objekte vorher aus, Bürozeiten et cetera. Bei Ihnen hätten die keine Chance gehabt.« Wieder ein Blick von Zehra. Ob er es übertrieb? Seine Mundwinkel schmerzten schon. Er wurde sachlich. »Wir haben das Gebäude eben von außen überprüft. Es gibt einige Schwachpunkte, die uns aufgefallen sind. Ich würde Sie Ihnen gern zeigen. Haben Sie eine Minute?«

Sie nickte. »Natürlich.« Sie griff in eine Schublade, holte einen Schlüsselbund heraus und erhob sich.

Brandt ging voraus. Frau Müller folgte ihm. Zehra auch. Hatte sie nicht begriffen? Er versuchte, sie mit Blicken zu erreichen. Vergeblich. Er hielt die schwere Metalltür auf. Frau Müller trat auf den Hof. Zehra verharrte im Türrahmen.

»Verzeihung«, sprach sie die Chefsekretärin an, »dürfte ich bitte kurz Ihre Toilette benutzen?«

Frau Müller zögerte. Zehra warf Brandt einen fast ängstlichen, beschämten Seitenblick zu, während sie nah an Frau Müller herantrat und so leise mit ihr redete, dass Brandt es nicht hören konnte. Dann sah die Chefsekretärin ihn böse an.

Brandt verstand gar nichts mehr.

Abgeschossen

»Was haben Sie ihr erzählt?« Brandt entdeckte das Schlagloch zu spät. Der Mini rumpelte hinein und mit einem Satz wieder heraus – zweimal, erst mit dem rechten Vorderrad, dann mit dem rechten Hinterrad.

»Geht das vielleicht ein bisschen sanfter?«, beschwerte sich Zehra. »Ich mag mein Auto.«

»Frau Müller mochte mich auch – bis Sie mit ihr getuschelt haben. Danach hatte ich das Gefühl, sie würde mich am liebsten vermöbeln.«

Zehra lachte. Brandt wandte überrascht den Kopf. Er sah sie zum ersten Mal lachen. Es war, als hätte jemand graue Gardinen vor einem Fenster weggezogen. Doch in der nächsten Sekunde ging der Vorhang wieder zu.

»Bremsen!«, rief sie.

Brandt reagierte, ohne nachzudenken. Sie wurden in die Gurte geschleudert, dann in den Sitz zurückgeworfen, als der Wagen zum Stehen kam. Wenige Zentimeter vor dem Kühlergrill des Mini donnerte ein Betonmischer vorbei.

»'tschuldigung«, sagte er.

Sie antwortete nicht. Das musste sie auch nicht. Ihre Miene drückte deutlich genug aus, wie sehr sie es in diesem Moment bereute, ihm ihren Autoschlüssel gegeben zu haben. Brandt legte den ersten Gang ein, schaute nach beiden Seiten und fuhr von dem schmalen Schotterweg auf die Hauptstraße in Richtung Alt-Stralau.

»Ich habe auf Frauensolidarität gemacht«, erklärte Zehra.

»Die gibt's also doch?« Er wendete, nachdem er einen sorgfältigen Blick in Rück- und Seitenspiegel geworfen hatte, und hielt auf dem Seitenstreifen.

»Wenn frau ihre Tage hat, schon. Ich habe ihr erzählt, dass Sie sich immer über mich lustig machen und nicht anhalten, wenn ich dringend eine Toilette brauche.«

Er hatte sie unterschätzt, wieder einmal. Dass sie eine gute Polizistin war, daran hatte er längst keinen Zweifel mehr. Dass sie auch als Schauspielerin überzeugen konnte, darauf wäre er nie gekommen. Der Mobbingopferblick vor der Tür war perfekt gewesen. »Sie haben mich als Macho-Arsch hingestellt.«

»Ich musste das Vertrauen der Chefsekretärin gewinnen.«

Er stellte den Motor ab. Von hier aus hatten sie die Einfahrt auf die Industriebrache gut im Blick.

»Warten wir auf den Bentley?«

Er nickte.

»Und wenn er rauskommt?«

»Folgen wir ihm.«

»Angenommen, Saleh sitzt wirklich drin, warum halten wir ihn nicht an? Er ist zumindest ein wichtiger Zeuge.«

»Vielleicht.«

»Er war definitiv bei dem Treffen. Wenn er es leugnen sollte, zeige ich ihm den Kalendereintrag.«

Sie war wirklich clever. »Sie haben den Kalender vom Bildschirm der Sekretärin abfotografiert?«

»Was sonst? Also? Befragen wir ihn?«

Brandt schüttelte den Kopf. »Ich will erst wissen, mit wem wir es zu tun haben. Vier Männer treffen sich, um einen Deal abzuschließen. Es geht um Waffen, um Geld, um Macht. Eine Woche später sind zwei der Männer tot. Jeden Verdächtigen, den wir ausfindig gemacht haben, konnten wir kurz darauf entlasten. Wir haben den Täter bisher nur im Umfeld gesucht. Vielleicht war das der falsche Ansatz.«

Zehra sagte nichts. Ob sie auch schon daran gedacht hatte, dass einer der Beteiligten der Täter sein konnte? Natürlich hatte sie das. »Sie haben auch schon daran gedacht, oder?«

Sie nickte.

»Wenn Sie das nächste Mal etwas Schlaues denken, wären Sie dann so nett, es mir mitzuteilen?«

»Okay.«

Dann schwiegen sie. Und warteten. Schweigen und warten war mit vielen Kollegen eine Qual. Sie ertrugen die Stille nicht. Zehra sagte in der nächsten halben Stunde nur einen Satz: »Soll ich das Radio anmachen?«

Seine Antwort fiel noch knapper aus: »Nicht wegen mir.«

Danach war wieder Ruhe, soweit die vorbeirauschenden Lkws und die nahe liegenden Großbaustellen es zuließen. Nach weiteren zehn Minuten summte sein Handy. Ein unbekannter Anrufer. Brandt ging ran. Ein Mann mit einer Stimme, die eine Kirche füllen konnte, meldete sich.

Brandt stieg aus. Father Jacob war mehr als nur professionell bestürzt über Cristys gewaltsamen Tod. Wie für viele andere Filipinos war die kleine philippinische Community in Charlottenburg für sie eine Familie geworden. Father Jacob interessierte es nicht, ob seine »Schäfchen« legal oder illegal waren. Es war keine Frage für ihn, die Trauerfeier für Christy abzuhalten. Er bot sogar eine Grabstätte auf dem Friedhof einer befreundeten evangelischen Kirchengemeinde an. Brandt bedankte sich für die unkomplizierte Hilfe. Danach telefonierte er mit dem Bestattungsunternehmen, das Castaro ihm genannt hatte.

Wenig später legte er auf. Er stand auf dem Seitenstreifen der verdreckten Straße eines der jüngsten Nobelviertel Berlins und hatte gerade eine Beerdigung organisiert. Für eine junge Frau vom anderen Ende der Welt, die er nicht gekannt hatte. Sie hatte ein besseres Leben gesucht und den Tod gefunden. Eine Weile sah er dem Ballett der Baukräne zu.

Dann sprang hinter ihm der Motor des Mini an. Brandt drehte sich um. Zehra war auf den Fahrersitz geklettert und gestikulierte in Richtung Straße. Der Bentley verschwand in der S-Bahn-Unterführung.

Brandt rannte zurück. Er riss die Beifahrertür auf. Zehra fuhr an. Er sprang auf den Sitz. Noch bevor er die Tür wieder zugezogen hatte, driftete der Mini auf die Fahrbahn.

»Schnallen Sie sich an«, sagte Zehra.

Er hielt den Gurt schon in der Hand. Zehra gab Vollgas. Der Bentley war außer Sicht.

Die wenigen Sekunden bis zur Unterführung dehnten sich. Sie schossen unter der Bahntrasse durch. Keine fünfzig Meter dahinter lag eine vierspurige Kreuzung. Die B 96a kam von links, knickte hier ab und führte geradeaus weiter. Die Ampel zeigte Rot. Davor warteten ein Lkw, ein Opel – und kein Bentley. Er musste die kurze Grünphase gerade noch erwischt haben.

»Wo lang?«, fragte Zehra.

»Geradeaus«, entschied Brandt.

Zehra jagte den Mini haarscharf an den stehenden Wagen vorbei auf die Kreuzung und drängte sich in den abbiegenden Verkehr. Wütendes Hupen begleitete sie. Sie fuhren parallel zur Spree. Nur die ehemaligen Hafenanlagen trennten sie vom Fluss. Auf der Höhe von MTV wurde die Straße sechsspurig. Zehra fand Lücken zum Überholen, die Brandt erst ahnte, wenn sie runterschaltete und die Drehzahl nach oben trieb.

Kurz vor der Oberbaumbrücke hatten sie ihn. Zehra setzte sich einen Wagen hinter dem Bentley fest. Nun ging es fast gemütlich voran. Der Bentley fuhr unter der Brücke durch und weiter am Fluss entlang. Sie passierten den Ostbahnhof, folgten der Straße, bis die beiden spitzen Turmhelme der Nikolaikirche in Sicht kamen. Am Molkenmarkt vor dem Roten Rathaus ordnete der Bentley sich auf den linken Spuren ein. Sie bogen auf die B 1 ab, überquerten die Spree und die Fischerinsel und rollten dann auf den Potsdamer Platz zu.

Eine Weile ging es nur noch im Stop-and-go-Tempo voran. Der Bentley fuhr auf die Rechtsabbiegespur Richtung Ebertstraße. Zehra folgte und war nun direkt hinter ihm. Die Heck- und Seitenscheiben des Wagens waren getönt, die Insassen nicht zu erkennen.

Nach fünfzig Metern fuhr der Bentley links in die Zufahrt zum Ritz-Carlton und reihte sich in den kurzen Stau vor dem Hotel ein. Es war dasselbe Hotel, in dem Azzam, das erste Opfer, gewohnt hatte.

Als der Verkehr wieder anrollte, schwenkte der Bentley jedoch nicht auf den Haltestreifen vor dem Eingang ein. Er fuhr weiter.

Zehra nicht. Sie sah zum Hoteleingang. Ihr Blick hatte etwas Verlorenes. Brandt stupste sie an. Sie schreckte aus ihren Gedanken. Der Bentley rollte die kurze Bellevuestraße an der Rückseite des Sony Centers vorbei auf die Lennéstraße, die direkt am Tiergarten lag. Dem Park gegenüber standen hohe Apartmenttürme. Die Aussicht aus den oberen Etagen über Berlins grünes Herz auf den Reichstag war eine der teuersten in der Stadt. Der Bentley bog in die private Zufahrt ab. Zehra gab kurz Gas, der Mini machte einen Satz auf den Bürgersteig. Außer Sicht brachte sie ihn zum Stehen.

Brandt sprang gleichzeitig mit Zehra aus dem Auto. Sie liefen die paar Meter zurück zur Gebäudeecke. Der Bentley hielt vor dem überdachten Eingang des Apartmentturms. Der Fahrer, ein massiger Araber mit Krawatte und Lederjacke, sprang heraus, lief um den Wagen herum und riss die rechte hintere Tür auf. Der Fahrgast war Anfang sechzig, hatte aber die Körperspannung eines jüngeren, trainierten Mannes. Sein kurzes Haar war so silbergrau wie sein scharf ausrasierter Bart.

»Sean Connery«, sagte Zehra. Sie hatte ihr Smartphone im Anschlag. Bis der Silbergraue im Gebäude verschwunden war, hatte sie ihn ein Dutzend Mal abgeschossen.

Brandt war skeptisch. »Handyfotos auf die Entfernung, ist darauf was zu erkennen?«

»Sechzehn Megapixel und ein echter optischer Bildstabilisator, nicht nur so ein Software-Mist. Aus den Aufnahmen kann er sich neue Autogrammkarten machen lassen.« Zehra ging zurück zum Auto.

Er folgte ihr. »Wo rennen Sie hin?«

»Der kommt erst in zwei Stunden wieder raus.«

»Woher wollen Sie das wissen?«

»Ich weiß sogar, wo er dann hinwill. Ich habe seinen Terminkalender fotografiert, schon vergessen?«

Zehra saß wieder hinter dem Lenkrad. Brandt streckte die Beine aus und ließ den Sicherheitsgurt einrasten. »Eine Bruchbude am Osthafen und ein Penthouse in Mitte. Interessanter Kontrast.«

Er hatte recht. Sie wussten nicht mal, womit der Mann sein Geld verdiente. Import-Export. Das konnte alles bedeuten, von Koi-Karpfen bis zu Marschflugkörpern. »Zur Direktion?«

Brandt schüttelte den Kopf. »Wir holen uns Fardaads DNA.«

»Wozu noch? Der Mörder ist kein Araber.«

»Um ihn zu ärgern?«

»Im Ernst?«

»Würde Ihnen doch auch gefallen. Wer weiß, in welche Richtung sich die Ermittlungen weiterentwickeln. Und plötzlich sitzt er im Flieger, und wir kommen nicht mehr an ihn ran. Dann sollten wir seine DNA schon haben.«

»Das wird Ihrem Freund bestimmt nicht passen.« Nicht Fardaad, sondern Siegrist. Brandts Seitenblick verriet, dass er sie genau verstanden hatte. »Ich könnte wegen Saleh ein bisschen tiefer im Internet graben«, fügte sie schnell hinzu.

»Machen Sie das. Und jagen Sie sein Foto auch gleich durch die Gesichtserkennung.«

Der weiße SUV mit dem Baby-on-Board-Aufkleber vor ihnen zuckelte gemächlich auf die Abzweigung Oranienburger Straße zu, obwohl die Ampel jeden Moment auf Rot umspringen würde. Sie hatten es nicht eilig, aber das war inakzeptabel. Zehra trat das Gaspedal durch und schoss am SUV vorbei. Aus dem Augenwinkel sah sie eine erschrockene Designermutter, Smartphone am Ohr, einen leeren Kindersitz und einen zotteligen Hund auf der Rückbank. Brandts Hand fuhr hoch zum Haltegriff.

»Sorry.«

»Wieso?« Er lächelte dünn. »Ich habe ja keinen Kaffee in der Hand.«

Wieder mal konnte sie nicht erkennen, ob er einen Witz machte oder sauer war.

»Heute ist übrigens unser vierter Tag. Kriegt das SD Fremdkultur eine Chance, oder haben Sie Ihren Versetzungsantrag schon gestellt?«

Die Frage traf sie vollkommen unvorbereitet. Sie hatte gerade beschleunigt, um einen rumänischen Laster zu überholen. Sie ging vom Gas. Brandt verzog keine Miene.

Was sollte sie antworten? Dass sie noch nicht darüber nachgedacht hatte? Dass der Fall sie völlig in Anspruch nahm? Dass sie es cool fand, mal nicht mit Totschlag im Affekt oder gewalttätigen Kleinkriminellen zu tun zu haben? Keine banalen Motive wie Gier, Eifersucht und Dummheit, sondern undurchschaubare Typen wie Fardaad und Saleh, orientalische Schönheiten, Fünf-Sterne-Hotels, islamistische Terroristen und vielleicht die CIA. Es machte ihr Spaß. Sogar dass Siegrist Einfluss auf die Ermittlungen nahm, fand sie spannend, wenn sie ehrlich war.

Es machte ihr Spaß, und das war ihr unheimlich. Denn es gab etwas, das ihr keinen Spaß machte. Nur daran zu denken schnürte ihr den Hals zu. In ihrem Leben nie wieder eine Todesnachricht überbringen zu müssen wäre ihr lieber als ein sechsstelliger Lottogewinn.

Nichts davon würde sie Brandt anvertrauen. Also was sollte sie sagen?

»Sie müssen nicht antworten«, sagte Brandt. »Und überholen Sie endlich.«

»Meinen Sie, Fardaad hat Richartz gekauft und ist abgehauen?«, fragte Zehra.

Sie standen vor Fardaads Hotelzimmer. Er hatte geklopft, aber hinter der Tür tat sich nichts. Fardaad war weg. Und mit ihm Oberkommissar Richartz, der Fardaad im Auge behalten sollte.

»Versuchen Sie, Richartz zu erreichen!« Brandt machte kehrt und ging zum Aufzug zurück. Sie folgte ihm.

Der Concierge grinste ihnen schadenfroh entgegen, als sie wieder in die Lobby traten. Er hatte es gewusst. Eine schäbige kleine Rache, weil Brandt ihn bei ihrem ersten Besuch beschuldigt hatte, er habe Fardaad gewarnt. Der Mann zuckte zusammen, als Brandt jetzt mit der flachen Hand auf den Tresen schlug. »Wo ist er?«

Der Concierge fuhr sich mit seinen langen, dünnen Fingern durch das gegelte Haar. Zog man die falsche Freundlichkeit ab, blieb ein wieselhaftes Männchen mit polierten Fingernägeln übrig, das auch auf Kaffeefahrten Heizdecken verkaufen konnte.

Brandt nagelte ihn mit einem kalten Blick fest. »Ich hatte Sie gewarnt. Ihretwegen mussten wir durch die halbe Stadt rasen und Menschen gefährden.«

Die Frechheit wich aus seinen Augen. An ihre Stelle trat rechtschaffene Entrüstung. »Damit hatte ich nichts zu tun! Lassen Sie mich in Ruhe!«

»Für Geld tun Sie doch alles. Noch mal: Wo ist der Mann?«

Zehra steckte ihr Handy ein. »Er spielt Squash, ganz in der Nähe. Richartz ist bei ihm. Er sagt, Siegrist hat sein Okay gegeben.«

Gunnar. Schon wieder. Über Brandts Kopf hinweg. »Mal sehen, was der Staatsanwalt zu Beihilfe sagt.« Das war natürlich Quatsch, aber wenn es dem Kerl eine schlaflose Nacht verschaffte, reichte das schon.

Richartz hockte auf der Bank vor Court 6 und blätterte in einem zerlesenen Exemplar von Men's Fitness. Er schaute auf und zuckte mit den Achseln. Sollte heißen, wenn Brandt ein Problem hatte, sollte er das mit Siegrist klären. Richartz gehörte anscheinend auch nicht zu Brandts überschaubarem Fanclub.

Der Gummiball knallte gegen die Betonwand. Fardaad schlug hart und schnell. Sein Fred-Perry-Hemd war durchgeschwitzt. Darunter wirkte er muskulös und austrainiert. Als er Brandt bemerkte, versetzte er dem Ball einen letzten harten Schlag. Die Gummikugel knallte direkt neben Brandts Kopf gegen die Scheibe. Mit einem zufriedenen Grinsen verließ Fardaad den Court.

»Sind Sie gekommen, um mir zu sagen, dass ich abreisen kann?« Er nahm das Handtuch von der Bank und trocknete sich das Gesicht ab.

»Tut mir leid. Wir wollen nur Ihre DNA.«

Fardaad hielt ihm das Handtuch hin. »Da ist jede Menge drin.«

Brandt zog das versiegelte Plastikröhrchen aus der Tasche. »So wäre es uns lieber.«

»Womit wollen Sie es vergleichen?«

Statt zu antwortete, entfernte Brandt die Versiegelung des Röhrchens.

»Na schön. Wenn Sie mir versprechen, dass sich Ihre Forensik beeilt.«

Brandt zog das Wattestäbchen heraus und hielt es Zehra hin. »Wollen Sie?«

Sie hob die Augenbrauen. »Muss nicht sein.«

Fardaad öffnete den Mund. Brandt wischte mit dem Wattekopf innen über Fardaads Wange, schob das Stäbchen zurück ins Röhrchen und versiegelte es.

»Zufrieden? Ich würde jetzt gern duschen.« Fardaad zog eine Sporttasche unter der Bank hervor und ließ das Handtuch darin verschwinden.

Fardaads Arroganz kotzte Brandt an. Er nickte Zehra zu. »Zeigen Sie ihm das Foto.« Sie sah ihn ungläubig an. Sie war nicht einverstanden. Sie hatte recht. Aber das war ihm egal. »Machen Sie schon.«

Sie öffnete den Fotospeicher ihres Handys und rief eins der Bilder auf, die sie von Saleh geschossen hatte. Als sie keine Anstalten machte, es Fardaad zu zeigen, nahm er es ihr aus der Hand und hielt es ihm hin. »Kennen Sie den Mann?«

Fardaad warf einen Blick auf das Display. Er stutzte. Für einen Moment war seine unerschütterliche Ruhe wie weggewischt. Seine erste authentische emotionale Reaktion überhaupt. »Hat er mit Lindner und Azzam zu tun?«

Brandt sagte nichts.

Fardaad hatte sich bereits wieder gefangen. Er musterte Brandt prüfend. »Sie wissen, wer das ist?«

Brandt überlegte. Es hatte keinen Zweck, Fardaad etwas vorzumachen, wenn er Informationen von ihm wollte. »Ibrahim Saleh. Er hat eine Firma. Import-Export. Mit einer Niederlassung hier in Berlin. Ziemlich schäbig.«

»Da sollten Sie erst mal die in Kairo sehen.« Fardaad lachte leise. »Sie haben keine Ahnung, mit wem Sie es zu tun haben, richtig?«

Brandt sah, dass Fardaad abwog, was er dem deutschen Kriminalbeamten sagen sollte und was es ihm nutzen könnte.

»Alles Fassade«, erklärte Fardaad schließlich bedächtig.

»Natürlich. Aber wofür?«

»Ich gehe duschen.« Fardaad nahm seine Sporttasche und verschwand in den Umkleideräumen.

Richartz warf die Zeitschrift hin und stand auf.

»Dann kann ich ja schnell mal rüber zu McDonald's.«

Brandt nickte. »Aber bestellen Sie nicht das Fünf-Gänge-Menü.«

Richartz stutzte. Als er begriff, dass Brandt einen Witz gemacht hatte, grinste er gequält und ging.

Zwanzig Minuten später saß ihnen Fardaad in der Cafeteria des Squashclubs gegenüber und rührte Zucker in seinen doppelten Espresso.

»Ibrahim Saleh ist ein *hawaladar*.«

Er wartete auf eine Frage, aber Brandt dachte nicht daran, ihm die Genugtuung zu geben. »Eine alte arabische Institution für den sicheren Transfer größerer Geldsummen.«

»Eine Bank?«, fragte Zehra.

»Nicht ganz«, sagte Brandt. »Die Institution stammt noch aus der Zeit, als Araber große Seefahrer und Händler waren. Sie wollten natürlich nicht ständig Kisten voller Goldmünzen auf ihre Reisen mitnehmen. Das war viel zu riskant. Wollte ein Händler aus Riad in Malaysia Gewürze kaufen, übergab er das Geld einem Hawaladar in Riad. Der hatte Kontakt zu einem anderen Hawaladar, sagen wir mal, in Kuala Lumpur. Dem schickte er eine codierte Nachricht. Daraufhin zahlte der Mann in Kuala Lumpur den Kaufpreis an den Verkäufer der Gewürze. Dafür kassierten beide Hawaladar eine Gebühr.«

Fardaad hatte Brandts Ausführungen aufmerksam verfolgt. Als er jetzt sprach, schwang Respekt mit. »Bravo, Herr Hauptkommissar. Woher wissen Sie das alles?«

»Sie sind nicht der Einzige, der mehr als ein Leben hat.«

Zehra war noch nicht zufrieden. »Wieso gibt es diese Hawaladar immer noch? Trotz Onlinebanking?«

»Viele muslimische Migranten kommen aus Ländern ohne funktionierendes Bankwesen. Sie nutzen das Hawala, um Geld an ihre Familien zu überweisen«, sagte Fardaad.

»Und Kriminelle und Terroristen. Diese Form des Geldtransfers hinterlässt nämlich keine Spuren. Es gibt nichts auf Papier oder in irgendwelchen Datenbanken.«

Zehra dachte nach. »Man überlässt dem Hawaladar einfach so sein Geld?«

»Das System basiert auf Vertrauen«, sagte Brandt.

»Und Angst«, ergänzte Fardaad. »Ein Hawaladar, der seine Kunden betrügt, lebt nicht lange – und seine Familie auch nicht.«

»Könnte man ein Geschäft sabotieren, indem man den Hawaladar ermordet?«

Das war die entscheidende Frage, dachte Brandt.

Fardaad schüttelte den Kopf. »Hawaladar sind wie die Schweiz: Sie sind unantastbar. Jeder nutzt ihre Dienste.«

»Selbst wenn man damit ein Waffengeschäft verhindern würde, das sich gegen das eigene Land richtet?«

Fardaad hielt Brandts Blick stand. »Selbst dann.«

»Da haben Sie ja noch mal Glück gehabt.« Zehra startete den Wagen.

Er wusste, was sie meinte. Fardaad das Foto von Saleh zu zeigen war riskant gewesen. Wenn Fardaad ihr Täter war, hatten sie ihm damit ein weiteres Opfer ausgeliefert.

»Glauben Sie ihm?« Sie setzte den Blinker.

»Niemand eliminiert die Schweiz«, erwiderte Brandt. »Aber wir müssen mit diesem Saleh reden.«

Zehra sah auf die Uhr am Armaturenbrett. »Gut, dass wir wissen, wo er sich gerade rumtreibt.«

Liplip

Nachdem er sich entschieden hatte, war es ganz einfach. Er wartete, bis der Museumswärter in den angrenzenden Saal geschlendert war, nahm die drei Objekte aus der Vitrine und steckte sie in seinen Rucksack. Dann ging er direkt zu dem unbewachten Nebenausgang, hebelte die Tür auf und verschwand mit seiner Beute.

Er kehrte zurück zum Museum Europäischer Kulturen und versteckte sich auf dem Parkplatz hinter den Sträuchern. Von hier hatte er gute Sicht auf den Eingang und die Straße davor.

Er wartete. Warten machte ihm nichts aus. Er hatte schon als Kind gelernt zu warten. Er ging in die Hocke und lehnte sich an die Mauer.

Nach einer Weile zog er das Informationsblatt aus der Tasche, das er im Museum aus einem Plexiglasständer genommen hatte. »Terminologie von Fehde und Krieg in der Kultur der Igorot«. Er verstand den deutschen Text nicht, aber sein Zeigefinger wanderte von einem kursiv gesetzten Bontok-Wort zum nächsten. *Kayew* – einen Feind suchen; *liplip* – einen Feind aus dem Hinterhalt töten; *intemtem* – mit der Kopfaxt töten; *siwaten* – Gras schneiden/enthaupten; *likay* – der erbeutete Kopf.

Ein Bentley hielt vor dem Museum. Der Fahrer lief um den Wagen herum und öffnete die Tür.

Die Beschreibung war gut. Er erkannte den Mann, der ausstieg, sofort. Ibrahim Saleh. Er wunderte sich, dass er sich den Namen gemerkt hatte.

Der Mann rückte seine schwarze Sonnenbrille zurecht und ging, ohne den Chauffeur eines Blickes zu würdigen, zum Museumseingang.

Er faltete das Informationsblatt aus dem Museum zusammen und steckte es in seinen Rucksack. Er durfte Saleh nicht aus den Augen verlieren. Er rannte über die Straße und wäre fast in einen Reisebus gelaufen, der gerade vor dem Museum hielt. Er sah noch, wie Saleh das Foyer betrat.

Er blieb stehen. Was sollte er tun? Hinter ihm entließ der Reisebus eine chinesische Reisegruppe, die hinter einer ein Fähnchen schwenkenden jungen Frau auf den Museumseingang zuströmte. Er ließ sich mitreißen. Kurz darauf fand er sich im Foyer wieder, keine fünf Meter von Saleh entfernt.

Die Chinesen schauten sich mit mäßigem Interesse um, während sie darauf warteten, dass ihre Reiseführerin an der Kasse die Formalitäten erledigte. Saleh sah auf seine Armbanduhr. Als er aufschaute, trafen sich ihre Blicke für den Bruchteil einer Sekunde, dann wandte sich der Mann ab.

Die Reiseführerin schwenkte ihr Fähnchen. Ihre Herde scharte sich um sie und trabte hinter ihr her in den ersten Ausstellungssaal.

Ein zweiter Araber trat ins Foyer. Das musste der Botschafter sein. Auch er war leicht zu erkennen. Er sah sich um, als erwarte er, von einem halben Dutzend Bediensteter empfangen zu werden. Dann erschien auf seinem Gesicht ein falsches Lächeln. Saleh nickte ihm zu. Die Männer schüttelten sich die Hände und deuteten einen Bruderkuss an.

Saleh ging voraus zur Cafeteria. Der Botschafter folgte ihm.

Er wartete eine Minute, dann folgte er den Männern. Sie hatten den Selfservice-Bereich links liegen lassen und sich in der hintersten Ecke an einen der letzten freien Tische gesetzt. Sie beugten sich einander zu und sprachen mit gesenkter Stimme aufeinander ein. Dabei behielten sie die Umgebung im Auge.

Er drängte sich durch eine italienische Schulklasse, die sich in der Cafeteria lautstark von einer Überdosis Kultur erholte. Er nahm ein Tablett und schloss sich der Schlange vor der Kuchenauslage an. Er wollte gerade einen Brownie auf sein Tablett legen, als er sah, dass die Männer schon wieder aufstanden. Der Botschafter ging, Saleh setzte sich wieder, nahm die Sonnenbrille ab, tippte eine SMS und wartete.

Die Kassiererin deutete auf sein leeres Tablett. »Wollen Se det kaufen?«

Aus den Augenwinkeln sah er, dass Salehs Smartphone auf dem Tisch vibrierte. Eine SMS. Saleh las sie und stand auf.

Er drückte der Kassiererin das Tablett in die Hand, entschuldigte sich auf Englisch und drängte zum Ausgang. Ein Dutzend chinesische Touristen versperrte ihm den Weg. Er sah gerade noch, dass Saleh das Museum nicht verließ, sondern in Richtung der Garderoben abbog und die Herrentoilette betrat. Er folgte ihm.

Der Vorraum mit den Handwaschbecken war leer, die Tür zum Toilettenraum fiel gerade hinter Saleh ins Schloss.

Er wusste nicht, ob Saleh allein war, aber er hatte keine andere Wahl. Sein Blick fiel auf einen Wischmopp, der vergessen in einer Ecke stand. Er brach das obere Drittel des Stiels ab und klemmte ihn unter die Klinke. Dann zog er sich ohne Hast aus. Er legte die Kleidungsstücke auf dem Handtrockener ab. Er öffnete den Rucksack. Die Axt, die er im Baumarkt gekauft hatte, ließ er drin, stattdessen holte er die Kopfjagdaxt heraus, die er eben im Ethnologischen Museum gestohlen hatte.

Er stieß die Tür zu den Toiletten auf.

Ibrahim Saleh wollte gerade den Gürtel seiner Hose schließen. Er schaute überrascht auf. Vor ihm stand ein dunkelhäutiger, nackter junger Mann. Er hielt etwas in der Hand, was er im ersten Moment gar nicht als Axt erkannte. Die Schneide war konkav, am anderen Ende verjüngte sich die Klinge zu einem gefährlich aussehenden Sporn.

Der junge Mann machte einen Schritt auf ihn zu. Saleh wich zurück. Er stieß gegen das Urinal. Seine Hose rutschte ihm auf die Knöchel. Wie peinlich, dachte er. Es war sein letzter Gedanke.

Er traf den Hals auf der rechten Seite. Kein guter Schlag. Die Klinge ging glatt durch den großen Halsmuskel, durchtrennte die Arterie aber nur teilweise. Das Blut spritzte bis an die weißen Wandkacheln und traf seinen Oberkörper. Er riss die Axt aus dem durchtrennten Gewebe. Er hob sie zum zweiten Mal, doch er konnte den Schlag nicht mehr ausführen. Salehs Beine knickten weg, der Mann glitt zu Boden. Das letzte Blut floss stoßweise, jetzt mit weniger Druck, auf den Boden.

Das Ganze war beinah geräuschlos vonstattengegangen. Er beugte sich zu dem verdreht daliegenden Körper hinunter. Der Hieb war nicht tief genug gewesen. Die Axt war zu stumpf. Er drückte den Kopf des Toten nach vorn, damit der Nacken freilag. Von draußen wurde gegen die Tür gehämmert. Er hörte Stimmen. Er verstand nicht, was sie sagten, aber sie klangen aufgebracht.

Er ließ den Kopf los. Mit einem schnellen Schnitt trennte er das rechte Ohr ab.

Er schlich zurück in den Vorraum, steckte die Axt und das abgetrennte Ohr in den Rucksack, warf sich den Rucksack über die Schulter und raffte die Kleidungsstücke zusammen. Über das Urinal kletterte er auf den Fenstersims. Die quadratischen, höchstens fünfzig mal fünfzig Zentimeter großen Fenster lagen gut drei Meter über dem Boden.

Die Stimmen vor der Tür wurden lauter.

Mit einem Schwung zog er sich hinauf und schob sein rechtes Bein durch die Fensteröffnung. Dabei verlor er das Kleiderbündel.

Er hörte, wie der Wischmopp auf den Boden schlug.

Lenhardts Verrückter

Das Navi informierte sie, dass sie in Kürze ihr Ziel erreichen würden. Zehra hielt unter dem Parkverbotsschild.

»Da«, sagte Zehra.

Salehs Limousine stand auf dem Parkplatz. Der Fahrer studierte eine arabische Tageszeitung.

»Mal sehen, ob er drin ist.«

Sie sahen sich im Foyer um, dann gingen sie zum Übersichtsplan. Es gab mindestens ein Dutzend Ausstellungsräume, die Verwaltung, einen Vortragssaal, die Garderobe, die Waschräume und im Untergeschoss die Bibliothek und das Archiv.

»Sie gehen durch die Ausstellung. Ich sehe mich hier um.«

Zehra nickte. Sie hielt dem müden älteren Mann, der die Eintrittskarten kontrollierte, ihren Dienstausweis hin, brachte einen kleinen Wortwechsel hinter sich und verschwand im Labyrinth der Ausstellungsräume.

Brandt überlegte. Zuerst die Cafeteria? Er drängte sich durch die italienischen Teenager, die sich am Eingang der Cafeteria lautstark gegenseitig ihre letzten Selfies zeigten.

Saleh war nirgends zu sehen. Brandt schob sich an den Wartenden vorbei und zeigte der Kassiererin das Foto von Saleh, das ihm Zehra aufs Handy geschickt hatte.

Die Frau schaute ihn an, als solle sie ihm eine Niere spenden. »Sehn Se nich, wat hier los is?«

An der Eintrittskasse lief es besser. Die Dame war freundlich, aber Saleh hatte bei ihr keine Karte gekauft, da war sie sich absolut sicher.

Brandt glaubte ihr. Er könne natürlich trotzdem in der Ausstellung sein, räumte sie ein: Es gab Dauerkarten, Presseausweise.

Wohin jetzt? Rechts ging es zur Garderobe, zu den Toiletten und zum Vortragssaal.

Vor der Herrentoilette stritten sich zwei Männer, die an schlecht sitzenden dunklen Anzügen und Namensschildern als Museumswärter zu erkennen waren.

»Gustav hat abgeschlossen.«

»Bei vollem Betrieb?«

»Wasserrohrbruch?«

»Die Tür ist nicht abgeschlossen! Hier!« Er drückte auf die Klinke. »Die klemmt.«

»Vielleicht ist jemand drin.« Sein Gesichtsausdruck wurde schlüpfrig. »Denk an das Ami-Pärchen letztes Jahr.«

Brandt trat zu den Männern. »Was ist los?«

Der Wärter, der an der Klinke gerüttelt hatte, fuhr ihn an. »Hier geht's gerade nicht. Sehen Sie doch. Ist ein Notfall.«

Plötzlich hatte Brandt ein flaues Gefühl im Magen. Er zeigte den Männern seinen Dienstausweis.

Der Ältere sah ihn verblüfft an. »Polizei? Weil die Tür klemmt?«

Brandt schob die Museumswärter beiseite und rüttelte an der Klinke. Etwas gab nach. Die Klinke ließ sich herunterdrücken.

Er hielt sich nicht für überdurchschnittlich intuitiv. René behauptete, der regelmäßige Gebrauch von Ayahuasca steigere diese Fähigkeit. Bisher hatte Brandt davon nichts gemerkt. Doch genau jetzt wusste er mit tödlicher Gewissheit, was ihn hinter dieser Tür erwartete. Es fühlte sich an, als hätte man ihn an eine Stromquelle angeschlossen.

»Sie bleiben draußen!«

Er stieß die Tür auf. Im Waschraum war niemand. Auf dem Boden lag ein Wischmopp mit abgebrochenem Stiel, das fehlende Stück nicht weit davon entfernt. Sein Magen zog sich zusammen. Die Museumswärter hatten seine Anweisung ignoriert und drängten hinter ihm herein. Er öffnete die Tür zum Toilettenraum.

Zehra durchquerte mit schnellen Schritten die Ausstellungssäle. Unvermeidlich, dass sie dabei einen Eindruck davon bekam, was die

Museumsleute unter »europäisch« verstanden. Sie war beeindruckt. Vor einer tiefschwarz schimmernden venezianischen Gondel blieb sie stehen. Sie konnte nicht anders. Sie war gerade mal eine Generation von Ostanatolien entfernt. Sie spürte, dass sie zu der Welt gehören wollte, die Dinge wie das hier geschaffen hatte. Sie war wirklich eine miserable Türkin.

Sie riss sich los und eilte weiter. Nur noch zwei Säle. Von Saleh keine Spur, dafür jede Menge ausländische Touristen.

Den nächsten Saal erreichte man über einen langen Gang mit hohen Fenstern. Von oben schaute man in den hässlichen Hinterhof des Museums, ein unansehnliches Areal mit Containern, Baumaterial, geparkten Autos und ein paar staubigen, verloren wirkenden Bäumen. Gegenüber lag ein anderer Gebäudeflügel. Statt der repräsentativen Fenster gab es nur eine Reihe quadratischer Luken. Früher wurde da bestimmt die Dienerschaft untergebracht. Dann sah sie etwas Erstaunliches.

Eine der Luken öffnete sich, ein Rucksack flog heraus, ein Arm erschien, dann ein Bein, ein zweites, ein nackter Mann zwängte sich durch die Öffnung und sprang in die Tiefe. Er rollte gekonnt ab, griff sich den Rucksack und verschwand hinter einem Stapel Bauholz.

Zehra rannte los.

Die etwa vierzigjährige Museumswärterin, die im nächsten Saal an der Wand lehnte, schien mit offenen Augen zu schlafen. Es dauerte einen Moment, bis sie begriff, womit Zehra ihr vor dem Gesicht herumwedelte.

»Polizei? Aber wieso …?«

»Wie komme ich in den Hof?« Zehra deutete in die Richtung.

»In den Hof …?«

Für Zehra sah es so aus, als scanne die Frau mit einem veralteten Suchprogramm eine total fragmentierte Festplatte. »Heute noch, wenn's geht!«

Die Museumswärterin zuckte zusammen. »Ja doch. Das ist nicht so einfach.« Sie gab ihr Bestes. »Unten ist eine Tür … die Treppe runter, dann rechts … nein, links, aber wenn die Tür vom Archiv zu ist, vielleicht doch besser rechts … also zurück und dann …«

Es war hoffnungslos. Zehra rannte weiter.

Sie fand die Treppe und sprang über die Kette mit dem »Durchgang verboten«-Schild. Sie nahm drei Stufen auf einmal. Im Untergeschoss entschied sie sich dafür, den Gang nach links hinunterzulaufen. Er wechselte die Richtung und endete vor einer Eisentür mit der Aufschrift »Archiv II«. Auf Zehras Seite gab es keine Klinke.

Sie schlug mit der Faust gegen die Tür. »Aufmachen! Polizei! Machen Sie auf!« Nichts. Sie hämmerte weiter. Plötzlich schlug sie ins Leere. Die Dame, die die Tür geöffnet hatte, starrte sie durch große Brillengläser an. Genauso stellte Zehra sich eine Bibliothekarin vor – unvorteilhafte Frisur und langweiliger Faltenrock.

Zehra präsentierte wieder ihren Dienstausweis. »Die Tür zum Hof mit den Baucontainern?«

Die Frau deutete hinter sich.

»Danke.« Zehra rannte zwischen den deckenhohen Metallregalen weiter. Ihr Orientierungssinn sagte ihr, dass der Hof rechts von ihr liegen musste. Trotzdem wäre sie fast an dem Durchgang vorbeigelaufen. Die unscheinbare Tür lag am Kopf einer kurzen Treppe, über der »Notausgang« stand. Sie ließ sich durch Umlegen eines altmodischen Hebels entriegeln.

Zehra zog ihre Waffe und trat ins Freie. Direkt über ihr waren die quadratischen Fenster. Eins stand offen. Sie war richtig. Im weichen Boden fand sie Abdrücke von nackten Füßen. Höchstens Schuhgröße achtunddreißig. Sie sah sich um. Das Gelände war unübersichtlich. Der nackte Mann konnte es bereits verlassen haben. Vielleicht aber auch nicht.

Ein Knall ließ sie zusammenfahren. Er kam von der Straße her. Wahrscheinlich eine Fehlzündung. Sie entsicherte ihre Waffe. Das Tor im Drahtzaun stand sperrangelweit offen. Sie ging darauf zu. Im nächsten Moment knatterte ein dunkelhäutiger junger Mann, nackt bis auf einen Motorradhelm und den Rucksack auf dem Rücken, auf einem Motorroller vorbei. Sie rannte los. Als sie die Straße erreichte, war er bereits außer Sicht. Aus der entgegengesetzten Richtung war das durchdringende Heulen von mindestens einem halben Dutzend Martinshörner zu hören.

Zuerst sah er das Blut. Sehr viel Blut. Hellrotes Blut auf weißen Kacheln. Lang gezogene Spritzer, die die Kraft zeigten, mit der es aus dem Körper gepumpt worden war. Automatisch registrierte Brandt weitere Details. Das geöffnete Fenster, die klaffende Halswunde, das Fehlen des rechten Ohrs, die Kleidungsstücke, die über den Toten verstreut lagen, die Lücke im Muster der Blutspritzer, wo der Täter gestanden haben musste.

Der jüngere Wärter schaffte es gerade noch in eine Toilettenkabine, bevor er sich erbrach.

»Raus! Beide!«, kommandierte Brandt.

Der jüngere Mann rappelte sich hoch. Brandt zog sein Handy aus der Tasche. »Die Kollegen sind gleich da. Bis dahin sorgen Sie dafür, dass niemand das Gebäude verlässt.«

Die Wärter sahen sich ratlos an. »Aber wie ...?«

»Wenn nötig, schließen Sie den Haupteingang.«

»Dafür haben wir keinen Schlüssel ...«

»Dann besorgen Sie einen! Los, machen Sie schon!« Die Männer hasteten hinaus. Brandt wählte die Nummer der Zentrale und übermittelte die nötigen Informationen. Er brauchte die KTU, den Pathologen, uniformierte Beamte, um das Gelände abzusperren, mindestens ein Dutzend Kollegen, die an die hundert potenzielle Zeugen befragen mussten, diverse Dolmetscher, Straßensperren im Umkreis von zwei Kilometern.

Er wandte sich wieder dem Mordopfer zu. Vorsichtig trat er zwischen die Blutspritzer und beugte sich zu dem Toten hinunter. Gürtel und Reißverschluss der Anzughose waren geöffnet, die Hose fast bis zu den Knöcheln heruntergerutscht. Saleh war definitiv überrascht worden.

Brandt tastete ihn ab. Die Brieftasche, das Smartphone, die Armbanduhr waren noch da. Eine ultraflache Jaeger-LeCoultre. Alle Opfer schienen einen Hang zu kostspieligen Uhren gehabt zu haben. Warum hatte der Täter Kleidungsstücke über der Leiche verstreut? Wieso war kein Blut daran? Plötzlich sah er es vor sich: Der Täter hatte sich ausgezogen, bevor er Saleh ermordet hatte. Brandt spürte, wie ein Schauer seinen Rücken hinunterlief.

Kurz darauf wurde die Tür aufgestoßen. Zehra stand im Rahmen und starrte fassungslos auf das Bild, das sich ihr bot.

Acht Stunden später löste sich das Tohuwabohu langsam auf. Es stand fest, dass der nackte Mörder entkommen war. Chinesen und Italiener waren befragt und zurück in ihr Touristenleben entlassen worden. Die Kollegen hatten diese Arbeit mit Hilfe mehrerer Dolmetscher erledigt und Audioaufnahmen angefertigt. Vorläufiges Ergebnis: eine Handvoll Beschreibungen des Täters, ein junger oder älterer Mann, groß oder klein, schlank oder muskulös, mit dunklen oder roten Haaren, in unterschiedlichsten Outfits.

Ausgehend von der Kleidung, die der Täter zurückgelassen hatte, waren die Aufzeichnungen der Sicherheitskameras im Schnelldurchlauf gecheckt worden. Aus naheliegenden Gründen wurden Waschräume und Toiletten nicht überwacht. Kameras gab es nur in den Ausstellungsräumen und außen am Gebäude. Der Täter hatte das Museum zusammen mit einer chinesischen Reisegruppe betreten. Die Auflösung der Kamera war miserabel. Es hatte einige Zeit gedauert, bis die Kollegen sicher waren, dass der Täter kein chinesischer Tourist war, den »Europa in zehn Tagen« zum Amok getrieben hatte.

Die Handys der fotowütigen italienischen Teenager waren durchforstet worden, aber außer Selfies in den immer gleichen Posen – Kussmund bei den Mädchen, alberne Grimassen bei den Jungen – hatten die Kollegen nichts gefunden.

Herzfeld und seine Leute hatten Dutzende Fotos geschossen, Kleidungsstücke und Wischmopp eingetütet und waren immer noch damit beschäftigt, unzählige Spuren im Waschraum und in den Toiletten zu dokumentieren und zu sichern.

Niemand konnte ein paar hundert Museumsbesucher und Mitarbeiter daran hindern, zu twittern. Es dauerte nicht lange, und Presse und Fernsehen rückten in Mannschaftsstärke an. Nur mit Mühe hatte man verhindert, dass sie sich durch einen der vielen Nebeneingänge ins Gebäude einschlichen. Aber es war lediglich eine Frage der Zeit, bis es der Museumsmord auf die Titelseite der Bild-Zeitung schaffen würde. Die Pointe würde zweifellos sein, dass Berliner Kripobeamte praktisch dabeigestanden hatten, als das letzte Opfer massakriert worden war. Die Wirklichkeit in Gestalt einer versperrten Toilettentür würde der Sensationspresse dabei bestimmt nicht im Weg stehen.

Vom Regierenden Bürgermeister bis hinunter zum Staatsanwalt

war jeder offiziell tief betroffen und inoffiziell stinksauer. Der Polizeipräsident hatte persönlich die Bildung einer mannstarken Mordkommission unter Leitung des LKA angeordnet. Ob Brandt und Zehra dabei noch mitspielen durften, war äußerst fraglich. Sie hatten ihre Informationen abgeliefert, danach hatte man sie links liegen lassen.

Brandt fühlte sich vollkommen ausgelaugt, Zehra hatte keine Ahnung, wie sie sich fühlte.

»Fahren Sie nach Hause. Ein Streifenwagen kann mich heimbringen.«

Sie nickte und ging.

Anscheinend hatte Lenhardt von Anfang an richtiggelegen. Sie hatten es mit einem Verrückten zu tun. Ein Mann, der sich nackt auszog, bevor er mordete. Der die Köpfe seiner Opfer mitnahm oder unter Zeitdruck auch mal nur ein Ohr. Dem es nichts ausmachte, an viel besuchten öffentlichen Orten zu morden, und der auf einem Motorroller unterwegs war. Nur eins passte nicht: Die Auswahl der Opfer war alles andere als verrückt.

Geister

Die Sirene kam näher. Er musste weg von der Straße. Sich verstecken. Er war nackt. Auf einem Motorroller. Mit einem Rucksack auf dem Rücken. Wenigstens hatte er den Helm. Nur wenige Menschen waren zu Fuß unterwegs. Sie schauten kaum auf. Waren mit sich selbst beschäftigt. Als wäre er unsichtbar. Nicht für die Autofahrer, die ihm entgegenkamen oder ihn überholten.

Bis zum Waldversteck war es zu weit. Jedenfalls solange er nackt war. Er musste sich etwas zum Anziehen beschaffen und den Roller loswerden. Die Frau war hinter ihm hergerannt. Sie mussten ihn schon gefunden haben. Kein Vorsprung. Nicht wie auf dem Golfplatz. Das war nicht gut.

Er riss den Lenker herum. Musste gegensteuern, um nicht zu stürzen. In eine schmale Nebenstraße. Rechts eine halbhohe Mauer, dahinter Bäume. Ein Park? Links ein großes Gebäude, alt, fast wie das Museum. Kein Mensch zu sehen. Hintern den Fenstern im unteren Stockwerk von Kindern gemalte Bilder. Eine Schule. Schulschluss.

Ein Gittertor in der Mauer, halb offen. Wieder Sirenen, lauter. Er stoppte, stellte den Motor ab, blickte sich hastig um, schob den Roller durch das Tor.

Ein Friedhof. Er war auf einem Friedhof. Wollte kehrtmachen. Aber die Sirene war jetzt schon nah. An der Mauer standen Bäume und Sträucher. Er sah sich um. Keine Besucher, keine Totengräber. Schnell schob er den Roller hinter die Sträucher.

Die Sirene wurde lauter, greller, sie kam von der großen Straße her. Gut, dass er abgebogen war. Sie entfernte sich. Er atmete auf.

Reihen von Gräbern, mit Grabsteinen. Dazwischen Wege, Bäume, Hecken. Ein Eichhörnchen flitzte über den Weg, eine Kiefer hinauf und verschwand in den dichten Zweigen. Er nahm den Helm ab. Stille. Bis auf das gedämpfte Rauschen des Verkehrs und vereinzeltes Vogelzwitschern. Keine Menschen. Friedlich.

Sein Blick fiel auf ein frisch ausgehobenes Grab. Ein mit Holzplanken abgedecktes Rechteck, rundherum aufgeworfene Erde. Ein Loch im Boden, tief genug. Er verließ seine Deckung und schob die Planken beiseite. Eine Minute später gab er dem Roller einen Stoß. Er verschwand in der Grube, nur das Hinterrad ragte noch über den Rand.

Er sprang hinunter. Der Roller hatte sich verkeilt. Er zerrte so lange am Vorderrad, bis das Hinterrad nachrutschte. Er kletterte aus der Grube. Er wollte die Planken wieder über die Öffnung legen, als er den kleinen Kipplaster bemerkte, der den Hauptweg entlangkam. Er sprang zurück in die Grube, zog die Planken über seinen Kopf, hielt den Atem an.

Was, wenn die Gärtner die Reifenspur des Rollers sahen? Der Laster fuhr vorbei. Nicht weit entfernt hielt er an. Das Motorgeräusch verstummte.

Er lauschte. Zwei Autotüren wurden geöffnet und zugeschlagen. Männerstimmen. Gartengeräte wurden abgeladen.

Sein Rucksack und der Helm. Sie lagen noch hinter den Sträuchern an der Mauer. Er hockte sich auf seine Fersen. Es war kalt. Er schlang seine Arme um die angezogenen Beine und machte sich so klein wie möglich.

Das Bild des Mannes, den er soeben getötet hatte, tauchte vor ihm auf. Vielleicht war sein Geist in der Nähe. Verfolgte ihn. Er musste das Ritual machen. Bald. Den Geist besänftigen. Sich vor ihm schützen. Auch vor den beiden anderen. Bestimmt waren sie in seiner Nähe. Wenn er sich nicht beeilte, würden sie seine Seele angreifen und ihn töten. Die Köpfe mussten gekocht werden. Zwei Köpfe, ein Ohr. Einer fehlte noch.

Und wenn er Schluss machte? Er hatte sich das große Tattoo verdient. Dreimal. Er würde das Männerhaus als ein Niemand betreten und als *ma-armet*, als großer Krieger, wieder verlassen. Alle Männer würden zusehen, wie ihm das *sakrag* gestochen wurde. Sie würden die Gongs schlagen, das *tumo* singen und trinken. Zwei Tage und zwei Nächte lang. Danach würde das Tattoo seine Brust und seine Schultern bedecken. Die Schwingen eines Adlers.

Wenn er je dorthin zurückkäme.

Keiner seiner Freunde oder Cousins hatte das große Tattoo. Nur die Alten. Einige noch vom Kampf gegen die japanischen Soldaten. Im Männerhaus gab es den Unterkiefer eines Japaners. Die Zähne waren plombiert. Im Krieg zu töten, das war etwas anderes. Keine Blutrache.

Wenn er zurückkäme, würde keiner der Alten, wenn sie betrunken waren und die Gongs spielten, seine Familie mit einem *farus* herausfordern. Er würde derjenige sein, der seinen *farus* herausschrie, der von seinem Mut und seinen Taten erzählte, und er wäre es, der die anderen herausforderte, sie fragte, wann sie endlich Rache nehmen würden für ihre Familienangehörigen, die getötet worden waren, selbst wenn es vor zehn, fünfzig oder hundert Jahren geschehen war.

Natürlich war Blutrache verboten. Seit die Amerikaner ins Land gekommen waren. Jetzt sollten Polizei und Gerichte handeln, wenn ein Mann aus Ganau-it jemanden aus Can-eo erstochen hatte.

Niemand glaubte daran. Polizisten und Gerichte konnten das Gleichgewicht nicht wiederherstellen. Nur Blut konnte das. Außerdem waren sie korrupt.

Er hatte im Museum das Foto eines tätowierten Bontok-Kriegers gesehen. Er hatte es mit dem Handy fotografiert.

In diesem Land hatten viele Tattoos. Aber sie bedeuteten nichts. Nur Eitelkeit und dass sie nicht wussten, wer sie waren.

So wie er selbst, als er sich in Manila auf das Schiff mit der deutschen Flagge geschlichen hatte.

Jetzt wusste er es wieder.

Gartengeräte wurden auf die Ladefläche des Lasters geworfen.

Vielleicht hatten die Ahnengeister ihn hierhergeführt.

War das möglich? Glaubte er überhaupt noch an sie? Die Missionare behaupteten, dass Geister nicht existierten. Dass es nicht die Geister in den Felsen, Quellen, Feldern, Bäumen und im Hain über dem Dorf waren, die die Menschen krank machten. Viele hatten sich überzeugen lassen. Aber wenn sie Fieber hatten oder Durchfall, schlichen sie sich doch zu den alten Frauen, damit sie in Trance die Geisterwelt besuchten und herausfanden, welcher Geist sie krank gemacht hatte.

Einmal, in den Ferien, zu Hause im Dorf, hatte er plötzlich hohes Fieber bekommen. Seine Großmutter schlachtete ein Huhn und ging in die Welt der Ahnengeister. Von ihnen erfuhr sie, dass der Geist, der in der Quelle oberhalb von Lumasoks Feldern lebte, die Seele ihres Enkels weggelockt hatte.

Sein Onkel war mit Hühnerfleisch, Reiswein und Tabak zu der Quelle gegangen, um die Seele zurückzurufen. Der Onkel hatte große Angst gehabt, weil die Geister manchmal auch die Seele des Boten zu sich riefen. Der Onkel war zurückgekehrt. Eine halbe Stunde später war das Fieber verschwunden, am nächsten Morgen war er gesund gewesen.

Er hatte seinem Lehrer davon erzählt. Der hatte von der Kraft der Einbildung geredet und dass man nicht an Geister glauben könne, wenn man Handys besitze und sich »Iron Man«-Filme ansehe.

Vielleicht hatte er recht. Das hatte er damals jedenfalls gedacht. Wenn er in den Ferien zurück ins Dorf kam, hatte er sich oft fremd gefühlt. Alles drehte sich um den Reis, die Schweine und die Wasserbüffel. Es gab keinen Strom, kein Fernsehen, kein Internet. Was wusste man schon von der Welt?

In Baguio gab es alles. Autos, Touristen, Computer, Kino, unzählige Dinge, die man kaufen konnte. Man konnte Geld verdienen, ohne mit krummem Rücken bis zu den Knien im Schlamm zu stehen und zu hoffen, dass die Reispflanzen nicht von Unwettern vernichtet oder von den Vögeln gefressen wurden. Seine Eltern hatten immer nur darüber geredet, wie viele Felder er erben, wo im Dorf er einmal sein Haus bauen würde.

Er hatte nie widersprochen. Aber als er das Schiff mit der deutschen Flagge gesehen hatte, war er an Bord geschlichen und hatte sich in einem Lagerraum tief unten versteckt.

Zwischen den Planken fiel kein Licht mehr herein. Es musste Nacht sein. Er fror, und er hatte Angst. Vielleicht lebten die Ahnengeister in diesem Land auf den Friedhöfen? Ein Schauer lief ihm über den Rücken. Er zwang sich, an seine Aufgabe zu denken.

Er brauchte einen Topf. Er musste zwei Köpfe und ein Ohr kochen.

Drei Köpfe und das Ohr. Falls sich noch eine Gelegenheit bot. Falls er den vierten Mann auch noch erwischte.

Der Topf musste groß sein. Und ein Huhn. Lebend. Vielleicht würde ihn das vor den Geistern der Getöteten schützen. Wenn nicht, würden sie ihn in den Wahnsinn treiben und töten.

Die Missionare sagten, es gebe keine Geister. Nur Himmel und Hölle. Und dass man nicht töten solle. Wenn das stimmte, war alles sinnlos. Die Mythen, die die Alten während der Rituale rezitierten, die Hühner, Hunde, Schweine, Wasserbüffel, die man opferte, die Omen, die man in ihren Gallenblasen sah, die *te-er*, wenn das Dorf abgeriegelt wurde, damit keine Schadenskräfte hereinkamen und die Reispflanzen, die Kinder, die Tiere krank machten. Die Kopfjagd, die Blutrache, die toten Männer.

Das konnte nicht sein. Man musste töten, wenn die eigenen Leute getötet wurden. Wie sonst sollte man sich Respekt erwerben? Auch heute noch.

Jeder Igorot wusste das. Wurde in Baguio ein Bontok von einem Kalinga getötet, flohen alle Kalinga sofort in ihre Heimatdörfer. Ebenso nach Verkehrsunfällen mit Todesopfern.

Als ihm die Nachtkälte verriet, dass die Sonne bald aufgehen würde, schob er die Planken beiseite und kletterte aus dem Grab. Die Totengeister hatten ihn in Ruhe gelassen. Er legte die Planken wieder über die Öffnung.

Er holte seinen Rucksack und den Helm. Er fand das Ziegelhäuschen, in dem die Gärtner Geräte und Arbeitskleidung aufbewahrten. Er brach die Tür auf. Mit einem Blaumann, einer abgetragenen Arbeitsjacke, zu großen Arbeitsschuhen und einer Schirmmütze mit der Aufschrift »Wehlihn & Gertz Gartenbau« bekleidet machte er sich zu Fuß auf den Weg zu seinem Versteck.

Draußen

Brandt war draußen. So weit wie schon lange nicht mehr. Allein im Dunkeln, auf dem Rücksitz des Streifenwagens, hätte er genauso gut in einer Raumkapsel durch die Leere des Alls fliegen können.

Sie hatten es ihm deutlich zu verstehen gegeben. Er war raus aus dem Fall. Und raus aus der Gemeinschaft der Kollegen, die einfach ihre Arbeit machten, ob gut oder schlecht, Hauptsache, berechenbar, die nicht bei einem Mord auf der anderen Seite der Tür gestanden hatten. Es war ein Makel. Unverschuldet, aber dennoch ein Makel. Er hatte es in den Augen der Kollegen gesehen. Und etwas in ihm gab ihnen recht. Er war so nah dran gewesen, trotzdem hatte er es geschehen lassen. Schon wieder.

Der blutjunge uniformierte Kollege, der am Steuer saß, suchte seinen Blick im Rückspiegel. »Ganz schön krass.« Er hatte wohl das Gefühl, etwas sagen zu müssen.

Brandt beugte sich vor, damit der junge Mann sein Gesicht sehen konnte. »Wo kommen Sie her?«

»Bonn. Hört man das? Hab mich nach Berlin beworben.«

»Wie lange sind Sie hier?«

»Sechs Wochen. Ist nicht leicht. Mit den Kollegen und so.«

»Es wird besser.« Durchaus möglich. Wenn man nicht Brandt war.

Der junge Mann nickte tapfer. Brandt lehnte sich zurück in die

Dunkelheit und das Schweigen. Wieder kroch das Gefühl in ihm hoch, das alles wäre nicht wirklich. Ein Ayahuasca-Flashback? Wahrscheinlich nur mentale Erschöpfung.

Als er ausstieg, wollte er dem jungen Kollegen noch etwas Aufmunterndes sagen, aber es ihm fiel nichts ein. Also nickte er ihm nur zu. Er schaute nach oben. Alle Fenster im Haus waren dunkel, nur in seiner Küche brannte Licht. René war noch wach.

Die Treppenstufen kamen ihm höher vor als gewöhnlich. Als er aufschloss, hörte er Stimmen in seiner Wohnung. Zwei Stimmen. Eine war weiblich. Lachen.

René saß an dem kleinen Küchentisch, ihm gegenüber Saada. Zwischen ihnen standen eine fast leere Flasche Rioja und zwei von Brandts bauchigen Weingläsern.

Saada. Er freute sich. Besser gesagt, er wusste, dass er sich normalerweise freuen würde. Aber seine emotionale Energie war verbraucht. Er war fertig. Sie sahen es, beide. Dankbar registrierte er, dass sie keine Fragen stellten.

René holte ihm einen dritten Stuhl. »Hunger?« Er deutete auf den Topf, in dem er eins seiner unglaublichen guayanischen Fischstews gekocht hatte.

René wartete die Antwort nicht ab, sondern schaufelte etwas auf einen Teller und stellte ihn vor Brandt hin. Saada goss den Rest Wein, der noch in der Flasche war, in ihr Glas und schob es ihm hin. Er trank einen Schluck.

»Gut«, sagte er und schaute auf das Etikett.

»Ich wollte mich bedanken, wegen Munjan.«

»Das ist nicht nötig.« Er tauchte den Löffel in das Stew, merkte aber sofort, dass er nicht essen konnte.

»Er ist in die Arche gekommen.«

»Freut mich.« Er nahm einen großen Schluck.

»Das haben Sie gut gemacht.«

In ihrer Stimme lagen Anerkennung und Dankbarkeit. Sie galten ihm. Es fühlte sich fremd an. Er zwang sich, den Löffel zum Mund zu führen, zu kauen und zu schlucken.

René nahm das Gespräch wieder auf. Er erzählte von den wunderschönen Orchideen, die er im Dschungel von Französisch-Guayana gesehen hatte. Saada sprach von der zermürbenden Trockenheit in dem Teil Dschibutis, aus dem sie stammte. René kannte das Land, er war dort stationiert gewesen. Vielleicht hatten er und seine Einheit auch ihr Dorf heimgesucht. Was, wenn sie es wüsste?

Brandt schüttelte den Kopf. Renés erstes Leben. Er hatte es weit hinter sich gelassen.

»Wir haben das schon geklärt«, sagte Saada sanft, als hätte sie seine Gedanken gelesen.

Das war gut.

Er ließ sich fallen. In das Geräusch der Stimmen, das unaufgeregt weiterrollte. Er brauchte nicht zu verstehen, was sie sagten. Er war zu Hause. Ab und zu blitzten noch Bilder auf: rotes Blut auf weißen Kacheln, die ausweichenden Blicke der Kollegen ... bis alles in Dunkelheit und Wärme versank.

Die Wahrheit

Auf dem Treppenabsatz vor ihrer Tür stand: »Vera«. Seit ihrem Einzug hatte Zehra diesen Moment herbeigesehnt. Jetzt konnte sie sich nicht einmal freuen. Sie sah nur die sperrigen Pakete. Das größte war höher und breiter als sie selbst. Es versperrte den Weg in ihre Wohnung.

Sie war umhergefahren. Freitagnacht, die Straßen voller Lichter und voller Menschen, Schlangen vor den Clubs, sie allein im Auto. Sie hatte die Anlage aufgedreht, bis sie die Bässe im Magen spürte. Sie ließ sich von Kraftklub durch die Nacht treiben. »Und ich schieße in die Luft – bäng, bäng, bäng. Und ich ziehe in den Krieg, aber keiner zieht mit. Drei Schüsse in die Luft. Der Einzige hier draußen bin leider wieder ich.«

Sie war zu müde, um anzuhalten, zu müde für eine leere Wohnung. Sie fuhr, bis die CD zum vierten Mal von vorn begann und die meisten Ampeln nur noch orange blinkten. Sie wollte verloren gehen. Wahllos bog sie ab, bis sie nicht mehr wusste, in welche Himmelsrichtung sie sich bewegte. Doch immer fand sie kurz darauf einen Wegweiser oder einen Straßennamen, der ihr verriet, in welchem Stadtteil sie war. Sie hätte die Stadtgrenzen hinter sich lassen müssen. Aber das wollte sie nicht. Sie wollte das Unmögliche: bleiben und trotzdem ahnungslos sein. Unschuldig.

Das ging nicht. Drei Menschen waren tot. Einer von ihnen, weil sie ihre Arbeit nicht richtig gemacht hatte. Sie hätte das dritte Opfer retten können. Es wäre ganz einfach gewesen. Die Ermittlung war vier Tage lang in die falsche Richtung gelaufen. Eine Richtung, die sie vorgegeben hatte, mit der ersten Internetrecherche. Sie war nicht gut genug gewesen. Sie war schuld.

Sie gab auf und schlug den Weg nach Hause ein. Nach Hause, das klang so geborgen. Sie schlief auf einer verdammten Luftmatratze!

Sie fand einen Parkplatz in der Einbahnstraße direkt vor dem sanierten Fünfziger-Jahre-Wohnblock. Sie stellte den Motor ab, die Gitarren erstarben mitten im Riff, Stille brach über Zehra herein. Sie stieg aus. Das Geräusch der zufallenden Autotür hallte durch die Häuserschlucht. Ihr Atem dampfte in der Nachtluft. Es war Herbst, unwiderruflich. Jedes Jahr fiel sie auf den Sommer rein und dachte, er würde nie aufhören. Aber Berlin war eine kalte Stadt.

»Vera« hieß ihr Bett. Im Prospekt versprach der italienische Designer *vera dormita*, echten, wahren Schlaf. Den wollte Zehra – und noch mehr. Sie wollte ganze Sonntage in diesem Bett verbringen. Es hatte ein hohes Kopfteil zum Anlehnen, wenn man frühstückte, Bücher las und schon nachmittags alte Filme guckte. Kopf-, Fuß- und Seitenteile waren gepolstert und mit einem Stoff in einem dunklen Orange bezogen. Ein weiches Möbel, aber nicht zu weich für klare Linien.

Sie hatte sich sofort verliebt. Das Bett war zu breit für sie, einen Meter achtzig. Und es war absurd teuer, fast zwei Monatslöhne. Sie hatte es im Schaufenster eines Möbelhauses gesehen, das sie nie betreten hätte. Sie war zufällig daran vorbeigekommen – und konnte nicht weitergehen. Zwanzig Minuten später hatte sie das Bett gekauft.

Jetzt stand Zehra vor den verpackten Einzelteilen und hätte sich am liebsten auf die Treppe gehockt und geheult. Das größte Paket lehnte senkrecht vor ihrer Wohnungstür. Sie stemmte Schulter und Hüfte gegen die Schmalseite und schob es mit Mühe beiseite. Mit dem letzten Rest Kraft, den ihr dieser Tag gelassen hatte, wuchtete sie das Paket in ihre Wohnung. Auf dem Bambusparkett rutschte es weg. Der Aufprall ließ den Boden vibrieren, der Knall schallte durch das ganze Treppenhaus. Eine Wohnungstür wurde aufgerissen, und eine wütende Männerstimme forderte Ruhe.

Zehra schleppte die kleineren Pakete ins Schlafzimmer. Das große schnitt sie auf. Darin lagen die Seitenteile des Bettes. Sie fand eine Aufbauanleitung in zwei Sprachen: Italienisch und Englisch. Sie konnte kein Italienisch. Der englische Text war mit einem Übersetzungsprogramm zusammengepfuscht worden.

Sie holte ihren Werkzeugkasten. Egal, wie spät es war, sie würde dieses Bett zusammenbauen. Wenn sie morgen früh darin aufwachte, nach einem wahren, echten Schlaf, würde ihr vielleicht nicht mehr alles so ausweglos erscheinen.

Sie öffnete den dicken Beutel mit Schrauben, Metallstiften und Muttern und sortierte sie nach Größe und Funktion. Dann machte sie sich an die Arbeit.

Eine Dreiviertelstunde später hatte sie Kopf-, Fuß- und Seitenteile miteinander verbunden. Sie war so erschöpft, dass ihre Hände zitterten. Aber der Anblick des Gestells spornte sie an. Es fehlte ja nur noch der Bettrost!

Der Rost wurde in einen Metallrahmen montiert, der Rahmen am Bettgestell verschraubt. Er verfügte über einen Klappmechanismus, der von starken Schraubenzugfedern angetrieben wurde. Das Problem war: Man brauchte vier Hände, um ihn richtig zusammenzubauen.

Zehra versuchte es trotzdem. Erst als eine Stahlfeder absprang, Zentimeter an ihrem Gesicht vorbeizischte und den Lampenschirm aus Japanpapier durchschlug, gab sie auf. Dann würde sie die Matratze eben auf den Boden legen. Zehra holte sie im Nebenzimmer aus der Vakuumverpackung. Ein Zettel fiel auf den Boden. Darauf stand in fehlerfreiem Deutsch: »Kaltschaummatratze vor dem ersten Gebrauch mindestens 24 Stunden ruhen lassen, damit sie sich vollständig entfalten kann.«

Zehra sank neben der Matratze auf den Boden. Es war vorbei. Der Job, die Wohnung, das Bett. Alles hatte neu für sie sein sollen. Neu und besser. Wo sollte sie jetzt hin? Zurück zum Abschnitt 54? Wo alle glaubten, sie halte sich für etwas Besonderes? Die Kollegen würden sie ihre Niederlage bei jedem Einsatz spüren lassen. Vielleicht hatte ihre Mutter ja recht gehabt. Sie hätte sich verheiraten lassen sollen.

Sie hatte nicht einmal eine Freundin, die sie anrufen konnte. Und wenn sie eine gehabt hätte, hätte die sie nicht verstanden. Wie auch? Sie jagte einen Mann, der Menschen die Köpfe abhackte, und sie hatte auch noch Spaß an ihrer Arbeit. Weil sie sich für clever hielt.

Sie belog sich selbst. Sie glaubte, die Welt besser machen zu können, indem sie die Bösen einfing. Aber die Bösen, das waren Leute wie Fardaad. Die lachten nur über sie. Sie glaubte, ihr Leben ändern zu können, indem sie sich ein Bett kaufte, das »Vera« hieß und den wahren Schlaf versprach. Aber das Bett war eine Lüge. Es war für Zweisamkeit gemacht. Sie war allein. *Das* war die Wahrheit.

Samstag

Ratten

Es nieselte. Die gemalten Geckos hingen kraftlos an den Fassaden der sanierten Plattenbauten. Der Regen überzog alle Versuche, den Bersarinplatz attraktiver zu gestalten, mit einem Grauschleier. Das Oval mit Grünfläche und Kiesgarten, groß wie ein Fußballfeld, war heute nur eine triste Verkehrsinsel.

Brandt hätte die U5 am Frankfurter Tor nehmen können, sie hätte ihn schneller ans Ziel gebracht. Aber er wollte heute nicht unterirdisch fahren. Er wollte seine Stirn an eine kalte Scheibe lehnen und die nasse graue Stadt an sich vorbeiziehen lassen. Die M10 rumpelte heran. Er fand einen Sitzplatz am Fenster.

Er war mit dem Gefühl aufgewacht, dass etwas fehlte. Mit geschlossenen Augen hatte er seinem letzten Traum nachgespürt. Eine hauchdünne Erinnerung an sanftes Schaukeln. Die Dünung eines tropischen Ozeans? Er auf einem Boot? Einem Floß? Wie war er ins Bett gekommen? Hatte René ihn getragen? Ja, René war da gewesen. Und Saada. Wie hatte sie seine Adresse herausbekommen? Sie hatte ihn gesucht. Und gefunden. Ein schöner Schmerz zog durch seine Magengrube. Wie lange hatte er so etwas nicht mehr gespürt? Er konnte sich nicht erinnern.

Aber jetzt war sie weg. Sie waren beide weg. Er öffnete die Augen. Das war es, was fehlte. René und Saada waren nicht mehr in der Wohnung.

Er stand auf.

In der Küche war es kalt. Der Geruch von Renés Fischstew hing noch in der Luft. Sein abgewetzter Militärrucksack war verschwunden. Irgendwo schnarrte Brandts Handy. Saada? Er fand es auf dem Tisch unter dem Küchentuch. Saskia. Verdammt, er musste endlich mit ihr reden. Er stand reglos da, bis das Schnarren aufhörte.

Er ging ins Bad. Auf der Ablage unter dem Spiegel entdeckte er ein Stück Alufolie. Darauf lag ein aus Tierhaaren geflochtener Ring. Wolfshaare. Daneben lag ein Zettel mit einer Nachricht in Renés akkurater Handschrift: »Er hat dich ausgewählt.«

Da war sie wieder, die Grenze. Es war eine Sache, den Schamanismus als eine Art vormoderne Psychotherapie zu betrachten und Schutzgeister als Metaphern für intrapsychische Phänomene. Etwas ganz anderes war es, zu glauben, dass die Wölfe, die neuerdings durch die ostdeutschen Wälder streiften, bei dem Spiel mitmachten. War er bereit, René so weit zu folgen? Er hätte sich gern eingeredet, seine Vorbehalte seien rein rational, aber er ahnte, dass dahinter eine schwer zu fassende Angst lauerte.

Vierzig Minuten später betrat Brandt das Kriminalgericht Moabit. Am Wochenende gab es keinen Besucherverkehr. Die gigantische Eingangshalle hatte nur eine Aufgabe: endgültig jeden einzuschüchtern, dem beim Anblick der über zweihundert Meter langen Front des neobarocken Steinklotzes noch nicht die Knie geschlottert hatten.

Brandt musste sich jedes Mal konzentrieren, um den Weg durch das Labyrinth endloser Flure zu finden. Schließlich entdeckte er das richtige Schild neben einer der schweren alten Holztüren: »Oberstaatsanwalt Dr. Gunnar Siegrist/Abteilung für Kapitalstrafsachen/Tötungsverfahren«.

Brandt klopfte und ging hinein. Frau Kempfert, Siegrists Sekretärin, saß nicht an ihrem Platz. Auf ihrem Schreibtisch türmten sich Aktenordner. Dazwischen ein halb voller Kaffeebecher. Er durchquerte das Vorzimmer, klopfte abermals kurz und trat in das Büro des Oberstaatsanwalts.

Siegrist hatte Besuch. Vor seinem Schreibtisch saß ein unauffälliger Mittfünfziger in einem unauffälligen Anzug.

Brandt blieb an der Tür stehen. »Verzeihung! Ich dachte nicht, dass ich heute stören würde.«

Siegrist winkte ihn herein. »Du störst nicht. Wir geben nur gerade mit unseren Handicaps an.« Dann wandte er sich bedauernd seinem Gast zu. »Hauptkommissar Brandt. Wichtiger als Golf – leider. Sehen wir uns auf dem Platz?«

»Selbstverständlich.« Ein Schwabe, unverkennbar.

Siegrist begleitete ihn hinaus, ohne ihn vorzustellen. Dann wandte sich der Oberstaatsanwalt mit einem Lächeln und einer einladenden Geste Brandt zu. »Was kann ich für dich tun?«

Frau Kempfert saß wieder an ihrem Platz, als er aus Siegrists Büro kam. »Herr Brandt! Was für eine nette Überraschung!«

Ihr Lächeln war echt. Sie erinnerte ihn an seine Englischlehrerin. »Tut mir leid, ich habe mich einfach reingeschlichen.«

»Sie dürfen das. Soll ich Kaffee hereinbringen?«

»Ich bin schon wieder weg. Aber einen kleinen Gefallen können Sie mir doch tun. Der Herr, der vor mir da war – wie heißt der noch? Gunnar hat uns irgendwann einmal bekannt gemacht. Mir fällt sein Name einfach nicht mehr ein.«

»Sie meinen Ministerialrat Eberle.«

Brandt fiel ein, wo er den schwäbischen Akzent schon einmal gehört hatte. »Wirtschaftsministerium, Abteilung V, Ausfuhrkontrolle Rüstungsgüter.«

»Da wissen Sie mehr als ich.«

Brandt nahm den Weg durch den Park. Mechanisch setzte er einen Fuß vor den anderen. Es war still. Das Laub hing schwer an den Bäumen. Der feine Regen stand in der Luft. Nichts bewegte sich außer ihm selbst. Er passierte das Gelände des Tennisclubs Schwarz-Weiß Tiergarten. Die Plätze am Rand des Parks waren verwaist, kein Wetter für Tennis. Er überquerte die Kruppstraße und betrat das Gelände der Direktion 3 über die Zufahrt zu den Fahrzeughallen. Vom Kriminalgericht brauchte man zu Fuß keine fünfzehn Minuten bis hierher. Ihm kam es vor, als wäre er Stunden gelaufen.

Auf Höhe der Wasserwerferhalle donnerte ein Dutzend Mannschaftswagen an ihm vorbei. Ein Heimspiel der Hertha? Eine Demo in Mitte? Krawalle in Kreuzberg? Es war ihm egal. Der kalte Regenschleier, den die Kolonne hinter sich herzog, fegte über Brandt hinweg. Er blieb stehen.

Was machte er eigentlich hier? Er hatte sein altes Leben aufgegeben, weil er kein Zuschauer mehr sein wollte. *Die charakteristische Methode des Feldforschers ist die teilnehmende Beobachtung.* Genau das hatte er irgendwann nicht mehr ausgehalten: Hautnah dabei zu sein, aber nicht eingreifen zu dürfen. Er hatte die Grenze überschritten. So endgültig, dass er nie mehr zurückkonnte. Und was tat er jetzt? Er ließ sich herumschieben wie eine Figur in einem Spiel, das er nicht durchschaute. Sein selbst ernannter Mentor Gunnar Siegrist golfte mit Ministerialrat Eberle. Das erste Opfer war auf einem Golfplatz getötet worden. Siegrist hatte den Fall dem SD Fremdkultur zugeschanzt.

Das zweite Opfer hatte einen Waffendeal eingefädelt, für den es eine Ausfuhrgenehmigung brauchte. Siegrists Golffreund Eberle erteilte Genehmigungen für die Ausfuhr von Kriegswaffen.

Der Oberstaatsanwalt hatte die Einrichtung einer Mordkommission angeordnet. Sie würde sich übers Wochenende organisieren. Brandt sollte solange die Füße stillhalten. Die Mordkommission würde ihre Ermittlungen auf einen verrückten Einzeltäter asiatischer Herkunft konzentrieren. Siegrist hatte Brandt eine maßgebliche Beteiligung an der weiteren Untersuchung versprochen. Brandt hatte nicht einmal danach gefragt.

An der Hallenmauer strich eine Ratte entlang. Sie kam genau auf Brandt zu. Als sie ihn entdeckte, verharrte sie kurz, musterte ihn und setzte dann unbeeindruckt ihren Weg fort. Sie lief direkt an ihm vorbei. Sie hatte es nicht eilig.

»Die Mistviecher werden immer dreister.«

Er fuhr herum. Hinter ihm stand Berg. Brandt hatte den riesigen Mann nicht herankommen hören.

»Früher hätte die sich das nicht getraut.«

»Was war früher anders?«, fragte Brandt.

»Ich hatte ein Kleinkaliber in der Halle. Gab aber irgendwann Ärger.« Berg reichte Brandt einen Autoschlüssel. »Ihr Einsatzfahrzeug schnurrt wieder wie ein Kätzchen.«

»Das wäre auch eine Möglichkeit.«

»Was?«

»Eine Katze.«

Berg schüttelte den Kopf. »Schon probiert. Nach der ersten Nacht hat sich die Mieze nicht mehr rausgetraut. Sah aus wie durch den Fleischwolf gedreht.«

»Die Ratten haben sie angegriffen?«

»Ratten tun sich zusammen. Ein Einzelkämpfer hat da keine Chance. Schönes Wochenende noch.«

Berg ging davon. Seine Bewegungen erinnerten Brandt an eine ruhige Dünung. Brandt blickte auf den Autoschlüssel in seiner Hand. Sein Handy vibrierte. Er holte es hervor. Zehra. Er wies den Anruf ab und steckte das Handy wieder ein.

Dann suchte er den Omega, stieg ein und startete den Motor. Er sprang sofort an.

Kopfjäger

Da war etwas, das sie nicht greifen konnte. Der Splitter einer Erinnerung. Er pikste sie, sobald sie ihre Gedanken auch nur in die Nähe des ersten Mordes lenkte. Aber sie bekam ihn einfach nicht zu fassen. Sie konnte nicht einmal sagen, ob es sich um etwas Wichtiges handelte oder um ein belangloses Detail. Es machte sie wahnsinnig.

Mit einem Becher Kaffee aus der Kantine in der einen und der Wechselfestplatte mit den Überwachungsvideos aus dem Golfclub in der anderen Hand ging sie in den Keller. Dort war ihre Laune schon den ganzen Morgen. Sie hatte keine drei Stunden geschlafen. Ihr Nacken schmerzte bei jeder Kopfbewegung. Brandt ging nicht an sein Telefon. Sie hatte keine Ahnung, wie sie weiterarbeiten sollte. Oder ob überhaupt. Sie war nicht einmal sicher, dass es das SD Fremdkultur noch gab. Und sie hasste Nieselregen! Fast so sehr wie fensterlose Räume. Aber es war die logische Konsequenz aus dem Scheitern ihrer Ermittlungen: von vorn anfangen. Solange sie keine andere Order bekam oder offiziell von dem Fall abgezogen wurde, würde sie genau das tun.

Zehra kontrollierte ihren Atem, während sie durch den langen, von Neonröhren ausgeleuchteten Kellerflur ging. Sie ließ der Angst keine Chance, sie zu attackieren, drückte die Schallschutztür zum Videoraum auf und hinter sich wieder zu. Sie fuhr die Anlage hoch, klinkte die Harddisk an den Rechner und startete die Software. Die

Settings zum Verkoppeln der Videoclips hatte sie abgespeichert. Sie rief die Datei auf, die kleine Festplatte lief an, und im nächsten Moment sah sie den Golfclub aus zwölf verschiedenen Perspektiven, verteilt auf drei HD-Monitore. Sie spulte zur selben Stelle wie vor fünf Tagen. Sie wollte den Erinnerungssplitter finden. Sie holte den Block mit ihren Aufzeichnungen aus der Tasche. »Stunde 09, Minute 15, Sekunde 00«, stand auf der ersten Seite. Sie startete das Video.

Diesmal konzentrierte sie sich auf die Clips, die den Parkplatz zeigten. Sie wollte Azzams Ankunft nicht noch einmal verpassen. Eine halbe Stunde lang starrte sie auf die Bildschirme, sah die Angestellten ankommen, trank ihren Kaffee und spürte nicht den kleinsten Stich. Dann rollte der S 500 mit dem Diplomatenkennzeichen auf den Parkplatz. Sie verfolgte seinen Weg über vier Splitscreens auf dem ersten Monitor und zwei auf dem zweiten bis vor den Haupteingang. Dort hielt der Mercedes. Am Rande ihres Blickfelds nahm Zehra eine Bewegung wahr. Auf dem ersten Splitscreen verschwand etwas hinter der Hecke, die den Angestelltenparkplatz verbarg. Es durchzuckte sie wie ein elektrischer Schlag. Das war es! Das war der Splitter, der sie gequält hatte! Sie wollte gerade zurückspulen, als es klopfte. Ein sportlicher Mann Anfang dreißig kam herein.

»Morgen. Kollegin Erbay?«

»Und wer sind Sie?« Sie hätte ihn am liebsten gleich wieder rausgeschmissen.

Er lächelte wie ein Teleshopping-Moderator. »Oberkommissar Volkert, LKA. Aber ich finde, wir sollten uns duzen.« Er hielt ihr seine Hand hin. »Jens.«

Zehra rührte keinen Finger. »Warum?«

»Äh, warum Jens?«

»Warum duzen?«

»Wir sind quasi Leidensgenossen. Sie haben die Seuche, die ich mal hatte: Fremdkultur!«

Das war also Brandts Ex-Kollege. »Was wollen Sie?«

Er deutete auf die Wechselfestplatte. »Das da und alles andere, was mit den Kopf-ab-Fällen zu tun hat. Die Kollegen haben mir gesagt, dass ich Sie hier finde. Wäre nett, wenn Sie mit raufkommen und mir geben würden, was Sie haben.«

»Nicht ohne das Okay von meinem Chef.«

»Brandt hat nichts mehr zu entscheiden. Das macht jetzt mein neuer Chef, Hauptkommissar Tietze.«

»Ich dachte, es wird eine große MK gebildet.«

»Unter seiner Leitung. Um elf Uhr ist erste Teamsitzung. Wir hätten Sie gern dabei.«

Wir. Es sollte klingen, als hätte er mitzubestimmen. Sie hatte nichts übrig für Poser. »Was ist mit Brandt?«

»Sagen Sie's mir! Er ist nicht im Terrarium und geht nicht an sein Handy. Sieht nicht so aus, als hätte er Lust, den Scheiß, den er gebaut hat, auch auszulöffeln. Oder haben Sie eine andere Info?«

Zehra schwieg. Und das nicht, weil er zwei Metaphern zu einer ekligen Suppe verrührte.

»Tun Sie sich selbst einen Gefallen: Hängen Sie sich nicht an Brandt. Er wird es Ihnen nicht danken. Ich weiß, wovon ich rede. Und karrieretechnisch wäre das in der momentanen Situation glatter Selbstmord.«

Zehra hätte gern etwas Berechnendes in seinem Blick gefunden. Aber da war nichts. Wenn er nicht lächelte, wirkte er fast sympathisch. »Elf Uhr?«

Er nickte. »Keithstraße.«

»Ich würde das hier gern zu Ende machen. Ich bringe dann alles mit.«

»Okay.« Er lächelte wieder. »Gute Entscheidung.«

Kaum hatte er die Tür hinter sich geschlossen, spulte Zehra das Video zurück und startete es. Gebannt blickte sie auf den Monitor. Wieder rollte der Mercedes vorbei. Da, am Bildrand: ein Motorroller! Zehra stoppte, als sie den Roller vollständig im Bild hatte. Sie legte das Standbild auf den ganzen Monitor. Der Rollerfahrer trug einen Helm. Der Helm war neongrün. Das war der Mann, der drei Menschen getötet hatte.

Eine Stunde später gab sie den Motorroller in die Fahndung. Der Täter hatte den Golfclub auf demselben Weg verlassen, auf dem er gekommen war. Diesmal war er bekleidet. Bei Timecode 12:31:43 kam das Heck des Rollers ins Bild. Ein Versicherungskennzeichen für Leichtkrafträder: SXX 372. Sie fand heraus, dass das Fahrzeug einen Tag zuvor als gestohlen gemeldet worden war. Die Anzeige war im Abschnitt 24, Charlottenburg, gestellt worden war. Der Besitzer hatte seinen Roller mit dem Schlüssel im Schloss und dem neongrünen Helm am Lenker vor einer Dönerbude abgestellt.

Zehra konnte auch klären, warum auf ihrer Strichliste für die ankommenden Angestellten nicht ein Strich zu viel war. Einer der Greenkeeper war wegen eines Arzttermins erst um elf Uhr zum Dienst erschienen. Im Tatortbericht des Kollegen Lenhardt gab es darüber keinen Vermerk. Der Greenkeeper war von neun Uhr dreißig an als diensthabend notiert. Lenhardt hatte geschlampt. Sie hätte schon vor fünf Tagen auf den Rollerfahrer kommen können. Sinnlos, sich zu ärgern. Zehra war sogar froh, nicht mehr allein daran schuld zu sein, dass die Ermittlungen in die falsche Richtung gelaufen waren. Aber nur im ersten Moment. Im nächsten fühlte sie sich schäbig.

Sie versuchte noch einmal, Brandt auf dem Handy zu erreichen. Er ging nicht ran. Sie schickte ihm eine SMS. Auch darauf antwortete er nicht. Sie packte die Berichte von Rechtsmedizin und Kriminaltechnik und die Wechselfestplatte in einen Pappkarton. Sie machte ein Handyfoto von der Pinnwand des Terrariums, an der die Bilder der Opfer, Verdächtigen und Tatbeteiligten hingen. Anschließend nahm sie die Bilder ab, kopierte fallrelevante Dateien von ihrem Computer auf einen USB-Stick und verstaute alles im Karton. In der Tür drehte sie sich noch einmal um. Das Terrarium wirkte wieder so leer wie an ihrem ersten Morgen vor fünf Tagen. Dann verließ Zehra mit dem Karton die Direktion 3.

Um elf Uhr sechs eilte sie in den ehrwürdigen Altbau an der Keithstraße. Der Pförtner hatte ein Ego-Problem. Oder eins mit Frauen oder Türken. Oder alles zusammen. Sie zeigte ihm ihren Dienstausweis. Trotzdem ließ er sie erst durch, als er den Inhalt des Kartons inspiziert hatte. Sie hetzte die ausgetretenen Stufen zum großen Saal hinauf.

Sie hatte noch nie erlebt, dass eine Teamsitzung pünktlich begann. Kaffee holen, Small Talk halten, Platz suchen – je größer das Team, desto länger die Verzögerung. Für eine Große MK kalkulierte Zehra zehn Minuten ein. Sie hatte gute Chancen, dass ihre Ankunft im allgemeinen Stühlerücken unterging.

Sie rannte auf die zweiflügelige Saaltür zu, in ihren Händen den Karton. Sie drückte die Klinke mit dem Ellbogen runter und stieß die Tür mit mehr Schwung als beabsichtigt auf. Sie knallte gegen den Türrahmen. Selbst wenn es im Saal nicht schon mucksmäuschenstill gewesen wäre und alle konzentriert auf ihren Plätzen gesessen hätten, wäre Zehras Auftritt kaum unbemerkt geblieben. Nun aber blickte wirklich jeder der ungefähr zwanzig anwesenden Kollegen in ihre Richtung. Mit Mühe widerstand sie dem Impuls, sich den Pappkarton vor ihr Gesicht zu halten.

»Was soll der Mist? Was wollen Sie hier? Wer sind Sie?« Der Mann, der sie anbellte, saß am Kopfende der zu einem Rechteck formierten Tische. Zehra fiel keine Antwort ein, nicht mal ihr Dienstrang oder ihr Name.

Jens Volkert kam ihr zu Hilfe. »Chef, das ist Kollegin Erbay, SD Fremdkultur.«

Der Chef sah Zehra kalt an. »Sie sind zu spät. In meinem Team fangen wir pünktlich an. Suchen Sie sich einen Platz!«

Das war also Tietze. Wer sie war, würde er jetzt auch nicht mehr vergessen. Vermutlich keiner im Saal, sosehr sie sich das auch gerade wünschte. Zehra schob die Tür vorsichtig mit einem Bein zu. Keiner der Kollegen machte Anstalten, ihr zu helfen. Alle hörten wieder Tietze zu, der den Ablauf der Ereignisse im Museum rekonstruierte. Zehra sah sich nach einem freien Stuhl um. Es gab keinen. Sie drückte sich an der hinteren Wand entlang zu den Fenstern, stellte die Kiste ab und setzte sich auf eine der breiten alten Holzfensterbänke.

Eine Weile schenkte sie Tietze volle Aufmerksamkeit. Doch er berichtete nichts, was sie nicht schon wusste. Sie ließ ihren Blick schweifen. Vier der Gesichter im Saal kannte sie. Das von Volkert, von Herzfeld, der ihr zunickte, von Hauptkommissarin Jansen, die sie hämisch angrinste, und das von Ernst Gennat. Der »Buddha der Kriminalisten« hing überlebensgroß in Schwarz-Weiß an der Wand hinter Tietze und hatte alles im Blick. An seinen Spitznamen war Gennat nicht wegen seiner überragenden kriminalistischen Fähigkeiten gekommen. Er hätte ein Bruder von Fuhrparkchef Berg sein können. Gennat hatte 1926 die erste ständige Mordinspektion in Berlin gegründet. Im Wesentlichen funktionierte eine Mordermittlung immer noch nach den Grundsätzen, die er aufgestellt hatte. Zehra las jede Veröffentlichung über den genialen Querkopf, dem seine Arbeit alles und seine Karriere nichts bedeutet hatte.

Bei Tietze schien es andersherum zu sein. Ein genialer Kriminalist war er jedenfalls nicht. Sonst hätte er den Diebstahl im Ethnologischen Museum nicht so lapidar abgehandelt.

»Noch eins, Kollegen, der Vollständigkeit halber: Außer unserem Tötungsdelikt gab es im Museumszentrum Dahlem gestern eine weitere Straftat. Im Ethnologischen Museum wurden aus einer Vitrine Kultgegenstände der ...«, er blickte auf seine Unterlagen, »... Igorot entwendet. Das sind wohl irgendwelche Eingeborenen in den Philippinen.«

Es war die erste neue Information, die er ablieferte. Zehra holte ihr Smartphone hervor und googelte »Igorot«, während Tietze weiterredete.

»Wir warten noch auf die Liste, was konkret gestohlen wurde. Wann genau der Diebstahl begangen wurde, ist noch unklar.«

Zehra hatte Wikipedia angeklickt. »Die Igorot sind ein indigenes Volk, das auf der philippinischen Insel Luzon lebt.« Luzon! Das hatte sie schon mal gehört. Nein, gelesen. Nur wo?

»Nach jetzigem Erkenntnisstand ist davon auszugehen, dass ein Tourist ein paar Souvenirs eingesackt hat. Vielleicht einer von den Chinesen. Waren ja genug da.«

Chinese? Genau! Die Voliere im Kranzler-Eck! Sie hatte es im Infotext gelesen. Luzon war die Heimat dieses Bambus-Papageis. Der Lieblingsvogel der alten Dame, die den Chinesen beobachtet hatte. Und der Chinese hatte den Vogel betrachtet.

»Ich schlage vor, wir konzentrieren unsere Ermittlungen auf das Tötungsdelikt«, fuhr Tietze fort, »und überlassen den Diebstahl den Kollegen. Das SD Fremdkultur scheint mir prädestiniert für diese Aufgabe.«

Das hämische Gelächter rauschte an Zehra vorbei. Sie las den Artikel weiter. Bis sie zu diesem Wort kam. Sie markierte es. Und starrte darauf. Ein Knall ließ sie zusammenfahren. In der Saaltür stand ein junger Beamter. Offenbar war ihm das gleiche Missgeschick passiert wie ihr.

»Was ist denn heute hier los?«, blaffte Tietze ihn an.

»Entschuldigung«, stammelte der Beamte. »Aber es ist wichtig. Der Roller wurde gefunden!«

»Welcher Roller?«

»Der, nach dem wir gefahndet haben. Kennzeichen SXX 372. Er liegt in einem frisch ausgehobenen Grab auf einem Friedhof. Eine Streife vom Abschnitt 45 hat es gerade gemeldet.«

Tietze starrte den jungen Beamten an. »Wollen Sie mich verarschen? Was soll das für ein verdammter Roller sein? Und wer hat eine verdammte Fahndung eingeleitet?«

»Das war ich. Der Roller gehört dem Kopfjäger.« Zehra hatte lauter gesprochen, als sie wollte. Und sie hatte, ohne es zu wollen, das Wort benutzt, das sie im Wikipedia-Artikel markiert hatte: *Kopfjäger*.

Offene Gräber

Gab es etwas Traurigeres als Regen, der in ein offenes Grab fiel? Brandt fror. Er trat als einer der Letzten an die Grube. Er starrte auf den einfachen Sarg und den Hügel aus feuchtem Lehm, den die Trauergäste Schaufel für Schaufel aufgehäuft hatten. Jetzt hielt er die Schaufel in der Hand.

Er hatte auf der falschen Seite geparkt. Die Neuköllner Hermannstraße schnitt den Evangelischen Friedhof Sankt Thomas in zwei Teile. Der westliche Teil grenzte direkt an die Landebahn 27 des ehemaligen Flughafens Tempelhof. Er war 2008 aufgegeben worden, aber die Leuchtfeuermasten zwischen den Gräbern standen noch. Im Boden ruhten noch die Knochen längst vergessener Toter und die Überreste eines kirchlichen Zwangsarbeiterlagers aus der Nazizeit, oberirdisch gab es jetzt Drogen, Sperrmüll, Hundekacke und wilde Camper.

Die Trauerhalle lag am Ende einer Lindenallee und strahlte nichts als Endgültigkeit aus. Auf dem Platz davor drängten sich gut zwei Dutzend Frauen unter zu wenigen Regenschirmen. Alle waren zwischen fünfundzwanzig und fünfzig und dem Anlass entsprechend dunkel gekleidet. Alle waren Filipinas, die meisten Igorot. Einige unterhielten sich leise in einer der Igorotsprachen, die meisten auf Ilocano, der Verkehrssprache der Bergstämme. Männer entdeckte er keine.

Es war erstaunlich. Die meisten dieser Frauen lebten illegal in Deutschland. Man hätte denken sollen, sie würden jedes Risiko vermeiden, aufzufallen. Aber sie ließen es sich nicht nehmen, eine der Ihren in aller Öffentlichkeit zu betrauern.

Tunek Ponchoy und Pagsit Sangcha-an hatten ihn bemerkt. Sie begrüßten ihn und bedankten sich dafür, dass er diese Trauerfeier ermöglichte. Sie wirkten traurig. Aber Brandt spürte noch etwas: Schuldbewusstsein. Während sie miteinander sprachen, richteten sich von überall her verstohlene Blicke auf Brandt.

Natürlich wussten alle längst, wer er war, und natürlich löste seine Anwesenheit zwiespältige Gefühle aus. Sie waren Illegale, und er war Polizist. Außerdem wussten sie, dass Cristy ermordet worden war, und hatten Angst, selbst ins Visier der Behörden zu geraten.

Ein groß gewachsener Mann mit der Figur und den Gesichtszügen eines Rugbyspielers trat aus der Trauerhalle und sah sich suchend um. Sein blondes Haar war raspelkurz, er trug einen schwarzen Anzug und eine schwarze Krawatte.

Er steuerte mit entschlossenen Schritten auf Brandt zu. »Ich bin Father Jacob.«

Nicht Rugby, dachte Brandt, sondern American Football. »Texas?«

»Beinah. Arkansas.«

Er streckte Brandt seine Pranke mit der forcierten Offenheit entgegen, die Amerikaner von ihren Präsidenten erwarteten und auch bekamen. Tunek und Pagsit traten unbehaglich von einem Fuß auf den anderen. Als drei weitere Frauen eintrafen, entschuldigten sie sich hastig und ließen ihn mit dem Pastor allein. Sie gingen den Frauen entgegen und begrüßten sie.

Father Jacob nickte zu den Ankömmlingen hinüber. »Sie treffen sich ab und zu zum Kartenspielen.«

Natürlich um Geld. Sonst hätte der Pastor es nicht erwähnt. Filipinos liebten das Glücksspiel. Ein Laster, das sie wahrscheinlich von den Chinesen übernommen hatten. Jetzt war es auch bei den Igorot angekommen.

Father Jacob lächelte nachsichtig. »Sie brauchen etwas, um sich abzulenken. Man kann nicht die ganze Zeit an zu Hause denken und daran, dass man das Aufwachsen der eigenen Kinder verpasst, während man sich um andere Leute kümmert. Manche verspielen alles, was sie verdienen, und können nicht mehr zurück in die Philippinen.«

Brandt kannte das aus seiner Zeit in den Squattersiedlungen in Baguio. Auch da zerstörte das Zocken Familien. In einem Fall hatten zwei junge Männer im Auftrag der übrigen Familienmitglieder ihren eigenen Bruder getötet, weil er die Reisfelder, die er geerbt hatte, nacheinander beim Kartenspielen verloren hatte. Das konnte die Familie nicht hinnehmen. Reisfelder gehörten niemals nur dem, der sie geerbt hatte. Sie gehörten den Ahnen, den lebenden und den zukünftigen Familienmitgliedern.

»Tunek und Pagsit sind Ihnen wirklich dankbar. Und sie mussten Sie nicht mal bestechen.«

In den Philippinen ging praktisch nichts ohne Bestechung. Brandt musterte den Pastor. »Sie haben in den Philippinen gelebt?«

»Ein Jahr in Manila, zwei in Baguio. Sonst könnte ich die Gemeinde hier nicht betreuen.«

Da hatte er recht.

»Unser Gemeindezentrum ist in Pinsao.«

Die Redeemed Church of Jesus Christ. Er erinnerte sich. Eine Pfingstlersekte, die damals gerade in Baguio mit ihrer Missionierung begonnen hatte.

»Sind Sie religiös?« Father Jacob versuchte, die Frage beiläufig klingen zu lassen.

»Nicht im konventionellen Sinn.«

»Es gibt nur einen Sinn.«

»Das behaupten die Vertreter organisierter Religionen immer.« Er machte eine Pause. »Unglücklicherweise grenzen sie damit Milliarden von Menschen aus.«

Father Jacob setzte zu einer Erwiderung an, begriff aber noch rechtzeitig, dass er seinen Missionierungseifer an anderer Stelle erfolgversprechender einsetzen konnte. »Gott sieht das Gute, das wir tun. Darauf kommt es an.«

Amen, dachte Brandt.

»Und was Sie hier tun, ist gut. Allerdings auch riskant.«

»Sie übertreten gerade bestimmt auch die eine oder andere Vorschrift, Herr Pastor.«

Father Jacob lächelte wortlos.

Auf der Basis ließ sich zusammenarbeiten. »Apropos«, sagte Brandt. »Der Grabstein. Damit sollten wir warten, bis der Fall bei uns vom Radar verschwunden ist.«

Father Jacob nickte. »Kein Problem. Vielleicht wollen Cristys Angehörige ihre sterblichen Überreste auch nach Hause holen.«

Brandt überlegte. Einen Leichnam ohne Papiere außer Landes zu schaffen war erheblich schwieriger und riskanter, als ihn unter falschem Namen auf einem Friedhof zu beerdigen.

»Wir werden sehen.«

Sie schwiegen einen Moment lang. Weitere Trauergäste waren eingetroffen. Sie achteten wie die bereits Anwesenden darauf, Abstand zu Brandt zu halten.

»Sie sind bei der Kriminalpolizei und ermitteln in Cristys Fall?«

»Nicht ganz. Das machen die Kollegen vom LKA. Ich gehöre zum Sonderdezernat Fremdkultur.«

»Aber Sie waren Anthropologe?«

»Ethnologe. In den USA läuft das unter *cultural anthropology*.«

»Sie waren auch in Baguio?«

»Ja. Und dann in Magilnang.«

»Tatsächlich? Magilnang ...« Er dachte nach. »Da war ich einmal. In der Regenzeit. Ein Fußmarsch von viereinhalb Stunden. Und dann noch eine Stunde über die Terrassenwälle. Abenteuerlich.«

Brandt schwieg.

Father Jacob schien ihn mit seinem Blick durchdringen zu wollen. »Sie tun das, weil Sie glauben, dass Sie den Menschen dort etwas schuldig sind.«

Es gab nichts, was er einem evangelikalen Pastor dazu zu sagen hatte.

»Gehen die Ermittlungen voran?«

»Die Kollegen haben einen Mann verhaftet. Er ist einschlägig vorbestraft.«

Der Pastor legte für einen Moment die Hände zusammen und richtete den Blick nach oben. »Gott sei ihm gnädig.«

Wirklich? Brandt fragte sich, ob er das auch wollte. Er war sich da nicht sicher. Andererseits sollte er im eigenen Interesse vielleicht lieber auf einen gnädigen Gott hoffen. »Haben die Frauen Ihnen irgendetwas erzählt, was uns bei den Ermittlungen helfen könnte?«

Father Jacobs Körperhaltung veränderte sich. Als bereite er sich auf einen Angriff der gegnerischen Offensive vor. »Sie haben doch selbst mit ihnen gesprochen.«

Brandt nickte. »Schon. Aber ich hatte das Gefühl, dass sie mir etwas verschweigen.«

Der Pastor zögerte. »Das ist schwierig ... Die Frauen vertrauen mir Dinge an. Ich kann ihr Vertrauen nicht verletzen.« Seine ausholende Handbewegung schloss alle ein, die sich unter den Schirmen drängten. »Sie haben sonst niemanden, mit dem sie auch über ihre Zweifel und Ängste sprechen können.«

Brandt verstand, was er meinte. Das Netzwerk, das illegale Filipinas aufbauten, war bemerkenswert. Aber ihre innersten Nöte konnten sie oft nicht mal jemandem aus ihrem eigenen Dorf anvertrauen.

»Sie schienen angemessen überrascht, als ich ihnen die Nachricht von Cristys Tod überbracht habe«, sagte Brandt. »Es ist nur so, dass Cristys Angehörige zu Hause zu dem Zeitpunkt schon wussten, dass sie tot war.«

Er ließ Father Jacob Zeit, die Information zu verdauen. Schließlich schüttelte der Pastor den Kopf. »Tut mir leid, ich kann Ihnen nicht helfen.« Er sah auf seine Uhr. »Es ist Zeit.« Er entschuldigte sich, nickte den Frauen zu und verschwand in der Trauerhalle. Etwas weniger entschlossen, als er herausgekommen war, fand Brandt.

Die Trauergemeinde war inzwischen auf etwa vierzig Personen angewachsen. Sie folgte dem Pastor ohne Hast in den Betonbau. Zwei ältere Männer waren jetzt auch darunter. Vermutlich Deutsche.

Er wollte sich gerade anschließen, da signalisierte sein Handy einen Anruf von Zehra. Er drückte ihn weg. Sekunden später traf eine SMS ein: *Tietze will unsere Ermittlungsergebnisse. Alles & sofort.*

Sie erwartete eine Antwort. Sie wusste nicht, was sie tun sollte. Tietze manövrierte sie eiskalt in einen Loyalitätskonflikt. Wahrscheinlich machte es ihm sogar Spaß. Brandt steckte das Handy zurück in die Tasche und betrat als Letzter die Trauerhalle.

Alle saßen bereits auf Stühlen, die in mehreren Reihen vor dem Podium, auf dem der geschlossene Sarg stand, aufgestellt waren. Links und rechts vom Sarg brannten in schmiedeeisernen Leuchtern armdicke Kerzen. Vor dem Sarg hatte jemand ein halbes Dutzend Kränze und Blumengestecke arrangiert.

Die hinterste Stuhlreihe war unbesetzt. Brandt entschied sich für den Platz direkt am Gang. Erst jetzt bemerkte er den jungen Filipino. Er saß am Ende der Reihe, wohin das heruntergedimmte Licht der Wandstrahler kaum noch reichte. Er schaute zu ihm herüber. Ihre Blicke trafen sich. Der junge Mann wandte sich wieder ab.

Etwas verhakte sich in Brandts Bewusstsein. Er runzelte die Stirn. Es hatte mit dem jungen Mann zu tun. Er kannte ihn nicht, war ihm noch nie begegnet. Oder doch? War es die Kleidung? Sie passte nicht zum Anlass. Jeans, eine rote Windjacke, eine schwarze Baseballkappe mit der Skyline von Köln. Und an den Füßen lehmverkrustete Arbeitsschuhe ohne Socken.

Father Jacob trat an das Stehpult. Was folgte, war ein Mix aus Gebeten, Segenswünschen, Kirchenliedern und einem Zwischending aus Predigt und Trauerrede, gehalten auf Englisch mit Ilocano-Einsprengseln.

Schließlich erhoben sich alle und schoben sich mit gesenkten Köpfen aus der Halle. Der junge Mann war verschwunden.

Nach kurzem Warten bog das Elektrowägelchen mit dem Sarg auf der Ladefläche um die Trauerhalle. Es zuckelte im Schritttempo voraus. Die Regenschirme wurden geöffnet, und die Trauergemeinde folgte.

Das Grab war vorbereitet, die Totengräber warteten bereits. Father Jacob sprach ein letztes Gebet. Von irgendwoher läutete verloren eine Glocke. Mit routinierten Handgriffen ließen die Sargträger des Bestatters den Sarg ins Grab hinab. Die Regentropfen vermischten sich mit Tränen. Die traurige kleine Schaufel wanderte von Hand zu Hand.

Das Geräusch, mit dem die Lehmklumpen auf den Sargdeckel trafen, hatte etwas Endgültiges. Es erinnerte Brandt an seinen Vater. Es war gar nicht so einfach gewesen, auf dem katholischen Friedhof einen Selbstmörder unter die Erde zu bringen. Alle schienen sich verschworen zu haben, die Wahrheit zu ignorieren: dass er sich in seiner Werkstatt im Garten die Dienstwaffe in den Mund gesteckt und abgedrückt hatte. Sogar seine Mutter. Dafür hatte er ihn gehasst. Brandt hatte sich geweigert, neben dem Grab die Kondolenzwünsche entgegenzunehmen. Inzwischen hatte sich sein Hass verbraucht, zurückgeblieben war eine taube Stelle.

Da es niemanden gab, dem man sein Beileid aussprechen konnte, löste sich die Trauergemeinde schnell auf. Kleine Grüppchen suchten sich schweigend einen Weg zwischen den Pfützen, die sich auf den unbefestigten Wegen gebildet hatten.

Brandt blieb unter einer Kastanie stehen. Tunek und Pagsit waren die Letzten am Grab. Sie verabschiedeten sich von Father Jacob. Der Pastor legte ihnen seine großen Hände auf die Schultern und sprach auf sie ein. Dabei schaute er in Brandts Richtung.

Ein Kleinbagger näherte sich, für die beiden Frauen das endgültige Zeichen zum Aufbruch. Brandt wartete, bis sie bei ihm waren. Ihnen war dabei nicht wohl in ihrer Haut, das sah er. Er hörte sich eine Kondolenzfloskel aufsagen. Dann sagte er: »Als ich Ihnen gesagt habe, dass Cristy tot war, wussten Sie es schon, nicht wahr?«

Die Frauen sahen zu Boden. Schließlich erklärte Pagsit, das müsse ein Missverständnis sein. »Wir müssen gehen. Ins Gemeindehaus, zur Trauerfeier.« Ihr Blick hatte etwas Flehendes. Er nickte. Sie beeilten sich, die Vorausgegangenen einzuholen. Die Pfützen schienen sie gar nicht zu bemerken.

Brandt ging zurück zum Wagen. Sie hatte gelogen. Zum zweiten Mal. Es hatte geklungen, als habe sie keine andere Wahl. Warum?

Er blieb vor dem Schaufenster eines Zauberladens stehen und starrte auf die verstaubten Zauberartikel. Es gelang ihm einfach nicht, seine Gedanken zu einer logischen Kette zu verknüpfen. Alles, was in den letzten Tagen geschehen war, schien sich ins Ungreifbare aufzulösen.

Brandt steckte den Schlüssel ins Zündschloss. Er war unglaublich müde. So müde, dass er wahrscheinlich nie wieder würde schlafen können. Er stieß aus der Parklücke und drängte sich in den fließenden Verkehr.

Brandt hatte keine Ahnung, wohin er fuhr. Als er in die Kaskelstraße einbog, wusste er es. Kurz vor dem Phu Duc fand er eine Parklücke.

Thién begrüßte ihn mit einem Kopfnicken und wischte sich die Finger an seinem schmutzigen gelben T-Shirt ab. In etwas anderem hatte Brandt ihn noch nie gesehen. Anscheinend besaß Thién eine Sammlung schmutziger gelber T-Shirts.

Thién war Vietnamese. Sein Restaurant lag im Kaskel-Kiez. Ein einziger hoher, grau gestrichener Raum mit gefliestem Boden, einer Handvoll lieblos an den Wänden verteiltem Asia-Kitsch und einer aus Rigips in die Ecke des Raums gezimmerten offenen Küche. Sie erinnerte Brandt immer an sein Terrarium, nur ohne die Scheiben. Die Möblierung stammte von der Auflösung eines türkischen Kulturvereins. Hipster, die sich ins Phu Duc verirrten, hielten das Ganze für ein Style-Statement, sozialistischen Neorealismus oder so was. In Wirklichkeit war Thién die Einrichtung einfach nur egal, ganz im Gegensatz zu den schnörkellosen vietnamesischen Gerichten, die seine Küche verließen, und dem gerahmten Foto der Cap Anamur mit den Unterschriften der Crewmitglieder von 1979.

Die eigentliche Besonderheit des Lokals waren aber die Pokertische. Es waren drei. Sie standen im hinteren Teil des Raums, halbherzig durch einen mit Kranichen verzierten Paravent abgetrennt. Offiziell spielte man dort nur zum Spaß. Aber während vorn ahnungslose Gäste ihr Pho Ga löffelten, wurden hinten bei lauwarmem Saigon-Bier aus der Flasche jeden Abend ein paar tausend Euro verzockt. Brandt ließ sich ein Bier geben und suchte sich einen freien Platz am hintersten Spieltisch.

Der junge Filipino aus der Trauerhalle war Brandt gefolgt, auf einem Motorroller und mit einem neongrünen Motorradhelm auf dem Kopf.

Er war am Morgen mit dem Helm in der Hand zum S-Bahnhof am Waldrand gelaufen. Zwischen den Fahrradständern hinter dem

Bahnhof parkten auch einige Roller. Einen schloss er kurz. Er tat es nicht gern, es war schon sein zweiter Diebstahl. Aber er brauchte ein Fahrzeug.

Er hatte gerade noch gesehen, dass Brandt in dem vietnamesischen Restaurant verschwunden war. Er stellte den Roller vor einem Copyshop ab. Schräg gegenüber des Phu Doc war ein Penny-Markt. Er fand eine Gemüsekiste und ließ sich darauf nieder.

Der Schlüssel

Es war ein Chaos. Die Symmetrie des Rechtecks hatten sie aufgebrochen. Die Tische standen nun ohne erkennbare Ausrichtung in Zweier- oder Dreiergefügen kreuz und quer im großen Saal. Dazwischen stolperten die Beamten über eilig gezogene Telefon- und Stromkabel. Die Ordnung der Fotos an der Wand unter dem Porträt Gennats war nur Kosmetik. Tatortfotos waren nach Opfern gruppiert, aber innerhalb der Bildergruppen gab es keinerlei Systematik. Zehra wollte ihre Fotos selbst aufhängen, doch man hatte ihr den Karton abgenommen.

Nun saß sie an dem einzigen Einzeltisch. Über einen Stapel bunter Aktenhefter hinweg betrachtete sie das Ergebnis von Tietzes Ankündigung, alle Kräfte zu bündeln. Sie sah kein Bündel, sie sah einen Wust von blindem Aktionismus.

Tietze hatte die »geballte Manpower aus LKA und Berliner Kripo« gleich wieder aufgedröselt und Abteilungen gebildet: Personalbeweiserhebung, Sachbeweissicherung, Tatortermittlung, Fallanalyse. Jede Abteilung hatte Untergruppen. Zehra war die Untergruppe Auswertung in der Abteilung Personalbeweiserhebung. Sie allein. Im Klartext hieß das: Zeugenaussagen lesen. In den Heftern auf Zehras Tisch warteten die Protokolle von siebenundachtzig Befragungen aus dem Dahlemer Museumszentrum. Weitere würden dazukommen. Die Beamten vor Ort hatten wegen der Masse von Aussagen Tonaufnahmen gemacht. Sie wurden immer noch abgetippt. Auch dafür gab es eine eigene Abteilung: Dokumentation.

Zehra hatte nichts gegen Schreibtischarbeit. »Buddha« Gennat hatte in seiner Laufbahn zweihundertachtundneunzig Mordfälle gelöst, die meisten davon am Schreibtisch. Aber ihre Aufgabe hier hätte schon jeden Polizeimeisteranwärter unterfordert. Von allen Mitgliedern dieser Mordkommission besaß sie fallbezogen die größte Sachkenntnis. Und Tietze brummte ihr eine Strafarbeit auf, anstatt ihr Wissen zu nutzen. Das war so dumm!

Dummheit machte sie wütend. Feigheit auch. Brandt war einfach abgetaucht. Ausgerechnet jetzt! Sie suchten einen Mann, der seine Opfer köpfte. Der die Köpfe mitnahm wie ein Jäger seine Beute. In unmittelbarer Nähe zum letzten Tatort waren Kultgegenstände gestohlen worden – aus einer Ausstellung über Kopfjäger. Und Tietze machte nur einen Witz aus der Sache. Er kapierte nicht, dass es einen Zusammenhang geben musste! Sie hatte nur noch keine Ahnung, welchen. Wenn ihn einer finden konnte, dann Brandt. Der erste echte fremdkulturelle Aspekt im Umfeld der Morde – und der Experte nahm sich eine Auszeit! Und sie musste die Aussagen von Zeugen lesen, die alle weniger gesehen hatten als sie selbst. Tietze hatte sie nicht mal mit zum Fundort des Rollers fahren lassen.

»Das erledigt die Tatortermittlung«, hatte er gesagt. »In meinem Team arbeitet jeder in seinem Aufgabenbereich. Gewöhnen Sie sich dran! Oder feiern Sie Überstunden ab wie Ihr Chef. Den vermisst hier auch keiner.«

Sinnlos, eine Diskussion anzufangen. Die Führungsetage hatte das SD Fremdkultur zum Prügelknaben erklärt. Solange man sich damit profilieren konnte, das Dezernat – und damit auch sie – in den Dreck zu ziehen, würde Tietze es tun. Sie konnte nur die Faust in der Tasche ballen. Sie schob den Aktenstapel auf die linke Hälfte ihres Tisches. Sie nahm den obersten Hefter vom Stapel, schlug ihn auf und begann zu lesen.

Dreieinhalb Stunden später war der Stapel von der linken auf die rechte Seite ihres Tisches gewandert. Zehra klappte den letzten Hefter zu. Der Block, den sie bereitgelegt hatte, war immer noch leer. Sie blickte zu den Tischen der Abteilung Dokumentation. Dort saß der junge Beamte, der ähnlich spektakulär wie sie in die Teamsitzung geplatzt war. Er hatte Kopfhörer auf den Ohren und bearbeitete eine

Computertastatur im Zwei-Finger-System. Die restlichen Aussagen würden wohl noch eine Weile auf sich warten lassen.

Sie hatte keine Ahnung, was sie jetzt machen sollte. Sie überlegte, dem jungen Kollegen Hilfe bei der Schreibarbeit anzubieten. Dann fiel ihr ein, dass sie damit ihren Aufgabenbereich überschreiten würde. Sie beschloss, ihre Mittagspause nachzuholen.

Zehra stand auf, schleppte den Aktenstapel zum Platz ihrer »Abteilungsleiterin«, Hauptkommissarin Jansen, und setzte ihn vor ihr auf dem Tisch ab.

Jansen blickte sie irritiert an. »Was soll das?«

»Ich bin durch damit. Ich würde gern Mittagspause machen.«

»Und Sie sind sicher, dass Sie nicht ein paar Seiten überblättert haben?«

Im ersten Moment war Zehra sprachlos. Dann spürte sie, wie heiße Wut ihren Nacken hochkroch. Wahllos griff sie in den Aktenstapel, zog einen Hefter heraus und warf ihn Jansen hin. »Stellen Sie mir eine Frage!«

»Bitte?«

»Sie können auch jeden anderen Ordner nehmen. Schlagen Sie ihn irgendwo auf und fragen Sie mich was! Was der Zeuge beobachtet hat, wie er hieß, welcher Beamte die Aussage protokolliert hat – ganz egal, was. Na los!«

Jansen zögerte. Sie rechnete sich ihre Chancen aus. Zehra ließ den Blick der Hauptkommissarin keine Sekunde los. Und gewann.

»Ich habe keine Zeit für so einen Blödsinn. Sie melden sich, wenn Sie zurück sind, klar?«

Zehra holte ihre Jacke.

Es gab keine Kantine in der Keithstraße. Sie fragte den zur Schreibkraft degradierten Nachwuchsbeamten nach seiner Imbissempfehlung. Er nannte ihr einen Döner- und einen Burgerladen. Die Wahl fiel ihr leicht. Ihr Angebot, ihm etwas mitzubringen, nahm er erfreut an.

In dem winzigen Burgerladen drängten sich die Kunden vor dem Tresen. Man bestellte und wartete, bis man aufgerufen wurde. Frisch gewolftes Rindfleisch, handgeschnitzte Fritten, geröstete Brioche-Buns – für einen Moment vergaß Zehra ihren Ärger und ihre Müdigkeit.

Ihr Handy klingelte. Eine Nummer aus der LKA-Zentrale am Tempelhofer Damm.

»Oberkommissarin Erbay.«

»Herzfeld hier. Wir haben gerade Salehs Handy geknackt und wollen uns jetzt mal die Dateien ansehen. Interessiert?«

Und wie! »Das fällt leider nicht in meine Abteilung.«

»Was für eine Abteilung?«

Zehra erklärte es ihm. Herzfeld hatte sich aus dem Staub gemacht, bevor Tietze die große Mordkommission in kleine Teile zerhackt hatte.

»Wo sind Sie gerade?«, fragte Herzfeld irritiert, als der Mann hinter der Theke lautstark Zehras Bestellung aufrief.

»Ich hole meine Mittagspause nach.«

»Wieso machen Sie das nicht hier und bringen mir was mit?«

»Bin in zehn Minuten da.« Sie legte auf. An der Theke nahm sie die Papiertüte mit den Burgern entgegen. Der junge Beamte aus der Abteilung Dokumentation würde vergeblich auf sein Essen warten.

Ein Selfie mit Kunst – das war noch das Spannendste, was sie auf Salehs Handy fanden. Die Anrufliste bestätigte, dass der Hawaladar telefonischen Kontakt mit der Botschaft von Qumar gehabt hatte. Das Selfie konnte der Beweis dafür sein, dass er tatsächlich dort gewesen war. Datum und Zeit der Aufnahme stimmten mit dem Termin, den Lindner für das Treffen mit Azzam, Saleh und al-Ghurani notiert hatte, überein.

»Warum fotografiert sich jemand vor einem Gemälde?«, fragte sich Zehra laut. Sie und Herzfeld aßen die Burger an einem gekachelten Labortisch.

»Weil er Kunstliebhaber ist?«, antwortete Herzfeld mit vollem Mund. Offenbar schmeckte es ihm. »Oder vielleicht sogar Sammler.«

»Dann ist das hier so etwas wie ein Picasso?« Zehra konnte mit Kunst nicht viel anfangen.

»Volltreffer«, sagte Herzfeld lächelnd. »Das ist ein Bild von Dia al-Azzawi, dem ›Picasso des Nahen Ostens‹. Hängt in Museen von London bis Bagdad.«

»Und vermutlich in der Botschaft von Qumar.«

»Brandt war da. Vielleicht hat er es gesehen.«

Zehra merkte, wie ihr Ärger wuchs. »Was spielt das noch für eine Rolle? Die ganze Waffenhandelssache war eine Sackgasse.«

Herzfelds Blick wurde nachdenklich. »Die Wege aller Opfer kreuzen sich an einem Punkt. Vielleicht ist es nicht der Waffenhandel, aber ich würde einiges darauf wetten, dass der Schlüssel zu dem Fall in der Botschaft liegt. Sie sollten nicht Ihre ganze Ermittlungsarbeit über Bord werfen, nur weil Sie sauer auf sich selbst sind. Oder auf Ihren Chef.«

Er hatte sie durchschaut. »Haben Sie eine Ahnung, wo er stecken könnte?«

Der Kaskel-Kiez war leicht zu finden. Bahngleise kesselten das beschauliche Viertel zwischen Ostkreuz und Nöldnerplatz ein, hinein gelangte man nur durch Unterführungen. Eine kleinstädtische Insel mit kaum zehn Straßen und eine der wenigen Ecken Berlins, in denen Zehra noch nie gewesen war. Es fiel ihr schwer, sich hier einen illegalen vietnamesischen Spielclub vorzustellen. Aber die kaltblau leuchtende Reklame, unter der sie den Omega entdeckte, passte auch nicht zu dem sanierten Gründerzeithaus. Zehra sah eine Parklücke, die selbst für einen Mini zu klein schien. Aber nur fast.

Im Lokal drängten sich mehr Menschen, als es Sitzplätze gab. Am Charme der Inneneinrichtung konnte das nicht liegen. Die Gesichter derjenigen, die einen Platz ergattert hatten und aßen, wirkten entspannt bis glücklich. Im Gegensatz zu den Mienen der Männer an den drei Tischen hinter dem schäbigen Paravent. Hier wurde nicht gegessen, dafür umso mehr getrunken. Die Karten saugten alle Aufmerksamkeit und jede Gefühlsregung der Spieler auf. Zehra erkannte Brandt fast nicht. Er sah sich nur ähnlich, wie ein Verwandter, den die Familie lieber verschweigt. Er blickte erst auf, als sie ihm nachdrücklich auf die Schulter tippte. Seine Augen waren gerötet, und er hatte Mühe, zu fokussieren.

»Können Sie mir tausend Euro leihen?« Er sprach langsam und vorsichtig. Trotzdem rutschte er auf den Silben aus. »Oder vielleicht auch zweitausend? Kriegen Sie alles wieder.«

Herzfeld hatte recht gehabt: Sie wäre besser nicht hergekommen.

Sie drehte sich um und nahm ihren Ärger wieder mit hinaus, ohne sich noch einmal nach Brandt umzusehen.

Familienfotos

Vielleicht hatte er ja noch eine Packung Erdnüsse. Zum dritten Mal durchwühlte er seinen Rucksack. Nichts. Natürlich.

Bald würde es dunkel sein, die Straßenbeleuchtung war vor zehn Minuten angeschaltet worden. Die misstrauischen Blicke der Hausbewohner hatten ihn gezwungen, seinen Standort mehrmals zu wechseln. Trotzdem hatte er das Restaurant nicht aus den Augen gelassen. Er musste bereit sein, wenn der Polizist herauskam. Aber seine Blase fühlte sich an, als würde sie gleich platzen.

Das Restaurant schien beliebt zu sein. Ihm war aufgefallen, dass viele Gäste allein aßen. Nach einer Dreiviertelstunde waren sie meistens schon wieder draußen. Die Zweier- oder Dreiergruppen blieben gewöhnlich länger. Wenn sie herauskamen, sahen sie satt und zufrieden aus.

Sein Magen knurrte.

Ab und zu verschwanden einzelne Männer im Lokal. Sie waren anders. Sie wirkten angespannt und hatten etwas Gehetztes. Von ihnen war noch keiner wieder herausgekommen. Wie der Polizist.

Ein kleiner grüner Wagen hielt vor dem Restaurant und setzte in einem einzigen Schwung in eine winzige Parklücke. Eine junge Frau stieg aus. Sie war klein, nicht größer als die meisten Filipinas. Sie warf die Wagentür zu und betrat das Restaurant, ohne einen Blick auf die Speisekarte im Schaukasten neben der Tür zu werfen. Sie war allein, aber sie gehörte weder zu denen, die nach einer Dreiviertelstunde wieder herauskamen, noch zu denen, die drinblieben.

Seine Blase machte sich mit einem schmerzhaften Stechen im Unterleib bemerkbar. Er konnte nicht mehr warten. Ein Stück die Straße hinunter gab es eine Toreinfahrt. Er hatte keine Wahl. Gut, dass es schon fast dunkel war.

In der Einfahrt roch es nach Urin. Er war also nicht der Erste. Er zog sich in die hinterste Ecke zurück. Bis hierhin fiel das Licht der Straßenlaterne nicht.

Er wollte gerade den Reißverschluss seiner Hose wieder schließen, als jemand von der Hofseite in den Durchgang kam. Eine Frau. Sie war alt. Sie ging vornübergebeugt und stützte sich auf einen Gehstock. Wie seine Großmutter. Krumm gebogen von siebzig Jahren in den Reisfeldern. Die alte Frau hob den Kopf und sah ihn an. Nicht wütend, nur traurig. Beschämt stahl er sich davon.

Der Polizist war nirgends zu sehen, sein Auto stand noch an seinem Platz. Das grüne Auto war schon wieder weggefahren. Schade, er hätte die junge Frau gern noch einmal gesehen. Er bezog wieder seinen Posten vor dem Penny-Markt.

Es dauerte noch eine Stunde, bis der Polizist die Tür aufdrückte. Er wankte rückwärts, und die Tür fiel wieder zu. Kurz darauf wurde sie von einem asiatisch aussehenden Mann in einem gelben T-Shirt aufgestoßen, und der Polizist stolperte ins Freie. Er war betrunken. Sehr betrunken. Der Mann im gelben T-Shirt klopfte ihm auf die Schulter und verschwand wieder im Restaurant.

Der Polizist ging ein paar Schritte auf seinen Wagen zu, hielt an, schüttelte den Kopf und stakste unsicher in der entgegengesetzten Richtung davon.

Was jetzt? Sollte er den Roller stehen lassen? Er musste sich schnell entscheiden. Er schob den Helm in den Rucksack und duckte sich in den Schatten hinter einem Lieferwagen. Er würde dem Polizisten einen kleinen Vorsprung lassen.

Der Polizist schien zu wissen, wohin er wollte. Seine Schritte waren zwar etwas wackelig, aber er hatte einen Rhythmus gefunden. Nach einer halben Stunde blieb er vor einem heruntergekommenen, bunt bemalten Mietshaus stehen. Fahnen und mit großen Buchstaben bemalte Tücher hingen aus den Fenstern. Auf einem war eine geballte Faust zu sehen. Hier wohnte er?

Der Polizist kramte in seinen Taschen. Ein Schlüsselbund fiel ihm aus der Hand, er hob ihn auf. Dann machte er kehrt und blieb vor dem Haus gegenüber stehen. Hier gab es keine Fahnen. Er fand den Schlüssel, steckte ihn ins Schloss, drückte die Tür mit seinem Körper auf und stolperte in den Hausflur.

Er sah, dass der Polizist das Treppenhauslicht nicht einschaltete. Schnell schlüpfte er durch die sich langsam schließende Tür. Er hielt die Luft an und lauschte in die Dunkelheit. Stockendes Atmen, schlurfende Schritte, zuerst auf den Fliesen, dann auf der hölzernen Treppe.

Er holte die Kopfaxt aus dem Rucksack, zog die Arbeitsschuhe aus und band sie mit den Schnürsenkeln an den Tragegurt. Dann tastete er sich vorwärts.

Der Polizist hatte auf dem ersten Treppenabsatz haltgemacht. Er schien aus dem Fenster zu schauen, hinauf zum abnehmenden Mond.

Im vierten Stock hatte er sein Ziel erreicht. Er schloss auf, stolperte über die Fußmatte in den dunklen Flur. Fluchend gab er der Tür einen Stoß, sie schloss sich.

Der Schlüssel steckte noch im Schloss, der Schlüsselbund schwang geräuschlos hin und her. Er legte sein Ohr an die Tür. Nach einer Weile wurde es still in der Wohnung. Er zählte weitere hundert Atemzüge, dann drehte er den Schlüssel im Schloss. Die Tür knarrte leise. Er schloss sie hinter sich. Der Polizist hatte im Flur eine Spur hinterlassen. Regenjacke, Jackett, Schuhe. Sie endete vor der zweiten Tür auf der linken Seite. Die Tür war nur angelehnt. Dahinter war ein gleichmäßiges Schnarchen zu hören. Seine Finger schlossen sich fester um den Schaft der Axt.

Mondlicht fiel durchs Fenster. Der Polizist lag angezogen auf dem zerwühlten Bett, das Hemd hing ihm aus der Hose. Er war allein. Offensichtlich lebte außer ihm niemand in dieser Wohnung. Keine Frau, keine Kinder. Er war nicht mehr jung. Wo waren die Kinder?

Auf der anderen Seite des Flurs lag die Küche. Er schaltete das Licht an. Auch hier: keine Fotos von Kindern. Überhaupt keine Fotos. Der Kühlschrank erinnerte ihn daran, dass er Hunger hatte. Er fand Brot, Salami und eine Flasche Tsingtao-Bier. Er aß und trank.

Er löschte das Licht und trat wieder in den Flur. Das Schnarchen hatte sich nicht verändert.

Zuerst begriff er nicht, welche Funktion das Zimmer neben der Küche hatte. Ein Sofa, ein Sessel, ein niedriger Tisch, ein Regal, halb ausgeräumte Aluminiumkisten, der Inhalt überall verstreut.

Sein Blick fiel auf einen Stapel vergilbter Zeitungen. Er erkannte den Baguio Midland Courier. Das billige Papier der Tageszeitung war trocken und brüchig. Die Schlagzeile lautete: »Bulacan couple slain after spat with Ilocos political family kin«. Ein Paar, ermordet, weil es versehentlich einer politisch einflussreichen Familie in die Quere gekommen war. Das Übliche. Er suchte das Datum der Zeitungsausgabe. »February 13th, 2003«.

Auch die dunkelroten Hefte waren ihm vertraut. Seine Schwester hatte sie in der Highschool benutzt. Er schlug das oberste Heft auf. Es war ein Tagebuch, aus demselben Jahr wie die Tageszeitung. Er kannte die Sprache nicht, in der es geschrieben war. Vermutlich war es Deutsch. Er legte das Heft wieder hin.

Er hielt eins der gerahmten transparenten Fotos, die er in den Kunststoffkästen fand, gegen das Licht. Er konnte nichts erkennen, das Bild war zu klein. In einer Papprolle fand er Landkarten. Einige farbig, andere schwarz-weiß und offenbar Kopien alter Karten, einige amateurhaft von Hand gezeichnet. Sie zeigten die Dörfer Zentral-Bontoks. Es gab auch Zeichnungen der Geräte, die im Männerhaus verwahrt und nur zu bestimmten Ritualen ins Freie gebracht wurden. Sogar die Kellen, Töpfe, Siebe, die Körbe, in denen Reis und getrocknete Bohnen aufbewahrt wurden, hatte er gezeichnet. Warum? Er hätte sie fotografieren können.

Was es mit den großen, aus DIN-A4-Blättern zusammengeklebten Bögen auf sich hatte, verstand er zuerst nicht. Viele Namen, die durch Linien und Pfeile miteinander verbunden waren. Dann begriff er: Die Linien zeigten, wie die Menschen, denen die Namen gehörten, miteinander verwandt waren. Ganze Familien, über Generationen hinweg, Dutzende von Namen. Sie erzählten alles, die Familiengeschichten, wer wen geheiratet, wer welche Felder geerbt hatte, wann und wie gestorben war. Geheimnisse. Er kannte viele. War mit ihnen zur Schule gegangen. Hatte vor nicht mal zwei Wochen noch mit ihnen in den Kneipen in Baguio getrunken.

Der Polizist hatte alles aufgeschrieben, die DIN-A4-Blätter aneinandergeklebt, in seine Aluminiumkisten gepackt, mit nach Deutschland genommen und vergessen. Wie die Decke und das Lendentuch, die er zuunterst in einer der Kisten fand. Muster und Farben der Bontok. Seine Muster und Farben. Handgewebt, vielleicht sogar von seinen eigenen Vorfahren. Wie die Decken und Tücher in den geflochtenen Körben seiner Großmütter. Und im Museum an der Wand, hinter Glas.

Er nahm die Halskette aus den winzigen Glasperlen in die Hand. So eine Kette hätte seine Schwester irgendwann geerbt. Er legte sie zurück.

Kinderzeichnungen, mit Buntstift auf Blätter gemalt, die aus einem Schulheft gerissen waren. Er erkannte Terrassenfelder, Reisspeicher, Berge, Wasserbüffel. Solche Bilder hatte er als Kind auch gezeichnet.

Eine getrocknete Blüte in einer Klarsichthülle. Winzige Blätter in Hellblau. Solche Blüten wuchsen an Sträuchern, weit oben in den Bergen. Da, wo man Rast machte, wenn man aus Baguio oder vielleicht sogar aus Manila ins Dorf zurückkehrte. Acht Stunden in einem überfüllten klapprigen Bus auf dem von Bergrutschen bedrohten Mountain-Trail, dann in überladene Jeepneys gepfercht das enge Tal hinauf bis zu den Reisterrassen und von dort auf schlüpfrigen Pfaden bis zur Dorfgrenze. Dort musste man rasten und etwas Tabak verbrennen, um feindselige Geister zu besänftigen und schädliche Energien abzuschütteln, die sich draußen an die Rückkehrer geheftet hatten.

Hinter den Kisten lag etwas auf dem Boden. Ein Bontok-Speer. Früher hatte man sie im Kampf und bei der Kopfjagd benutzt. Heute nur noch beim *chuno*, wenn über die Bergweiden streifende Wasserbüffel mit Speeren gejagt wurden. Die Tiere wurden vor Ort zerlegt. Die Männer rauchten, tranken Reiswein, kleine Stücke vom Magen des getöteten Tieres wurden roh gekaut. Er war dabei gewesen. Er konnte sich noch an den säuerlichen Geschmack erinnern. Die Köpfe der Wasserbüffel wurden unter dem Haus aufgehängt. Zwei Wochen lang kündete der Verwesungsgeruch vom Ansehen seiner Bewohner.

Eingeklemmt hinter der Fußleiste fand er noch etwas, eine Kopfjagdaxt. Der Ruß der offenen Feuerstellen hatte den Hartholzgriff geschwärzt, regelmäßiger Gebrauch hatte ihn poliert. Die Klinge war mit Rost und Staub überzogen. Äxte wie diese waren das Universalwerkzeug der Bontok gewesen. Heute benutzte man scharf geschliffene Haumesser. Sein Onkel verstand sich darauf, sie aus den Blattfedern verschrotteter Lastwagen zu schmieden.

Diese Axt lag besser in der Hand als die Kalinga-Axt, die er im Museum gestohlen hatte. Er machte einen Ausfallschritt und ließ sie durch die Luft sausen. Ein Stapel Farbfotos fiel vom Couchtisch. Es waren Aufnahmen von Bontok-Familien – Eltern, Kinder, Großeltern, die sich vor ihren Häusern für den Fotografen aufgestellt hatten. Einige Ältere trugen die traditionelle Kleidung. Alle schauten mit großem Ernst in die Kamera. Sogar die Kinder. Als wollten sie sicherstellen, auf dem Foto vollständig präsent zu sein. Das war heute anders. Alle seine Freunde besaßen Kamerahandys. Ständig machten sie Schnappschüsse und verschickten sie über Instagram und WhatsApp. Bilder, bei denen man kein zweites Mal hinsah.

Er hob die Fotos vom Boden auf und schob sie zu einem Stapel zusammen. Er stutzte. Zuerst wollte er es nicht glauben. Er blätterte durch den Stapel, bis er das Foto gefunden hatte. Er hatte sich nicht getäuscht: Aus dem Bild schauten ihn sein Vater, seine Mutter, seine Großeltern, seine Schwester an. Alle viel jünger und in ihrer besten Kleidung. Sein Vater trug sogar sein weißes Hemd. Hinter seiner Schwester lugte ein kleiner Junge hervor. Es dauerte einen Moment, bis er begriff: Das war er selbst.

Eine unscharfe Erinnerung stieg in ihm auf. Er hatte mit seinen Freunden auf der Plattform vor dem Männerhaus gespielt. Seine ältere Schwester war gekommen und hatte ihn gerufen. Er hatte geglaubt, sein Großvater wolle ihn mit in die Felder nehmen, um die Reisvögel zu verscheuchen. Er hatte sich gefreut. Doch dann war da ein weißer Mann gewesen, der sie fotografieren wollte. An das Gesicht des Mannes konnte er sich nicht erinnern.

Mit der Kopfjagdaxt in der einen Hand und dem Foto in der anderen schlich er zurück ins Schlafzimmer. Der Polizist lag jetzt auf dem Rücken und schnarchte nicht mehr. Er beugte sich über ihn und studierte sein Gesicht. Nein, er erinnerte sich nicht. Aber der Polizist hatte sie alle fotografiert. Einfach so. Wie Tiere im Zoo.

Der Polizist atmete ruhig. Er konnte sehen, wie die Halsschlagader pulsierte. Die Kopfjagdaxt lag gut in seiner Hand. Ausbalanciert. Viel besser als die Kalinga-Axt.

Sonntag

Chaos

Es wurde nicht hell. Zehra lag auf der Kaltschaummatratze und wartete seit zwei Stunden darauf, dass der Tag anbrach. Vor einer Stunde hatte sie auf ihrem Handy den Sonnenaufgang gegoogelt: sechs Uhr vierundvierzig. Jetzt war es sechs Uhr neunundfünfzig. Doch kein Morgenlicht drang durch die Vorhänge, kein Geräusch von Verkehr oder Müllabfuhr. Es war Sonntag. Ein dunkler Tag.

Die Anzeige auf dem Display sprang von sechs Uhr neunundfünfzig auf sieben Uhr um. Das Handy spielte ihren Wecksong. Knisternd landete eine Nadel auf einer Schallplatte, Streicher schlichen heran, eine E-Gitarre schlug Offbeat-Akkorde, die Rhythm-Section setzte ein und mit dem Bass der Rest der Combo. »Die Nacht ist vorbei, die bösen Geister sind weg. Ich kipp dich ausm Bett und mach Kaffee, der tote Tanten weckt.«

Zehra stand auf. Ein antrainierter Automatismus: Der Wecksong ertönte, sie stand auf. Gleich, ob sie vorher im Tiefschlaf oder Stunden wach gelegen hatte. Sie stellte den Wecker auch, wenn sie ausschlafen konnte, dann auf eine spätere Zeit. Und sie stöpselte ihr Handy immer an das Ladekabel, bevor sie schlafen ging, selbst wenn der Akku noch fast voll war. Sie hatte Angst davor, was passieren würde, sollte es einmal versagen. Falls das in den dunklen Monaten geschah, würde sie wahrscheinlich tagelang im Bett liegen bleiben. Jeden Morgen würde sie versuchen hochzukommen, nie würde sie genug Kraft finden. Aber das war eine irrationale Angst. Ihr Handy war das zuverlässigste auf dem Markt.

Sie stellte den Song auf Wiederholen und streamte ihn auf ihr Heimnetzwerk. Dann stieg sie über die Bauteile ihres Bettes und ging ins Bad. Auch dort hatte sie einen WLAN-Lautsprecher aufgestellt. Unter der Dusche überlegte sie, einen neuen Wecksong zu programmieren, in diesem wurde unter heißer Sonne am Strand getanzt. Sie entschied sich dagegen. Der Text war schon im Sommer nur eine schöne Lüge gewesen. Böse Geister verschwanden nicht mit der Nacht.

Um sieben Uhr dreiundvierzig verließ Zehra ihre Wohnung, um acht Uhr eins fuhr sie auf den Parkplatz der Direktion 3. In der Keithstraße musste sie erst um zehn Uhr erscheinen, Tietze nahm Rücksicht auf die Familienväter und -mütter im Team. Das stärkte seine Position. Und gab ihr genug Zeit, sich das Foto von Salehs Handy auf hochauflösenden Monitoren anzusehen. In den Stunden vor ihrem Weckruf hatte sie eine Idee gehabt, die ihr umso alberner erschien, je länger sie darüber nachdachte. Aber hier im Keller war sie allein. Wenn sie sich lächerlich machte, dann ausnahmsweise nur vor sich selbst.

Sie bekämpfte das Gefühl der Enge im fensterlosen Medienraum mit ihrer Atmung und der Behauptung von Routine. Sie startete den Rechner und importierte Salehs Foto von ihrem Handy. Sie wählte den Bildausschnitt so, dass nur noch das Gemälde von Dia al-Azzawi zu sehen war.

Das Bild hing in einem Rahmen hinter Glas. Eingehend betrachtete sie die großflächigen, dunklen Bereiche des Gemäldes. Da! Da war etwas. Wieder vergrößerte sie einen Ausschnitt. Das Glas spiegelte den Raum. Eine Sitzgruppe war zu erkennen, darauf die Schemen von drei Personen. Noch bevor sie auch nur einen Bildparameter veränderte, wusste Zehra, sie hatte einen Volltreffer gelandet. Sie machte sich an die Arbeit.

Vierzig Minuten später blickte sie auf ein pixeliges, aber klar erkennbares Gruppenbild. Lindner und al-Ghurani saßen einander gegenüber. Azzam hatte neben al-Ghurani Platz genommen, sich aber zur Seite gewandt. Dort standen zwei Frauen, die aus dem Schatten aufgetaucht waren, als Zehra das Bild bearbeitet hatte. Sie trugen Kittel und schoben einen Putzwagen. Eine hatte asiatische Gesichtszüge. Das Gesicht der anderen war verdeckt. Azzam starrte die Frauen an. Zehra erkannte den Blick wieder. Auf dem Überwachungsband aus dem Golfclub starrte der Araber die junge Kioskangestellte genauso an.

Zehra fertigte Vergrößerungen von allen Personen an und speicherte die Dateien auf ihrem Handy. Dann fuhr sie den Rechner herunter. Sie hatte den unwiderlegbaren Beweis erbracht, dass alle drei Opfer sich in der Botschaft von Qumar getroffen hatten. Zehra sah auf die Uhr. Ihr blieb noch eine knappe Stunde, bis die MK ihren Sonntagsdienst aufnahm. Und es gab eine gute Chance, dass die Brötchen in der Kantine noch frisch waren.

Der Raum war nur spärlich besetzt. Mit einem Brötchen, Butter, Nutella und einem Kaffee auf ihrem Tablett steuerte Zehra die Sitzreihe am Fenster an. Da entdeckte sie Kriminaldirektor Börning an einem Tisch mit einem hochgewachsenen Mann, der ihr den Rücken zuwandte. Unauffällig wollte Zehra abdrehen. In dem Moment wandte Börning leicht den Kopf und blickte sie direkt an. Mist. Zehra legte sich eine Ausrede zurecht, warum sie nicht in der Keithstraße war, und ging auf ihn zu. Als Zehra näher trat, erkannte sie Börnings Gesprächspartner. Es war Oberstaatsanwalt Siegrist.

»Natürlich ist das eine Sauerei«, hörte sie ihn sagen, »gar keine Frage! Aber wir können nicht so tun, als habe es keine Ermittlungspannen gegeben. Der Regierende erwartet Konsequenzen.«

Zwischen den beiden Männern lag eine Sonntagszeitung auf dem Tisch. Die Überschrift nahm die Hälfte der Titelseite ein: »Kopfjagd in Berlin«. Darunter ein Foto von Brandt am Tatort im Museum und der Satz: »Sonderdezernat lässt Dreifach-Killer entkommen«. Zehra blieb stehen.

»Das heißt im Klartext?«, wollte Börning wissen. Nichts in seiner Miene deutete mehr darauf hin, dass er Zehra bemerkt hatte.

»Sie werden das Aquarium wieder los«, antwortete Siegrist.

»Terrarium«, korrigierte Börning.

»Wie auch immer. Das SD Fremdkultur wird aufgelöst. Ich habe für morgen eine Pressekonferenz angesetzt. Dann mache ich es offiziell.«

»Sie?«, fragte Börning. Es klang beiläufig. Aber Zehra begriff sofort, dass es keine Frage war. Es war eine klare Anspielung darauf, dass Siegrist an Fäden zog, die weit über seine Amtsbefugnisse hinausreichten.

»Natürlich im Auftrag des Polizeipräsidenten.« Siegrists Ton verschärfte sich fast unmerklich.

»Natürlich.« Börning lehnte sich zurück. Er sah Zehra an und verzog überrascht das Gesicht. »Oberkommissarin Erbay! Wo kommen Sie denn so plötzlich her?«

Siegrists Kopf fuhr herum. Das war das einzige Anzeichen von Verunsicherung, das Zehra bemerkte. Sie spulte ihre Ausrede ab: »Ich musste noch unsere Ermittlungsunterlagen holen. Und in der Keithstraße gibt es keine Kantine.«

»Setzen Sie sich doch zu uns«, forderte Siegrist sie auf. Dabei lächelte er sie an. Zehra wurde kalt. Sie ging um den Tisch herum, stellte ihr Tablett ab und setzte sich auf den freien Stuhl neben Börning. Siegrist deutete auf die Zeitung. »Schon gelesen?«

Zehra schüttelte den Kopf.

»Ist es auch nicht wert. Achtzig Prozent davon sind Dreck. Reine Meinungsmache.«

»Und die restlichen zwanzig?«, fragte Zehra. Sie bemühte sich, ihrer Stimme einen festen Klang zu geben.

»Fakten. Leider. Sie können nur von einem Insider stammen. Eine Riesensauerei!«

Er erwartete ihre Zustimmung. Sie schaffte es, nichts zu sagen.

»Tut mir leid, dass Sie es auf diese Weise erfahren.« Siegrist klang wie ein gütiger Vater. »Aber machen Sie sich keine Sorgen. Für eine junge Beamtin mit Ihren Fähigkeiten findet sich immer ein Platz. Wie würde Ihnen das LKA 4 gefallen?«

Wenn Zehra etwas mehr interessierte als Delikte am Menschen, dann waren das Organisierte Kriminalität und qualifizierte Bandenkriminalität. Dafür war die Abteilung 4 im LKA-Hauptquartier am Tempelhofer Damm zuständig. »Ich wollte mich da bewerben. Es gab keine freie Planstelle.«

»Es wird eine geben. Ich lasse Ihre Unterlagen weiterleiten.« Siegrist erhob sich und blickte auf sie herab. »Ich gehe davon aus, dass alles, was Sie gerade gehört haben, unter uns bleibt. Haben wir uns verstanden?«

»Haben wir«, antwortete Zehra.

Siegrist nahm seinen Mantel von der Stuhllehne, legte ihn sich über den Arm und sah Börning an. »Sie sind übrigens ein beschissener Schauspieler.«

Siegrist ging. Börning blickte ihm nach. Zehra sah ein Grinsen in seinen Mundwinkeln. »Was wird aus Brandt?«

Börning zuckte mit den Schultern. »Polizeipräsident jedenfalls nicht mehr.«

Sie nahm den Finger vom Knopf. Vielleicht war die Klingel kaputt. So wie das Haus aussah, hätte sie das nicht gewundert. Sie rief an und landete direkt auf der Mailbox. Sein Handy war ausgeschaltet. Sie wollte schon wieder gehen, da stürmte eine Bande halbwüchsiger Jungen aus dem Haus. Als die Tür wieder zuschlug, stand Zehra im Flur. Es roch nach Schimmel und gebratenem Fleisch. Die Holztreppe ächzte unter jedem Schritt. Dem Klingelschild nach lag seine Wohnung im vierten Stock. Zehra war noch auf den Stufen, da sah sie den Schlüssel im Schloss stecken. Sie drückte trotzdem auf die Klingel. Hinter der Tür schellte es schrill. Zehra lauschte einige Sekunden. Aus der Wohnung drang nicht das kleinste Geräusch. Sie drehte den Schlüssel um und öffnete die Tür.

»Hauptkommissar Brandt?«

Keine Antwort. Durch den schmalen Flur lief eine Spur aus Schuhen und Kleidungsstücken. Die Luft roch abgestanden. Vier Türen gingen ab, nur eine war geschlossen. Die beiden ersten Räume, Küche und Bad, waren leer. Auch im Wohnzimmer am Ende des Gangs war niemand. Aber es sah darin aus wie nach einem Einbruch. Aluminiumkisten standen offen vor der Couch, Fotos, Dias, Landkarten, Zeitungsausschnitte, Stofftücher, Perlenketten – alles lag verstreut auf dem Boden. An einer Wand lehnte ein Speer. Und auf dem niedrigen Tisch lag etwas, das aussah wie eine Mischung aus dem Eispickel eines Bergsteigers und dem Beil eines Fleischers. Den Stiel aus dunklem Holz zierten Kupferstifte, das Ende wies eine Verdickung auf. Vermutlich damit er nicht aus der Hand rutschte, wenn man zuschlug. Sowohl Holz als auch Metall wirkten alt. Ein verwischter, bräunlich eingetrockneter Fleck auf der Oberkante des Blattes nicht.

Zehra zog ihre Waffe. Leise ging sie zurück zu der geschlossenen Tür. Sie drückte mit der linken Hand die Klinke hinunter, stieß die Tür auf und stand mit einem Satz im Zimmer. Ein Mann lag, halb bedeckt von einer zerwühlten Decke, mit dem Gesicht nach unten auf dem Bett. Er rührte sich nicht. Er trug noch seine Hose und sein Hemd. Zehra sah kein Blut. Sie konnte nicht erkennen, ob er atmete.

Die Pistole im Anschlag, näherte sie sich dem Bett und streckte eine Hand aus, um den Puls des Mannes zu prüfen. Als ihre Finger seine Halsschlagader berührten, fuhr er hoch. Sekundenlang starrte Brandt sie an.

Zehra ließ ihre Waffe sinken. »Morgen. Sie gehen duschen, ich koche Kaffee. Einverstanden?«

Sie trank den Kaffee im Wohnzimmer inmitten der Unordnung. Ein Einbrecher hätte die Sachen nicht so sorgsam abgelegt. Nach zehn Minuten kam Brandt herein. In der einen Hand hielt er einen dampfenden Becher, in der anderen ein Glas, in dem zwei Tabletten sprudelten. Seine Haare waren feucht, sein Gesicht immer noch verquollen. Aber er wirkte ansprechbar.

»Haben Sie was gesucht?«, fragte sie ihn.

Er nickte und verzog prompt schmerzvoll das Gesicht. Danach hielt er den Kopf still. »Aber das ist schon Tage her. Und ich erinnere mich nicht, dass ich *so* ein Chaos gemacht habe.«

»Erinnern Sie sich überhaupt an was?«

»Sie wollten mir kein Geld leihen.« Er setzte das Glas an und trank in großen Zügen.

Zehra wartete, bis er ausgetrunken hatte. Dann deutete sie auf den niedrigen Tisch. »Gehört das Ding da Ihnen?«

»Das Ding ist eine Kopfaxt. Ich habe Sie aus Luzon mitgebracht. Ich war da als –« Er brach mitten im Satz ab. Er starrte auf die Axt. »Das ist nicht meine. Das ist eine Kalinga-Axt. Meine ist aus Bontok.« Er ging zum Tisch, beugte sich hinunter.

»Nicht anfassen! Es ist Blut daran.«

Äxte

Zehras Anspannung war mit Händen zu greifen. Seit er die Axt gefunden hatte, hatte sie kein Wort gesprochen.

Ihm brummte der Schädel. Die drei Aspirin hätten längst wirken müssen. Er brauchte einen klaren Kopf, aber der fühlte sich im Moment an wie ein Eimer voll Melasse. Zehra dagegen war hellwach, das sah er. Und in ihr arbeitete es.

Er hatte Herzfeld angerufen. Es war Sonntag, aber natürlich war der Forensiker in seinem Labor. Wenn eine neue Mordkommission auf Touren kam, war er das immer.

»Jetzt fragen Sie schon.«

Ihr Blick war distanziert. Sie zögerte. »Wie kommt diese Axt in Ihre Wohnung?« Sie sagte »Axt«, aber sie meinte »Tatwaffe«.

»Ich habe nicht die blasseste Ahnung.«

Ein zweifelnder Blick.

»Lassen Sie es raus. Tietze wird sich auch nicht zurückhalten.«

Sie sprach bedachtsam, als bewege sie sich in vermintem Gelände.

»Wenn das die Tatwaffe ist …« Sie verstummte.

»Weiter.«

»Ich fang mal anders an. Unmittelbar vor dem letzten Mord hat jemand nicht weit vom Tatort mehrere Gegenstände aus dem Ethnologischen Museum gestohlen. In einer Ausstellung über die Igorot – das sind Kopfjäger.«

»Ehemalige Kopfjäger.«

Sie ließ sich von dem unbedeutenden Detail nicht bremsen. »Kurz darauf tötet jemand keine zweihundert Meter Luftlinie entfernt einen Mann durch einen Hieb in den Hals, schneidet dem Opfer ein Ohr ab und nimmt es mit. Ein Täter, von dem wir mit ziemlicher Sicherheit sagen können, dass er bereits zwei Morde begangen und dabei die Köpfe seiner Opfer mitgenommen hat.«

Die Straßen waren noch leer. Zehra hätte Gas geben können, blieb aber sogar noch unter der Geschwindigkeitsbegrenzung. Jetzt fuhr sie rechts ran, hielt an und stellte den Motor aus. Sie wandte sich ihm zu und sah ihn an.

»Ich habe die Liste der gestohlenen Gegenstände noch nicht gesehen, aber ich wette meinen Mini Cooper darauf, dass eine Kopfjagdaxt dabei ist.«

Er musste an den Omega denken. Er hatte drei Tage, um ihn bei Thién auszulösen.

»Sie sind sozusagen Igorot-Spezialist.«

»Nicht sozusagen.«

»Spezialist für Kopfjäger. Sie haben dort jahrelang gelebt. Und jetzt liegt die Tatwaffe in Ihrer Wohnung.«

Der Mörder war in seiner Wohnung gewesen. Hatte sich in der Küche ein Brot gemacht. Das letzte Bier getrunken. Die Tatwaffe in seinem Wohnzimmer deponiert und dafür eine mitgenommen, die Brandt vor fast fünfzehn Jahren von seiner Feldforschung mitgebracht hatte. Vermutlich hatte der Mann an seinem Bett gestanden. Er spürte ein Prickeln auf der Haut, fast wie das Gefühl in der Ayahuasca-Hütte, als ihm Stacheln gewachsen waren. Eine Halluzination. Das war der Mann mit der Kopfjagdaxt nicht.

»Wenn ich Tietze wäre«, fuhr Zehra fort, »würde ich Sie ganz oben auf meine Liste der Verdächtigen setzen. Sie haben die Morde nicht selbst begangen, das ist klar, aber Sie sind in die Taten verwickelt.«

»Wenn Sie Tietze wären.«

Sie sah ihn schweigend an.

Herzfeld starrte auf die Axt.

»Sofort?«

»Sofort.«

Brandt war allein hinaufgefahren. Zehra hatte protestiert. Er hatte es ihr erklärt. »Je weniger Sie wissen, desto besser. Aber ich liefere mich nicht selbst ans Messer, bevor ich verstehe, was hier vor sich geht. Dabei müssen Sie nicht mitmachen. Sollten Sie auch nicht.«

»Ich –«

Er würgte sie ab. »Denken Sie in Ruhe nach.«

Herzfeld sah müde aus. Er hatte Schlaffalten im Gesicht und war ungekämmt.

Brandt deutete auf die Klappliege mit dem Schlafsack. »Hat Ihre Frau Sie rausgeworfen?«

Herzfeld war zu fertig, um auch nur müde zu lächeln. »Was haben Sie gesagt, woher die Axt stammt?«

»Ich habe gar nichts gesagt.«

Herzfeld blickte ihn an wie ein Sternekoch einen Fisch von zweifelhafter Qualität.

»Darüber reden wir später«, schob Brandt nach. »Können Sie es nicht erst mal inoffiziell machen? Oder erst morgen verschriftlichen?«

Statt zu antworten, fragte Herzfeld: »Was wollen Sie zuerst wissen?«

»Erstens: Ist das Blut?« Er deutete auf die dunkle Substanz an der Klinge. »Zweitens: Ist es das Blut unseres letzten Opfers?«

»Ich dachte, Sie sind raus aus dem Fall?«

Jetzt war es Brandt, der Herzfeld schweigend ansah.

»Na schön. Gehen Sie frühstücken. In einer Stunde habe ich was für Sie.«

»Danke«, sagte Brandt.

Als er das Labor verließ, rief ihm Herzfeld nach, er solle ihm einen doppelten Espresso mitbringen.

Der Mini stand noch in der Parkbucht, sie war also noch dabei. Er stieg ein. »Wir sollen in einer Stunde wiederkommen.«

Zehra nickte. »Und jetzt?«

»Lade ich Sie zum Frühstück ein. Aber vorher muss ich noch was erledigen.«

Nach fünf Minuten hatten sie einen Geldautomaten gefunden. Nachdem er seinen Dispo etwas belastet hatte, spuckte der Automat die nötigen Geldscheine aus. Zehra kannte die Adresse des Phu Duc und hielt kurz darauf vor dem Restaurant.

»Meinen Sie, da ist so früh schon jemand?«

Er öffnete die Wagentür. »Der Koch ist ein Neffe dritten Grades des Besitzers. Der lässt ihn im Restaurant schlafen.«

Nachdem er drei Minuten an die Tür gehämmert hatte, öffnete ein schlaftrunkener junger Mann in Boxershorts und grauem Unterhemd. Er ließ Brandt rein. Kurz darauf kam er wieder heraus, um zweitausend Euro ärmer, aber mit dem Schlüssel seines Dienstwagens. Er bedeutete Zehra, die Seitenscheibe runterzulassen.

»Mögen Sie Baked Beans und Rührei? Ich kenne einen Pub, der hat immer auf.«

Sie runzelte die Stirn.

»Okay, schon kapiert. Sie stehen auf Müsli und Croissants.«

»Nein, machen Sie ruhig, ich habe schon gefrühstückt.«

»Umso besser. Dann fahren Sie einfach hinter mir her. Mein Wagen steht da vorn.«

Er wollte gehen, aber sie hielt ihn zurück. »Hier, sehen Sie mal.« Sie hielt ihm das Display ihres Smartphones hin. »Die gestohlenen Gegenstände aus dem Museum.«

Sie war auf die Internetseite der Sachfahndung der Direktion 4 gegangen, wo die Kollegen um Mithilfe bei der Suche nach gestohlenen Gegenständen baten. Unter der Überschrift »Diebstahl aus dem Ethnologischen Museum Dahlem« hatten sie drei Fotos eingestellt: Handgriff eines rituellen Gongs *(gangsa)*, menschlicher Unterkiefer, Bontok, Philippinen; Tabakpfeife *(fangfanga)*, Bronze, Bontok, Philippinen; Kopfjagdaxt *(peted)*, Bontok, Philippinen.

Es war die Axt, die er in seinem Wohnzimmer gefunden hatte.

Zehra schien das MK-Meeting in der Keithstraße abgehakt zu haben. Also konnte Brandt sie genauso gut mit rauf zu Herzfeld nehmen. Herzfeld runzelte die Stirn, als er sie zusammen hereinkommen sah. Offensichtlich passte es ihm nicht, dass Brandt seine neue Assistentin in die Sache mit hineinzog.

»Muss das sein?« Herzfeld nickte in Zehras Richtung.

Die Frage war an Brandt gerichtet. Er wollte antworten, aber Zehra kam ihm zuvor.

»Das geht schon klar.«

Herzfeld zuckte mit den Achseln. »Wenn Sie meinen.« Er zog das Tuch weg, unter dem er die Axt vor den neugierigen Augen seiner Mitarbeiter verborgen hatte. »Es ist die Tatwaffe.«

Er wartete darauf, dass Brandt etwas sagte, aber der schwieg. »Ein zentrales Beweisstück. Das kann ich nicht unter den Tisch fallen lassen.«

»Sollen Sie auch nicht, Herzfeld.«

»Es gibt jetzt eine große MK. Wenn Tietze hiervon erfährt, kommen Sie in Teufels Küche. Und ich auch.«

Brandt überlegte. Was konnte er Herzfeld guten Gewissens sagen? »Das Beweisstück ist unter Umständen gefunden worden, die unbedingt zuerst geklärt werden müssen. Zwölf Stunden?«

Herzfeld war nicht glücklich mit der ganzen Angelegenheit, das sah ein Blinder. Aber er nickte zögernd. »Sie haben Zeit bis Montag früh. Dann geht mein Bericht raus, und Sie müssen erklären, woher Sie das Ding haben.«

Mehr gab es dazu nicht zu sagen. Herzfeld warf das Tuch wieder über die Axt und beugte sich über sein Mikroskop. Brandt nickte Zehra zu. Sie gingen.

Tabula rasa

Sie traten wieder in den grauen Sonntagmorgen hinaus. Brandt atmete durch. Ihm blieben knapp zwanzig Stunden.

Zehra drehte sich um.

»Wo bleiben Sie?«

»Wir fangen noch mal ganz von vorn an. Wir gehen alles durch.«

»Im Terrarium ist nichts mehr. Das hat alles Tietze. Wir könnten wieder leere Blätter an die Pinnwand heften. Platz für neue Ideen.«

Meinte sie das ernst?

Die Blicke der Kollegen waren diesmal fast mitleidig, als Zehra und er das Großraumbüro durchquerten.

Jetzt standen sie seit fünf Minuten vor der Pinnwand und starrten auf drei leere weiße Blätter. Überschriften hatten sie sich geschenkt. Tabula rasa.

Zehra brach das Schweigen. »Die Axt aus Ihrer Wohnung ist die Tatwaffe des dritten Mordes. Wir können also davon ausgehen, dass der Täter in Ihrer Wohnung war. Warum hat er sie zurückgelassen?«

»Er hat sie ausgetauscht. Eine Axt der Kalinga gegen eine Axt aus Bontok.«

»Die erste Frage ist: warum?«

»Das ist die zweite. Die erste lautet: Wieso kennt er mich überhaupt? Aber klammern wir das zunächst mal aus. Wie er reingekommen ist, wissen wir. Doch was war vorher? Ist er mir gefolgt, oder hat er auf mich gewartet?«

»Wo waren Sie gestern überall? Was haben Sie gemacht?«

Er überlegte. »Zuerst war ich bei Siegrist in Moabit. Dann auf einer Beerdigung in Neukölln. Dann bei Thién. Dann sind Sie aufgekreuzt. Ich bin zu Fuß nach Hause gegangen.«

»Ist Ihnen jemand aufgefallen, oder hat sich jemand merkwürdig verhalten?«

»Niemand.«

»Wer ist beerdigt worden?«

»Eine entfernte Bekannte«, erwiderte er. Es war nicht mal gelogen. »Eine Filipina. Igorot.« Jetzt war es passiert. Er machte sie zur Mitwisserin.

Zehra ließ die Informationen einsinken, dann schüttelte sie den Kopf. »Das bringt uns auch nicht weiter.«

Sie ging zum Schreibtisch. Ihre Jacke hing über einem Stuhl. Sie schob ihre Hand in eine der vielen Taschen und förderte einen Schokoriegel zutage. Sie wickelte ihn aus und biss die Hälfte ab.

Er überlegte laut. »Als hätten wir es mit Teilen aus zwei oder drei verschiedenen Puzzles zu tun. Schreiben Sie mal auf.«

Sie legte den Schokoriegel weg. In einer Schreibtischschublade fand sie einen blauen Marker.

»Puzzle Nummer eins: Kopfjagd. Der Täter schlägt Köpfe ab, manchmal auch nur ein Ohr. Bevor er tötet, zieht er sich aus. Er stiehlt Museumsobjekte, die mit Kopfjagd zu tun haben.«

»Als wolle er sich in einen ›Wilden‹ verwandeln.« Zehra schrieb.

»Vielleicht will er auch nur vermeiden, dass Blut auf seine Kleidung spritzt. Er schleicht sich in die Wohnung eines ehemaligen Ethnologen. Er tauscht eine Kalinga-Axt gegen eine Bontok-Axt aus. Warum? Vielleicht war sie einfach nur schärfer.«

»Ihm scheint egal zu sein, dass die Tatwaffe seines letzten Mordes der Polizei in die Hände fällt. Will er geschnappt werden?«

»Vielleicht hält er sich für unantastbar. Im Museum ist er ein extremes Risiko eingegangen.«

»Also doch ein Verrückter.«

»In diesem Puzzle sieht es ganz so aus. Aber nicht in Puzzle Nummer zwei. Der Wahl seiner Opfer.«

Zehra heftete ein zweites leeres Blatt an die Pinnwand.

»Da folgt er einem System oder Plan, den wir bisher nicht erkennen. Das zweite Puzzle besteht aus völlig anderen Teilen. Es hat mit dem Nahen Osten zu tun, mit Krieg, Verrat, Politik und einem Waffendeal.«

»Was ist mit dem dritten Puzzle?« Zehra fixierte ein drittes Blatt mit Heftzwecken neben den beiden anderen.

»Das ist weniger ein Puzzle als ein Rätsel: Was verbindet den Täter mit mir?«

Schweigend starrten sie auf die Pinnwand.

»Wir fangen wieder mit dem ersten Mord an.«

Zehra schaute auf. »Da gibt es etwas Neues. Ich habe mir noch mal die Aufzeichnung der Sicherheitskameras vom Golfclub angesehen. Da war irgendwas. Ich wusste nicht, was, aber ich hab's gefunden. Der Täter ist drauf.«

Zehra fuhr den Rechner hoch und klickte sich durch bis zu ihrem Fotoordner. Sie öffnete das Standbild. Brandt ging näher heran. Zehra zuckte bedauernd mit den Achseln.

»Leider nur von hinten. Aber wir haben das Kennzeichen des Rollers. Wurde als gestohlen gemeldet. Wir haben ihn auf einem Friedhof in der Nähe des letzten Tatorts gefunden. Der Mann, der nackt vom Museum geflohen ist, trug einen neongrünen Helm.«

Der Mann auf dem Bild trug auch einen neongrünen Helm.

»Als Beweis natürlich etwas dünn«, fügte Zehra hinzu.

»An Beweise denke ich vorerst noch gar nicht«, sagte Brandt. »Der Täter ist Azzam also zum Golfclub gefolgt. Weiß Tietze das?«

Sie nickte.

»Gut.«

»Ich habe auf Salehs Smartphone auch den Beweis gefunden, dass er mit Azzam, Lindner und dem Botschafter zusammen war.«

Sie öffnete das Foto, das Saleh von dem Gemälde gemacht hatte. Brandt sah sie verständnislos an.

»Moment.« Zehra öffnete den von ihr bearbeiteten Bildausschnitt.

»Wow.« Brandt war beeindruckt. »Das Bild hängt in der Botschaft.«

»Wie wir vermutet haben.«

Brandts Blick blieb am Bildrand hängen. Er deutete auf die beiden Frauen. »Wer ist das?«

»Putzfrauen, nehme ich an.«

»Können sie die auch vergrößern?«

»Sicher.« Zehra hatte die Veränderung im Klang von Brandts Stimme bemerkt. »Zumindest eins der Gesichter, das andere ist verdeckt.« Sie öffnete die Datei.

Brandt starrte auf das Bild der Frau. Zehra sah, dass etwas nicht stimmte.

»Ist was damit?«

»Das ist die Frau, die wir gestern beerdigt haben.«

Das Puzzle

»Sie heißt Cristy«, hatte Brandt gesagt. »Wir müssen noch mal zu Herzfeld.«

Sie nahmen den Omega. Ihr war sofort klar: Das Foto der Putzfrau war der entscheidende Wendepunkt in ihrer Ermittlung. Sie begriff nicht, warum, und Brandt sagte nichts. Sie entschied, vorerst nicht nachzubohren.

Als sie das Labor betraten, beobachtete Herzfeld einen angebissenen Apfel in einem Plexiglaskasten. Er schaute kurz hoch, dann konzentrierte er sich wieder auf das, was hinter dem Plexiglas vor sich ging.

»Aus dem Mülleimer im Waschraum«, sagte Herzfeld. »Vielleicht vom Täter.«

Zehra kannte das Verfahren. Die Oberfläche wurde mit Cyanacrylat bedampft. Anders kriegte man davon keine Abdrücke.

»Wird das jetzt zur Gewohnheit, dass Sie hier aufkreuzen?« Es klang eher ironisch als wirklich ärgerlich. Er wandte sich um. Als er Brandt sah, runzelte er die Stirn. »Sie schauen aus, als hätten Sie ein Gespenst gesehen.«

»So was Ähnliches. Sie müssen etwas für mich vergleichen.«

»Und natürlich am liebsten vorgestern.«

»Das Blut vom Hemd aus dem Hotel.«

»Und das vergleichen wir womit?«

»Mit dem Blut eines nicht identifizierten Vergewaltigungsopfers. Die Frau ist an ihren Verletzungen gestorben.«

Herzfeld nickte. »Die Asiatin. Sie denken, dieser Azzam …?«

Brandts Blick beantwortete seine Frage.

Fragen hatte Zehra auch. Mindestens ein Dutzend fielen ihr auf Anhieb ein. Vor allem: Was hatte das alles zu bedeuten? Herzfeld ging es genauso, das sah sie. Er setzte zu einer Frage an, zuckte aber mit den Achseln, rollte mit seinem Drehstuhl zu seinem Computerterminal und begann zu tippen.

Brandt wich ihrem fragenden Blick aus.

Auf Herzfelds Bildschirm erschienen zwei DNA-Profile. »Treffer. Das Blut stammt von ihr.«

Azzam hatte die Frau vergewaltigt! Daher der Blutfleck auf seinem Hemd, tief unten am Saum. Kein Wunder, dass Azzam es weggeworfen hatte.

»Ein starkes Indiz«, sagte Herzfeld.

»Ein DNA-Beweis wäre besser«, sagte Zehra. »Gibt es keine Spermaspuren?«

Herzfeld schüttelte den Kopf. »Der Täter war vorsichtig.«

»Oder *die* Täter«, ergänzte Brandt. »Sie ist mehrfach vergewaltigt worden. Aber es existiert ein weiteres Indiz: eine Bissspur in Azzams Schulter.«

Er rief in der Rechtsmedizin an und ließ sich mit der forensischen Odontologin verbinden, die den Zahnstatus der Filipina dokumentiert hatte – Routine bei nicht identifizierten Toten.

Nach wenigen Minuten legte er auf. »Die Zahnmedizinerin hat den Gebissabdruck des Vergewaltigungsopfers mit der Bissspur verglichen. Sie untersucht das noch genauer. Aber auf den ersten Blick sagt sie: Volltreffer.«

Zehra schluckte. Sie sah eine zierliche Frau vor sich, die unter einem massigen Mann lag und verzweifelt versuchte, sich zu befreien. Sie kämpfte, sie biss ihn in die Schulter, aber sie hatte keine Chance. Der Mann wurde nur brutaler. Und danach kamen noch die anderen Männer … Zehra drängte die Bilder beiseite. Die Männer waren tot. Sie spürte Genugtuung. Doch welche Rolle spielte der Waffenhandel? Was war mit den Islamisten? Den Scheichs, Terroristen und orientalischen Märchenschönheiten? Zehra schwirrte der Kopf.

»Ich will gar nicht wissen, wie Sie drauf gekommen sind«, sagte Herzfeld. »Sagen Sie mir nur, ob der ganze Schlamassel ein und derselbe Fall ist?«

Brandt rieb sich mit der Hand über das Gesicht. »Es ist kompliziert.«

»Und ich soll das für mich behalten?«

Brandt nickte. »Bis Montagmorgen.«

Zehra sah das Zögern in Herzfelds Blick.

Brandt offenbar auch. »Offiziell arbeite ich noch an dem Fall. Sie haben Ihre Erkenntnis an mich weitergeleitet. Damit haben Sie Ihre Pflicht erfüllt. Jede Verzögerung geht auf meine Kappe.«

»Und das soll mich beruhigen?«

Sie spürte, dass Brandt gewonnen hatte.

Brandt war froh, dass sich Zehra hinters Steuer setzte. Er musste nachdenken. Sie steckte den Schlüssel ins Zündschloss, startete den Motor aber nicht. Worauf wartete sie? Sie drehte sich zu ihm um.

»Herzfeld lässt sich vielleicht hinhalten, aber ich bin nicht Herzfeld. Ich will sofort wissen, was los ist! Ich habe ein Recht darauf.«

Sie meinte es ernst. Und sie hatte recht. Wo sollte er anfangen? Am besten am Anfang.

Er erzählte ihr von der toten Filipina in Castaros Kühlfach. Von seinem Besuch bei Tietze und Jens. Dass sie seine Hilfe nicht wollten. Von Teddy Fayufay, der für ihn die Mitbewohnerinnen der Ermordeten gefunden hatte. Von seinem Besuch bei den Frauen. Er erwähnte, dass sie aus den Dörfern stammten, in denen er geforscht hatte, und dass sie ihn wiedererkannt hatten. Wie er zuerst beschlossen hatte, sie rauszuhalten, dann aber doch halbherzig versucht hatte, seine Erkenntnisse an Jens weiterzugeben. Wie er Cristys Beerdigung organisiert hatte.

Sie unterbrach ihn nicht, stellte keine Fragen.

»Dank Ihrer Hartnäckigkeit und Ihren Computerkünsten wissen

wir jetzt nicht nur, dass dieses Puzzle zu den beiden anderen gehört, sondern auch, wie«, schloss er.

Er ließ ihr Zeit, das Lob zu verdauen. Den Rat, das sinkende Schiff namens SD Fremdkultur/HK Brandt zu verlassen, musste er nicht wiederholen.

»Wir haben es mit Blutrache zu tun. Jemand rächt Cristy auf traditionelle Igorot-Art. Es muss ein enger Verwandter sein.«

Sie sah ihn nachdenklich an. »Glauben Sie, dass alle vier an der Vergewaltigung beteiligt waren? Auch Lindner?«

»Vielleicht hat er nur zugesehen. Die Männer müssen sich in der Botschaft absolut sicher gefühlt haben. Und die Hemmschwelle, eine philippinische Putzfrau zu vergewaltigen, dürfte nicht sehr hoch gewesen sein. Nichtmuslimische Hausangestellte werden in arabischen Ländern oft als Rechtlose angesehen und entsprechend behandelt.«

»Wie Sklaven?«

Er nickte. »Eine dreizehnhundert Jahre alte Tradition in Arabien, viel älter als die Sklaverei im Westen. In Saudi-Arabien wurde sie erst 1963 abgeschafft. Offiziell.«

»Wir sind in Deutschland. Sie hätte zur Polizei gehen können.«

»Sie wusste, dass Diplomaten unantastbar sind. Am Ende wäre sie nur selbst ausgewiesen worden.«

Zehra sah aus, als ob ihr gleich übel würde. Doch ihre Professionalität gewann die Oberhand. »Woher weiß der Täter, wo er seine Opfer findet?«

»Von einem Insider?«

»Das müsste jemand sein, der Zugang zu drei verschiedenen Terminkalendern hat.« Zehra klang skeptisch.

»Vielleicht reicht ja ein Kalender, wenn es der richtige ist.«

Zehra wusste sofort, was er meinte. »Fara Nasif! Alle Termine haben in ihrem Terminkalender gestanden.« Sie machte eine Pause. »Von den vieren ist nur noch der Botschafter übrig.«

Brandt schoss ein Gedanke durch den Kopf. »Haben Sie die Fotos auf Ihrem Handy?«

Zehra öffnete den Fotospeicher, suchte das richtige Verzeichnis und gab Brandt das Gerät. »Was suchen Sie?«

Brandt klickte sich durch bis zu dem Bildausschnitt, auf dem

Cristy zu sehen war. Er zoomte näher heran. Da war sie! Die Frau hinter Cristy. Sie war kaum zu erkennen, aber die Haare, die Körperhaltung … »Tunek Ponchoy. Eine von Cristys Mitbewohnerinnen. Sie arbeitet auch in der Botschaft!«

»Sie ist die Insiderin?«

»Und sie kennt unseren Täter.«

Ein Auto fuhr langsam an ihnen vorbei. Fünfzig Meter weiter hielt es in einer Parkbucht. Die Fahrerin stieg aus.

Zehra startete den Motor. »Zuerst zu ihr oder zur Botschaft?«

»Zur Botschaft. Ich will nicht schon wieder auf der falschen Seite der Tür stehen.«

Der Omega schoss aus der Parklücke.

Die Frau hatte den Eingang des LKA-Gebäudes erreicht. Sie sah dem Omega hinterher. Sie kannte den Wagen. Und die beiden Personen, die drinsaßen.

Blutrache

Die Alleebäume waren inzwischen fast kahl. Dafür gab es jetzt links und rechts am Straßenrand alle fünfzig Meter einen gelbbraunen Laubhaufen. Die waren bei Brandts erstem Besuch noch nicht da gewesen. Als sie es noch mit zwei Toten weniger zu tun hatten. Drei, wenn man Cristy mitzählte. Vier Opfer. Verglichen damit, nach einer Mehrfachvergewaltigung zu verbluten, war es eigentlich ein gnädiger Tod, durch eine Kopfjagdaxt zu sterben.

Obwohl Sonntag war, stand vor der Botschaft eine lange Reihe Luxuslimousinen. Ein Dutzend Chauffeure hatte sich rauchend neben einem silbernen Bentley versammelt.

Dreihundert Meter weiter fanden sie einen Parkplatz, stiegen aus und liefen zurück. Das Eingangsportal war einladend geöffnet. Heute gab es keine digitale Leibesvisitation. Dafür bewachte ein olivhäutiger junger Mann in dunkelblauem Anzug das Entree. Er musterte Brandt und Zehra. Hatten sie eine Einladung? Eine rhetorische Frage, daran ließ sein Blick keinen Zweifel. Sie passten nicht zu der Auswahl hochkarätiger Player aus Wirtschaft und Politik, die sich mit Champagnerkelchen ausgestattet im Foyer tummelten. Einige kamen Brandt bekannt vor, er tippte auf Talkshow oder den Wirtschaftsteil der FAZ. Alle plauderten entspannt, von Catering-Damen mit frischen Gläsern und exquisiten Häppchen versorgt, und scannten dabei ihre Gesprächspartner auf Nützlichkeit und Schwachpunkte.

Statt einer Einladung zeigte Brandt dem jungen Mann seinen Dienstausweis und erklärte, er müsse den Botschafter sprechen. Der junge Mann war nicht beeindruckt. Das sei derzeit unmöglich, erwiderte er, ohne eine Miene zu verziehen, die Botschaft sei ab Montag wieder für Publikumsverkehr geöffnet, er solle sich einen Termin geben lassen.

Zehra stieß Brandt an. Sie hatte Fara Nasif entdeckt. Die Botschaftsassistentin trug diesmal ein einfaches nachtblaues Seidenkleid und glitt lächelnd von einer Gästegruppe zur nächsten. Die begehrlichen Blicke der Männer und die neidischen Blicke der Frauen schien sie nicht zu bemerken. Brandt hatte keine Lust auf weitere Förmlichkeiten.

»Frau Nasif!«, rief er quer durchs Foyer.

Der junge Mann erstarrte. Alle Köpfe fuhren herum.

Der Schreck in Fara Nasifs Gesicht war unübersehbar. Sie straffte sich, entschuldigte sich bei den Gästen, mit denen sie gerade sprach, und durchquerte das Foyer. Sie wirkte ruhig und kontrolliert, aber Brandt spürt ihre Angst, je näher sie kam. Der junge Mann sah sie fragend an, offensichtlich stand sie in der Botschaftshierarchie über ihm. Sie nickte, er zog sich zurück.

»Was wollen Sie hier?«, fragte sie. Sie hatte ihre Stimme gesenkt, konnte ihre Anspannung aber nicht verbergen. Wenn diese Frau ihre ausgesuchten Umgangsformen vergaß, musste sie nah an der Panik sein. Brandt fragte sich, warum. Dann wurde es ihm klar. Sie hatte al-Ghurani verschwiegen, dass er und Zehra sie ins Café Kranzler gelockt und verhört hatten.

»Keine Sorge, wir sind nicht Ihretwegen hier, Frau Nasif.«

Ihr Körper entspannte sich gerade genug, um ein verunglücktes Lächeln zuzulassen.

»Aber wir müssen dringend mit Ihrem Chef sprechen.«

Sie schüttelte bedauernd den Kopf. Sie hatte zu ihrem alten Selbst zurückgefunden. »Wie Sie sehen, findet gerade ein Empfang statt – zur Förderung der qumarischen Wirtschaft. Der Herr Botschafter ist sehr beschäftigt.« Sie sah auf ihre Uhr. »In wenigen Minuten haben wir eine kleine musikalische Eröffnung. Es geht wirklich nicht.«

Tatsächlich stellten die Gäste nach und nach ihre Gläser ab und drifteten auf eine Flügeltür zu. Sie stand offen. Im Saal dahinter sah man eine kleine Bühne, auf der mehrere orientalische Musikinstrumente bereitstanden, davor ein Dutzend Stuhlreihen.

»Es tut mir leid. Aber wir müssen sofort mit Herrn Ghurani sprechen. Er ist möglicherweise in Lebensgefahr.«

Fara Nasif schaute von Brandt zu Zehra und wieder zu Brandt, unschlüssig, ob die Nachricht es rechtfertigte, ihren Chef zu diesem unpassenden Zeitpunkt zu stören. Sie wandte sich um. Die meisten Gäste waren im Saal verschwunden. Ein älterer Mann mit einem bauchigen Instrumentenkoffer und einer rot-weißen, von einer schwarzen Schnur gehaltenen Kufiya auf dem Kopf hastete auf den Eingang zu.

»Wo bleiben Sie denn? Sie sind gleich dran«, trieb Fara Nasif ihn zur Eile an, aber es klang nicht, als sei sie ganz bei der Sache.

Der Mann nickte ihr entschuldigend zu, huschte vorbei und verschwand im Saal. Sie wandte sich wieder Brandt zu.

»Gut. Kommen Sie herein. Ich hole den Botschafter.« Sie ging voraus zu der Sitzgruppe, die Brandt bereits kannte, bedeutete ihnen, Platz zu nehmen, und eilte davon.

Statt sich zu setzen, schlenderte Zehra zu dem Gemälde, dem sie die entscheidende Wende zu verdanken hatten. Etwas zu nonchalant, fand Brandt. Sie war nervös und versuchte, ihre Unsicherheit zu überspielen.

Es war eine abstrakte Komposition aus intensiven Farbflächen, in denen man gerade noch einen Fisch und eine Taube erahnen konnte.

»Coole Farben«, sagte sie. »Unser Glück, dass es hinter Glas ist.«

»Ich finde, Ölgemälde gehören nicht hinter Glas. Aber in diesem Fall bin ich Ihrer Meinung«, erwiderte Brandt.

Al-Ghuranis goldbestickter Übermantel blähte sich über dem

bodenlangen weißen Gewand, als er wütend auf sie zustürzte. Fara Nasif hastete hinter ihm her.

»Was wollen Sie? Ich habe Gäste, das sehen Sie doch! Haben Sie eine Ahnung, wer alles hier ist?«, blaffte der Botschafter. Er schob die verrutschte Kufiya zurecht.

»Ihr Fahrer auch? Der im Urlaub war? Ich habe nichts von Ihnen gehört.«

Die Frage brachte al-Ghurani aus dem Tritt. Er sah Brandt verdutzt an. »Deshalb sind Sie hier?« Die Wut kam zurück. »Ausgerechnet heute? Sind Sie verrückt? Gehen Sie! Sofort!«

»Ist mir nur gerade eingefallen«, erwiderte Brandt ungerührt. »Haben Sie von dem Mord im Museum gehört?«

»Und von Ihrem unglaublichen Versagen.«

Brandt ließ ihm seinen kleinen Triumph. »Ist Ihnen klar, was das bedeutet? Sie sind das nächste Opfer.«

»Wie kommen Sie darauf? Hat der Täter Ihnen eine Nachricht hinterlassen?« Al-Ghurani deutete ein höhnisches Grinsen an.

»Wir finden das nicht komisch. Wir sind hier, um Sie zu warnen.«

»Wieso sollte er es auf mich abgesehen haben?«

»Das erkläre ich Ihnen gern, Herr Botschafter, aber zuerst habe ich ein paar Fragen.«

Al-Ghurani zuckte mit den Achseln. Na also, sie hatten seine Aufmerksamkeit. »Sie behaupten, Sharif ibn Awad ibn Azzam, das erste Opfer, nicht zu kennen. Was ist mit Mirko Lindner? Kennen Sie den?« Er wandte sich an Zehra. »Zeigen Sie ihm das Foto.«

Zehra öffnete den Fotospeicher ihres Smartphones und hielt dem Botschafter das Display hin. »Das zweite Opfer. Arbeitete für Marbach-Holzer, Kleinwaffenproduzent.«

Al-Ghurani verzog keine Miene. »Nie gesehen.«

»Dachte ich mir«, sagte Brandt. Er nickte Zehra zu. Sie klickte weiter zu einem anderen Foto.

»Ibrahim ibn Achmad ibn Saleh?«, fragte Brandt. »Auch unbekannt?«

Das höhnische Grinsen kehrte auf al-Ghuranis Gesicht zurück. »Es gibt fast vierhundert Millionen Araber. Nicht alle kennen sich.«

Brandt ließ sich nicht irritieren. »Die drei Männer hatten eines gemeinsam: In ihren Terminkalendern steht, dass sie mit Ihnen verabredet waren, und zwar gleichzeitig.« Er sah Zehra an.

»Freitag vor einer Woche, achtzehn Uhr«, sagte Zehra, ohne nachzusehen.

Al-Ghurani wechselte sein Standbein. Der junge Mann im blauen Anzug näherte sich Fara Nasif lautlos und flüsterte ihr etwas zu. Sie zischte eine scharfe Antwort, er trollte sich.

»Was?«, knurrte al-Ghurani.

»Die Musiker sind bereit.«

Al-Ghurani nickte ungeduldig. Er wandte sich wieder Brandt zu. »Möglich, dass meine Sekretärin einen derartigen Termin vereinbart hat. Ich wusste nichts davon, und er hat nicht stattgefunden.«

Brandt nahm Zehra das Smartphone aus der Hand. Er klickte weiter zu einem anderen Foto. »Hier sind Sie zusammen mit den genannten Herren zu sehen. Genau hier, wo wir jetzt stehen. Beachten Sie das Datum und die Uhrzeit.« Er hielt dem Botschafter das von Zehra bearbeitete Bild hin. »Sehen Sie. Vor Ihrem Dia al-Azzawi. Übrigens ein sehr schönes Gemälde.«

Al-Ghurani starrte auf das Display. Seine Kiefer mahlten. »Das Foto ist eine Fälschung«, knurrte er. Er merkte selbst, dass diese Behauptung nicht tragen würde. »Wie auch immer – ich sehe nicht, warum ich Sie in Angelegenheiten einweihen sollte, die nur mein Land angehen.«

Brandt nickte. »Sie haben recht. Aber fragen Sie sich nicht, warum alle Teilnehmer eines Treffens, das nie stattgefunden hat, innerhalb von wenigen Tagen ermordet wurden? Alle außer Ihnen.«

Der Botschafter schwieg.

»Wir haben auf dem Foto eine weitere Person entdeckt.« Brandt öffnete den nächsten Fotoausschnitt und hielt ihn al-Ghurani hin.

»Die Putzfrau. Na und?«

»Wissen Sie, wie sie heißt?«

Al-Ghurani zuckte mit den Achseln. »Das Personal wechselt ständig.«

»Cristy. Cristy Kaluyan. Sie stammt aus den Philippinen. Sie hat sich illegal in Deutschland aufgehalten.«

Al-Ghuranis gespielte Überraschung stank zum Himmel. »Haben Sie das gewusst?«, fragte er die Botschaftsassistentin scharf.

Brandt hob beschwichtigend die Hände. »Deshalb sind wir nicht gekommen, Herr Botschafter. Wir sind hier, weil Frau Kaluyan, kurz nachdem sie auf dieses Foto geraten ist, von mehreren Personen brutal vergewaltigt wurde.«

»Furchtbar.« Al-Ghuranis verbale Reaktion kam den Bruchteil einer Sekunde zu früh. Sein Gehirn musste die Information nicht verarbeiten, weil es sie bereits kannte.

Anders bei Fara Nasif. Sie schlug die Hand vor den Mund. »Wie schrecklich. Geht es ihr gut?«

»Sie ist tot«, sagte Brandt.

»Tot?« Fara Nasif sah fassungslos von Brandt zu Zehra.

Brandt hatte al-Ghurani nicht aus den Augen gelassen. Er meinte, so etwas wie echte Überraschung bei ihm erkannt zu haben.

Der Botschafter straffte sich. »Ich begreife immer noch nicht, warum Sie hier sind. Ich nehme an, die Frau ist auf dem Heimweg überfallen worden.«

Brandt schüttelte den Kopf. »Nein. Wir haben einen der Täter identifiziert – Sharif ibn Awad ibn Azzam. Er war hier, bei Ihnen. Er war Ihr Gast. Genau wie Mirko Lindner und Ibrahim ibn Achmad ibn Saleh. Alle drei sind mit dem Vergewaltigungsopfer auf einem Foto. Alle drei sind tot. Nur Sie sind noch übrig.«

Fara Nasif starrte al-Ghurani an, als sehe sie ein Monster. Al-Ghurani machte einen Schritt auf Brandt zu, als wolle er sich auf ihn stürzen. Er stieß hasserfüllt hervor: »Was Sie da andeuten, ist ungeheuerlich! Wenn auch nur eine Silbe davon an die Öffentlichkeit dringt, ziehe ich Sie persönlich zur Verantwortung.«

Brandt rührte sich nicht von der Stelle. »Drohen Sie mir?«

Al-Ghurani hatte sich wieder gefasst. »Vielleicht rufe ich besser den Außenminister an.«

»Das steht Ihnen frei«, erwiderte Brandt ruhig. »Aber ich weiß nicht, ob er Ihnen helfen kann. Azzam und Lindner wurden enthauptet, bei Saleh hat es der Täter versucht.«

»Und?«

»Jemand übt Blutrache. Für Cristy. So wie es bei den Kopfjägern in den Philippinen früher üblich war. Sie sollten sich fragen, ob die Person einen Grund haben könnte, sich auch an Ihnen zu rächen.«

Al-Ghurani starrte Brandt einen Moment lang an, dann drehte er sich um und ging davon.

Fluchthilfe

Fara Nasif schloss sich in der Toilette ein und übergab sich.

Sie hatte Cristy persönlich engagiert. Zuerst Tunek, dann war Cristy dazugekommen. Für zwei Tage die Woche. Illegale zu beschäftigen war in vielen Botschaften üblich. Illegale waren billige Arbeitskräfte, juristische Konsequenzen waren nicht zu befürchten. Fara war davon nicht begeistert gewesen, aber der Botschafter hatte darauf bestanden. Später war sie froh, den Frauen, die ihre Familien in der Heimat ernährten, Arbeit zu geben. Sie bewunderte ihren Mut. Jetzt war Cristy tot.

Fara hatte die Männer gekannt.

Sie war in der Botschaft gewesen, als sie sich dort trafen. Der Botschafter hatte darauf gedrungen, nur für den Fall, dass sie gebraucht würde. Sie hatte gewusst, worum es bei der Besprechung ging. Das Geschäft war bereits beschlossen, aber die Details mussten noch geklärt werden. Die legale Ausfuhr der Waffen in ein Drittland, der getarnte Weitertransport nach Qumar und von da zu den schiitischen Rebellen in Jindah. Die Bezahlung über den Hawaladar, in welchen Tranchen, auf welche Konten und wie die eingehenden Beträge verschleiert werden sollten.

Nachdem alles geklärt war, hatte der Botschafter sie den sechzig Jahre alten Cognac servieren lassen. Die Männer hatten getrunken und geredet, über Sportwagen, Rennpferde, Falken, die Fußballweltmeisterschaft in Katar. Auch über Frauen. Azzam und der Hawaladar hatten ihr blumige Komplimente gemacht, arabische Liebeslyrik zitiert. Vergiftete Geschenke. Wo Frauen in der Literatur überschwänglich verehrt wurden, wurden sie im Alltag gewöhnlich als minderwertig behandelt. In der christlichen Kultur und im Hinduismus war das nicht anders.

Mit steigendem Alkoholpegel wurden die Bemerkungen anzüglicher. Lindner war stiller geworden, er schien sich unwohl zu fühlen. Schließlich hatte sie es geschafft, sich zu entschuldigen und zu gehen. Sie war froh, der unangenehmen Situation entkommen zu sein. Dass Tunek und Cristy noch in der Botschaft waren, daran hatte sie nicht gedacht.

Hatte ihr Chef sich an der Vergewaltigung beteiligt? Sie traute es ihm zu. Er hatte sie gezwungen, eine Affäre mit Lindner anzufangen, weil er wissen wollte, an wen Marbach-Holzer seine Waffen noch verkaufte.

Jetzt verstand sie, warum Tunek seit Tagen so bedrückt und still gewesen war und behauptet hatte, Cristy sei krank. Ein schrecklicher Gedanke schoss Fara durch den Kopf. Tunek war auch da gewesen und wahrscheinlich auch vergewaltigt worden. Sie war ein Opfer … und jetzt auch eine Zeugin.

Tunek war heute in der Botschaft. Sie hatte die Stühle aufgestellt, noch einmal überall Staub gewischt, mit den Gläsern und dem Geschirr geholfen. Nach dem Ende der Veranstaltung sollte sie aufräumen.

Fara fasste einen Entschluss. Sie kontrollierte im Spiegel ihr Aussehen und verließ den Waschraum. Durch die geschlossenen Türen des Saals hörte sie, wie der Botschafter die Begrüßungsworte beendete, die sie für ihn verfasst hatte. Gleich würde das Al-Bustan Takht Ensemble spielen.

Sie hastete durch das Gebäude. Tunek war nirgends zu finden. Im Pausenraum der Bediensteten saßen die beiden Leibwächter des Botschafters und rauchten. Aabid taxierte sie mit dem abschätzenden Blick, der offenbar zu seiner Stellenbeschreibung gehörte. Er und sein Kollege Jasim machten ihr Angst. Aabid war klein, sogar kleiner als sie, aber gebaut wie ein Panzer. Sein Gesicht war übersät von winzigen Narben. Folgen eines zu früh explodierten Sprengsatzes, den er gelegt hatte, munkelte man hinter vorgehaltener Hand. Jasim war schlank und drahtig. Er bewegte sich lautlos. Es machte ihm Spaß, plötzlich dicht hinter ihr zu stehen und sie damit jedes Mal zu Tode zu erschrecken.

Sie schloss die Tür und ging wieder hinunter. Aus dem Saal drang jetzt die Stimme der Oud. Der Musiker improvisierte über die Maqam-Rast-Tonleiter, die Stolz und Machtgefühle ausdrückte.

Eigentlich war Faras Platz jetzt im Saal, hinter dem Botschafter, falls er sie brauchte. Sie legte die Hand auf die Klinke. Sie zögerte. Sie konnte nicht. Sie machte kehrt.

Sie wollte in ihr Büro, um nachzudenken. Als sie die Tür öffnete, sah sie das Wägelchen mit den Putzutensilien und Tunek, die mit einem feuchten Tuch das Sideboard sauber machte.

»Sie müssen gehen. Sofort!«, sagte Fara Nasif.

Tunek hörte auf zu wischen. Fara Nasif holte ihr Portemonnaie aus der obersten Schreibtischschublade. Sie fand vierhundertzehn Euro. In der Portokasse waren noch zweihundertsiebzig Euro, das konnte sie morgen wieder ausgleichen.

»Warum? Was ist passiert?«

Fara Nasif drückte ihr die Scheine in die Hand. Tunek spürte, dass etwas nicht in Ordnung war.

»Sie können nicht hierbleiben. Gehen Sie, bitte. Jetzt! Kommen Sie nicht wieder.«

Tunek musste die Angst in ihren Augen gesehen haben. »Meine Sachen?«

Die Spinde der Bediensteten waren im Keller. Fara Nasif schüttelte den Kopf. Tunek zog ihren Putzkittel aus und warf ihn auf das Wägelchen.

»Gehen Sie hinten raus. Beeilen Sie sich.«

Tunek drückte ihr die Hand, dann öffnete sie die Tür, vergewisserte sich, dass niemand im Korridor war, und nickte ihr ein letztes Mal zu. Die Tür schloss hinter ihr.

»Tut mir leid«, flüsterte Fara Nasif.

Vorsichtig, als könne sich unter ihr jeden Moment der Boden auftun, kehrte sie zurück hinter ihren Schreibtisch. Sie setzte sich. Vor ihr lag der Entwurf der heutigen Einladung. In Gold geprägte, protzige Buchstaben. »Der Botschafter des Emirats von Qumar, Seine Hoheit Osman ibn Sa'id al-Ghurani, gibt sich die Ehre …« Die Wörter verschwammen vor ihren Augen.

Sie wusste nicht, wie lange sie schon auf die Einladung gestarrt hatte. Sie schreckte hoch, als die Tür aufgestoßen wurde und Aabid plötzlich im Raum stand. Die Musiker im kleinen Saal hatten aufgehört zu spielen.

»Wo ist die Putzfrau?« Er deutete auf den Putzwagen.

»Krank. Ich habe sie nach Hause geschickt.«

Aabids Blick bohrte sich in sie hinein. Wusste er, dass sie log?

»Worum geht es denn, Aabid?« Es fiel ihr schwer, seinen Namen auszusprechen, aber sie zwang sich dazu.

Er streckte seine vernarbte Hand aus. »Die Adresse.«

Die Adresse! Sie musste Aabid hinhalten. »Hat das nicht Zeit bis später? Der Botschafter wartet auf mich.«

Aabid griff nach dem Rolodex. »Der Name?«

Sie fühlte, wie sich ihr Magen zusammenzog. Sie hatte keine Wahl. »Tunek. Tunek Ponchoy.«

Er fand die Karte, riss sie aus der Halterung, machte kehrt und marschierte hinaus. Sie musste Tunek warnen. Hatte sie Tuneks Telefonnummer in ihrem Smartphone? Hastig klickte sie sich durch ihr Telefonverzeichnis. Da! Es schien eine Ewigkeit zu dauern, bis es läutete. Aber das Läuten kam nicht aus dem Lautsprecher des Smartphones, sondern vom Putzwagen. In der Eile hatte Tunek ihr Handy in der Tasche ihres Kittels vergessen.

Die Zeugin

Zehra wusste, dass sie heute Nacht Alpträume haben würde. Irgendwo in dem perfekt gestylten Botschaftsgebäude hatten zwei oder drei oder sogar vier betrunkene Widerlinge die junge Filipina, die gerade für einen Hungerlohn acht Stunden lang den Dreck weggemacht hatte, auf ein Sofa oder auf den Boden geworfen, ihr die Kleider vom Leib gerissen und sie missbraucht. Wie vielen Frauen, die Illegale waren und deshalb Freiwild, war es schon so ergangen? Cristy hatte es mit ihrem Leben bezahlt.

Zehra konnte nur hoffen, dass sie heute wieder eine ihrer schlaflosen Nächte haben würde.

»Er wusste nicht, dass sie tot ist«, sagte sie laut. Sie hatte automatisch vorausgesetzt, dass ihr Chef die gleichen Gedankengänge verfolgte wie sie.

Er nickte. »Laut Obduktionsbericht ist sie innerlich verblutet. Das kann eine Weile dauern. Sie muss woanders gestorben sein. Aber in einem Blumenbeet im Lietzensee-Park? Wohl kaum.«

»Vielleicht ist sie doch nicht in der Botschaft vergewaltigt worden.« Sie merkte sofort, dass sie damit ihrer eigenen Prämisse widersprach. »Was können wir tun?«

»Für Cristy? Nichts. Das tut schon unser Kopfjäger. Aber wenn wir ihn kriegen, wird wenigstens die ganze Schweinerei vor Gericht auf den Tisch kommen.«

Ihr Handy läutete. Sie erkannte Tietzes Nummer. »Scheiße.« Sie nahm den Anruf an. »Ja?« Sie hörte zu. Als Tietze fertig war, sagte sie: »Bin schon unterwegs.«

Verdammt, verdammt, verdammt. Das letzte »Verdammt« sagte sie laut.

»Was ist?«

»Hauptkommissarin Jansen hat uns in Tempelhof gesehen. Ist direkt zu Tietze gerannt. Der ist fuchsteufelswild: Wieso ich mich mit Ihnen rumtreibe, statt meinen Job in der MK zu machen. Ich muss sofort hin.«

»Ich komme mit.«

»Ich schaffe das allein.«

»Ich weiß. Ich komme trotzdem mit.«

Zehra sah Brandt an, dass sie ihn nicht davon abbringen konnte. Das freute sie.

Als sie in die Keithstraße abbogen, klingelte wieder ein Handy, diesmal das von Brandt.

»Woher kenne ich diese Nummer?« Er hielt Zehra das Display hin.

Sie musste nicht überlegen. »Die Botschaftssekretärin.«

Er ging schnell ran. »Brandt?«

»Tunek Ponchoy, sie ist in Gefahr.« Fara Nasif sprach leise und gehetzt. »Sie hat ihr Handy hier vergessen, ich kann sie nicht erreichen. Sie müssen ihr helfen, sofort!«

»Was ist passiert?«

»Sie war dabei. Hier in der Botschaft. Al-Ghurani hat seine Männer losgeschickt. Die werden sie … Beeilen Sie sich!« Sie legte auf, bevor Brandt etwas sagen konnte.

Er sah Zehra an. »Die zweite Putzfrau kann alles bezeugen.«

Mehr musste er nicht erklären.

»Wohin?«, fragte Zehra.

»Charlottenburg, Windscheidstraße.«

Sie wendete, setzte das Blaulicht aufs Dach und fuhr mit Vollgas auf die lange Gerade der Kantstraße. Die Häuserfronten verwischten zu einem unscharfen Streifen. Doch das Gefühl, zu spät zu kommen, verbiss sich in Brandts Nacken.

Vor dem Hundesalon sprangen sie aus dem Auto.

»Zweites Hinterhaus!«, rief Brandt und rannte in den Durchgang.

Er jagte die Treppe hoch. Zehra war dicht hinter ihm. Sein Herz raste, als er auf dem Treppenabsatz im Dachgeschoss ankam. Die Tür zur Wohnung der Filipinas stand offen. Das Schließblech hing aus dem gesplitterten Holzrahmen. Er stoppte und zog seine Waffe. Auch Zehra brachte ihre Pistole in Anschlag.

Leise betrat er die Wohnung. Zehra folgte ihm. Die Zimmertür am Ende des Flures war ebenfalls beschädigt, in Tritthöhe klaffte ein Loch. Dort lag die Küche. Die Türen der anderen Räume standen offen. Abwechselnd sicherten Brandt und Zehra ein Zimmer nach dem anderen. Dabei behielt einer immer die Küchentür im Auge. Sie funktionierten wie ein jahrelang eingespieltes Team.

Als sie sich der durchlöcherten letzten Tür näherten, schoss ein kläffendes Fellbündel aus dem Raum heran. Mit gefletschten Zähnen stürzte sich der Hund auf Brandts Fußgelenk. Ein Tritt von Zehra fegte den Terrier beiseite. Jaulend flitzte er zurück in die Küche, Zehra hinterher.

»Polizei! Messer runter!«, hörte Brandt sie rufen.

Im nächsten Moment polterte etwas zu Boden. Mit einem Satz war auch Brandt in der Küche. Zehra hatte einen Mann mit Bordeauxdoggengesicht von den Beinen geholt. Sie drückte ihn mit ihrem Knie zu Boden, während sie ein großes Kochmesser aus seiner Hand hebelte.

»Verdammt, Erbay! Das ist der Vermieter.«

Es dauerte eine Weile, bis Kaminski wieder in der Lage war, verständliche Sätze zu formulieren. Brandt setzte ihn an den Küchentisch, an dem nur noch drei Stühle standen. Der vierte lag mit zerbrochener Lehne unweit der Tür auf dem Boden.

»Sie hatte die Tür verbarrikadiert«, vermutete Zehra.

Brandt beugte sich zu Kaminski. »War Frau Ponchoy hier? Tunek Ponchoy. Das ist sehr wichtig!«

»Woher soll ich das wissen?«, stotterte Kaminski und streichelte den Terrier auf seinem Schoß. Der Hund zitterte und ließ Zehra keine Sekunde aus den Augen. »Ich spioniere meinen Mieterinnen doch nicht nach!«

»Natürlich nicht. Sie vermieten diese Bruchbude aus reiner Selbstlosigkeit an illegale Filipinas. Sie sind nur ein gütiger alter Mann«, sagte Zehra, und es klang, als hätte sie ihn einen geilen alten Sack genannt.

Auch Brandt fiel es schwer, geduldig zu bleiben. Aber mit Druck würden sie hier nicht weiterkommen. »Gut, Herr Kaminski, was machen Sie hier in der Wohnung?«

Brandt entnahm dem verworrenen Bericht, dass Kaminski seinen Laden aufgeräumt und dabei durch das Schaufenster zwei »verdächtige Ausländer in dunklen Anzügen, Leibwächter-Typen«, beobachtet hatte. Sie waren vor dem Hundesalon aus einem S-Klasse-Mercedes gestiegen und ins Haus gegangen. Ungefähr fünf Minuten später war der Mercedes mit hoher Geschwindigkeit davongefahren. Die quietschenden Reifen hatten Kaminski wieder ans Fenster gelockt. Das Kennzeichen hatte er sich nicht gemerkt. Aber er hatte »so ein komisches Gefühl« gehabt. Bei einem Kontrollgang durch das Hinterhaus hatte er im Dachgeschoss die aufgebrochene Tür entdeckt.

»Ich habe überall nachgesehen, aber es war keiner da. Dann habe ich im Flur etwas gehört. Ich dachte, die Typen kommen zurück. Da habe ich Rex losgehetzt.« Er kraulte den zitternden Terrier. »Dann hat mir Ihre Kollegin auch schon die Schulter ausgekugelt!«

»Sie hatten ein Messer in der Hand«, verteidigte sich Zehra.

»Nur zu meinem Schutz.«

»Trotzdem können wir das als bewaffneten Angriff werten«, sagte Brandt. »In Ihrem eigenen Interesse schlage ich vor, wir vergessen die Sache.«

Kaminski erhob sich. »Was wird mit der Tür?«

Da war es mit Brandts Geduld vorbei. »Sie sind der Vermieter, kümmern Sie sich drum! Und jetzt raus!«

Als Kaminski weg war, versetzte Zehra dem kaputten Stuhl einen wütenden Tritt. »Scheiße! Wieder zu spät!«

Ihr Ausbruch überraschte Brandt. »Noch nicht.«

»Wollen Sie mir jetzt erzählen, dass die Filipina gar nicht hier war? Oder dass die Typen nicht von der Botschaft waren? Die haben zwei Türen eingeschlagen, um sich die Frau zu holen!«

Plötzlich verstand er. Zehras Wut war ein Versteck. Für ihre Angst davor, was Männer wie die arabischen Bodyguards einer Frau wie Tunek antun konnten.

»Sie werden ihr vorläufig nichts tun«, sagte er so überzeugend, wie es ihm möglich war.

»Sie ist eine Zeugin, sie werden sie umbringen! Ihr Leben ist denen weniger wert als ein Kamel!«

»Denken Sie nach! Warum haben sie sie nicht gleich hier getötet?«

»Weil die Schweine noch ihren Spaß haben wollen?«

»Auch das hätten sie hier erledigen können. Sie wollen etwas anderes von Tunek …«

»Wo ist sie?«

Die Stimme kam von der Tür.

Brandt fuhr herum. »Frau Sangcha-an!«

»Was ist mit Tunek?«

Sie hatten es ihr schon angetan. Auch Tunek war vergewaltigt worden. Nicht von zurückgebliebenen Schlägern, die als Bodyguards arbeiteten. Von kultivierten arabischen Geschäftsmännern, die sich nach dem Abschluss ihres Waffendeals gebührend amüsieren wollten. Unter dem Dach eines kunstinteressierten Botschafters und vor den Augen eines deutschen Familienvaters.

Pagsit hatte an dem Abend ein Festessen gekocht. Zu Ehren von Cristys kleinem Bruder Kayan. Er war am Tag zuvor angekommen. Völlig überraschend, mit dem Schiff aus Manila bis Hamburg, von dort per Anhalter nach Berlin. Ohne Papiere, ohne Plan. Aber mit Hoffnung. So wie sie alle hier angekommen waren. Pagsit, Cristy,

Tunek und nun auch der kleine Kayan, der gar nicht mehr klein war, sondern ein starker junger Mann. Sie wollten feiern an diesem Abend, Geschichten aus Bontok hören und erzählen, guten Reis essen, trinken und von einer guten Zukunft träumen. Zusammen mit Pagsit wartete Kayan auf seine große Schwester.

Der Reis war kalt, als sie kam. Sie hatte starke Schmerzen, Tunek musste sie stützen. Keine Stunde später lag Cristy tot auf der Matratze in ihrer Kammer unterm Dach. Kayan hielt sie noch die halbe Nacht im Arm. Zu dritt brachten sie ihren Leichnam in den Park. Sie wussten nicht, was sie sonst tun sollten.

Pagsit erinnerte sich nicht, wer von den alten Bräuchen angefangen hatte, von Blutrache, von Kopfjagd: Kayan oder Tunek. Pagsit wollte davon nichts hören. Sie war in ihr Zimmer gegangen. Am nächsten Tag war Kayan verschwunden, und Tunek ging wieder zur Arbeit. Pagsit fragte nicht, sie wusste, was Kayan vorhatte. Tunek versorgte ihn mit Essen. Und mit Informationen aus der Botschaft.

Pagsit hatte schnell und leise gesprochen. Nun wirkte sie leer. Sie saß auf dem Küchenstuhl und starrte auf ihre Hände in ihrem Schoß.

»Haben Sie eine Ahnung, wo Kayan jetzt ist?«, fragte Brandt.

Pagsit schüttelte den Kopf.

Zehra hockte sich vor sie und legte ihre Hände auf die von Pagsit. »Bitte, Frau Sangcha-an«, sagte sie so sanft, wie Brandt es ihr kaum zugetraut hätte, »wahrscheinlich sind die Männer mit Tunek auf dem Weg zu ihm. Der kleinste Hinweis kann uns helfen.«

»Er hat ein Versteck. Auf einem Berg. Nur Tunek weiß, wo. Sie war einmal da.«

»Wie ist sie hingekommen?«

»Mit der Bahn.«

»Mit welcher?«

»Ich weiß nicht. Vielleicht eine U-Bahn am Sophie-Charlotte-Platz. Sie ist in die Richtung gegangen. Mehr weiß ich nicht.«

Das war zu wenig. Brandt sah die Ratlosigkeit in Zehras Gesicht. Ihnen lief die Zeit davon. Die Bodyguards hatten schon fünfzehn Minuten Vorsprung. Da fiel ihm etwas ein. »Sie haben gesagt, Tunek war nur einmal in Kayans Versteck?«

Pagsit nickte.

»Wie hat sie ihm die Informationen aus der Botschaft weitergegeben?«

»Er hat das Handy von seiner Schwester mitgenommen.«

Jetzt hatten sie eine Chance.

Das Ritual

Der Topf war zu klein. Dass er verbeult war, machte nichts, Hauptsache, er hatte keine Löcher. Er hatte ihn aus einem Vorgarten. Jemand hatte ihn mit Erde gefüllt und etwas hineingepflanzt. Zu Hause wäre niemand auf die Idee gekommen, Blumen in einen Kochtopf zu pflanzen, der noch zu gebrauchen war. Hier waren die Menschen anders.

Aber der Topf war zu klein. Er würde einen Kopf nach dem anderen kochen müssen.

Kayan hob das rostige Blech an, das er als Deckel verwendete. Im Topf war der Kopf des Mannes, den er auf dem Golfplatz getötet hatte. Die sprudelnde Flüssigkeit ließ ihn herumtanzen und gegen die Wand schlagen. Nach fast drei Stunden lösten sich endlich die letzten Fleischfetzen vom Gesicht und vom Schädel. Die weichere Hirnmasse hatte sich zuerst gelöst, bei den Augen und der Zunge hatte er mit dem Messer nachgeholfen. Das Ganze verwandelte sich mehr und mehr zu einem dicken Sud. Am Ende würde er den sauberen Schädel des Toten in Händen halten. Er dachte an die rußgeschwärzten Schädel, die im Männerhaus aufbewahrt wurden und an die Kopfjagden und Blutfehden früherer Generationen erinnerten.

Er hatte im Wald trockenes Holz gesammelt. Die Feuerstelle hatte er in einer Senke oben auf dem Plateau angelegt, etwa hundert Meter von seinem Schlafplatz entfernt. Er hoffte, das würde die Geister der Getöteten in die Irre führen. Mehr konnte er nicht tun. Er hatte keine Möglichkeit, sich durch die richtigen Rituale vor der Rache der Geister der Getöteten zu schützen. Er konnte kein Schwein schlachten, kannte die Ritualtexte nicht. Vor allem aber war er allein. Ohne Familie, ohne die Mitglieder des Männerhauses gab es keine Rituale. Und ohne Rituale würden die Geister der Getöteten ihn in den Wahnsinn treiben. Er hatte Angst. Er wollte nicht wahnsinnig werden. Er konnte nur hoffen, dass die Geister dieser Männer anders waren als die Geister von Igorot.

Er verließ die Senke und stieg auf eine kleine Erhebung. Von hier konnte er das ganze Plateau überschauen. Ab und zu kamen Jogger oder Spaziergänger mit Hunden herauf. Aber bisher war niemand in seine Nähe gelangt. Er hatte über die vielen großen Hunde gestaunt, die mitten in der Stadt an Leinen herumgeführt wurden. Überall lagen die Hundehaufen, obwohl viele Hundebesitzer den Kot ihrer Hunde in Plastiktüten sammelten. Zuerst hatte er geglaubt, sie würden damit vielleicht ihre Gärten düngen. Zu Hause benutzte man dafür den Kot der Schweine. Die Schweine fraßen den Kot der Hunde und Menschen, und die Menschen aßen die Schweine und Hunde. Aber die Leute hatten die Plastiktüten sofort in die Mülleimer geworfen, die überall aufgestellt waren.

Er kehrte zurück zu seinem Platz neben dem Topf und legte Holz nach. Der Kopf war fast fertig. Das Ohr des Mannes aus dem Museum würde er nicht kochen.

Ein Geräusch ließ ihn aufhorchen. Es kam vom Waldrand. Ein Rascheln. Etwas bewegte sich durch die Sträucher. Kein Mensch. Er streckte die Hand nach der Axt aus. Die Blätter teilten sich, der Kopf eines Waschbären schob sich hindurch. Das Tier beobachtete ihn. War das der Waschbär, der ihn angegriffen hatte? Kayan stand langsam auf. Das Tier erschrak und verschwand im Unterholz.

Es war Zeit für den zweiten Kopf. Kayan hatte ihn vergraben, nicht weit von der Stelle, an der jetzt der Waschbär aufgetaucht war.

Er zog seine Jacke aus und wickelte sie sich um die Hände. Vorsichtig hob er den heißen Topf von der Feuerstelle, trug ihn zum Waldrand und dann einige Meter in den Wald hinein. Dort schüttete er den Inhalt auf den Boden. Die Flüssigkeit versickerte sofort unter dem trockenen Laub, die festen Bestandteile blieben zurück, glibberiger Schleim, Knorpel, Haar, der Schädel. Der Waschbär würde es wittern. Aber vielleicht waren die Wildschweine schneller. Er hatte sie gesehen, fünf große Tiere.

Ein paar Meter davon entfernt grub er den in Plastiktüten gewickelten Kopf des zweiten Opfers aus. Er legte ihn in den leeren Topf.

Die Haare waren heller, die Haut auch. Den fleischlosen Schädel seines ersten Opfers steckte er in die Tüte und knotete sie wieder zu. Er trug alles zurück zur Feuerstelle, goss das Wasser, das er in Plastikflaschen vom See heraufgetragen hatte, in den Topf und stellte ihn aufs Feuer. Um die Glut anzufachen, benutzte er wieder die fünf zusammengehefteten Blätter aus der Wohnung des Polizisten.

Er hatte sie unter den Kinderzeichnungen gefunden und wegen des Titels eingesteckt. Mittlerweile waren sie zerknittert und schmutzig, er hatte sie ein halbes Dutzend Mal gelesen: »Headhunting and Ritual among the Bontok of the Mountain Province of the Northern Philippines. Journal of Southeast Asian Cultural Anthropology, March 2003, by Heiko Brandt, M.A.« Es war ein wissenschaftlicher Artikel, den der Polizist geschrieben hatte. Kayan hatte ihn noch in derselben Nacht im Schein einer Straßenlaterne verschlungen. Danach wusste er, was er mit den Köpfen der getöteten Männer tun würde. Der Polizist hatte alles ausführlich beschrieben, welche Arten von Fehde, Kopfjagd und Blutrache es bei den Bontok gab, wodurch sie ausgelöst wurden, wer daran teilnahm, wie alles ablief, welche Rituale folgten, nachdem ein Feind getötet worden war – und was mit dem erbeuteten Kopf geschah.

Manches hatte er auch im Dorf bei den Alten im Männerhaus aufgeschnappt, während der Ferien, wenn er sich dort herumgetrieben und zugehört hatte. Anderes wusste er aus den aufgeregten Diskussionen, wenn zwischen zwei Dörfern wieder mal Blut geflossen war. Einiges von dem, was der Polizist schrieb, hatte er noch nie gehört. Ob er selbst bei einer Kopfjagd dabei gewesen war? Bei den Ritualen? Wahrscheinlich nicht. Er hatte nur die Alten ausgefragt, bis er alles aus ihnen herausgequetscht hatte.

Zwei Köpfe und ein Ohr. Ein Kopf fehlte noch. Es würde nicht leicht werden. Im Museum hatte er den Mann gesehen. Er war in seiner Reichweite gewesen. Für einen Moment hatte er gehofft, beide auf einmal töten zu können. Aber die Gelegenheit hatte sich nicht ergeben. Wahrscheinlich waren seine Omen nicht gut genug gewesen.

Er hatte gar keine Omen. Er konnte den Vogelflug nicht lesen, wusste nicht, wie die Gallenblase bei einem guten Omen aussehen musste. Er hatte nichts.

Im Dorf nahm man keine größere Aktivität in Angriff, ohne vorher die Omen einzuholen. Ob man den Reis pflanzen wollte, in die Stadt reisen, ein Fest feiern, heiraten oder auf die Kopfjagd gehen – zuerst wurde ein Huhn geschlachtet und die Gallenblase untersucht. War das Ergebnis nicht eindeutig, schlachtete man ein zweites Huhn. War die Gallenblase »schlecht«, verschob man sein Vorhaben. Er hatte keine Hühner, die er schlachten konnte.

Alles hing von Tunek ab und ob sie herausfinden konnte, wann und wo er an den vierten Mann herankam.

Er vergewisserte sich, dass er Cristys Handy in der Hosentasche hatte. In anderthalb Stunden würde er es einschalten, dann würde sie sich melden. Es war bestimmt nicht leicht für sie, immer wieder an den Ort zurückzukehren, wo die Männer sie vergewaltigt hatten. Aber es war ihre eigene Idee gewesen.

Wenn er es vollendet hatte – was dann? Es gelang ihm nicht, über den Punkt hinauszudenken. Dahinter lag alles im Dunkeln.

Er würde gern nach Hause zurückkehren. Zurück ins Dorf. Vielleicht konnte man dort die notwendigen Rituale nachholen. Er würde viele Kinder haben. Blut zu vergießen ließ den eigenen Haushalt gedeihen. Reis, Tiere, Kinder.

Er strich mit dem Zeigefinger über die Schneide der Axt.

Nein, er würde niemals Kinder haben.

Wie hatte er das alles überhaupt tun können? Zu Hause hatte er nur geholfen, wenn Schweine, Hühner oder ab und zu ein Hund geschlachtet wurden. Einen Menschen mit der Axt zu töten und seinen Kopf abzutrennen war etwas anderes.

Er hob das Blech vom Topf, das Wasser kochte.

Sie würden zu Hause erfahren, was er getan hatte. Überall in der Cordillera würden sie davon hören. Dass seine Familie nicht zu feige war, Rache zu nehmen. Dass er nicht zu feige war. Obwohl er ganz allein war und noch dazu in einem fremden Land. Seine Ahnen würden stolz auf ihn sein.

Aus dem Wald tönte ein Rascheln und Kratzen herüber. Von der Stelle, wo er den Topf geleert hatte. Das musste der Waschbär sein. Wildschweine hätten mehr Lärm gemacht.

Nein, er würde keine Kinder haben. Niemand würde nach seinem

Tod bei Familienritualen seinen Namen rufen und Fleisch, Tabak und Reiswein für ihn opfern.

Das Geräusch ließ ihn hochfahren. Fast hätte er den Topf von der Feuerstelle gestoßen. Kein Waschbär, kein Wildschwein, überhaupt kein Tier. Stimmen. An seinem Schlafplatz. Zwei Männer. Sie sprachen weder Deutsch noch Englisch. Aber das war es nicht, was ihn aufgeschreckt hatte. Es war die dritte Stimme. Sie gehörte einer Frau. Es war Tuneks Stimme.

Er griff nach der Kopfaxt und schlich tief geduckt aus der Senke.

Schrei

Brandt fühlte sich wie in einem Tunnel, dessen Ausgang er nicht sah. Vielleicht war da auch gar keiner. Vielleicht rasten sie auf eine Wand zu.

Sie suchten einen Berg in einem Wald in Berlin. Es gibt keine Berge in Berlin, war sein erster Gedanke gewesen. Zehra wusste es besser. Aus dem Stegreif hatte sie ein halbes Dutzend aufgezählt. Fast durchweg Trümmerhalden, aufgeschüttet nach dem Zweiten Weltkrieg, höher als die wenigen natürlichen Hügel in der Stadt. Wälder mit nennenswerten Erhebungen darin fielen ihr nur zwei ein. Der Stadtforst Köpenick rund um die Müggelberge im Osten, der Grunewald mit dem Teufelsberg im Westen. Auf dem Teufelsberg, dem mit hundertzwanzig Metern zweithöchsten Schuttberg der Stadt, hatten Briten und Amerikaner in den fünfziger Jahren eine Abhörstation eingerichtet. Brandt erinnerte sich an Fotos von riesigen, verfallenen Antennenkuppeln.

Tunek war mit der Bahn zum Versteck des Kopfjägers gefahren, vermutlich von der Station Sophie-Charlotte-Platz aus. Dort verkehrte die U-Bahn-Linie 2 von West nach Ost und umgekehrt. Der Weg in den Köpenicker Forst dauerte mehr als anderthalb Stunden. Den Grunewald erreichte man in einer halben Stunde. Die Anordnung zur Standortabfrage des Handys besorgte Brandt innerhalb von zwei Minuten.

Die Chance, Tunek zu retten, wurde kleiner, je größer der Vorsprung der Entführer wurde. Alles hing davon ab, wie schnell sie die Ortungsdaten des Handys bekamen, das Kayan mitgenommen hatte. Der Techniker des Telefonproviders stellte fest, dass das Handy ausgeschaltet war. Damit hatte Brandt gerechnet. Auf einem Berg im Wald hatte Kayan kaum die Möglichkeit, es aufzuladen. Er schaltete es wahrscheinlich nur ein, um Tuneks SMS zu empfangen. Die vom Provider aufgezeichneten Verbindungsdaten abzurufen würde einige Minuten dauern.

Zehra hatte es nur dreißig Sekunden ausgehalten. Dann war sie losgefahren. In Richtung Teufelsberg. »Ich schaffe die Strecke in zehn Minuten. Dann gewinnen wir die Zeit, die wir für den Weg brauchen.«

»Nur wenn Sie recht haben. Wenn nicht, verlieren wir zehn Minuten.«

»Die würde ich wieder aufholen. Nach Köpenick ist es viermal so weit.« Mit Logik hatte das nichts zu tun. »Außerdem grenzt der Grunewald unmittelbar an Dahlem.«

Das war ein Argument. In Dahlem stand die Botschaft. Dass er sich sein Versteck in der Nähe gesucht hatte und nicht am anderen Ende der Stadt, schien plausibel. Trotzdem machte sich Brandt keine Illusionen: Sie pokerten. Der Einsatz war ein Menschenleben.

Der Rückruf des Technikers erreichte sie, als Zehra den Omega über die Heerstraße jagte. Das Handy war in den letzten sieben Tagen immer nur an einem Ort aktiviert worden.

Brandt legte auf. »Es ist nicht der Teufelsberg.«

Zehra nahm abrupt den Fuß vom Gas. Sie sah ihn entsetzt an.

»Er heißt Drachenberg. Keine Ahnung, wo der ist.« Brandt wollte noch hinzufügen, dass der Techniker die geografischen Koordinaten schicken würde. Aber Zehra gab schon wieder Vollgas.

»Keinen halben Kilometer vom Teufelsberg entfernt. Wir sind richtig!«

Sein Smartphone signalisierte eine SMS. Die Koordinaten: 50.502952 Nord, 13.249771 Ost. Er kopierte die beiden Zahlen in seine Navigations-App und wählte die Satellitenansicht. Der Drachenberg lag im nordöstlichen Teil des Grunewalds. Seine flache

Kuppe war kahl, die nördlichen Hänge waren dicht bewaldet. Der Kreuzungspunkt der Koordinaten lag am nördlichen Rand der Bergkuppe.

»Wo genau muss ich hin?«, fragte Zehra. Der Omega driftete quer über die sechsspurige B 2. Das Heck brach aus. Zehra zwang den Kombi zurück in die Spur. Die Teufelsseestraße führte mitten in den Grunewald hinein.

»Es ist so eine Art kleines Hochplateau …«

»Ich kenne den Drachenberg. Norden, Süden …?«

»Nordseite. Das Handy wurde oben auf dem Rand des Plateaus geortet.«

Die Dämmerung schien hier früher einzusetzen. Der Wald schluckte das Licht. Ein kleiner Parkplatz kam in Sicht. Zehra ging spät auf die Bremse. Der Omega holperte auf das Kopfsteinpflaster. Nur ein Auto stand auf dem Platz, ganz am Rand, kaum zu erkennen im Dämmerschatten unter den Bäumen. Zehra hielt darauf zu und blendete die Scheinwerfer auf. Ein schwarzer S-Klasse-Mercedes mit Diplomatenkennzeichen. Er war leer. Wenige Meter weiter führte ein schmaler Fußweg in den Wald.

Brandt drückte auf seinem Handy die Kurzwahl für die Einsatzzentrale und öffnete die Beifahrertür.

»Sitzen bleiben«, befahl Zehra.

Sie trieb den Kombi über den Waldweg, bis ein Findling die Weiterfahrt verhinderte. Zehra stoppte so spät, dass der Wagen den Stein noch touchierte. Sie sprangen aus dem Auto. Im Laufen forderte Brandt das SEK an und gab Order, Tietze zu informieren. Dann legte er auf.

Der Weg wurde von Baumkronen überdeckt. Er führte steil bergauf und ging in eine Treppe über. Sie schien endlos. Das Laub auf den Stufen war rutschig.

Sie redeten nicht. Sie rannten, so schnell sie konnten, und konzentrierten sich auf ihre Atmung. Die Treppe wurde immer steiler. Brandt kämpfte gegen ein Gefühl der Hoffnungslosigkeit an, das sich auf seine Schritte legte. Kayan campierte bestimmt nicht auf der freien Fläche des Plateaus. Dort schaltete er wahrscheinlich nur das Handy ein. Sein Lager hatte er ganz sicher versteckt im Wald aufgeschlagen.

Wie sollten sie es finden? Wie sollten sie Tunek finden? Lebte sie überhaupt noch? Lebte Kayan noch? Oder hatten die Bodyguards ihre Arbeit schon erledigt? Die Muskeln in Brandts Oberschenkeln brannten, die Luft stach in seiner Lunge. Der Vorsprung, den er vor Zehra herausgelaufen hatte, schwand.

Endlich sah er den Ausgang des Tunnels. Am Ende der Treppe wurde es heller. Sie hatten die Kuppe fast erreicht.

Da hörten sie den Schrei.

Handstreich

Der Mann hielt eine Pistole in der Hand. Er war klein, er stand aufrecht in der Mulde unter der Baumwurzel. Aber er war breit und bestimmt stark. Er zielte auf Tunek. Sie kauerte auf seiner Schlafdecke an der Rückwand der Mulde. Ihr Gesicht verbarg sie in ihrer Armbeuge. Sie gab keinen Laut mehr von sich, seit der Kleine sie geschlagen hatte. Aber Kayan wusste, dass sie weinte. Obwohl es unter den Baumkronen nun schnell dunkel wurde, sah er, wie ihr Oberkörper zuckte.

Der zweite Mann war größer und schlank. Er bewegte sich schnell und lautlos. Er hatte Kayans Lager wieder verlassen und war den Berg hochgeklettert. Er suchte ihn. Kayan wartete, bis er annahm, dass der Große das Plateau erreicht hatte. Dann schob er sich vorwärts.

Die Männer schienen mit den Geräuschen des Waldes nicht vertraut zu sein. Kayan war in Eile den Steilhang heruntergekommen. Er hatte Angst um Tunek gehabt. Seine Schuhe hatte er ausgezogen, auf seine Schritte aber kaum geachtet. Trotzdem hatten ihn die Männer nicht bemerkt. Er hatte sich, keine fünf Schritte von der Mulde entfernt, ins Laub gepresst. Sie hielten Tunek ihre Pistolen an den Kopf, redeten wütend auf sie ein, bis sie schluchzend nach oben deutete, zum Plateau. Dann war der Große verschwunden. Der Kleinere hatte Tunek ins Gesicht geschlagen und ihr befohlen, still zu sein.

Kayan beschloss, es so zu machen wie bei dem Waschbären, der versucht hatte, den ersten Kopf zu stehlen. Er würde sich an einem der starken Wurzelstränge in die Mulde hinabschwingen, den Augenblick der Überraschung nutzen. Nur würde er diesmal den Eindringling nicht mit einem Tritt vertreiben können. Das wollte er auch gar nicht. Er wollte ihn töten.

Er kroch bis zum Fuß des Baums, dessen Wurzeln das Dach seiner Lagerstätte bildeten. Er richtete sich auf und glitt um den Stamm herum. Seine Hände fanden leicht Halt in der tief gefurchten Rinde. Mit bloßen Füßen balancierte er auf dem Wurzelstock über dem Abhang. Er hörte ein leises Kratzen, dann roch er Tabakrauch. Der Kleinere hatte sich eine Zigarette angezündet.

Kayan zog die alte Kopfaxt aus dem Gürtel seiner Hose. Wie gut sie in der Hand lag! Er würde das erste Mal mit einer echten Bontok-Axt töten. Er ging in die Hocke, fasste einen elastischen Wurzelstrang, beugte sich weit vor.

Tuneks Bewacher stand nicht mehr am Rand der Mulde. Kayan lauschte. Er hörte ein Geräusch wie von einem sanften Kuss. Der Mann nahm nach einem tiefen Zug die Zigarette von den Lippen. Stand er noch mit dem Rücken zum Rand der Mulde? Oder hatte er sich umgewandt? Dann würde er Kayan kommen sehen. Wäre der Augenblick der Überraschung dann noch lang genug? Kayan musste zuschlagen, bevor der kleine Mann schießen oder schreien und der große es hören konnte.

Die Männer waren gekommen, um ihn zu töten, daran hatte Kayan keinen Zweifel. Es waren Männer aus der Botschaft, auch da war er sicher. Sie hatten Tunek gezwungen, ihnen sein Versteck zu zeigen. Wenn sie ihn erledigt hatten, würden sie auch sie töten.

Er griff die Wurzel ganz fest. Dann sprang er.

Der Mann blickte genau in seine Richtung. Er hockte neben Tunek. Mit der linken Hand hielt er die Zigarette an seine Lippen. Die rechte mit der Pistole lag in seinem Schoß.

Kayan ließ die Wurzel im richtigen Moment los. Er landete weich auf dem Boden der Mulde. Der Mann riss seine Pistole hoch, aber Kayan ließ schon die Axt hinuntersausen. Das Blatt durchschnitt die Luft, dann das Fleisch, dann den ersten Unterarmknochen, dann blieb sie stecken. Die Pistole fiel aus der erschlafften Hand. Der Mann starrte auf die Axt in seinem Arm. Mit einem Ruck zog Kayan sie wieder heraus.

Der Mann fing an zu schreien, die Zigarette fiel aus seinem Mund. Kayan schwang die Kopfaxt in einem weiten Halbkreis. Der Schrei erstarb mit einem Geräusch ähnlich dem Gurgeln eines alten Abflussrohres. Der Kopf kippte schräg nach hinten weg, fiel aber nicht herunter, er hing noch an der Haut und den Muskeln des Nackens.

Dann sackte der Körper zu Boden – genau vor Tuneks angezogene Füße. Der Kopf rollte herum, er schien nun verkehrt auf dem Hals des Mannes zu sitzen. Die erloschenen Augen starrten Tunek direkt an.

Da wusste Kayan, dass auch sie schreien würde.

Der Wolf

Der zweite Schrei war der einer Frau. Er kam aus derselben Richtung.

»Von oben, ganz sicher«, keuchte Zehra.

Brandt schüttelte den Kopf. »Von rechts.«

»Und jetzt?«

»Wir trennen uns. Wer sie findet, ruft an. Keine Rambo-Aktionen. Wir warten aufs SEK.«

»Okay.« Zehra rannte los, weiter die Treppe hinauf.

Er schwang sich über das Geländer. Der Berg war hier sehr steil, der Wald dicht, die Erde weich. Seine Füße rutschten weg, kaum dass sie den Boden berührt hatten. Er fiel auf den Rücken, schlitterte mehrere Meter durch das Unterholz den Hang hinunter, bis er gegen einen dicken Stamm prallte. Er stemmte beide Füße dagegen, schob sich wieder hoch und drehte sich auf den Bauch. Auf allen vieren bewegte er sich quer zum Berg, suchte Halt an Baumwurzeln und niedrigem Gestrüpp. Er riss sich die Hände auf, aber er kam voran.

Erst versuchte er, leise zu sein. Doch das machte ihn langsam. In wenigen Minuten würde es stockdunkel sein. Er entschied zugunsten der Schnelligkeit.

Krabbelnd und kletternd, stürzend und springend bewegte er sich von Baum zu Baum. Er hätte nicht sagen können, wie weit entfernt die Schreie gewesen waren. Sie hatten ganz nah geklungen. Aber er wusste, wie schwierig es war, im Wald Geräusche zu verorten. Selbst wenn er die richtige Richtung gewählt hatte – in diesem Dickicht und der zunehmenden Dunkelheit konnte er in wenigen Schritten Entfernung an einem versteckten Lager vorbeilaufen, ohne es überhaupt zu bemerken. Für eine sinnvolle Suche hätte er eine Hundertschaft mit starken Taschenlampen benötigt. Aber die brauchte mindestens eine halbe Stunde zum Anrücken. Dann würden sie wieder nur Leichen finden.

Brandt hastete weiter. Sein Herz raste. In seinen Ohren rauschte das Blut so laut, dass er das Pfeifen seines Atems nur noch wie durch Watte hörte. Er kämpfte mit dem Gefälle, der weichen Erde, dem Gestrüpp, bis sein Blickfeld eng wurde und Flecken bekam, bis seine Beine wegknickten und seine Hände ihn nicht mehr hielten. Wieder rutschte er metertief weg, wieder fing ein Baumstamm ihn hart ab. Er rollte auf den Rücken, rang nach Luft.

Die schwarzen Baumkronen vor dem Dämmerungshimmel bekamen gerade wieder Kontur, da roch er es: Zigarettenrauch! Adrenalin schoss durch seine Adern. Brandt richtete sich auf. Er fühlte keine Schmerzen mehr. Er spürte der Rauchfahne nach, folgte ohne zu zögern seinen Sinnen und seinen Instinkten. Er kletterte schräg den Hang hinauf, seine Hände fanden Zweige und Wurzeln, die ihn hielten, seine Füße rutschten nicht mehr weg. Der Geruch wurde stärker. Ein Wispern kam dazu, erst am Rand der Wahrnehmungsgrenze, dann erkennbar als menschliche Stimme.

Brandt bewegte sich langsamer voran, vorsichtiger. Er blickte in die Dämmerung, versuchte, das Dickicht und die Schatten zu durchdringen. Dann sah er sie, zwischen den Bäumen, in nicht einmal zehn Metern Entfernung: zwei Gestalten unter einer großen, überhängenden Wurzel.

Brandt verharrte. Beide Personen hockten auf dem Boden der Mulde. Die eine redete auf die andere ein, so leise, dass es unmöglich zu verstehen war. Trotzdem glaubte Brandt, zwei Dinge zu erkennen: Der Sprecher war ein Mann, und er sprach Bontok. Kayan! Die andere Gestalt schien kleiner, zierlicher. Eine Frau – Tunek. Wo waren die Männer aus der Botschaft? Automatisch griff Brandt nach seiner Waffe. Doch mit der Pistole in der Hand würde es noch schwieriger werden, unbemerkt näher heranzukommen. Und das musste er. Ein Sprung ins Unterholz und Kayan wäre verschwunden. Hier im Wald würde er den jungen Igorot niemals einholen.

Brandt schob die Pistole zurück ins Holster. Dann tastete er sich voran.

Der Ast zerbrach mit einem trockenen Knacken, als er nur noch vier Schritte entfernt war. Kayan und Tunek sprangen auf. Aber nicht Brandt hatte das Geräusch verursacht. Es kam von der anderen Seite der Mulde.

Er sah eine schnelle, schmale Silhouette zwischen den Bäumen. Dann das Mündungsfeuer. Die Sig Sauer in seiner Hand. Zielen, ohne zu zielen. Ein ruhiger Atemzug, den er unter seiner Bauchdecke spürte. Die gleichgültige Gewissheit, dass seine Kugel den Schussarm des Schützen im Schultergelenk treffen würde. Die Überraschung, als er den Rückstoß spürte. Wann hatte er abgedrückt? Es war nicht wichtig.

Als der schmale Körper des Schützen zurückgeschleudert wurde und im Unterholz hängen blieb, hatte Brandt sich schon abgewandt. In der Mulde stand nur noch eine Gestalt: Kayan.

Brandt brachte seine rauchende Waffe auf ihn in Anschlag, sprach ihn mit Namen an, forderte ihn auf, die Axt fallen zu lassen, stieg den Hang hinauf, erreichte den Rand der Mulde, sah zwei Körper auf dem Boden, Tunek, reglos, aber atmend, eine blutige Wunde in ihrem Bauch, und einen Mann, den Kopf verkehrt herum auf seinem offenen Hals.

Brandt kletterte in die Mulde, er zielte die ganze Zeit auf Kayan, der dastand wie die Statue eines Kriegers, die Kopfaxt in seiner Rechten, eine Pistole und eine schwach glimmende Zigarette zu seinen Füßen. Brandt vermied jede hastige Bewegung. Er sah Kayan an. Kayan sah ihn an. Ein Blick ohne Fluchtmöglichkeit, ohne Versteck, ohne Schutz. Es wurde still. Waldgeräusche mischten sich mit dem Rasseln von Tuneks Atem und dem schwachen Wimmern des Angeschossenen weiter unten. Brandt studierte das Gesicht des jungen Mannes, der vier Menschen getötet hatte, und fand nichts Falsches.

Alles schien gut so, wie es war, sogar die Axt in Kayans Hand. Brandt entdeckte keine Feindseligkeit. Dagegen kam ihm die Waffe, die er direkt auf Kayans Herz richtete, plötzlich vor wie ein Verrat. Er ließ sie sinken.

Die Überraschung in Kayans Miene war unverkennbar. Ohne seine Augen von ihm zu lassen, beugte Brandt sich hinunter und legte seine Pistole auf dem weichen Waldboden ab. Dann richtete er sich langsam wieder auf. Kayan rührte sich nicht. Er schien zu überlegen. Als er sich endlich bewegte, hielt Brandt die Luft an. Sie standen kaum zwei Meter voneinander entfernt. Es gab keine realistische Chance, einem gezielten Angriff mit der Axt zu entkommen. Aber Kayan holte nicht zum tödlichen Hieb aus. Langsam ließ er sich in die Hocke nieder. Brandt atmete durch.

Dann sah er, wie Kayan die Axt in die linke Hand wechselte und mit der rechten die Pistole des toten Kidnappers ergriff. Im nächsten Moment blickte Brandt in den Lauf einer Walther P99 DAO. Er kannte das Modell gut. Es war bei der Duisburger Polizei seine Dienstwaffe gewesen. Die Pistole verfügte über keinerlei manuelle Sicherung. Man konnte sie jederzeit abfeuern. Der Abzugsweg betrug nur vierzehn Millimeter.

Brandt begriff, dass er einen Fehler gemacht hatte. Kayan war noch nicht fertig. Um die Blutrache zu vollenden, musste er den Botschafter töten. Wenn ein Polizist das verhindern wollte, musste er auch den Polizisten töten.

Kayans Zeigefinger krümmte sich um den Abzug. Brandt versuchte zu begreifen, dass er jetzt sterben würde. Er wollte vorbereitet sein. Es gelang ihm nicht. Er wusste nicht, worauf.

Dann entdeckte er in der Dunkelheit hinter Kayan etwas noch Dunkleres. Es sah aus wie ein Wolf.

Falsche Richtung

Der lange Sprint den Berg hinauf hatte die Panik aus ihrem Körper gepumpt. Sie würde nicht zu spät kommen. Sie würde die Entführer ausschalten, die Frau retten und den Kopfjäger festnehmen. Zehra ging am Rand des Plateaus in die Hocke. Die Muskeln in ihren Beinen vibrierten. Das Blut in ihren Adern glühte. Sie fühlte sich stark. Aus der Dunkelheit des Dickichts heraus spähte sie über die weite kahle Fläche, suchte nach Schatten vor dem Dämmerungshimmel, nach Bewegung. Nichts. Sie holte ihr Handy hervor, schirmte das Display mit ihrer Jacke ab und rief die Kompass-App auf. Den nördlichsten Punkt hatte sie noch nicht erreicht.

Sie huschte weiter, nutzte die Deckung der Büsche. Alle ihre Sinne waren auf das Plateau gerichtet. Da geriet etwas zwischen ihre Füße. Kein Stein, kein Ast, etwas Weicheres. Sie stolperte, fing sich gerade noch, stoppte und blickte sich um. Es lag im hohen Gras. Ein Arbeitsstiefel. Sie fasste hinein. Glattes Leder, kein Laub, kein Dreck. Kam es ihr nur so vor, oder war der Schuh noch warm? Zehra holte ihre Pistole aus dem Holster. Der Kopfjäger zog sich aus, bevor er tötete.

Keine zwei Meter entfernt entdeckte sie den anderen Stiefel. Kleidung fand sie nicht. Wieder blickte sie über das Plateau, versuchte, die zunehmende Dämmerung zu durchdringen. Da! Was war das? Dieser helle Fleck am dunklen Boden. Vertrocknetes Gras? Nein, die Stelle schien schwach zu schimmern. Glühwürmchen vielleicht? Gab es die hier überhaupt?

Mit der Waffe im Anschlag verließ Zehra ihre Deckung. So leise sie konnte, hastete sie über das offene Gelände. Sie hatte sich nicht getäuscht, der Fleck leuchtete umso stärker, je näher sie herankam. Dann begriff sie: Sie sah den Widerschein eines Feuers an der abfallenden Böschung einer Vertiefung. Zehra verlangsamte ihre Schritte. Sie war bereit, sich im nächsten Moment auf den Boden zu werfen und gezielt zu schießen.

Als sie noch knapp fünf Meter entfernt war, roch sie es: Fleisch, gekochtes Fleisch. Sie spähte über den Rand auf den Boden der Senke. Keine Filipina, keine Araber, kein Kopfjäger. Nur ein Topf auf einem Feuer.

Zehra stieg die Böschung hinab. Neben der Feuerstelle waren trockene Äste gestapelt. Wer immer sich hier eine Suppe kochte, er würde wiederkommen und Holz nachlegen. Neben dem Stapel fand sie ein zerfleddertes Heft. Im Schein des Feuers entzifferte sie die Überschrift. Sie brauchte ein paar Sekunden, bis sie begriff, was sie las. Es war ein englischer Text, offenbar ein wissenschaftlicher Artikel. Es ging um Kopfjagd. Und um irgendwelche Rituale. Der Verfasser war – Heiko Brandt.

Zehra hätte nicht sagen können, warum sie die Blätter zusammenfaltete und einsteckte. Sie blickte zu dem Topf. Unter dem rostigen Stück Blech, das als Deckel diente, quoll Dampf hervor. Der Fleischgeruch erweckte plötzlich Übelkeit in ihr. Während sie sich hinunterbeugte, spürte sie ihren Herzschlag hart in der Kehle. Sie hob das Blech mit dem Lauf ihrer Pistole an. Im sprudelnden Wasser schwamm ein großer runder Klumpen. Helle Fasern hingen wie dünne Algenfäden daran. Sie schluckte. Auf einmal drehte sich der Klumpen, und zwei milchweiß eingetrübte Augen starrten sie an. Zehra fuhr zurück, das Blech schepperte auf den Topf, sie stolperte, rappelte sich halb auf und strampelte rückwärts auf Händen und Füßen die Böschung hinauf. Oben blieb sie schwer atmend sitzen und starrte hinunter auf die Feuerstelle.

Entfernt hinter ihr fiel ein Schuss. Sie sprang auf. Noch ehe sie auf den Füßen stand, hörte sie den zweiten Schuss. Er kam von dort, wo sie die Schuhe gefunden hatte.

Sie war in die falsche Richtung gerannt.

Breitseite

Kayans Finger musste den Druckpunkt erreicht haben. Er bewegte sich nicht mehr. Brandt wusste, dass sein Tod nur noch Millimeter entfernt war, und er fragte sich, woher die Wörter kamen. Er kannte ihre Bedeutung, wahrscheinlich hatte er sie damals auf seinen Bontok-Vokabelkärtchen notiert. Aber dass er sich nun an sie erinnerte? Er hatte nicht mal nachgedacht. Er hatte einfach angefangen zu reden. Er wusste nicht, was geschehen würde, wenn er aufhörte.

Dann hatte er alles gesagt. Über den Lauf der Pistole hinweg blickte Kayan ihn unverwandt an. Tuneks Atem war kaum noch zu hören.

Das Wimmern des angeschossenen Kidnappers war verstummt. Von fern wehten Polizeisirenen heran.

Brandt sah, dass die Worte, die er gefunden hatte, ohne suchen zu müssen, in Kayan arbeiteten. Kaum merklich entspannte sich Kayans Finger am Abzug.

Dann brach etwas durch das Unterholz heran.

»Brandt!«

Zehra. Sie kam wie ein kleiner Erdrutsch vom Plateau herunter.

Kayan fuhr herum und feuerte. Brandt warf sich auf ihn und riss seinen Schussarm herunter. Gleichzeitig sah er aus den Augenwinkeln eine verwischte Bewegung. Brandt versuchte, den Axthieb zu blocken, aber der kam so schnell wie der Gedanke, dass das Blatt im falschen Winkel stand. Dann flog sein Kopf zur Seite, und der Schmerz explodierte weiß hinter seinen Augen. Als er wieder sehen konnte, war Kayan verschwunden. Brandt stürzte zu seiner Pistole und warf sich auf den Rand der Mulde. Vergeblich, da war nichts mehr, worauf er anlegen konnte. Das Knacken im Unterholz entfernte sich rasch.

»Brandt?«

Zehra lebte!

»Sind Sie in Ordnung?«

»Ja. Und Sie?«

Sein Schädel fühlte sich an, als würde er gleich platzen. Kayan hatte mit der flachen Seite der Axt zugeschlagen. »Auch.«

Brandt steckte seine Waffe weg und kniete sich zu Tunek nieder. Er presste eine Hand auf die blutende Wunde in Tuneks Bauch, suchte mit der anderen ihren Puls, fand ihn, schnell und flatternd.

Zehra schlitterte mit gezogener Pistole in die Mulde. Sie erfasste die Situation mit einem Blick.

»Ein paar Meter weiter unten liegt der zweite Kidnapper. Schultersteckschuss«, sagte Brandt.

»Und der Kopfjäger?«, fragte sie.

»Hat jetzt auch eine Pistole«, gab er zurück. Warmes Blut quoll durch seine Finger. »Wir brauchen einen Notarzt.«

Der Rettungshubschrauber stieg hoch und verschwand schnell in Richtung der Stadtlichter. Das Knattern der Rotoren verklang. Das

Feuer unter dem Topf loderte wieder. Der Luftwirbel hatte es angefacht. Das Blech begann zu klappern.

»Haben Sie reingeschaut?« Brandt deutete auf den Topf.

Zehra nickte. »Helle Haare, helle Haut. Wahrscheinlich Lindner.«

Die Lichtkegel zahlreicher Taschenlampen tanzten über das dunkle Plateau und durch den Wald. Tietze ließ den Berg von einer Hundertschaft absuchen. Der Leiter der Mordkommission war zeitgleich mit dem SEK eingetroffen. Brandt hatte ihn informieren wollen, war aber bald unterbrochen worden.

»Sie haben den Täter zum zweiten Mal entkommen lassen?« Tietze hatte den Triumph in seiner Stimme kaum verbergen können. Er war zurück aufs Plateau gestiegen, ohne Brandt weiter zu beachten. Brandt blieb bei Tunek und versuchte, das Blut aufzuhalten, mit dem das Leben aus ihrem Körper rann. Um den angeschossenen Bodyguard kümmerten sich die Männer vom SEK. Sie legten ihm trotz seiner Verletzung Handschellen an. Er schrie. Brandt hatte kein Mitleid. Dann hörte er den Rettungshubschrauber. Tuneks Zustand war kritisch, sie bekam den Platz im Hubschrauber. Der verletzte Bodyguard wurde auf einer Trage über die Treppe abtransportiert.

Brandt fühlte sich wie ausgehöhlt. »Gibt es hier eigentlich Wölfe?«

Zehra sah ihn verständnislos an. »Wölfe?«

»Ja. Die siedeln sich doch wieder an.«

»Aber nicht im Grunewald. Hier siedeln höchstens Waschbären. Warum?«

»Nicht wichtig«, antwortete er. Es war gelogen.

»Glauben Sie, wir kriegen ihn noch?«, fragte Zehra.

»*Wir* wohl kaum. Tietze hat ganz gute Chancen.«

»Ich rede nicht von dem Kopfjäger.«

Brandt blickte Zehra an. In ihrem Gesicht sah er den verzweifelten Wunsch. Es sollte alles einen Sinn haben. Es sollte Gerechtigkeit geben. Auf einmal kam er sich alt und schäbig vor.

Er holte sein Handy aus der Tasche. Siegrist nahm nach dem ersten Freizeichen ab.

»Heiko. Was kann ich für dich tun?«

»Gib mir einen Haftbefehl für al-Ghurani.«

Einen Augenblick herrschte Stille. »Du weißt, dass ich das nicht kann.«

»Eine Frau ist in seiner Botschaft, in seinem Beisein und mit seiner Billigung zu Tode vergewaltigt worden! Und er hat den Mord an zwei Menschen in Auftrag gegeben!«

»Was soll der Blödsinn?«, fragte Siegrist scharf. »Er genießt diplomatische Immunität. Ich würde gegen Völkerrecht verstoßen.«

»Du würdest ein Zeichen setzen. Die Politik müsste reagieren, ihn zumindest zur unerwünschten Person erklären. Er müsste das Land verlassen …«

»Da kann ich dich beruhigen.« Siegrists Stimme troff vor Zynismus. »Er ist längst auf dem Weg zum Flughafen.«

Die Erkenntnis traf Brandt wie ein Schock. »Du hast ihn schon informiert! Du hast ihn gewarnt!«

Siegrist zögerte einen Moment zu lang. »Wovor? Du weißt ja nicht mehr, was du redest. Geh nach Hause, bevor du dich noch tiefer reinreitest! Falls das überhaupt möglich ist.«

Siegrist legte auf. Brandt ließ sein Handy sinken. Zehra stand immer noch neben ihm. Er spürte ihren erwartungsvollen Blick. Aber er sah sie nicht an. Sie würde mitkommen wollen. Sie würde ohne zu zögern ihre Zukunft ruinieren. Er ging. Sie rief seinen Namen hinter ihm her, einmal, zweimal.

Er drehte sich nicht mehr um.

Entkommen

Waren sie ihm gefolgt? Hatten sie gesehen, wie er auf die Ladefläche des Kombi geklettert war? Jeden Moment erwartete er, dass Polizisten die Heckklappe aufrissen, ihm mit ihren Taschenlampen ins Gesicht leuchteten und ihre Waffen auf ihn richteten. Er packte die Pistole und seine Kopfaxt fester.

Kayan lag zusammengekrümmt auf dem nackten Blech der Ladefläche. Seine Beine schmerzten, aber er wagte nicht, seine Position zu verändern. Er atmete flach und lauschte in die Dunkelheit. Es roch nach Motoröl, Rost und Reifengummi, wie in der Jeepney-Werkstatt in Quezon Hill, in der er für ein paar Monate Wagen gewaschen hatte.

Als er den Weg erreicht hatte, nicht weit von der Stelle, an der er den gestohlenen Roller im Gebüsch versteckt hatte, hatte da das Auto des Polizisten gestanden. Mit dem Roller zu flüchten war unmöglich, die Sirenen der Streifenwagen waren schon ganz nah. Der Kofferraum war nicht abgeschlossen gewesen. Er war unter die Laderaumabdeckung geschlüpft und hatte die Klappe hinter sich zugezogen. Vielleicht kamen sie nicht auf die Idee, ausgerechnet im Wagen des Polizisten nach ihm zu suchen.

Autos bremsten, Reifen knirschten. Wo die Laderaumabdeckung einen Spalt ließ, flackerte Blaulicht zu ihm herein. Das Heulen der Sirenen erstarb. Autotüren wurden aufgerissen und wieder zugeschlagen. Kommandos wurden gegeben. Eilige Schritte knirschten über den Waldweg und verschwanden krachend im Unterholz. Einige Stimmen blieben. Sie klangen ruhiger. Männer, die herumstanden, sich unterhielten und vielleicht rauchten.

Er hatte nicht nachgedacht, er war einfach über den Rand gesprungen. Er war den steilen Hang hinuntergerutscht, hatte versucht, nicht gegen einen der Bäume zu krachen, und sich dabei beide Hände aufgeschürft. Unten war er aufgesprungen und in den Wald gerannt.

Warum war er geflohen? Er wusste es nicht, alles war so schnell gegangen. Tunek hatte auf dem Boden gelegen, auf ihrer hellgrünen Bluse breitete sich ein dunkler Fleck aus. Dann hatte er den zweiten Schuss gehört. Für den Bruchteil einer Sekunde hatte er sich gefragt, wieso er den Einschlag der Kugel nicht spürte. War er schon tot? Plötzlich war der Polizist da gewesen. Aber er hatte nicht auf ihn geschossen. Er hatte seine Waffe sogar weggelegt.

Kayan hatte die Gelegenheit genutzt und die Pistole des Kidnappers aufgehoben. Er wollte den Polizisten nicht mit der Kopfaxt töten. Aber töten musste er ihn. Doch da hatte der Polizist angefangen zu sprechen. Bontok vermischt mit Englisch. Es sei genug. Kayan habe seine Schwester gerächt und bewiesen, dass er ein großer Krieger sei, er habe sich das *sakrag* verdient.

Dass der Polizist ihn verstand, hatte Kayan verwirrt.

Er müsse nicht sterben, hatte der Polizist gesagt. Er müsse ins

Gefängnis, aber er könne weiterleben. Auch bei ihm zu Hause würden sich Männer der Polizei stellen, wenn sie getötet hatten, und niemand dachte schlecht von ihnen.

Wollte er sterben? So weit hatte Kayan nie gedacht. Als er beschlossen hatte, die Männer zu töten, die seine Schwester ermordet hatten, war jede Vorstellung von der Zukunft verschwunden. Krieger rechneten mit dem Tod. Der Tod war bedeutungslos. Man kehrte einfach zu seinen Ahnen zurück. Aber wenn er in diesem Land starb, würde seine Seele dann überhaupt den weiten Weg zurück nach Hause finden?

Er könne weiterleben, hatte der Polizist gesagt. Und vielleicht irgendwann zurück. Kayan glaubte ihm. Aber er brauchte Zeit, um nachzudenken.

Die Fahrertür wurde geöffnet. Jemand stieg ein, schlug die Tür zu und ließ den Motor an. Der Fahrer setzte mit einem Ruck zurück, trat abrupt auf die Bremse, wendete in einem einzigen Schwung und trat das Gaspedal durch. Der Wagen schoss vorwärts, Kayans Kopf schlug gegen den Radkasten.

Zwischen den Stühlen

Zehra sah die nächste Bodenwelle kommen. Sie hätte vom Gas gehen müssen. Aber es war ihr egal. Der Wagen tat einen Satz und kam hart auf. Normalerweise hätte ihr das Spaß gemacht, aber jetzt war alles in ihr taub.

Sie hätte sich freuen können. Sie hatten Tunek gerettet. Sie würde nicht sterben. Einer ihrer Entführer war tot, den anderen hatten sie lebend erwischt. Vielleicht würde er reden. Seinen Auftraggeber belasten. Diesen widerwärtigen Botschafter, der glaubte, er stehe über dem Gesetz.

Womit er vermutlich recht hatte.

Der Kopfjäger war ihnen entwischt. Aber sie würden ihn fassen. Zu Fuß kam er nicht weit. Das ganze Areal war inzwischen umstellt.

Der Untergrund wechselte von Kies zu Asphalt. Der Omega geriet ins Schleudern. Zehra konnte ihn gerade noch abfangen, bevor er über das feuchte Gras in einen Graben rutschte.

Brandt war einfach abgehauen. Hatte sie Tietze zum Fraß vorgeworfen. Hatte sie Tietze alles erklären und zusehen lassen, wie seine Miene zusehends versteinerte. Volkert hatte dabeigestanden. Seine Kiefer hatten gearbeitet, als würden sie jedes ihrer Worte zermahlen.

»Wohin verdammt noch mal hat sich der Dreckskerl verdrückt, dem wir den Scheiß hier verdanken?« Volkert presste die Worte zwischen den Zähnen hindurch.

Sie fand das unfair. Das wisse sie nicht, hatte sie erwidert, so ruhig sie konnte, aber Brandt habe drei Morde aufgeklärt und Tietzes Mord an der Filipina gleich mit.

Sie solle sofort von seinem Tatort verschwinden und einen Bericht schreiben, sagte Tietze. Seine Worte kamen direkt aus dem Gefrierfach. Sie solle nichts auslassen, nicht das kleinste Fitzelchen. Dann hatten er und Volkert sich umgedreht und sie stehen lassen.

Sie merkte, dass ihre Fingerknöchel weiß waren, so fest umklammerte sie das Lenkrad. Sie atmete aus und lockerte den Griff. Vor ihr blinkte die Ampel Rathenower/Perleberger Straße gelb. Nachtbetrieb. Sie war automatisch zur Direktion 3 gefahren, als wäre das Terrarium noch immer ihr Arbeitsplatz. Sie parkte den Omega vor dem Eingang an der Perleberger Straße.

Bis auf den Lichtschein eines Computermonitors lag das Großraumbüro im Dunkeln. Die meisten Kollegen, die Sonntagsdienst hatten, trieben sich wahrscheinlich gerade mit Taschenlampen im Grunewald herum. Hauptkommissar Schöller, der sich wohl erfolgreich vor dem Einsatz gedrückt hatte, hockte auf der Kante seines Bürostuhls und starrte auf seinen Bildschirm. Er schaute kurz auf und nickte ihr zu. Hatte sein Blick etwas Mitleidiges? Sie zwang sich zu lächeln. Schöller lächelte zurück. Sie sah, dass er etwas sagen wollte. Sie ging hastig weiter, verschwand im Terrarium und schloss die Tür hinter sich.

Sie machte kein Licht, ihre Jacke behielt sie an. Sie fuhr den Rechner hoch und öffnete die Vorlage »Fallberichte«. Sie gab Namen, Dienstgrad, Datum, Uhrzeit und Vorgangsnummer ein. Bei der Kurzbezeichnung des Tatbestands stockte sie. Sie schaute zur Pinnwand. Sie lag im Dunkeln, aber sie wusste, was dort hing – drei leere weiße Blätter.

Der Lärm drang erst in ihr Bewusstsein, als Schöller von seinem Schreibtisch aufsprang. Für einen Moment glaubte sie, sie sei eingenickt und träume. Brandt hatte al-Ghurani Handschellen angelegt. Der Botschafter sträubte sich und fluchte in drei Sprachen, aber Brandt schob ihn unerbittlich in Richtung Terrarium.

Zehra öffnete die Tür. Al-Ghurani erkannte sie. Er blieb stehen, drehte sich um und zog Brandt mit seinem Blick bei lebendigem Leib die Haut ab.

»Sie sind erledigt, das ist Ihnen doch klar, oder?«

»Ich will nur noch einmal mit Ihnen reden.« Brandt schob ihn ins Terrarium.

Zehra wollte die Tür schließen, er schüttelte den Kopf. »Hiermit haben Sie nichts zu tun. Gehen Sie raus.«

Sie rührte sich nicht. Er drängte Zehra sanft aus der Tür und schloss hinter ihr ab. Sie sah, wie er al-Ghurani die Handschellen abnahm und ihm sein Handy zurückgab. Mit hochrotem Gesicht drückte der Botschafter eine Kurzwahlnummer.

Plötzlich stand Schöller neben ihr. »Was ist da los?«

Sie antwortete nicht.

»Übrigens, euer Dschihadist ist wieder in Gewahrsam. Die vom Staatsschutz haben ihn sich geholt.«

Sie sah ihn irritiert an. Wovon redete er?

»Dieser Welter alias Abu Hamsa.«

Sie erinnerte sich. Ihre falsche Spur. Die würde sie in ihrem Bericht auch erwähnen müssen.

»Ihr habt doch diesen Laster mit den Schlafsäcken und Kampfstiefeln gefunden, in Brandenburg. Stammte alles aus dem Lager eines Armyshops. Welter und sein Komplize haben es ausgeräumt. Am helllichten Tag. Die Staatsschutzkollegen sagen, die Idioten wollten das Zeug nach Syrien kutschieren.« Er verstummte.

Armyshop, alles klar. Zehra nickte abwesend. Al-Ghurani telefonierte noch immer. Brandt sah ihm zu.

»Da war eine Überwachungskamera. Die zwei sind deutlich zu

erkennen. Mit Uhrzeit. Stimmt mit der Tatzeit des Golfplatzmords überein.«

Das perfekte Alibi. Kein Wunder, dass Welter damit nicht rausgerückt war. War doch schön, wenn am Ende alles ohne Rest aufging.

Al-Ghurani beendete sein Telefonat. In seinem Gesicht stand jetzt Genugtuung. Er sagte etwas zu Brandt. Brandts Handy läutete. Al-Ghurani grinste hämisch.

Brandt sah auf sein Display, drückte den Anruf weg und legte das Handy auf den Tisch.

Nichts als die Wahrheit

Der Botschafter ließ sich in Brandts Drehstuhl fallen, als gehöre das Büro ihm. Er hatte wieder Oberwasser. Das war gut.

»Wen haben Sie angerufen? Den Minister?«

Al-Ghurani ließ seinen Blick über die billige Büroausstattung wandern. »Schäbig.«

»Wir sind nur kleine Beamte.«

»Sobald das hier erledigt ist, sind Sie noch viel kleiner. Sie werden dankbar sein, wenn Sie irgendwo den Verkehr regeln dürfen. In meinem Land würde ich Sie erschießen lassen.«

Brandt nickte. »Ich frage mich, ob Sie Ihre Leibwächter schon vermisst haben.«

Al-Ghurani zuckte mit den Achseln.

»Nicht? Nun, einer der beiden ist tot, der andere liegt im Krankenhaus. Ich musste leider von der Schusswaffe Gebrauch machen.« Er wartete ab, ob al-Ghurani etwas sagen würde, aber jede Reaktion blieb aus. »Sie sind also nicht überrascht. Sie wollen nicht mal wissen, was passiert ist. Ich sage es Ihnen trotzdem. Die beiden haben Tunek Ponchoy entführt und angeschossen, die Kollegin der jungen Frau, die in Ihrer Botschaft vergewaltigt wurde.«

Al-Ghurani verzog keine Miene. »Ich bin nicht dafür verantwortlich, was die Angestellten der Botschaft in ihrer Freizeit tun.«

»Natürlich nicht. Mal sehen, was Ihr Bodyguard zu der Entführung aussagt, wenn er wieder aufwacht. Ich glaube kaum, dass er und sein Kollege selbst auf die Idee gekommen sind.«

Al-Ghurani lachte. »Erwarten Sie nicht zu viel.«

»Verstehe. Er wird nicht reden. Er hat Familie in Qumar.«

Der Araber wandte sein Interesse dem Plastikbecher mit Brandts Sammlung abgebrochener Bleistifte zu. Brandt zog sich Zehras Schreibtischstuhl heran.

»Ich weiß natürlich, dass Sie gleich abgeholt werden. Mein Dezernat wird aufgelöst. Ich werde suspendiert. Meine Karriere ist so gut wie zu Ende. Aber ich will wenigstens erfahren, was passiert ist.«

Al-Ghurani sah ihn spöttisch an. »Und dabei soll ausgerechnet ich Ihnen helfen? Warum? Sie sind ein Nichts. In meiner Welt kommen Sie überhaupt nicht vor.«

»Ich bin ein Nichts, na schön. Und Sie? Was war denn Ihr Vater oder Ihr Großvater, bevor unter ihren Füßen Öl aus der Erde sprudelte? Sind sie auf Kamelen durch die Wüste geritten?«

Al-Ghuranis Gesicht lief rot an. »Ohne die arabische Kultur würde Europa noch immer im finsteren Mittelalter stecken!«

»Da haben Sie vermutlich recht«, sagte Brandt. »Ohne die arabischen Gelehrten wäre das Wissen der Antike vielleicht für immer vergessen gewesen. Aber in den letzten fünfhundert Jahren? Was haben Sie seitdem zum Fortschritt der Menschheit beigetragen? Es gibt fast vierhundert Millionen Araber und fünfzehn Millionen Juden …«

»Juden.« Es klang, als spucke al-Ghurani aus.

»Es gibt ungefähr zweihundert jüdische Nobelpreisträger – Friedensnobelpreise nicht mitgerechnet – und wie viele arabische? Zwei.« Brandt hatte ganz ruhig gesprochen, eine einfache Tatsachenfeststellung. Aber die Provokation wirkte.

»Weil die Juden überall die Kontrolle an sich reißen!«

Zorn und Verachtung ließen Menschen unvorsichtig werden. Umso mehr, wenn sie mit Antisemitismus gepaart waren. Brandt legte nach. »Manche betrachten Sie und Ihre Oberschichtclique als Schmarotzer, im Grunde nichts weiter als verzogene Kinder. Ohne das Öl wären Sie immer noch Viehnomaden.«

Al-Ghurani sprang auf. Er bebte vor Wut. »Ich verbiete Ihnen –«

Brandt ignorierte ihn. »Sie nehmen sich das Recht, Menschen wie Tiere zu behandeln oder wie Ihre Spielzeuge – Ihre Luxusautos, Ihre Falken und Rennpferde.«

Al-Ghurani stürmte um den Schreibtisch herum und blieb vor Brandt stehen. »Sie wissen nichts über unsere Kultur!«

Brandt blieb sitzen. »Kann sein. Aber ohne das Öl, das wir Westler mit unserer westlichen Technologie für Sie aus dem Boden holen, würden Sie immer noch im Sand spielen.«

»Allah hat uns das Öl gegeben! Er hat uns auserwählt.«

»Und darum dürfen Sie die Menschen behandeln wie Sklaven?«

Al-Ghuranis Stimme troff vor Verachtung. »Sie reden von einer jahrtausendealten Tradition! Der Westen mit seiner verlogenen Sentimentalität hat uns gezwungen, sie abzuschaffen. Das heißt nicht, dass sie falsch ist. Diese Filipinas sind Primitive! Ungläubige!«

»Deshalb durften Sie sie vergewaltigen?«

»Ich habe niemanden vergewaltigt!«

Brandt stand auf. Das Ziel war zum Greifen nah. »Sie haben die Gelegenheit dafür geschaffen, und Sie haben es zugelassen!«

Der Knoten platzte.

»Was wissen Sie schon! Wir haben den Abschluss eines Geschäfts gefeiert. Meine Gäste wollten etwas Spaß. Ein ganz natürliches Bedürfnis. Die Frauen haben ihnen gefallen. Hätte ich meine Gäste enttäuschen sollen? Ich habe den Frauen Geld angeboten. Ich war großzügig.«

»Aber die Frauen haben sich erdreistet, abzulehnen. Was für eine Anmaßung.«

»Sehr richtig. Diese Frauen sind doch im Grunde alle Prostituierte!«

»Also ließen Sie zu, dass Sharif ibn Awad ibn Azzam, Ibrahim ibn Achmad ibn Saleh und Mirko Lindner Cristy Kaluyan und Tunek Ponchoy vergewaltigten!«

Al-Ghurani verzog das Gesicht. »Lindner? Ein Feigling. Er war plötzlich verschwunden.«

»Eine brutale Vergewaltigung! Cristy ist daran gestorben.«

»Das ist nicht meine Schuld. Warum ist sie nicht zum Arzt gegangen?«

»Sie hätten Ihre Killer nicht losschicken müssen, um das zweite Vergewaltigungsopfer ermorden zu lassen!«

Al-Ghurani sah ihn kalt an. »Und riskieren, dass sie das Ansehen meines Landes in den Schmutz zieht?«

»Das haben Sie bereits selbst erledigt«, konterte Brandt.

Dann passierte alles sehr schnell. Im Großraumbüro wurde es hell. Ohne nach links und rechts zu sehen, durchquerte Siegrist mit zwei uniformierten Polizisten den Raum. Brandt schloss die Tür auf. Siegrist würdigte ihn keines Blickes. Er nickte al-Ghurani zu. »Kommen Sie, Herr Botschafter. Ihre Maschine wartet.«

Mit einem triumphierenden Grinsen schob sich al-Ghurani an Brandt vorbei.

»Einen Moment noch, Herr Botschafter«, sagte Siegrist.

Er trat dicht an Brandt heran. »Dein Vater und ich waren enge Freunde. Ich hatte gehofft, wir werden das auch. Ich habe mich geirrt. Das hier verzeihe ich dir nie«, zischte er ihm ins Ohr.

Ohne eine Antwort abzuwarten, machte Siegrist kehrt und folgte al-Ghurani hinaus. Brandt sah zu, wie er den Botschafter hinausgeleitete. Er nahm sein Handy vom Tisch, schaltete es aus und steckte es ein.

Langsamer Tod

Sie wollte, dass der Tag aufhörte, dass dieser Fall endete. Sie wollte das bisschen, was von ihr noch übrig war, nach Hause schleppen, auf ihre Kaltschaummatratze legen und auf die Einzelteile des Bettes starren lassen, das sie ein Vermögen gekostet hatte und das sie vermutlich nie aufbauen würde.

Zehra stand allein im Dunkeln an der Mauer neben dem Eingang. Ihre Wut auf die Ungerechtigkeit der Tietzes dieser Welt, ihr Stolz und ihre Enttäuschung darüber, den Fall gelöst, aber den Job verloren zu haben, die Genugtuung, al-Ghurani in Handschellen zu sehen, die Resignation, die sein überheblicher Blick in ihr auslöste – all das hatte sich zu einem tauben Klumpen verdichtet, der von unten gegen ihr Zwerchfell drückte. Sie hatte zugesehen, wie Brandt den Botschafter verhörte. Und es nicht ausgehalten. Es war so sinnlos. Sie hatte das Büro verlassen. Sie rannte die Treppe hinunter, nahm den kürzesten Weg aus dem Gebäude und sog tief die kalte Luft ein.

Dann war der Streifenwagen herangekommen, mit Blaulicht, aber ohne Martinshorn. Er hatte direkt vor dem Eingang hinter ihrem Kombi angehalten. Zehra hatte sich aus der Lichtinsel unter dem Betonvordach in den Schatten der Mauerecke neben dem Eingang verzogen. Aus dem Fond des Streifenwagens war ein großer Mann gesprungen. Mit wütenden Sätzen stürmte er in das Gebäude – Oberstaatsanwalt Siegrist. Zwei uniformierte Beamte folgten. Fast rannten sie Heller vom Kriminaldauerdienst über den Haufen.

»He! Seid ihr auf der Flucht?«, beschwerte sich Heller.

Zehra sah die Zigarettenschachtel in seiner Hand. Sie würde um eine Begegnung nicht herumkommen. In der Mauerecke stand außer ihr noch ein verwitterter Pflanzkübel. Darin wuchs nichts mehr außer alten Kippen.

Als er sie erblickte, knipste Heller sein George-Clooney-Lächeln an. »Kollegin Erbay. Sie werden es nicht glauben: Ich habe Ihren Vornamen rausgekriegt!«

Er gab ihr eine Vorlage. Sie sollte sich über seine kriminalistischen Fähigkeiten lustig machen, sich amüsieren, über ihn lachen. Dann wäre das Eis gebrochen. Zehra konnte nicht lachen. Im Moment wusste sie nicht einmal mehr, wie sich das anfühlte.

»Zehra«, sagte er. »Ich habe sogar gegoogelt, was das bedeutet: die Rose. Ich finde, das passt. Auch eine?« Er hielt ihr seine Zigarettenschachtel hin.

»Ich rauche nicht.«

»Es ist nie zu spät, etwas Neues anzufangen.«

»Würde es Ihnen was ausmachen, mich in Ruhe zu lassen?«

»Mir nicht. Nur meinem Ego.« Er steckte sich eine Zigarette an. Dann legte er Feuerzeug und Schachtel auf den Rand des Blumenkübels. Auf einmal wirkte er fast besorgt. »Falls Sie es sich anders überlegen. Sie sehen aus, als hätten Sie eine nötig.«

Er spazierte in Richtung Parkplatz davon. Sie sah ihm nach. Dann nahm sie die Schachtel. »Rauchen kann zu einem langsamen und schmerzhaften Tod führen«, stand darauf. Sie holte eine Zigarette heraus, klemmte sie sich zwischen die Lippen und zündete sie an.

Omen und Ahnen

Er nahm an, der Polizist sitze hinter dem Steuer.

Der Wagen raste den Waldweg hinunter. Kayan stemmte sich mit Armen und Beinen gegen die Radkästen, um nicht herumgeschleudert zu werden. Dann wurde die Fahrt ruhiger. Sie bogen so oft ab, dass er die Orientierung verlor. Schließlich rumpelte der Wagen einen Bordstein hinauf und blieb stehen. Der Motor wurde ausgestellt. Mehrere Minuten lang passierte nichts. Worauf wartete der Polizist? Schließlich stieg er aus und warf die Tür zu.

Kayan zählte bis zehn, bevor er die Abdeckung hochschob. Er sah gerade noch, wie die junge Frau, die Brandt in das Restaurant gefolgt war, in einem Gebäude verschwand. Sie war es gewesen, die den Wagen gefahren hatte, nicht der Polizist. Er sah das grüne Schild vor dem Eingang: Polizei.

Er überlegte noch, ob er aus dem Wagen klettern sollte, da schossen zwei Streifenwagen mit heulenden Sirenen und Blaulicht aus einer Einfahrt und fuhren an ihm vorbei. Blitzschnell tauchte er wieder ab.

Zusammengekrümmt auf der Ladefläche versuchte er nachzudenken. Sollte er tun, was der Polizist gesagt hatte? Sich stellen und weiterleben, in einem Gefängnis, mehrere tausend Kilometer weit weg von seinen eigenen Leuten? Jeder Gedanke, den er fassen wollte, entglitt ihm sofort wieder. Schließlich gab er auf.

Ein Bild tauchte vor ihm auf. Seine Großmutter. Ein schrumpeliges altes Weiblein im schmutzigen, lumpigen T-Shirt aus einer kirchlichen Kleidersammlung. Sie hockte auf ihren Fersen auf dem Bretterboden ihrer Wellblechhütte, schlug mit einem Bambusstöckchen auf die Flügel eines zappelnden Huhns, das sie mit ihren knochigen Fingern gepackt hielt. Ein Huhn zu opfern gehörte zu jedem Bontok-Ritual.

Mit brüchiger Stimme rezitierte sie ein Gebet, in dem sie die Ahnen um Hilfe bat.

Die Ahnen. Konnte er sie um Hilfe bitten? Waren sie in der Nähe? Kayan glaubte es nicht. Sie würden niemals das Dorf verlassen. Oder doch? Wenn man sie wirklich brauchte? Was würden sie denken, wenn er jetzt aufgab? Der vierte Mann war noch am Leben. Er hatte ihn im Museum gesehen.

Wenn er sich stellte, würde er ihn niemals töten. Vielleicht musste er es akzeptieren. So etwas hatte es schon immer gegeben. Wenn die Versuche, einen Toten zu rächen, immer wieder scheiterten, entschieden die Alten, dass die Ahnen die Aufgabe an eine zukünftige Generation weitergegeben hatten.

Er würde sich stellen und weiterleben. Er schob die Pistole in seinen Hosenbund, nahm die Axt und kletterte über die Rückbank nach vorn.

Schwarzes Loch

Etwas stimmte nicht. Nur was? Zehra scannte die Straße vor dem Eingang in beide Richtungen. Sonntagnacht, kaum Verkehr, alles ruhig. Wahrscheinlich machte das Nikotin sie nervös.

Ihr war übel. Trotzdem nahm sie noch einen Zug von der Zigarette. Es schmeckte nicht so furchtbar, wie sie erwartet hatte. Langsam ließ sie den Rauch wieder entweichen. Die Übelkeit, die er verursachte, überdeckte das Taubheitsgefühl in ihr. Der Klumpen in ihrem Bauch schrumpfte. Und wurde schwerer.

Sie drückte die Kippe auf dem Rand des Blumenkübels aus und warf sie hinein. Dann stand Zehra da und wusste nicht, was sie tun sollte. Sonst hatte sie immer einen Plan. Diesmal nicht. Sie beschloss, wieder nach oben zu gehen. Zu Brandt. Wenn der Oberstaatsanwalt vorhatte, sie abzuschießen, wollte sie es nicht aus der Presse erfahren.

Da war es wieder! Zehra fuhr herum. Niemand zu sehen. Die M27 Richtung Pankow rauschte vorbei. Sie hatte ihn herankommen hören.

Was zur Hölle irritierte sie so? Sie ließ ihren Blick schweifen. Sie suchte das Detail, das nicht ins Bild passte.

An der Szenerie hatte sich nichts verändert. Die Autos standen noch genauso auf dem Seitenstreifen wie vor der ersten Zigarette ihres Lebens. Das Dieselröhren des Busses verklang. Es wurde wieder still. Sollte sie den Omega noch auf den Parkplatz fahren? Wenn Siegrist sie suspendierte und sie morgen nicht mehr zum Dienst antreten durfte, würde keiner wissen, wo der Wagen stand. Scheiß drauf. Und scheiß auf ihre Nervosität.

Zehra wollte sich dem Eingang zuwenden, da sah sie es. Im Omega bewegte sich etwas! Im nächsten Augenblick tauchte hinter den Seitenscheiben der Schattenriss eines Menschen auf. Er kletterte über die Lehne auf die Rückbank. Dann wurde die hintere Tür geöffnet.

Das Erste, was Zehra im Licht der Straßenlaterne von Kayan Kaluyan sah, waren seine nackten Füße. Mit einer geschmeidigen Bewegung stieg er aus dem Wagen. Er überragte die Dachreling des Kombis kaum. Er konnte nicht größer als einen Meter sechzig sein. Sein Gesicht war deutlich zu erkennen. Er sah so jung aus. Jünger noch als ihr kleiner Bruder. Er blickte zum Eingang der Polizeistation. Er wirkte verloren. Er gehörte nicht hierher. Seine Arme hingen an seinem Körper herab. Er hielt etwas in seiner rechten Hand. Zehra wusste, was es war: eine Igorot-Kopfaxt. Wo war die Pistole, von der Brandt gesprochen hatte? Wahrscheinlich hatte er sie weggeworfen.

Kayan ging auf den hell erleuchteten Eingang zu. Er hatte sie noch nicht entdeckt. Kurz vor der Tür stand ein Betonpfeiler, der das Vordach trug. Er würde dahinter vorbeilaufen. Der Pfeiler würde sie für einen Lidschlag vor seinem Blick verdecken. Sie könnte ihre Waffe ziehen, ohne dass die Bewegung seine Aufmerksamkeit erregen würde. Dann hätte sie das Überraschungsmoment auf ihrer Seite.

Zehra glaubte nicht, dass sie ihre Pistole brauchen würde. Kayan wirkte nicht so, als hätte er den Plan, sein letztes Opfer in einer Polizeiwache zu enthaupten. Woher sollte er auch wissen, dass al-Ghurani im Gebäude war? Selbst wenn er es die ganze Zeit beobachtet hatte, Brandt hatte den Botschafter bestimmt durch den Eingang vom Parkplatz ins Haus gebracht.

Gleich würde Kayan hinter dem Pfeiler verschwinden. Noch vier

Schritte. Noch zwei ... Abrupt blieb er stehen. Hatte er sie entdeckt? Nein, er sah immer noch zum Eingang. Aber da war nichts. Es musste im Gebäude sein.

Im nächsten Moment hörte Zehra laute Stimmen. Eine erkannte sie sofort. Es war die von al-Ghurani.

Zehra riss ihre Pistole aus dem Holster. Der Kopf des Igorot fuhr herum.

»Polizei! Lassen Sie die Waffe fallen!«

Kayan sah ihr direkt in die Augen. Dann blickte er wieder zur Tür, die in diesem Moment aufgestoßen wurde. Al-Ghurani kam heraus, hinter ihm Siegrist.

»Police! Drop your weapon!« Zehra schrie Kayan an.

Der Botschafter und der Oberstaatsanwalt verharrten erschrocken. Kayan stürzte los. Für den Bruchteil einer Sekunde verschwand er hinter dem Pfeiler. Es war genau der Sekundenbruchteil, den Zehra gebraucht hätte, um ein exaktes Ziel zu finden. Sie feuerte zweimal kurz hintereinander. Die Kugeln rissen Kayan um. Der Schwung, den er in den Hieb mit der Kopfaxt gelegt hatte, war stärker als der Griff seiner Finger. Die Axt flog weiter, haarscharf an al-Ghurani vorbei, fuhr in das Verbundglas der Tür und blieb in Kopfhöhe darin stecken.

Kayan schlug hart auf dem Betonpflaster auf. Kein Reflex, um sich abzufangen. Mit schnellen Schritten und der Pistole im Anschlag war Zehra bei ihm. Zwei Einschusswunden im Oberkörper. Eine Kugel war auf Höhe der dritten Rippe unmittelbar neben dem Brustbein eingedrungen. Zehra hatte das Herz getroffen.

Sie ließ ihre Waffe sinken. Kayans Augen waren weit offen. Wieder sah er sie an. Seine Beine zappelten über den Boden. Er würde sich die bloßen Füße an den rauen Betonplatten aufschürfen.

Er streckte die Hand nach ihr aus. Zehra steckte ihre Waffe weg und kniete sich neben ihn. Sie nahm seine Hand. Sie war ganz warm. Jetzt zuckte auch sein Oberkörper kurz und heftig. Seine Jacke rutschte hoch. Da sah Zehra die Pistole. Sie steckte in seinem Hosenbund.

Dann gefror Kayans Blick, die Muskeln erschlafften, alle Kraft wich aus dem Körper. Seine Hand wurde schwer. Vorsichtig ließ Zehra sie zu Boden gleiten. Dann richtete sie sich auf.

Al-Ghurani stand wie versteinert da. Siegrist hatte sich auf den

Boden geworfen. Die beiden Männer starrten auf Kayans Leichnam. In der Eingangshalle hinter ihnen stürzten Beamte heran. Al-Ghurani sah Zehra an.

»Danke«, stieß er hervor.

Zehra war mit zwei Schritten bei ihm. Sie holte aus und schlug ihm mit aller Kraft ins Gesicht. Im nächsten Moment waren sie von den Beamten umringt.

Brandt hörte die Schüsse, während Siegrists Uniformierte die Computer demontierten. Als er aus dem Treppenhaus in die niedrige Halle stürzte, wimmelte schon ein Dutzend Kollegen unter dem Vordach herum. Die Eingangstür stand weit offen. In ihr steckte eine Axt. Seine Axt.

Er eilte hinaus. Vor der Tür lag Kayan. Eine Blutlache um seine Brust wurde langsam größer. Seine Augen standen offen. Niemand machte Wiederbelebungsversuche. Brandt trat näher heran und sah, warum. Zwei Kugeln waren in den Oberkörper gedrungen. Eine hatte das Herz zerfetzt.

»Sie war schon hier, als ich rauskam. Ich habe ihr eine Zigarette angeboten. Wäre ich doch bei ihr geblieben, verdammt!«

Der blonde Kollege vom Kriminaldauerdienst stand im Mittelpunkt. Brandt fiel sein Name nicht ein. Er drängte sich zu ihm. »Von wem reden Sie?«

Der Blonde sah ihn an. »Von Ihrer neuen Kollegin.«

»Wo ist sie?«

»Keine Ahnung.«

Brandt sah sich um. Abseits entdeckte er Siegrist und al-Ghurani. Der Botschafter blutete aus der Nase. Siegrist reichte ihm Papiertaschentücher. Ein Rettungswagen raste heran. Er musste in zweiter Reihe halten. Den direkten Zugang zum Eingang blockierten ein Streifenwagen und sein Opel Omega. Das Blaulicht zuckte durch den Innenraum des Kombis. Es saß jemand darin. Zehra! Brandt ging auf den Wagen zu. Die Sanitäter rannten an ihm vorbei. Sie kamen zu spät.

Kurz bevor er den Omega erreichte, hörte er es. Zehra lachte. Es war kein fröhliches Lachen. Es riss einen Abgrund auf.

Sie hatte sich in den Wagen gesetzt und die Tür hinter sich zugezogen. Durch das Seitenfenster sah sie zum Eingang. Eine Szene wie aus einem Stummfilm. Polizisten an einem Tatort. Der Leichnam verdeckt von den Beamten. Nur seine nackten Füße ragten ins Bild. Zehra wollte ihren Blick abwenden. Sie schaffte es nicht. Bis ihr Handy summte.

Sie holte es hervor. Eine SMS von Cetin. *Ich war da. Wo warst du?* Da fiel es ihr wieder ein: Er hatte versprochen, ihr beim Aufbau des Bettes zu helfen. Sie hatte ihren kleinen Bruder versetzt.

Der Klumpen, der in ihrem Bauch immer dichter und schwerer geworden war, implodierte. Die Schockwelle platzte aus ihr heraus. Lautes Lachen schüttelte und erstickte sie, aber sie konnte nicht aufhören. Sie sah, wie Brandt zu ihr in den Wagen stieg und sich neben sie setzte. Sie sah, wie er seine Hand auf ihren Arm legte. Sie spürte die Berührung nicht.

Ihre Haut war nur noch die Hülle für ein schwarzes Loch.

Drei Tage später

Sakrag

Der Zug hatte Verspätung. Aber René hatte ihn vorgewarnt: Das war auf dieser Strecke normal. Früher war Lichtenberg der wichtigste Fernbahnhof Ostberlins gewesen. Seit der Wende hielten hier fast nur noch S-Bahnen und Regionalzüge. Brandt stieg aus und schlenderte zum Süßwarenautomaten. Die meisten Fächer waren leer. Er entschied sich für irgendwas mit Kokos und Schokolade.

Der Taxifahrer, der sich mit ihm hatte anlegen wollen, schimpfte jetzt wild gestikulierend in sein Handy. Es hatte ihm nicht gepasst, dass Brandt sich mit dem Omega in der für Taxis reservierten Haltespur eingereiht hatte. Zuerst hatte er Brandt im Rückspiegel böse angefunkelt. Als Brandt nur freundlich gelächelt hatte, war er erbost ausgestiegen. Brandt hatte ihm den Weg erspart, indem er das Blaulicht aufs Dach gesetzt hatte. Der Mann hatte ausgespuckt und sich wieder in seinen Wagen verzogen.

Brandt riss das Papier auf. Er hatte den ganzen Tag noch nichts gegessen, es musste sein. Er nahm einen Bissen, dann warf er das Ganze in den überquellenden Abfalleimer neben dem Automaten.

Die Schwingtür wurde aufgestoßen. Ein Dutzend Reisende mit provinziellem Flair strömte heraus. René war der Letzte. Er trat durch die Tür, als komme er direkt aus »Bullitt«. Sie nickten sich zu. Brandt ging voraus zum Wagen. René warf seine abgewetzte Ledertasche auf den Rücksitz und stieg ein.

»Wohin?«, fragte Brandt. Seine Hand ging zum Navi.

»Alt-Stralau.«

Brandt zog seine Hand zurück. Da war er erst vor ein paar Tagen mit Zehra gewesen. Er scherte aus der Warteschlange aus.

Zehn Minuten später waren sie auf der Landzunge zwischen Spree und Rummelsburger See.

»Links oder geradeaus?«, fragte Brandt.

René deutete nach links und tippte eine SMS. Dann dirigierte er

Brandt in ein Sträßchen mit baufrischen Reihenhäusern, nur einen Steinwurf vom Ufer des Rummelsburger Sees entfernt. Ein Mann in einem türkisfarbenen Trainingsanzug kam aus dem letzten Haus auf der rechten Seite. Er war groß, sehr groß und wog mindestens drei Zentner, das meiste davon Muskeln, vermutete Brandt. Er trug sein langes tiefschwarzes Haar in einem dicken Knoten. Sein rundes Gesicht schmückte ein furchterregendes *moko*, das Gesichtstattoo der Maori. In der Hand trug er einen Hello-Kitty-Handkoffer.

»Das ist Taonga«, sagte René.

Ein Maori.

»Er ist Tätowierer?«

René schüttelte den Kopf. »Barkeeper im Amano.«

Das Amano war eine der angesagtesten Bars Berlins. Brandt war nie da gewesen. Andernfalls hätte er sich an diesen Berg von einem Mann erinnert.

René stieg aus. Der Maori umarmte ihn. Sie waren also mehr als Bekannte. Für Brandt hatte er einen wortlosen Händedruck mit einer riesigen Pranke. Brandt und René stiegen vorn ein. Taonga quetschte sich mit seinem Kinderkoffer auf die Rückbank.

Brandt gab ihr Ziel ins Navi ein. Es lag in Reinickendorf. Nach einer Dreiviertelstunde hielten sie in der Nähe des Sankt-Hedwig-Friedhofs vor einem Bestattungsunternehmen: Internationale Bestattungen Bruno Hartwig.

Der Inhaber erwartete sie schon, ein blasser Mann in schwarzen Nadelstreifen und mit butterweichem Händedruck. Er war nervös. Kein Wunder. Was Brandt verlangt hatte, lag weit außerhalb seiner üblichen Routine. Der tätowierte Maori gab ihm den Rest.

Der Bestatter huschte vor ihnen her durch mehrere abgedunkelte Räume bis in einen gekachelten, von Neonröhren ausgeleuchteten Nassraum. Auf einem Metalltisch lag ein von einem weißen Tuch bedeckter Leichnam. Leise erklärte der Bestatter Brandt, die sterblichen Überreste von Frau Cristy befänden sich im Nebenraum, bereits reisefertig in einem Zinksarg.

Die Überführung der Geschwister kostete ein kleines Vermögen, aber Brandt wollte es so, er würde die Kosten übernehmen.

Der Bestatter erklärte, der Transporter werde die Särge morgen früh um zehn Uhr abholen. Dann verabschiedete er sich mit einem letzten besorgten Blick und ging.

Brandt zog das Tuch weg. Kayan lag nackt auf dem blanken Metall. Die Schusswunden waren überschminkt worden und kaum noch zu sehen. Er gab Taonga das Foto des *sakrag*-Tattoos. Der Maori nickte. Er verstand, worum es hier ging. Die kriegerischen Traditionen seines Volkes waren noch in seinem Blut.

Er öffnete den Koffer, legte sein Werkzeug zurecht und rührte die Farbe an. Er tätowierte nach der traditionellen samoanischen Methode. Dabei wurde die Farbe mit unterschiedlich großen Tätowierkämmen aus Knochen unter die Haut gehämmert.

René trug von irgendwoher einen Tisch und drei Stühle herein. Brandt hob vorsichtig den bauchigen Krug aus chinesischem Porzellan aus der Tragetasche. Der Krug war mit einem geflochtenen Deckel aus Bananenblättern verschlossen. Taonga sah ihn fragend an. Brandt hob den Deckel ab. Ein süßlicher alkoholischer Geruch stieg auf.

»*Tap-pey*«, erklärte Brandt. »Reiswein, das traditionelle Getränk seines Stammes.« Er deutete auf den Toten. Pagsit hatte den Krug irgendwo für sie aufgetrieben. Es schien ihr angemessen.

Der Maori nickte.

Brandt nahm drei Plastikbecher und eine verbeulte Blechtasse aus der Tragetasche. Mit der Tasse schöpfte er die Flüssigkeit aus dem Krug und füllte sie in die Becher. Sie tranken. Ein Trinkspruch war nicht nötig.

Draußen war es mittlerweile dunkel. Taonga machte sich an die Arbeit. Brandt und René legten die Füße auf den Tisch. Die Totenwache würde die ganze Nacht dauern.

Taonga arbeitete ohne Pause. Ab und zu tranken sie. Ab und zu nickten Brandt und René ein. Als der Himmel sich langsam grau färbte, war der Krug leer und Taonga fertig mit seiner Arbeit. Kayans Brust und Schultern zierte jetzt das große Tattoo, das *sakrag*. Er würde als Bontok-Krieger heimkehren.

Brandt schickte eine SMS an Pagsit. Eine halbe Stunde später traf sie ein, zusammen mit einem Dutzend weiterer Igorot. Brandt, René und Taonga legten den Toten in den Zinksarg, nur mit dem traditionellen Lendentuch der Bontok bekleidet, das Brandt von zu Hause mitgebracht hatte.

Pagsit bedankte sich bei Brandt. Nicht nur Kayan würde in der Cordillera berühmt werden, sondern auch Brandt.

»Wie geht es Tunek?«, fragte er.

»Sie ist aufgewacht. Der Arzt sagt, es wird wieder.« Trotz der guten Nachricht sah Pagsit bedrückt aus.

»Ihr habt Angst, dass ihr ausgewiesen werdet?«

Pagsit nickte. Brandt suchte in seinen Taschen, dann fand er den Zettel. »Hier, die Nummer von einer … einer Freundin. Sie kann euch vielleicht helfen.«

Pagsit las. »Saadiya Bonsu …«

»Sie hilft Leuten mit Problemen wie euren.«

»Sie kommen mit?«

Brandt zögerte kurz mit der Antwort, dann schüttelte er den Kopf.

Die Männer stiegen ein. Brandt setzte aus der Parklücke. Er hätte Saada gern gefragt, wie es mit Batman weitergegangen war. Aber er musste erst zu Saskia. Die Fahrkarte hatte er schon.

Sie setzten Taonga ab, wo sie ihn aufgesammelt hatten, dann fuhr Brandt René zurück zum Bahnhof.

René war schon ausgestiegen, da fiel ihm noch etwas ein. Er gab Brandt ein Foto. Es war Brandt aus der Tasche gefallen. Es war das Foto, das Brandt in Manyang gemacht hatte. Kayan und seine Familie. Kayan musste es bei seinem nächtlichen Besuch in der Wohnung mitgenommen haben. Brandt hatte es eingesteckt, bevor es zu den Asservaten genommen werden konnte.

Brandt stieg aus. Sie umarmten sich. Dann verschwand René im Bahnhofsgebäude.

Todesurteil

Zehra rannte, so schnell sie konnte. Sie wollte sich ihre Kräfte nicht einteilen. Sie war keine Läuferin. Sie war eine Kämpferin.

Es war noch dunkel. Auf den wenigen Schritten vom Auto bis zum Parkeingang am Lessing-Denkmal hatte sie am ganzen Körper gezittert. Vor Kälte, hoffte sie. Die Wegmarkierung fand sie ohne Schwierigkeiten. Der Rundkurs war acht Komma zwei Kilometer lang und nannte sich »Running Track«. In der Welt von Image- und PR-Beratern klang das vermutlich besser als »Laufstrecke«. Ein Telekommunikationsunternehmen hatte Beschilderung und Beleuchtung gesponsert. Sie musste nur den magentafarbenen Pfeilen folgen.

Die typischen Tiergarten-Laternen warfen ihr Licht auf den Weg. Zehra kämpfte sich von Lichtinsel zu Lichtinsel, versprach sich bei jeder, es nur noch bis zur nächsten schaffen zu müssen. Sie lief, bis das Lügen nicht mehr half, bis sie stehen bleiben musste, aber kaum noch stehen konnte. Die Hände auf den Knien, rang sie keuchend nach Luft. Sobald sie nicht mehr das Gefühl hatte, dass ihr Puls sich durch die Schädeldecke hämmerte, stürmte sie weiter.

Nach dem fünften Intervall hörte sie auf zu zählen. Für das Brandenburger Tor, die Siegessäule, Schloss Bellevue und andere »Highlights«, die den »Track« so »attraktiv« machten, hatte sie nicht mal einen Blick.

Zehra war um vier Uhr morgens nach drei Stunden Schlaf hochgeschreckt. Sie war in der Wohnung umhergetigert wie in den Nächten zuvor. Sie hatte alle Fenster aufgerissen, sich auf den Balkon gestellt und Atemübungen gemacht. Doch das Gefühl, keine Luft zu bekommen, blieb. Sie musste raus. Sie durchwühlte die Umzugskartons, fand ihre Laufschuhe im letzten. Im Auto googelte sie auf ihrem Smartphone beleuchtete Laufstrecken. Sie wollte nicht durch die Dunkelheit rennen. Am Drachenberg war es dunkel genug gewesen.

Bis auf ein paar Hundebesitzer war der riesige Park menschenleer. Am Anfang jeder Atempause glaubte sie, ersticken zu müssen. Aber dieses Gefühl war körperlich, es tat weh, es war echt.

Nach einer endlosen halben Stunde konnte Zehra sich kaum noch auf den Beinen halten. Nach weiteren fünf Minuten und einem letzten Sprint hatte sie es geschafft. Sie stolperte über die kniehohe Hecke vor dem Lessing-Denkmal, taumelte gegen den Sockel aus Granit, hielt sich am Arm des marmornen Jünglings fest, der hingegossen zu

Füßen des Dichters lag, und erbrach sich auf die Schrifttafel, die dem Jüngling als Stütze diente.

Als das Würgen verebbte und sie sich die Tränen aus den Augen gewischt hatte, las sie die ersten Zeilen: »Es eifre jeder seiner unbestochnen / Von Vorurtheilen freien Liebe nach«. Einen Moment erwog sie, die beschmutzte Tafel mit ihrer Laufjacke zu säubern. Dann entschied sie, dass es regnen würde.

Auf dem Rückweg zu ihrem Auto zitterten nur noch ihre Beine. Im Scheinwerferlicht eines vorbeifahrenden Wagens sah sie, dass ihr Körper durch die Kleidung dampfte. Sie öffnete die Beifahrertür des Mini und holte eine Packung Zigaretten aus dem Handschuhfach. Es war die zweite, die sie seitdem gekauft hatte. Seitdem. Seit sie einen Menschen getötet hatte. Einen Jungen, der nicht älter gewesen war als ihr kleiner Bruder.

Sie hatte Kayans Hand gehalten. Er hatte sie angesehen. Aber es waren nicht sein Blick oder seine Hand, die sie nicht losließen, wenn sie aus dem Schlaf hochschreckte. Es war eine Frage: Warum hatte er nicht geschossen?

Die verdammte Pistole hatte in seiner Hose gesteckt. Er war hinter dem Pfeiler verschwunden, als er mit seiner Axt ausgeholt hatte. Aus der Deckung hätte er das ganze Magazin auf al-Ghurani abfeuern können, Zehra hätte keine Chance gehabt, es zu verhindern. Auch wenn sie ihn danach getötet hätte, Kayans Blutrache wäre vollendet gewesen, sein Tod nicht so sinnlos.

Zehra sog den Rauch der Zigarette tief in ihre schmerzende Lunge und wartete auf das Schwindelgefühl. Es war längst nicht mehr so stark wie noch vor vier Tagen. Sie lehnte sich an ihren Wagen und blickte in den Himmel. Er war noch schwarz, die Sonne würde erst in anderthalb Stunden aufgehen. Wenn überhaupt.

Die Kälte des Autoblechs fraß sich durch ihre dünne Jacke. Vom Potsdamer Platz her drang das Rauschen des beginnenden Berufsverkehrs. Am Potsdamer Platz stand das Ritz-Carlton. Im Ritz-Carlton gab es Kaffee aus Bohnen, die von Elefanten vorverdaut wurden.

Zehra stieß sich ab, ließ die Kippe fallen und trat sie aus. Dann suchte sie im Handschuhfach nach Kaugummis.

Zwei Minuten später betrat sie verschwitzt, aber mit Pfefferminz-

Atem die Lobby des Fünf-Sterne-Hotels. Die Säulen waren nach wie vor vergoldet, einen prächtigeren Kristallleuchter hatte sie immer noch nicht gesehen, und der Portier im Cutaway deutete wieder eine Verbeugung an. Doch kam es ihr vor, als wäre sie in einem anderen Leben hier gewesen. Sie war noch unpassender gekleidet als bei ihrem ersten Besuch vor neun Tagen, aber all der Luxus schüchterte sie nicht mehr ein. Das hatte nichts mit gewachsenem Selbstvertrauen zu tun. Nur mit dem Eisklumpen, den das schwarze Loch in ihr hinterlassen hatte.

Milad Daatis stand an seinem Tresen. Sein Lächeln war so warm wie in ihrer Erinnerung. Aber es galt nicht ihr. Der Chefconcierge schenkte seine ganze Aufmerksamkeit einem Massenmörder – Umar ibn Fardaad.

Zehra war nicht mal überrascht, Fardaad hier zu sehen. Sie hatten nie überprüft, ob er Berlin verlassen hatte. Und er hatte seine »Mission« noch nicht erfüllt. Er wusste nicht, wer der Drahtzieher hinter dem Waffendeal war, der sich gegen sein Land richtete.

Was hatte Brandt gesagt? In Fardaads Händen wäre diese Information ein Todesurteil. Für den Mann, der schuld war, dass eine Frau zu Tode vergewaltigt worden war. Der nie dafür büßen würde, weil sie nie mehr an ihn herankommen würden.

Fardaad beendete das Gespräch. Der Concierge hatte Zehra nicht bemerkt. Sie folgte Fardaad in den Speisesaal. So früh waren nur wenige Tische besetzt. Sie wartete, bis Fardaad Platz genommen hatte. Dann wandte sie sich an den Oberkellner.

»Haben Sie einen Stift und eine Serviette für mich?«

»Selbstverständlich.« Er reichte ihr seinen silbernen Kugelschreiber und eine blütenweiße Damastserviette.

»Haben Sie keine aus Papier?«

»Ich fürchte nicht.«

Zehra zögerte kurz. Dann setzte sie den Kugelschreiber an. Fließend glitt er über den feinen Stoff. Der Kellner zuckte mit keiner Wimper.

»Bringen Sie das bitte dem Herrn dort?«

»Sehr gern.«

Sie beobachtete, wie der Kellner zu Fardaad ging und ihm die

Serviette reichte. Fardaad las den Namen, den Zehra darauf geschrieben hatte, und blickte überrascht auf. Der Kellner deutete diskret in Zehras Richtung. Fardaad sah sie an. Sie nickte ihm kaum merklich zu. Dann ging sie.

Sie steuerte durch die Lobby auf den Ausgang zu. Diesmal bemerkte Daatis sie. Sie las in seinem Gesicht, dass er sie wiedererkannte.

Jetzt gehörte sein Lächeln ihr.

Diffusion

Brandt saß vor dem Rechner und ergänzte Details in seinem Bericht. Nicht dass es eine Rolle spielte. Was er schrieb, würde nie das Licht eines Gerichtsverfahrens erblicken. Die Staatsanwaltschaft arbeitete bereits daran, die Anklage gegen al-Ghuranis Killer unauffällig zu beerdigen.

Immer wieder schauten die Kollegen zu ihm hinüber. Es war nicht schwer, zu erraten, was ihnen durch die Köpfe ging: Wie war es möglich, dass das Terrarium nicht abgerissen worden war, dass das Schild des SD Fremdkultur noch an der Tür klebte und Brandt immer noch da war?

Sie würden es nie erfahren.

Zehra betrat das Großraumbüro. Die Kollegen nickten ihr zu. Sie trug Laufkleidung. Brandt sah, dass es ihr nicht gut ging. Ihm ging es auch nicht gut. Der Ausgang des Falles nagte an ihm. Kuhhandel statt Gerechtigkeit. Und er spielte dabei die Hauptrolle.

Sie zögerte, bevor sie die Tür öffnete. Sie hatte nicht erwartet, ihn hier zu treffen. Sie blieb vor dem Schreibtisch stehen. Es fiel ihr schwer, zu sprechen. Seit der Nacht hatten sie sich nicht gesehen.

»Ich habe mein Notizbuch hiergelassen. Ich hole es lieber, bevor hier alles plattgemacht wird.«

Das war eine Ausrede. Wahrscheinlich hatte sie es zu Hause nicht mehr ausgehalten. Ihm wurde bewusst, dass er sich wirklich freute, sie zu sehen.

»Hier wird nichts abgerissen.«

»Was kommt denn rein?« Ihr Blick wanderte durch den Raum.

»Nichts. Wir bleiben.«

Sie sah ihn verblüfft an. »Aber ich dachte …«

»Wie geht es Ihnen überhaupt?«

Sie zuckte mit den Achseln. Er wusste, dass das Todesermittlungsverfahren gegen sie reine Formsache war. Jede Menge Zeugen, die gesehen hatten, dass ihr tödlicher Schusswaffeneinsatz zwingend notwendig gewesen war. Nichts, worüber sie sich Sorgen machen musste. Aber es gab andere, erheblich tiefer gehende Folgen.

»Waren Sie schon bei Dr. Hellmann?« Dr. Hellmann war der Polizeipsychologe. Er kümmerte sich um die Kollegen, die jemanden angeschossen oder getötet hatten. Brandt selbst war auch bei Hellmann gewesen.

»Ich habe einen Termin gemacht.«

Er spürte ihren Widerstand. Hoffentlich ließ sie zu, dass Hellmann ihr half. Das gelang nicht allen Kollegen. Zum Beispiel ihm selbst. Psychotherapie funktionierte nur, wenn man alle Karten auf den Tisch legte. Und das konnte er nicht.

Sie wechselte schnell das Thema. »Wieso ist das Dezernat noch nicht aufgelöst?«

»Man hat es sich anders überlegt.«

Zehra musterte ihn prüfend. »Das haben Sie irgendwie hingebogen, oder?«

»Ein Tauschgeschäft.«

Er sah ihr an, dass sie mehr hören wollte. Sie hatte zweifellos ein Recht darauf. Aber tat er ihr einen Gefallen, wenn er sie zur Mitwisserin machte? Vielleicht wollte er sich auch nur selbst emotional entlasten.

»Nun sagen Sie schon. Das verkrafte ich auch noch.«

Er nickte. Er öffnete die Tondatei in seinem Handy. »Ich habe ihnen das hier gegeben.«

Er drückte auf Start. Zuerst war nur seine Stimme zu hören, dann auch die al-Ghuranis. Er ließ die Aufzeichnung von Anfang bis Ende durchlaufen.

Zehra brauchte nur eine halbe Minute, bis sie alles verdaut hatte. »Sie haben den Oberstaatsanwalt erpresst?«

»Ein Tauschgeschäft, wie gesagt. Er hat wohl befürchtet, dass al-Ghuranis Geständnis in den Medien auftaucht. Die politischen Verwerfungen wären katastrophal. Das wollte er vermeiden. Damit hat er bestimmt Pluspunkte gesammelt. Vielleicht sogar bei seinen amerikanischen Freunden. Die schätzen es immer, etwas gegen Politiker anderer Staaten in der Hand zu haben.«

»Aber er denkt doch, er hat die einzige Kopie.«

»Ich habe ihm mein Wort gegeben.«

»Und er glaubt Ihnen?«

»Wahrscheinlich nicht. Ist auch gut so.«

»Ich dachte, Sie seien …« Sie suchte nach dem richtigen Wort. »… Freunde.«

Brandt überlegte. Dann sagte er: »Wer weiß, ob wir das je waren. Zumindest war ich sicher, wir stehen auf derselben Seite.«

»Muss eine ziemliche Enttäuschung sein.«

»Man wird nur enttäuscht, wenn man etwas erwartet.« Er hatte etwas erwartet. Aber er spürte keine Enttäuschung. Nur Wut. Er räusperte sich. »Also was sagen Sie, Oberkommissarin Erbay? Sind Sie noch dabei?«

Zehra sah ihn an. Dann nahm sie den Wasserkocher. »Ich mache dann mal Tee.«

Sie ging hinaus. Brandt sah ihr nach. Gut, dachte er. Sehr gut.

Sein Computer meldete eine neue E-Mail. Sie kam aus Interpols nationalem Zentralbüro beim BKA. Er öffnete die Datei. Es war eine Diffusion, so nannte man die Bitte eines fremden Staates um Unterstützung im Zusammenhang mit polizeilichen Ermittlungen. Die vorliegende Diffusion war als Blue Notice gekennzeichnet, war also eine Bitte, Informationen zur Identität oder zu den Aktivitäten einer Person mit Bezug zu einem Verbrechen zu sammeln. Die Nachricht war an ihn persönlich gerichtet. Er las. Als er fertig war, schob er seinen Stuhl mit einem Ruck zurück.

Die Kriminalbehörde Baguio, Mountain Province, Republika ng Pilipinas, ersuchte ihre deutschen Kollegen um Unterstützung im Zusammenhang mit der Wiederaufnahme von Ermittlungen in einem Fall von dreifachem Mord. Es wurde darum gebeten, einen »Mister Heiko Brandt« ausfindig zu machen, der sich zur Tatzeit in der

Mountain Province aufgehalten habe. Das BKA wurden gebeten, von genannter Person eine Speichelprobe zwecks DNA-Analyse zu beschaffen. Die Kollegen in Wiesbaden hatten Hauptkommissar Brandt als den gesuchten Brandt identifiziert und baten ihn um Zusendung der gewünschten Probe zur Weiterleitung an die philippinischen Kollegen.

Seit Teddys zweiter Nachricht hatte er mit so etwas gerechnet. Er hatte nicht darüber nachgedacht, was er tun würde, wenn es so weit war. Das wollte er auch jetzt nicht. Er wollte nur, dass die Bedrohung wieder verschwand. Aber das würde sie nicht, nur weil er nicht reagierte.

Sein Blick fiel auf seine Jacke, die am Haken neben der Tür hing. Er stand auf. Zuerst durchsuchte er die Außentaschen, dann die Innentaschen, fand aber nicht, was er suchte. Dann fiel es ihm ein. Er öffnete die oberste Schublade seines Schreibtischs. Das Plastikröhrchen lag zwischen Büroklammern, Zetteln, Stiften, Handschellen und Hustenbonbons. Das Wattestäbchen mit Fardaads Speichel war unversehrt. Er entfernte den Aufkleber mit Fardaads Namen und dem Datum der Entnahme, klebte einen neuen auf und kritzelte seinen Namen darauf. Nach einigem Suchen fand er einen Polsterumschlag, beschriftete ihn mit der Adresse von Interpol, steckte das Plastikröhrchen hinein, klebte den Umschlag zu. Wenn er ging, würde er ihn in der Poststelle abgeben.

Das Ohr

Die Waschbärin erwachte in der Abenddämmerung. Sie lauschte. Es war still im Wald. Sie hielt ihre Nase an das Astloch und witterte. Nichts. Vorsichtig streckte sie den Kopf aus ihrer Baumhöhle. Unter den Bäumen war es dunkel. Auch weiter oben am Steilhang. Sie waren weg!

Als sie von der Eiche stieg, zog der Schmerz durch ihren Magen. Der Hunger war schlimm. Er wäre noch schlimmer gewesen, wenn der Jäger nicht seine Beute mit ihr geteilt hätte. Vor drei Nächten, am Rand des Plateaus. Sie hatte sich den Bauch vollgeschlagen. Dann waren die Männer in den weißen Anzügen aufgetaucht und nicht wieder gegangen. Sie hatten überall Scheinwerfer aufgestellt, einen direkt unter ihrem Schlafbaum. Sie hatte sich nicht mehr hinausgetraut.

Sie stieg den Hang zum Lager des Jägers hinauf. Die Mulde unter der Baumwurzel war verlassen. Kein Schlafsack, keine Plastiktüten. Keine Beute. Der Jäger war auch fort. Aber er hatte ihr etwas dagelassen.

Die Waschbärin fand es im Dickicht am Rand des Plateaus: das Ohr eines Menschen. Sie aß es auf. Dann zog sie weiter.

Danksagung

Unser Dank geht an unseren Verleger Hejo Emons, sein Verlagsteam und unseren Lektor Carlos Westerkamp. Des Weiteren von Peter Gallert an Caroline für Ermutigung und Unterstützung beim Spurwechsel, von Jörg Reiter an Candida C. sowie an seine guten Freunde Elke und Georg für enthusiastisch-kritische Begleitung.